BAZAAR - 1

Carrie, *J'ai lu* 835

Shining, *J'ai lu* 1197

Danse macabre, *J'ai lu* 1355

Danse macabre, *Librio* (4 vol. de nouvelles)

Cujo, *J'ai lu* 1590

Peur bleue, *J'ai lu* 1999

Différentes saisons, *J'ai lu* 2434

La peau sur les os, *J'ai lu* 2435

Brume - Paranoïa, *J'ai lu* 2578

Brume - La Faucheuse, *J'ai lu* 2579

Running man, *J'ai lu* 2694

La Tour Sombre :

1. Le Pistolero, *Éditions 84*, *J'ai lu* 2950

2. Les Trois Cartes, *Éditions 84*, *J'ai lu* 3037

3. Terres perdues, *Éditions 84*, *J'ai lu* 3243

4. Magie et Cristal, *Éditions 84*, *J'ai lu* 5313

Minuit 2, *J'ai lu* 3529

Minuit 4, *J'ai lu* 3670

Bazaar-1, *J'ai lu* 3817

Bazaar-2, *J'ai lu* 3818

La ballade de la balle élastique (nouvelles), *Librio* 46

Anatomie de l'horreur-1, *J'ai lu* 4410

Anatomie de l'horreur-2, *J'ai lu* 4411

Le singe (nouvelles), *Librio* 4

Rose Madder, *J'ai lu* 5341

Désolation, *J'ai lu* 5010

La ligne verte, *Éditions 84*, *Librio* (6 vol.), *J'ai lu* 5157

SOUS LE PSEUDONYME DE RICHARD BACHMAN
Les régulateurs, *J'ai lu* 5011

STEPHEN KING

BAZAAR - 1

Traduit de l'américain par William-Olivier Desmond

J'AI LU

Pour Chris Lavin,
qui ne possède pas toutes les réponses
– seules celles qui comptent

Titre original :

NEEDFUL THINGS
Published by agreement with the author
c/o Ralph M. Vicinanza, Ltd.

Mesdames et messieurs, écoutez, s'il vous plaît!
Approchez-vous, que tout le monde puisse voir!
J'ai une histoire à raconter, et ce sera gratuit!
(Et si vous avalez ça,
Nous nous entendrons à merveille.)

Steven EARLE, « Snake Oil »

J'ai entendu parler de beaucoup qui s'égaraient,
même dans les rues du village, lorsque les ténèbres
étaient d'une telle épaisseur que l'on aurait pu les
couper au couteau, comme dit le proverbe...

Henry David THOREAU, *Walden*

VOUS ÊTES DÉJÀ VENU ICI...

Bien sûr. On vous y a déjà vu. Je n'oublie jamais un visage.

Venez un peu par ici, qu'on se serre la main! Je vais vous dire quelque chose: je vous ai reconnu à votre démarche avant même d'avoir bien vu votre tête. Vous n'auriez pas pu choisir un meilleur jour pour revenir à Castle Rock. Est-ce que c'est pas chouette, ici? L'ouverture de la chasse est pour bientôt; tous les fous seront dans les bois à fusiller tout ce qui bouge et n'est pas habillé en orange fluo. Ensuite, ce sera la neige, et le grésil, mais pas avant un bon moment. Pour l'instant, on est en octobre, et à Castle Rock, on laisse traîner octobre aussi longtemps qu'il veut.

A mon avis, c'est la meilleure époque de l'année. C'est pas que le printemps soit pas extra, ici, mais je préférerai toujours octobre à mai. Une fois l'été fini, le Maine occidental est comme qui dirait oublié, et tous ces gens avec leurs villas au bord du lac ou sur les hauteurs sont repartis pour New York ou le Massachusetts. Ceux du pays les voient débarquer et déguerpir tous les ans — bonjour, bonjour, bonjour, au revoir, au revoir, au revoir. C'est bien qu'ils viennent ici dépenser leurs dollars de la grande ville, mais c'est encore mieux quand ils repartent, parce qu'ils apportent aussi tous les maux de la grande ville dans leurs bagages.

C'est de ces maux que j'ai surtout envie de parler — voulez-vous vous asseoir une minute? Tenez, là, sur les marches du kiosque à musique, ce sera parfait. Le soleil est bon, et d'ici, en plein milieu du square, on peut voir à peu près tout le centre ville. Faites gaffe aux échardes, par exemple. Ces marches auraient besoin d'un bon coup de ponçage et de peinture. C'est le boulot de Hugh Priest, mais il n'a pas encore décidé de s'y mettre. Il boit, vous comprenez. Ce n'est un secret pour personne. On peut arriver à garder un secret, à Castle Rock, mais c'est rudement difficile, et cela fait un sacré moment que nous sommes beaucoup à savoir que le travail ne fait pas peur à Hugh Priest : il cuve son vin à côté.

Ce que c'est, ce truc ?

Oh ! ce *machin-là* ! Eh, mon gars, c'est pas du joli boulot ? On peut voir ces affichettes partout dans la ville ! Je crois que c'est Wanda Hemphill (c'est Don, son mari, qui tient le Hemphill's Market) qui les a placardées partout elle-même. N'ayez pas peur — on n'a pas à s'arroger le droit de coller des affichettes comme ça, jusque sur le kiosque à musique du square, pour commencer.

Nom d'un petit bonhomme ! Regardez-moi un peu ce truc ! LES DÉS SONT UN JEU DU DIABLE, qu'il y a d'écrit. En grosses lettres rouges, avec de la fumée qui en monte, comme si ça sortait d'un magasin de farces et attrapes ! Ah ! je me dis que celui qui ne saurait pas à quel point Castle Rock est une petite ville endormie pourrait s'imaginer qu'on est vraiment devenus cinglés. Mais vous savez bien comment les choses se mettent à prendre des proportions aberrantes, parfois, dans des patelins comme ça. Et le révérend Willie a une araignée qui lui court au plafond, ce coup-ci, c'est sûr. Les églises, dans les petites villes… je me dis que c'est pas la peine de vous expliquer ce qu'il en est. Elles se supportent les unes les autres ou à peu près, mais on peut pas dire qu'elles en soient ravies. Ça se passe sans anicroche pendant un moment, puis voilà qu'une querelle éclate.

Mais c'est une sacrée grosse querelle, cette fois, et les esprits s'échauffent. Voyez-vous, les catholiques ont décidé d'organiser ce qu'ils ont appelé la Nuit-Casino dans le Hall des Chevaliers de Colomb, à l'autre bout de la ville. Le dernier jeudi du mois, si j'ai bien compris, et les bénéfices serviront à réparer le toit de l'église. Notre-Dame des Eaux Sereines — vous êtes forcément passé devant en entrant en ville, si vous êtes venu par Castle View. Une jolie petite église, non ?

La Nuit-Casino, c'est une idée du père Brigham, mais en fait, les Filles d'Isabelle — mais si, c'est comme ça qu'ils appellent les femmes, aux Chevaliers de Colomb — ont pris la balle au bond et courent maintenant avec. Betsy Vigue, en particulier. Je crois que ça l'excite, l'idée d'enfiler sa robe noire la plus collante et de tenir la table du black jack ou de la roulette et de dire : « Les jeux sont faits, rien ne va plus. » Oh, l'idée doit leur plaire à toutes, je parie. Rien que des parties à cent sous la mise, peut pas trouver plus innocent, mais ça leur paraît tout de même un tout petit peu pervers.

Sauf que pour le révérend Willie, ça n'a rien d'innocent et que lui et sa congrégation trouvent que c'est bien plus qu'un tout petit peu pervers. Il s'appelle en fait le révérend William Rose, et il n'a jamais beaucoup aimé le père Brigham, qui le lui rend bien. (En fait, c'est le père Brigham qui a commencé à appeler le révérend Rose Willie-la-Moutarde-au-Nez, et le révérend le sait bien.)

Ce n'est pas la première fois que ça fait des étincelles entre les deux grands sorciers du coin, mais l'histoire de la Nuit-Casino, les étincelles, je dirais, se sont transformées en feu de broussailles. Lorsque Willie a entendu dire que les catholiques avaient l'intention de passer la nuit à jouer à des jeux d'argent dans le Hall des Chevaliers de Colomb, c'est tout juste s'il n'a pas cogné le plafond de son petit crâne en pain de sucre. Il a payé ces affichettes de sa propre poche, et c'est Wanda Hemphill et toutes ses commères du cercle de couture qui ont été les coller partout. Et depuis, il n'y a plus qu'un endroit où les catholiques et les baptistes se parlent : dans le courrier des lecteurs de notre petit hebdomadaire, où ils ne cessent de s'invectiver et de s'envoyer mutuellement en enfer.

Tenez, regardez un peu par là, vous allez voir ce que je veux dire. Ça, c'est Nan Roberts qui sort de la banque. Elle possède le Nan's Luncheonette, et je parie que c'est la personne la plus riche de la ville maintenant que le vieux Pop Merrill est allé ouvrir boutique au grand marché aux puces céleste. Nan est baptiste depuis que Moïse a traversé la mer Rouge, au moins. De l'autre côté de la rue, c'est le gros Al Gendron. Il est tellement catholique qu'à côté de lui le pape a l'air kasher, et son meilleur ami, c'est qui ? l'Irlandais Johnnie Brigham soi-même. Maintenant, faites bien attention ! Vous voyez comment ils pincent le nez ? C'est pas un tableau, ça ? Je vous parie une poignée de dollars contre un beignet que la température a baissé de dix degrés quand ils se sont croisés. Comme ma mère le répétait tout le temps, y en a pas qui rigolent plus que les gens, sauf les chevaux, mais eux peuvent pas.

Maintenant, visez-moi ça. Vous voyez la grosse voiture du shérif garée devant la boutique de vidéo ? Dedans, c'est John LaPointe. En principe, il est là pour surveiller les excès de vitesse — le centre est un secteur à vitesse réduite, en particulier à la sortie des classes —, mais si vous regardez bien, vous verrez qu'en fait il regarde une photo qu'il a prise dans son portefeuille. Moi, je ne distingue rien d'ici, mais je le sais aussi bien que je sais quel était le nom de jeune fille de ma mère. C'est la photo qu'Andy Clutterbuck a prise de John et de Sally Ratcliffe à la foire de Fryeberg, il y a à peu près un an. John la tient par les épaules, et elle serre contre elle l'ours en peluche qu'il vient de gagner au stand de tir ; ils ont l'air tellement heureux, tous les deux, qu'on se dit qu'ils vont éclater. Mais voilà, de l'eau a coulé sous les ponts, comme on dit, et aujourd'hui, Sally est fiancée à Lester Pratt, l'entraîneur et prof d'éducation physique du lycée. C'est un baptiste bon teint, tout comme elle. John n'a pas encore surmonté le choc de la rupture. Vous le voyez, qui soupire à fendre l'âme ? Il fait tout pour s'enfoncer dans une sacrée déprime. Il n'y a qu'un homme amoureux (ou qui croit qu'il l'est) pour pousser des soupirs pareils.

Les ennuis et les problèmes naissent souvent des choses ordinaires, vous n'avez pas remarqué ? De choses qui n'ont rien de spectaculaire. Laissez-moi vous donner un exemple. Vous voyez ce type qui escalade les marches du tribunal ? Non, pas l'homme en costard ; ça, c'est Dan Keeton, notre maire. Je veux parler de l'autre, le Noir en bleu de travail. Eddie Warburton, veilleur de nuit du bâtiment municipal. Surveillez-le pendant quelques secondes, et observez ce qu'il fait. Tenez! Vous le voyez qui s'arrête en haut des marches et qui jette un coup d'œil dans la rue? Je vous parie encore plus de dollars contre encore moins de beignets qu'il regarde la station-service Sunoco. Elle appartient à Sonny Jackett; mais c'est la guérilla entre Eddie et Sonny depuis que le Noir, il y a deux ans, lui a amené sa voiture pour que l'autre examine l'embrayage.

Je me souviens très bien de cette bagnole. Une Honda Civic, sans rien de spécial, sinon qu'elle appartenait à Eddie et que c'était la première voiture neuve qu'il achetait de toute sa vie. Et non seulement Sonny a salopé le boulot, mais en plus il a fait casquer un peu trop le pauvre Eddie. Du moins, c'est comme ça qu'Eddie raconte l'histoire. Mais pour Sonny, Warburton a voulu obtenir un rabais sur la facture, sous prétexte qu'il était noir. Vous voyez un peu le tableau?

Toujours est-il qu'Eddie a traîné le garagiste devant le juge de paix; le ton a monté, tout d'abord dans le tribunal, puis ensuite à l'extérieur. Eddie a prétendu que Sonny l'avait traité de crétin de nègre, et Sonny a dit qu'il ne l'avait jamais traité de nègre, mais que quant au reste, rien n'était plus vrai. A la fin, aucun des deux n'était content. Le juge a fait cracher cinquante dollars à Eddie; cinquante de trop aux yeux d'Eddie, mais loin du compte à ceux de Sonny. Et pour couronner le tout, il y a eu un court-circuit dans la Honda Civic d'Eddie; elle a pris feu et a terminé sa carrière à la casse, celle au bord de la route 5. A l'heure actuelle, Eddie roule au volant d'une Oldsmobile 89 qui pisse l'huile. Et on ne sortira jamais de la tête d'Eddie que Sonny Jackett aurait bien des choses à dire sur l'origine de cet incendie.

Bon sang, les gens se marrent davantage que tout le monde, sauf les chevaux, mais eux peuvent pas. Est-ce que ça ne commence pas à faire un peu beaucoup, par ces chaleurs?

Et pourtant, c'est juste la vie ordinaire d'une petite ville — vous pouvez l'appeler Peyton Place, Landernau ou Castle Rock ; rien que des gens qui mangent leurs patates et boivent leur café et se parlent les uns des autres au creux de l'oreille. Il y a Slopey Dodd, toujours seul dans son coin parce que les autres mômes se moquent de son bégaiement ; Myrtle Keeton, qui m'a l'air un peu abandonnée et désorientée, comme si elle ne savait pas très bien qui elle était ou ce qui se passait, tout ça parce que son mari (le type en costard que vous avez vu monter l'escalier derrière Eddie) lui paraît avoir un comportement bizarre depuis environ six mois. Vous voyez comme elle a les yeux gonflés ? On dirait qu'elle a pleuré, ou mal dormi, ou les deux, qu'en pensez-vous ?

Et voici Lenore Potter, toujours tirée à quatre épingles. Elle va certainement chez Western Auto, voir si son fertilisant organique spécial ne serait pas arrivé. Cette bonne femme a davantage de variétés de fleurs dans son jardin que Bic n'a de stylos à bille. Elle n'en est pas peu fière, laissez-moi vous dire. Elle n'a pas trop la cote auprès de ces dames de la ville, qui la trouvent prétentieuse, avec ses fleurs et ses permanentes à soixante-dix dollars qu'elle va se faire faire à Boston. Elles la trouvent prétentieuse, et je vais vous dire un secret, puisque nous sommes assis ici, sur les marches bourrées d'échardes du kiosque à musique : je crois qu'elles ont raison.

Rien que des choses bien ordinaires, c'est ce que vous allez observer, je parie ; mais tous nos ennuis, à Castle Rock, ne sont pas ordinaires. Je me charge de vous le prouver. Ici on n'a pas oublié Frank Dodd, le type qui faisait traverser les enfants et qui est devenu fou, il y a douze ans, et qui a tué toutes ces femmes ; et on n'a pas oublié non plus le clébard, celui qui avait la rage et qui a tué Joe Camber, puis le vieil alcoolo qui habitait à côté de chez lui. Et le maudit chien a aussi tué le brave vieux shérif George Bannerman. Aujourd'hui, c'est Alan Pangborn qui a pris la relève, et c'est un type bien ; mais aux yeux des anciens de la ville, jamais il ne le sera autant que le Gros George.

Rien d'ordinaire non plus à ce qui est arrivé à Reginald « Pop » Merrill — la vieille fripouille qui tenait la brocante de la ville. L'Emporium Galorium, ça s'appelait. Juste à l'endroit où il n'y a plus qu'un terrain vague, de l'autre côté de la rue. La baraque a brûlé de fond en comble, il y a quelque temps, mais vous trouverez des gens qui ont vu ça (ou qui prétendent l'avoir vu) pour vous raconter, après avoir descendu quelques bières au Mellow Tiger, que l'incendie qui a ravagé l'Emporium Galorium et entraîné la mort de Pop Merrill n'était pas un incendie tout à fait naturel.

Ace, le neveu de Pop, prétend que quelque chose du genre histoire de fantômes est arrivé à son oncle peu avant sa mort — un truc dans le style *La Quatrième Dimension*. Evidemment, Ace n'était pas dans le secteur quand le tonton a mordu la poussière; il achevait un séjour de quatre ans pour cambriolage à la prison de Shawshank. (Tout le monde savait qu'Ace Merrill tournerait mal; à l'école, c'était déjà l'un des pires garnements que la ville ait jamais vus et on comptait bien une centaine de gosses qui traversaient la rue lorsqu'ils voyaient Ace se pointer vers eux, avec sa veste de motard pleine de quincaillerie et de fermetures éclair, et les fers de ses croquenots qui tintaient contre le trottoir.) Et pourtant, les gens le croyaient; peut-être est-il vraiment arrivé quelque chose d'étrange à Pop Merrill ce jour-là, peut-être ne s'agit-il que de commérages échangés chez Nan's autour d'une pointe de tarte et d'une tasse de café.

Il y a toutes les chances pour que ce soit comme dans le patelin où vous avez grandi, ici. Des gens qui s'excitent sur la religion, des gens qui trimbalent de bons gros mélos, mais aussi des secrets, des ressentiments... Et il y en a même qui racontent une apparition de fantômes, de temps en temps, par exemple ce qui a pu se produire (ou ne pas se produire) le jour où Pop a passé l'arme à gauche dans sa brocante, histoire de pimenter un peu la morosité de leurs journées. Castle Rock reste néanmoins une ville agréable, où il fait bon vivre et grandir — c'est ce que proclame le panneau à l'entrée de la ville. Le soleil brille comme nulle part sur le lac et le feuillage des arbres, et par temps clair, on peut voir jusqu'au Vermont depuis le sommet de Castle View. L'été, les gens se disputent sur les articles du journal du dimanche, des bagarres éclatent de temps en temps dans le parking du Mellow Tiger les vendredis ou samedis soir (parfois même les vendredis *et* samedis), mais la population estivale finit toujours par rentrer chez elle et les bagarres tournent court. Castle Rock a toujours été un bon coin, et quand les gens commencent à devenir un peu pénibles, vous savez ce qu'on dit? *Bah, ça leur passera.* Ou bien: *Faut se faire une raison.*

Henry Beaufort, par exemple, en a marre de voir Hugh Priest donner des coups de pied dans le juke-box quand il est saoul... Mais Henry se fera une raison. Wilma Jerzyck et Nettie Cobb se haïssent à mort... mais Nettie se fera (probablement) une raison et quant à Wilma, la fureur est son mode de vie. Le shérif Pangborn pleure encore la disparition de sa femme et de son plus jeune fils, morts prématurément et d'une manière tout à fait tragique; mais avec le temps, lui aussi se fera une raison. L'arthrite de Polly Chalmers ne s'améliore pas — en fait, elle ne cesse d'empirer, tout doucement — et si elle n'arrive pas à s'en faire une raison, au moins apprendra-t-elle à vivre avec. Des millions d'autres l'ont fait.

Nous nous cognons les uns aux autres de temps en temps, mais pour l'essentiel, les choses ne se passent pas trop mal. Du moins ne se sont-elles jamais trop mal passées, jusqu'ici. Mais je dois vous confier un authentique secret, mon ami; c'est surtout pour cela que je vous ai appelé lorsque j'ai vu que vous étiez de retour en ville. Je crois que les ennuis — de vrais ennuis, cette fois — ne vont pas tarder à commencer. Je le sens, comme je sentirais approcher, au-delà de l'horizon, une tempête hors saison, une tempête pleine d'éclairs: la dispute entre catholiques et baptistes à propos de la Nuit-Casino, les gosses qui taquinent le pauvre Slopey à cause de son bégaiement, John LaPointe et son mélo sentimental, le shérif Pangborn et son chagrin... je crois que tout ça n'est que de la roupie de sansonnet à côté de ce qui menace.

Vous voyez ce bâtiment sur Main Street, celui qui est à trois pas de porte plus loin que le terrain vague où se tenait autrefois l'Emporium Galorium? Avec un auvent vert devant? Ouaip, c'est bien ça. Les vitrines sont barbouillées au blanc d'Espagne parce que la boutique n'est pas encore ouverte. LE BAZAR DES RÊVES, dit l'enseigne... mais au fait, qu'est-ce que ça peut vouloir signifier? Moi non plus, je ne le sais pas, mais c'est de là que semblent venir mes mauvais pressentiments.

Juste de là.

Regardez la rue encore une fois. Vous voyez ce p'tit gars? Celui qui pousse sa bicyclette et qui a l'air de marcher en rêvassant aux choses les plus agréables du monde? Ne le perdez pas de vue, mon ami, je crois que c'est avec lui que tout va commencer.

Non, je vous dis, je ne sais pas quoi... pas exactement. Mais observez ce môme. Et traînez en ville pendant un moment. Vous allez sentir qu'il y a quelque chose qui cloche, et si de drôles d'événements doivent se produire, ce serait peut-être aussi bien qu'il y ait un témoin.

Je connais ce gamin — celui qui pousse sa bécane. Vous aussi, peut-être. Il s'appelle Brian je-ne-sais-pas-trop-quoi. Son père est installateur de portes et de menuiserie d'aluminium à Oxford ou South Paris, il me semble.

Gardez-le à l'œil, je vous dis. Gardez tout à l'œil. Vous êtes déjà venu ici, mais les choses sont sur le point de changer.

Je le sais.

Je le sens.

Une tempête couve quelque part.

PREMIÈRE PARTIE

GRAND GALA D'OUVERTURE

1

1

L'ouverture d'un nouveau magasin, dans une petite ville, fait figure d'événement.

Pour Brian Rusk, cependant, bien moins que pour d'autres personnes; tenez, sa mère, par exemple. Il l'avait entendue en parler (en principe, il ne devait pas dire «commérer», lui avait-elle expliqué, parce que rapporter des cancans était une mauvaise habitude et *elle* ne le faisait pas) assez longuement au téléphone avec sa meilleure amie, Myra Evans, au cours du mois qui venait de s'écouler. Les ouvriers avaient donné le premier coup de marteau, dans le vieux bâtiment qui avait abrité auparavant l'agence immobilière et d'assurances Western Maine, à peu près au moment de la rentrée scolaire, et depuis ils n'avaient cessé de s'activer. Personne, néanmoins, n'avait la moindre idée de ce qu'ils fabriquaient; leur premier travail avait consisté à poser une vitrine, et le second, à la badigeonner de blanc.

Depuis deux semaines, une enseigne pendait dans l'entrée au bout d'une ficelle que retenait une applique-ventouse en plastique.

OUVERTURE PROCHAINE!

lisait-on.

17

LE BAZAR DES RÊVES
UN NOUVEAU GENRE DE BOUTIQUE
Vous n'en croirez pas vos yeux!

« Ce sera encore un brocanteur », avait dit à Myra la mère de Brian. Cora Rusk, vautrée sur le canapé, tenait le téléphone d'une main et mangeait des cerises enrobées de chocolat de l'autre, tout en regardant *Santa Barbara* à la télé. « Encore un brocanteur ou un antiquaire avec tout un tas de faux meubles coloniaux américains et de vieux téléphones pourris à cadran. Attends de voir. »

Cet échange avait eu lieu peu de temps après l'installation de la vitrine badigeonnée, et elle avait parlé avec une telle assurance que Brian aurait pu croire la question épuisée. Sauf qu'avec sa mère jamais une question ne paraissait l'être complètement. Ses spéculations et ses suppositions semblaient aussi inépuisables que les problèmes des personnages de *Santa Barbara* ou de *General Hospital*.

Puis, la semaine dernière, la première ligne du panneau avait été changée et on y lisait maintenant :

GRANDE OUVERTURE LE 9 OCTOBRE
AMENEZ VOS AMIS !

Brian ne s'intéressait pas autant au nouveau magasin que sa mère (ou que certains de ses professeurs ; il les avait entendus en parler dans la salle des profs du collège de Castle Rock, quand son tour était venu de distribuer le courrier), mais il avait onze ans, et un gamin de onze ans en bonne santé s'intéresse à tout ce qui est nouveau. En plus, le nom de la boutique le fascinait. « Le Bazar des Rêves » : qu'est-ce que cela voulait dire, exactement ?

Il avait lu la nouvelle première ligne le mardi précédent, en revenant de l'école. C'était le jour de la semaine où il sortait tard. Brian avait eu un bec-de-lièvre à la naissance ; on l'avait certes opéré, mais il devait suivre des séances d'orthophonie. Il affirmait sans sourciller à tout le monde qu'il détestait cela, mais c'était faux. Pro-

18

fondément et désespérément amoureux de Miss Ratcliffe, il attendait avec impatience, pendant toute la semaine, cette séance spéciale de rééducation. La journée du mardi paraissait interminable, et des papillons lui voletaient agréablement dans l'estomac pendant les deux dernières heures de cours.

Il n'y avait que trois autres enfants dans la classe, et aucun d'eux ne venait du quartier où il habitait. C'était tant mieux. Au bout d'une heure passée dans la même pièce que Miss Ratcliffe, il se sentait trop exalté pour pouvoir supporter la moindre compagnie. Il aimait rentrer lentement chez lui alors que l'après-midi tirait à sa fin, poussant sa bicyclette au lieu de pédaler dessus, rêvant d'elle tandis que les feuilles jaunies et dorées tombaient autour de lui dans les rayons obliques du soleil d'octobre.

Son itinéraire lui faisait longer la partie de Main Street située en face du square et, le jour où il vit le panneau qui annonçait l'ouverture, il avait collé le nez à la vitre de la porte, avec l'espoir de voir ce qui avait remplacé les bureaux trapus et les murs d'un jaune pisseux de la Western Maine. Sa curiosité ne fut pas récompensée. Un store intérieur, tiré jusqu'en bas, dissimulait le local. Brian ne vit que son propre reflet, les mains en coupe autour des yeux.

Le vendredi 4, parut dans l'hebdomadaire de Castle Rock, le *Call*, une publicité pour le nouveau magasin. Elle était encadrée d'une bordure ornée et accompagnée, au-dessous du texte, d'un dessin représentant deux anges dos à dos soufflant dans de longues trompettes. L'annonce, à vrai dire, n'ajoutait rien à ce que l'on pouvait lire sur le panonceau suspendu à la ventouse : le nom du magasin était le Bazar des Rêves, il ouvrirait ses portes à dix heures du matin le 9 octobre ; et bien entendu : « Vous n'en croirez pas vos yeux. » Pas le moindre indice sur le genre de marchandises que le ou les propriétaires du Bazar des Rêves avaient l'intention de proposer.

Voilà, semble-t-il, qui eut le don d'irriter souverainement Cora Rusk — au point, fait exceptionnel, d'appeler Myra un samedi matin.

« D'accord, j'en croirai mes yeux, ronchonna-t-elle. Quand je verrai leurs lits en *bois tourné* soi-disant vieux de deux siècles, mais où on peut lire l'estampille "Rochester" ou "New York" pour peu qu'on prenne la peine de se pencher et de regarder sous le montant, alors là, j'en croirai mes yeux. »

Myra répondit quelque chose. Cora écouta, prenant des cacahuètes, une ou deux à la fois, directement dans la boîte et les croquant rapidement. Brian et son petit frère Sean, assis sur le sol, regardaient des dessins animés à la télé dans le salon. Sean était complètement fasciné par le monde des Schtroumpfs ; mais si Brian ne se désintéressait pas de la communauté des petits hommes bleus, il n'en gardait pas moins une oreille tendue vers la conversation.

« Exactement ! s'était exclamée Cora Rusk avec encore plus d'assurance que d'habitude, en réaction à quelque affirmation particulièrement péremptoire de Myra. Des prix astronomiques pour de vieux téléphones moisis ! »

La veille, lundi, Brian avait traversé le centre ville à bicyclette avec deux ou trois camarades. Depuis le trottoir d'en face, ils virent que, pendant la journée, on avait placé un auvent vert foncé pour protéger la vitrine. Le Bazar des Rêves, lisait-on dessus en lettres blanches. Polly Chalmers, la couturière, se tenait devant sa boutique et, les mains sur les hanches (qu'elle avait particulièrement bien dessinées), contemplait elle aussi l'auvent avec une expression à la fois intriguée et admirative.

Brian, qui s'y connaissait en bannes, stores et auvents, partageait cette admiration. C'était le seul véritable auvent de tout Main Street, et il donnait un cachet particulier au nouveau magasin. Le mot « sophistiqué » ne faisait pas partie du vocabulaire de Brian, mais il vit immédiatement qu'aucune autre boutique de Castle Rock n'avait ce même chic. Avec l'auvent, on aurait dit l'un de ces magasins que l'on voit dans un spectacle télévisé. Western Auto, de l'autre côté de la rue, paraissait minable et ringard en comparaison.

De retour à la maison, il avait trouvé sa mère assise sur le canapé ; elle regardait *Santa Barbara* en mangeant des biscuits bourrés de calories qu'elle faisait descendre avec du Coca-Cola diététique. Elle buvait toujours ce genre de Coke lorsqu'elle regardait les séries de l'après-midi. Brian se demanda pourquoi, étant donné ce qu'elle dévorait en même temps, mais il considéra plus prudent de ne pas poser la question. Elle se mettrait même peut-être à lui crier après, et dans ce cas-là, il était sage de se planquer.

« Hé, M'man ! dit-il en lançant ses livres sur le comptoir avant de prendre le lait dans le réfrigérateur. Tu sais quoi ? Il y a un auvent au nouveau magasin !

— Quoi, il y a du vent ? » répondit-elle depuis le séjour.

Il se remplit un verre de lait et vint dans l'encadrement de la porte. « Un auvent, fit-il avec un geste évocateur de la main. Au nouveau magasin, dans le centre. »

Elle se redressa, prit la télécommande et coupa le son. Sur l'écran, Al et Corinne continuèrent de s'étendre sur leurs problèmes santa-barbaresques dans leur restaurant santa-barbaresque préféré, mais seul un spécialiste de la lecture sur les lèvres aurait pu dire ce qu'étaient exactement ces problèmes. « Quoi ? Ce magasin, le Bazar des Rêves ?

— Ouais, ouais, répondit-il en prenant une grande rasade de lait.

— Ne fais pas tant de raffut en buvant ! (Elle enfourna le reste de son en-cas.) Ça fait un bruit ignoble. Combien de fois te l'ai-je déjà dit ? »

Au moins autant de fois que tu m'as dit de ne pas parler la bouche pleine, pensa Brian, qui s'abstint néanmoins de faire ce commentaire à voix haute. Il avait appris très tôt à garder pour lui ce genre de réflexions.

« Excuse, M'man.

— Quel genre d'auvent ?

— Une banne verte.

— En compressé ou en alu ? »

Brian, dont le père vendait des profilés d'aluminium pour Dick Perry Siding and Door Company, à South Paris, savait exactement de quoi elle voulait parler ; mais s'il s'était agi d'une banne fixe montée selon ces principes, il n'y aurait même pas fait attention. Les bannes de magasin en métal compressé, on ne voyait que ça. La moitié des maisons de Castle Rock en avaient au-dessus de leurs fenêtres.

« Ni l'un ni l'autre. Elle est en tissu. En toile, je crois. Elle dépasse beaucoup, et il y a de l'ombre en dessous. Et elle est ronde, comme ça. (Prenant bien garde de renverser son lait, il plaça les mains comme s'il tenait un objet arrondi.) Le nom est inscrit au bout. Elle est sensationnelle.

— Elle est raide, celle-là ! »

C'était le leitmotiv qui servait en général à Cora pour exprimer son excitation ou son exaspération. Brian recula prudemment d'un pas, au cas où il se serait agi de celle-ci et non de celle-là.

« Qu'est-ce que c'est d'après toi, M'man ? Un restaurant, peut-être ?

— Je ne sais pas. » Elle tendit la main vers le téléphone, un Princess, posé sur le bout de la table. Elle dut déplacer le chat Squeebles, le *TV Guide*, et une canette de Coke allégé pour l'atteindre. « Mais je trouve ça bizarre.

— Dis, M'man, qu'est-ce que ça veut dire, le Bazar des Rêves ? C'est comme…

— Ne m'ennuie pas maintenant, Brian, Maman est occupée. Tu trouveras des Devil Dog dans la panetière, si tu veux. Mais n'en prends qu'un, sinon ça te coupera l'appétit pour le dîner. » Elle composait déjà le numéro de Myra et les deux femmes se mirent à discuter de l'auvent (ou de la banne) avec beaucoup d'enthousiasme.

Brian, qui n'avait pas envie de manger de Devil Dog (il aimait beaucoup sa mère, mais parfois, ce qui lui coupait vraiment l'appétit, c'était de la voir s'empiffrer ainsi), s'assit à la table de la cuisine, ouvrit son livre de mathématiques et commença ses devoirs. Elève brillant et consciencieux, il ne lui restait que ses exercices de maths à faire à la maison ; il avait fini tous les autres à l'école. Tout en déplaçant les décimales et en divisant, il écoutait la conversation de sa mère avec Myra. Elle répétait une fois de plus qu'ils allaient *encore* avoir une boutique vendant de vieux flacons de *parfums* qui empesteraient et les photos d'ancêtres des uns ou des autres, et que c'était une honte de faire commerce de choses pareilles. Il y avait vraiment trop de gens, ajouta Cora, dont la seule devise dans la vie était prendre le fric et ficher le camp. Lorsqu'elle parla de l'auvent, on aurait dit que quelqu'un l'avait délibérément installé pour l'offenser — et y avait admirablement réussi.

J'ai l'impression qu'elle estime qu'on aurait dû lui en parler avant, pensa Brian, tandis que son crayon alignait opiniâtrement des chiffres, soustrayait, arrondissait. Ouais, c'était ça. Elle était curieuse, pour commencer; et vexée, pour finir. La combinaison des deux la rendait malade. Eh bien, elle ne tarderait pas à savoir. Et à ce moment-là, peut-être le mettrait-elle dans le grand secret. Et si elle était trop occupée, il pourrait toujours écouter l'une de ses conversations de l'après-midi avec Myra.

Mais en fin de compte, Brian en apprit énormément sur le Bazar des Rêves bien avant sa mère, Myra, ou n'importe qui d'autre à Castle Rock.

2

Il ne monta pratiquement pas sur sa bicyclette lorsqu'il revint de l'école, la veille du jour de l'ouverture du Bazar des Rêves; il était perdu dans une rêverie torride (dont il n'aurait jamais trahi le secret, même mis sur des charbons ardents ou jeté au milieu d'un nid de tarentules) dans laquelle il demandait à Miss Ratcliffe de l'accompagner à la foire de Castle County — ce qu'elle acceptait.

«Merci, Brian», dit Miss Ratcliffe, et Brian vit de petites larmes de gratitude au coin de ses yeux bleus — d'un bleu tellement profond qu'ils paraissaient assombris comme par un gros nuage. «Je suis... disons très triste, depuis quelque temps. Vois-tu, j'ai perdu mon amour.

— Je vous aiderai à l'oublier, dit Brian, d'une voix qui était autoritaire et tendre en même temps. Appelez-moi simplement... Bri.

— Merci», murmura-t-elle. Elle se pencha sur lui, si bien qu'il put sentir son parfum — un arôme édénique de

fleurs sauvages, et ajouta: «Merci... Bri. Et étant donné que ce soir nous serons non plus professeur et élève, mais fille et garçon, tu peux m'appeler... Sally.»

Il lui prit la main. La regarda droit dans les yeux. «Je ne suis pas juste un gamin. Je peux vous aider à l'oublier... Sally.»

Elle paraissait presque hypnotisée par cette compréhension inattendue, par tant de maturité; il n'avait peut-être que onze ans, pensa-t-elle, mais il est plus homme que Lester ne l'a jamais été! Les mains de Sally répondirent à son étreinte. Leurs visages se rapprochèrent... encore... encore...

«Non, murmura-t-elle, les yeux si grands et si proches de lui, maintenant, qu'il aurait pu s'y noyer. Il ne faut pas, Bri... c'est mal...

— Au contraire, ma chérie», répondit-il en posant ses lèvres sur celles de Sally.

Elle se recula au bout de quelques instants et murmura tendrement...

«Hé, le môme, fais gaffe un peu où tu vas!»

Brutalement arraché à son songe, Brian se rendit compte qu'il venait de s'avancer devant la camionnette de Hugh Priest.

«Désolé, monsieur Priest», dit-il, rougissant furieusement. Hugh Priest était un type qu'il valait mieux éviter de mettre en colère. Il travaillait au service de voirie de la ville et passait pour avoir le caractère le plus épouvantable de tout Castle Rock. Brian l'observa à la dérobée. Si l'homme commençait à descendre de son véhicule, il bondirait sur sa bicyclette et foncerait dans Main Street à une vitesse proche de celle de la lumière. Il n'avait aucune envie de passer le mois suivant à l'hôpital, tout ça parce qu'il s'était laissé aller à rêvasser d'une balade à la foire avec Miss Ratcliffe.

Mais Hugh Priest tenait une bouteille de bière entre ses cuisses, Hank Williams beuglait «High and pressurised» à la radio, et il se sentait juste un peu trop bien comme ça pour prendre la peine d'aller flanquer une bonne raclée à ce petit merdeux, par cet agréable après-midi.

«T'as intérêt à garder les yeux ouverts, dit-il, prenant

une gorgée à sa bouteille et jetant un regard noir à Brian. Parce que la prochaine fois, je me fatiguerai pas à m'arrêter. Je te passerai dessus, petit morveux. Ça te fera les pieds ! »

Il engagea une vitesse et s'éloigna. Brian éprouva un besoin insensé (et fort heureusement passager) de lui crier d'aller se faire foutre. Il attendit que la camionnette orange du cantonnier eût tourné dans Linden Street et poursuivit son chemin. Sa rêverie avec Miss Ratcliffe était gâchée pour la journée. Hugh Priest l'avait ramené dans la réalité. Miss Ratcliffe ne s'était nullement disputée avec son fiancé, Lester Pratt ; elle portait toujours sa bague de fiançailles avec un petit diamant, et conduisait toujours la Mustang bleue de Lester en attendant que sa propre voiture fût réparée.

Brian avait encore vu Miss Ratcliffe et Lester Pratt hier au soir, qui agrafaient les affichettes : LES DÉS SONT UN JEU DU DIABLE sur les poteaux téléphoniques du bas de Main Street, avec d'autres personnes. Ils chantaient des hymnes. Seulement voilà, dès qu'ils avaient tourné le dos, les catholiques venaient les arracher. C'était assez comique, dans le fond... mais s'il avait été plus grand, Brian aurait fait de son mieux pour protéger tout ce que Miss Ratcliffe aurait pu placarder de ses mains sacrées.

Brian pensa à ses yeux bleu foncé, à ses longues jambes de danseuse, et éprouva la même mélancolique stupéfaction qu'il ressentait à chaque fois qu'il se disait qu'en janvier elle avait l'intention d'abandonner le nom ravissant de Sally Ratcliffe pour celui de Sally Pratt — qui sonnait, aux oreilles de Brian, comme une grosse dame dégringolant dans un escalier.

Eh bien, pensa-t-il, longeant le trottoir pour descendre Main Street sans se presser, elle changera peut-être d'avis. Ce n'est pas impossible. Ou alors, Lester Pratt aura peut-être un accident de voiture, ou une tumeur au cerveau, ou quelque chose comme ça. Qui sait s'il ne va pas devenir toxico ? Jamais Miss Ratcliffe n'épouserait un drogué.

Ce genre de réflexions procurait une sorte de bizarre réconfort à Brian, mais ne changeait rien au fait que

Hugh Priest avait amputé la rêverie de son apogée (il embrassait Miss Ratcliffe sur la bouche et *lui touchait le sein droit* pendant qu'ils s'enfonçaient dans le Tunnel des Amoureux, à la foire). Une idée tout de même plutôt farfelue : un gamin de onze ans qui amène son professeur à la foire. Miss Ratcliffe était jolie, mais également vieille. Elle avait dit un jour à ses cinq élèves qu'elle allait avoir vingt-quatre ans en novembre.

Si bien que Brian replia soigneusement sa rêverie, comme un homme qui replierait un document qu'il a souvent lu et auquel il tient beaucoup, et la remisa sur une étagère, dans un coin de son cerveau. A sa place. Il se prépara à monter sur sa bicyclette pour faire le reste du chemin.

Mais il passait justement devant le nouveau magasin à ce moment-là, et le panneau de la porte attira son œil. Quelque chose avait changé. Il s'arrêta et regarda.

GRANDE OUVERTURE LE 9 OCTOBRE
AMENEZ VOS AMIS !

avait disparu d'en haut. Remplacé par un petit panonceau carré, en lettres rouges sur fond blanc : OUVERT, lisait-on ; et seulement ça. Brian restait immobile, la bicyclette entre les jambes, hypnotisé, sentant son cœur battre un peu plus vite.

Tu ne vas tout de même pas entrer là-dedans, hein ? se demanda-t-il. Si vraiment ils ont ouvert un jour à l'avance, tu ne vas pas y aller, non ?

Et pourquoi pas ? se répondit-il.

Eh bien... parce que le badigeon est encore sur la vitrine. Le store intérieur toujours baissé. Si tu rentres là-dedans, n'importe quoi peut t'arriver. *N'importe quoi*.

Tiens pardi ! Et si le type est un Norman Bates ou un truc comme ça, qui s'habille avec les vêtements de sa mère et tue ses clients ? *Tout juste*.

Eh bien, laisse tomber, intervint le timide en lui, lequel semblait savoir qu'il avait déjà perdu la partie. L'idée était trop tentante.

Et puis, Brian s'imagina lâchant d'un ton nonchalant

à sa mère : «Au fait, M'man, tu sais, le nouveau magasin, le Bazar des Rêves ? Figure-toi qu'il a ouvert avec un jour d'avance. Je suis entré et j'ai jeté un coup d'œil.»

C'est là, pour le coup, qu'elle se précipiterait sur la télécommande pour couper le son de la télé ; vous pouvez me croire ! Elle ne voudrait pas en perdre une miette !

Cette idée fut trop séduisante pour Brian. Il abaissa la béquille de son vélo, s'engagea lentement dans l'ombre de l'auvent et s'approcha de la porte du Bazar des Rêves.

Au moment où il posa la main sur la poignée, il lui vint à l'esprit qu'il devait s'agir d'une erreur. On avait placé le panneau là, en vue de l'ouverture, le lendemain, et quelqu'un l'avait retourné par erreur. Il n'entendait pas le moindre son en provenance de l'intérieur ; derrière son store baissé, le local donnait l'impression d'être vide.

Mais puisqu'il avait été jusqu'ici, il essaya tout de même de tourner le bouton... lequel pivota sans difficulté sous sa main. Le pêne se désengagea avec un cliquetis et la porte du Bazar des Rêves s'ouvrit en grand.

3

Une sorte de faux jour régnait à l'intérieur, mais pas l'obscurité. Brian s'aperçut qu'on avait installé des rails d'éclairage (une spécialité de Dick Perry Siding and Door Company) ; quelques-uns des projecteurs étaient allumés. On les avait braqués sur un certain nombre de vitrines et de cabinets de verre disposés tout autour de la vaste pièce ; la plupart étaient vides. Les projecteurs mettaient en valeur les rares objets qui s'y trouvaient.

Une moquette, d'une riche couleur bordeaux, recouvrait l'ancien plancher de la Western Maine — Immobilier & Assurances. On avait peint les murs couleur coquille d'œuf. La vitrine badigeonnée laissait filtrer une lumière diffuse, de la même nuance que les murs.

Peu importe, c'est tout de même une erreur, songea Brian. Il n'a même pas encore mis son stock en place. Et celui qui s'était trompé avec le panneau avait aussi oublié de fermer la porte à clef. Dans de telles circonstances, les règles de la politesse étaient simples : refermer la porte, enfourcher sa bicyclette et s'éloigner.

Néanmoins, il n'avait aucune envie de partir. Après tout, il contemplait l'intérieur du nouveau magasin. Sa mère lui parlerait pendant tout le reste de l'après-midi en apprenant cela. Mais quelque chose le mettait dans tous ses états : il n'aurait su exactement dire ce qu'il voyait. Il y avait une demi-douzaine d'objets *(d'objets exposés)* dans les vitrines, les projecteurs braqués sur eux — sans doute dans le but de faire un essai d'éclairage —, mais il aurait été incapable de les décrire avec précision. Il pouvait, néanmoins, dire ce qu'ils *n'étaient pas* : des lits en bois tourné ou des téléphones à cadran moisis.

« Bonjour ? fit-il d'un ton incertain, toujours debout dans l'encadrement de la porte. Il y a quelqu'un ? »

Il était sur le point de refermer le battant lorsqu'une voix répondit : « Je suis ici. »

Une haute silhouette — d'une taille qui lui parut tout d'abord démentielle — surgit d'une porte du fond à demi dissimulée par une vitrine et sur laquelle retombait un rideau de velours sombre. Brian ressentit une soudaine bouffée de peur, brève mais monstrueuse. Puis la lumière d'un projecteur vint frapper obliquement le visage de l'homme, et sa peur s'évanouit. Le type était très vieux, et son visage respirait la bonté. Il examinait Brian avec intérêt et plaisir.

« La porte n'était pas fermée à clef, expliqua Brian, alors j'ai pensé...

— *Evidemment*, elle n'était pas fermée. J'ai décidé d'ouvrir un petit moment cet après-midi... en avant-première, en quelque sorte. Et vous êtes mon premier client. Entrez, mon jeune ami. Entrez librement, et laissez en repartant un peu de la joie de vivre qui vous accompagne ! »

Il sourit et tendit la main. Le sourire était contagieux. Brian éprouva une sympathie instantanée pour le propriétaire du Bazar des Rêves. Il dut franchir le seuil et s'avancer dans la boutique pour serrer la main de l'homme de haute taille, et il agit sans la moindre hésitation. La porte se referma derrière lui et le pêne s'engagea tout seul dans la gâche. Brian n'y fit pas attention. Il était trop occupé à remarquer un détail : les yeux du géant étaient bleu foncé, exactement de la même nuance que ceux de Miss Ratcliffe. Il aurait pu être son père.

La poignée de main de l'homme était ferme et assurée, mais pas douloureuse. Elle avait toutefois quelque chose de désagréable. Quelque chose... de *lisse*. De trop dur, aussi.

« Je suis content de faire votre connaissance », dit le garçon.

Les yeux bleu foncé se fixèrent sur son visage comme les lanternes encapuchonnées des chemins de fer.

« Je suis également ravi de faire la vôtre », répondit l'homme de haute taille. Et c'est ainsi que Brian Rusk fut le premier citoyen de Castle Rock à rencontrer le propriétaire du Bazar des Rêves.

4

« Je m'appelle Leland Gaunt. Et vous ?

— Brian. Brian Rusk.

— Très bien, monsieur Rusk. Et étant donné que vous êtes mon premier client, je crois qu'il est normal de vous faire un prix extrêmement avantageux sur tout article qui pourrait vous intéresser.

— Euh, merci, mais je ne crois pas que je pourrais acheter quelque chose, dans un endroit comme ici. Je n'aurai mon argent de poche que vendredi et... (il jeta de nouveau un regard dubitatif sur les vitrines)... et on dirait que vous n'avez pas encore tout déballé. »

Gaunt sourit. Il avait les dents plantées de travers, des dents qui paraissaient plutôt jaunâtres dans la faible lumière, mais Brian n'en trouva pas moins ce sourire absolument charmant. Une fois de plus, il se sentit presque obligé d'y répondre. « Non, admit Leland Gaunt, en effet. La majorité de... de mon stock, comme vous dites, doit arriver plus tard, dans la soirée. Mais j'ai déjà quelques articles intéressants. Jetez donc un coup d'œil, mon jeune ami. J'aimerais beaucoup avoir ne serait-ce que votre opinion. J'imagine que vous avez une maman, n'est-ce pas ? Oui, bien entendu. Un jeune homme aussi bien élevé ne peut être orphelin. Ai-je raison ? »

Brian acquiesça, toujours souriant. « Bien sûr. Elle est à la maison. Voulez-vous que j'aille la chercher ? » ajouta-t-il soudain. Mais il regretta sur-le-champ d'avoir lancé cette proposition. Il n'avait aucune envie de ramener sa mère ici. Demain, Mr Leland Gaunt appartiendrait à toute la ville. Demain, sa mère et Myra Evans viendraient faire la roue devant lui, avec toutes les autres femmes de Castle Rock. Brian se dit que Mr Gaunt aurait probablement cessé de lui paraître aussi étrange et original à la fin du mois, sinon à la fin de la semaine ! Mais, pour le moment, il l'était encore, pour le moment, il appartenait à Brian Rusk, et uniquement à Brian Rusk, qui trouvait que c'était parfait ainsi.

Il fut donc ravi lorsque Leland Gaunt leva une main (il avait les doigts extrêmement étroits et extrêmement longs, et Brian remarqua que l'index et le majeur étaient exactement de la même taille) et secoua la tête. « Pas du tout. C'est précisément ce que je ne veux pas. Elle amènerait sans aucun doute l'une de ses amies, n'est-ce pas ?

— Oui, admit Brian, pensant à Myra.

— Peut-être même plusieurs amies. Non, c'est mieux ainsi, Brian — me permettez-vous de vous appeler Brian et de vous tutoyer ?

— Bien sûr, répondit-il, amusé.

— Merci. Et tu m'appelleras monsieur Gaunt, étant donné que je suis ton aîné, ce qui ne veut pas dire que je vaux mieux que toi. D'accord ?

— D'accord. » Brian ne voyait pas trop ce qu'avait voulu dire Leland Gaunt avec cette histoire d'aîné, mais il *adorait* entendre ce type parler. Et ses yeux étaient vraiment quelque chose — il avait toutes les peines du monde à en détacher les siens.

« Oui, c'est beaucoup mieux. » Mr Gaunt frotta ses longues mains l'une contre l'autre, ce qui produisit un bruissement sifflant. Ça, c'était quelque chose que Brian trouvait moins agréable. On aurait dit le crépitement qu'émet un serpent à sonnettes que l'on vient de déranger et qui s'apprête à mordre. «Tu vas en parler à ta mère, et peut-être même lui montrer ce que tu as acheté, si jamais tu achètes quelque chose...»

(Brian envisagea d'avouer à Leland Gaunt qu'il disposait en tout et pour tout de quatre-vingt-onze cents au fond de ses poches, puis y renonça.)

«... et elle en parlera à ses amies, qui en parleront aux leurs et ainsi de suite, vois-tu, Brian? La publicité que tu me feras sera bien supérieure à tout ce que pourrait imaginer de publier le journal local en la matière! Mieux, même, que de te déguiser en homme-sandwich et de te faire arpenter les rues de la ville!

— Puisque c'est vous qui le dites», reconnut Brian. Il n'avait pas la moindre idée de ce qu'était un homme-sandwich, mais il savait qu'il n'avait aucune envie d'en devenir un. «Ce sera amusant de jeter un coup d'œil.» *Aux quatre bricoles qu'il y a à voir*, pensa-t-il, trop poli pour le dire.

«Alors vas-y!» fit Leland Gaunt avec un geste vers les vitrines. Brian remarqua qu'il portait une longue veste de velours rouge; il s'agissait peut-être même d'une jaquette, comme dans les récits de Sherlock Holmes qu'il avait lus. Très chic. «Fais comme chez toi, Brian!»

Le garçon s'avança lentement vers la vitrine la plus proche de la porte. Il regarda par-dessus son épaule, certain que Mr Gaunt allait le suivre, mais l'homme de haute taille n'avait pas bougé et l'observait avec un air amusé et madré. Comme s'il avait lu dans l'esprit de Brian et compris combien celui-ci détestait être suivi par le propriétaire d'un magasin quand il examinait la marchandise. Il supposait que les commerçants craignaient la casse ou le vol, voire les deux.

«Prends tout ton temps, ajouta Leland Gaunt. Le lèche-vitrines est une joie quand on prend son temps, casse-choses quand on est pressé.

— Dites, est-ce que vous venez d'Angleterre ou d'ailleurs?» demanda Brian. La manière dont Mr Gaunt utilisait le «on» plutôt que le «vous» l'intriguait. Ça lui rappelait l'espèce de vieux beau qui présentait *Au théâtre ce soir*, programme que sa mère regardait parfois, si, d'après *TV Guide*, il s'agissait d'une histoire d'amour.

«Je suis d'Akron.

— C'est en Angleterre?

— Non, dans l'Ohio», répondit gravement Leland Gaunt, exhibant ses dents fortes et irrégulières en un sourire rayonnant.

Ces répliques parurent comiques à Brian, comme il trouvait souvent comiques celles des programmes de variétés, à la télé. En vérité, c'était toute l'aventure qui le frappait par son côté spectacle de télévision: un peu mystérieux, mais pas réellement menaçant. Il éclata de rire.

Un instant, il se demanda si Mr Gaunt n'allait pas le trouver impoli (peut-être à cause de sa mère, qui l'accusait constamment de l'être, au point qu'il en était venu à s'imaginer prisonnier d'un réseau, énorme et à peu près invisible, d'étiquette sociale), mais l'homme de haute taille l'imita. Ils rirent ensemble, et tout compte fait, Brian en vint à se dire qu'il ne se souvenait pas d'avoir jamais passé un après-midi aussi agréable que celui-ci promettait de l'être.

«Vas-y, regarde, reprit Mr Gaunt avec un geste de la main. Nous échangerons des histoires une autre fois, Brian.»

Brian regarda donc. Seulement cinq objets étaient disposés dans le plus grand des casiers de verre, alors qu'il aurait facilement pu en contenir vingt ou trente de plus. L'un était une pipe. Un autre, une photo d'Elvis Presley portant son foulard rouge et son survêtement blanc avec un tigre dans le dos. Le King (comme l'appelait toujours sa mère) approchait un micro de ses lèvres boudeuses. Le troisième objet était un appareil photo Polaroid; le quatrième, un fragment de roche poli, avec, en son centre, un trou plein de pointes de cristal. Le projecteur, au-dessus, les faisait chatoyer somptueusement. Le cinquième, un éclat de bois à peu près de la taille de l'index de Brian.

Il montra le cristal. «C'est une géode, n'est-ce pas?

— Tu es un jeune homme cultivé, Brian. C'est exactement cela. J'ai de petites étiquettes pour tous mes objets, mais elles n'ont pas encore été déballées — comme l'essentiel de mon stock. Je vais devoir me démener comme un beau diable si je veux être prêt pour l'ouverture, demain matin.» Il n'y avait cependant pas la moindre inquiétude dans le ton de sa voix, et il paraissait tout à fait satisfait de rester dans son coin.

«C'est quoi, ça?» demanda Brian en montrant l'éclat de bois. Au fond de lui, il trouvait ces objets disparates bien étranges, pour un magasin installé dans une petite ville. Leland Gaunt lui avait plu instantanément, mais si le reste de son stock était du même ordre, il n'allait pas faire longtemps des affaires à Castle Rock. Quand on voulait vendre des trucs comme des pipes, des photos du King et des bouts de bois, c'était à New York qu'il fallait ouvrir boutique... telle était du moins l'idée qu'il s'était faite, d'après les films qu'il avait vus.

«Ah! dit Leland Gaunt, voilà un objet intéressant. Permets-moi de te le montrer.»

Il traversa la salle, tirant un gros trousseau de clefs de sa poche; il en sélectionna une pratiquement sans chercher, ouvrit la vitrine par le côté et prit délicatement l'éclat de bois. «Donne-moi ta main, Brian.

— Heu, il vaudrait peut-être mieux pas.» Natif d'un Etat dans lequel le tourisme était une industrie majeure, il avait souvent vu des panonceaux avec ce petit poème:

> *Charmant à regarder,*
> *Délicieux à tenir,*
> *Mais le casser,*
> *C'est l'acheter.*

Il imaginait sans peine la réaction horrifiée de sa mère s'il brisait l'éclat de bois (ou quoi que ce soit) et que Mr Gaunt, soudain moins amical, lui disait qu'il y en avait pour cinq cents dollars.

«Et pourquoi donc?» demanda Leland Gaunt, levant les sourcils — il aurait mieux valu dire le sourcil, car il les avait tellement fournis qu'ils se rejoignaient au-dessus de son nez.

«C'est que je suis plutôt maladroit.

— Je n'en crois rien. Je sais reconnaître un garçon maladroit lorsque j'en vois un. Toi, tu n'es pas de cette race-là.» Il laissa tomber le fragment de bois dans la paume de Brian. Celui-ci le regarda, surpris; il ne se souvenait pas avoir ouvert la main pour le recevoir.

Et il ne donnait pas l'impression d'être un éclat de bois; on aurait dit plutôt...

«On dirait de la pierre! s'exclama-t-il d'un ton dubitatif, levant les yeux vers Leland Gaunt.

— C'est à la fois du bois et de la pierre. Exactement, du bois pétrifié.

— Pétrifié», s'émerveilla Brian. Il regarda l'éclat de bois de plus près et l'effleura du doigt. Le contact était à la fois lisse et bosselé; la sensation n'était pas spécialement agréable. «Il doit être ancien.

— Plus de deux mille ans, opina gravement Mr Gaunt.

— Mince, alors!» Brian sursauta et faillit laisser tomber l'objet. Il referma la main dessus pour le retenir... et, immédiatement, une impression d'étrangeté et de distorsion le submergea. Il se sentit soudain... quoi? pris de vertige? Non, pas pris de vertige, mais *loin*. Comme si une partie de lui-même, arrachée à son corps, venait d'être entraînée ailleurs.

Il voyait Mr Gaunt le regarder avec intérêt et amusement; mais les yeux de l'homme parurent brusquement prendre la taille de soucoupes. Cependant, cette impression de désorientation n'était pas effrayante; excitante, plutôt, et en tout cas plus agréable que l'impression huileuse du morceau de bois pétrifié sous son doigt.

«Ferme les yeux! Ferme les yeux, Brian, et dis-moi ce que tu ressens!»

Brian obéit à l'invitation et resta un moment sans bouger, le bras droit tendu, le poing tenant toujours l'éclat de bois. Il ne vit pas la lèvre supérieure de Leland Gaunt se retrousser comme une babine de chien sur ses grandes dents de travers, pendant ce qui, un instant, aurait pu passer pour une grimace de plaisir ou d'anticipation. Il éprouva une vague sensation de déplacement — une sorte de mouvement en tire-bouchon. Un son, bref et léger : *teuf-teuf*... *teuf-teuf*... *teuf-teuf*... Il connaissait ce son. C'était...

« Un bateau ! s'écria-t-il, ravi, sans ouvrir les yeux. J'ai l'impression d'être sur un bateau !

— Vraiment ? » dit Mr Gaunt. Sa voix parut incroyablement distante aux oreilles de Brian.

Les sensations s'intensifièrent ; il éprouvait maintenant l'impression d'escalader et de descendre, au ralenti, d'énormes vagues. Il entendait des cris lointains d'oiseaux et, plus près, le bruit de nombreux animaux ; une vache mugit, des coqs chantèrent, un gros, très gros félin feula, exprimant non de la rage, mais de l'ennui. Dans cette unique seconde, il sentit presque le bois (ce même bois dont l'éclat avait autrefois fait partie, il en était sûr) sous ses pieds et comprit qu'il ne portait pas ses chaussures de sport (des Converse) mais des sortes de sandales, et...

Et tout s'éloigna et se réduisit à un minuscule point brillant, comme sur l'écran, lorsque l'on coupe la télé. Puis il n'y eut plus rien. Il ouvrit les yeux, secoué mais au comble de la joie.

Sa main enserrait l'éclat de bois pétrifié avec tant de force qu'il dut produire un effort de volonté pour ouvrir les doigts ; ses articulations grincèrent comme des gonds rouillés.

« Eh bien, mon vieux, dit-il doucement.

— C'est quelque chose, hein ? » lui demanda Leland Gaunt d'un ton joyeux, prenant le fragment dans la paume de Brian avec l'adresse naturelle d'un médecin retirant une écharde de la chair d'un patient. Puis il le remit à sa place et referma le cabinet vitré avec un geste exagéré.

« Oui, quelque chose », admit Brian avec une longue expiration qui était presque un soupir. Il se pencha pour contempler l'éclat de bois pétrifié. Sa main lui démangeait encore à l'endroit où elle l'avait tenu. Les sensations, le pont qui s'inclinait et se redressait, le clapotis des vagues contre la coque, le bois sous ses pieds... tout cela s'attardait en lui, bien qu'il soupçonnât (avec un réel sentiment de chagrin) qu'elles passeraient, comme passent les rêves.

«Connais-tu l'histoire de l'Arche de Noé?» demanda Mr Gaunt.

Brian fronça les sourcils. Il était à peu près sûr qu'elle se trouvait dans la Bible, mais il avait tendance à rêvasser pendant les sermons du dimanche et les leçons de catéchisme du jeudi soir. «Ce n'est pas celle du bateau qui a fait le tour du monde en quatre-vingts jours?»

Leland Gaunt sourit à nouveau. «Quelque chose comme ça, Brian. Tout à fait comme ça. Figure-toi que cet éclat de bois proviendrait, paraît-il, de l'Arche de Noé. Evidemment, je ne peux pas l'affirmer, car les gens me prendraient pour un fieffé menteur. Il doit bien y avoir quatre mille personnes, de par le monde, qui essaient aujourd'hui de vendre des bouts de bois qui auraient appartenu à l'Arche de Noé — et probablement quatre cent mille qui essaient de fourguer des morceaux de la vraie croix —, mais, par contre, je peux affirmer qu'il a plus de deux mille ans, car il a été daté au carbone 14, et je peux affirmer aussi qu'il provient de Terre sainte, bien qu'il ait été trouvé non pas sur le mont Ararat, mais sur le mont Boram.»

Ces explications furent en partie perdues pour Brian, mais pas le fait le plus marquant. «Deux mille ans, murmura-t-il. Bigre! Vous en êtes vraiment sûr?

— Tout à fait. Je possède un certificat du MIT, où il a été daté au carbone 14, certificat qui accompagne évidemment l'objet. Mais, vois-tu, je crois pour ma part qu'il provient réellement de l'Arche.» Il contempla le fragment pendant quelques instants, pensif, puis tourna son éblouissant regard bleu vers les yeux noisette de Brian. Une fois de plus, le garçon se sentit paralysé par ce regard. «Après tout, le mont Boram est à moins de trente kilomètres du mont Ararat, à vol d'oiseau, et on a commis de bien plus grandes erreurs d'estimation quant au lieu d'échouage d'un bateau, même grand, en particulier lorsque l'histoire s'est transmise oralement pendant des générations avant d'être finalement consignée par écrit. Tu ne crois pas?

— Oui, ça paraît logique, admit Brian.

— Et, de plus, l'objet produit cette étrange sensation lorsqu'on le tient. Ce n'est pas ce que tu dirais?

— Et comment!»

Leland Gaunt sourit et ébouriffa les cheveux du garçon, rompant le charme. «Sais-tu que tu me plais, Brian? Si seulement tous mes clients pouvaient s'émerveiller comme toi... La vie serait alors plus facile pour un humble commerçant dans mon genre.

— Combien... combien demanderiez-vous pour une pièce comme celle-ci?» voulut savoir Brian. Il montra l'éclat de bois pétrifié d'un doigt encore mal assuré. Il commençait seulement à se rendre compte à quel point l'expérience l'avait affecté. Comme s'il avait porté un coquillage à l'oreille et entendu le bruit de la mer — mais en Dolby Stéréo Sensurrond. Il espérait ardemment que Mr Gaunt le lui laisserait tenir à nouveau, peut-être même un petit peu plus longtemps, mais il ne savait comment le demander, et Leland Gaunt ne le lui proposa pas.

«A vrai dire, répondit l'homme, les mains jointes sous le menton, le regard malicieux, avec un objet comme celui-ci — comme avec la plupart des *bons* objets que je vends, ceux qui sont véritablement *intéressants* —, ça dépendrait de l'acheteur. De ce que le client accepterait de payer. Combien accepterais-tu d'y mettre, Brian?

— Je ne sais pas», avoua le garçon, pensant aux quatre-vingt-onze cents au fond de sa poche. Puis il lâcha: «Beaucoup d'argent!»

Leland Gaunt renversa la tête et se mit à rire de bon cœur. Brian remarqua à ce moment-là qu'il s'était trompé sur un détail, auparavant. Il avait remarqué, au moment où Mr Gaunt avait fait son apparition, sa chevelure grisonnante. Maintenant, il se rendait compte qu'elle était seulement argentée à hauteur des tempes. Sans doute s'était-il tenu sous l'un des projecteurs, conclut Brian.

«Eh bien, tout cela est passionnant, Brian, mais j'ai vraiment *beaucoup* de travail qui m'attend d'ici à demain matin dix heures, et donc...

— Oui, bien sûr, le coupa Brian, qui se rendit brusquement compte qu'il venait d'oublier les bonnes manières. Moi aussi, je dois y aller. Désolé de vous avoir retenu si longtemps...

— Non, non! Tu m'as mal compris!» Leland Gaunt posa une main aux longs doigts sur le bras de Brian. Celui-ci eut un mouvement de recul. Il espéra que son geste ne paraîtrait pas trop discourtois, mais il n'avait pu le retenir. Le contact de la main de Mr Gaunt, dure et sèche, avait quelque chose de désagréable. Une impression pas très différente, en réalité, de celle que lui avait procurée le fragment de bois pétrifié venu de l'Arche de Noël (quelque chose comme ça). Mais Mr Gaunt était bien trop à ce qu'il disait pour remarquer la réaction de recul instinctive de Brian. Il se comporta comme si c'était lui, et non le jeune garçon, qui venait de commettre un impair. «Je voulais simplement dire qu'il était temps de parler affaires. Il ne servirait à rien, en réalité, de regarder les quelques autres objets que j'ai réussi à déballer; il n'y en a pas beaucoup, et tu as vu les plus intéressants de ceux qui le sont. Néanmoins, je connais avec assez de précision ce que contient mon stock, même sans la feuille d'inventaire, et je pourrais avoir quelque chose qui te ferait plaisir, Brian. Qu'est-ce qui te ferait plaisir?

— Bon sang!» s'exclama Brian. *Mille* choses au moins lui auraient fait plaisir, et c'était une partie de son problème. Lorsqu'on lui posait la question aussi abruptement, il était incapable de dire laquelle, de ces mille choses, lui ferait le plus plaisir.

«Il vaut mieux ne pas trop y réfléchir», reprit Leland Gaunt. Il parlait d'un ton indifférent, mais ce n'était pas de l'indifférence que l'on aurait lue dans ses yeux, qui étudiaient attentivement le visage de Brian. «Lorsque je te dis: Brian Rusk, que désires-tu le plus ardemment au monde en ce moment, quelle est ta réaction? Vite!

— Sandy Koufax», répondit-il vivement. Il ne s'était pas rendu compte qu'il avait eu la main ouverte pour recevoir le morceau de bois pétrifié de l'Arche de Noël — jusqu'au moment où l'objet avait pesé dans sa paume —

et il n'avait pas eu conscience de ce qu'il allait dire en réaction à la question de Mr Gaunt tant que les mots n'étaient pas sortis de sa bouche. Mais lorsqu'il s'entendit les prononcer, il sut qu'il n'y avait rien de plus vrai.

5

« Sandy Koufax, répéta Mr Gaunt, songeur. Comme c'est intéressant.

— Enfin, pas Sandy Koufax lui-même, mais sa carte de base-ball.

— Des Topps ou des Fleers ? » demanda Leland Gaunt.

Brian n'aurait jamais cru que cet après-midi allait lui révéler des surprises encore plus agréables, mais le fait était là : Mr Gaunt s'y connaissait tout aussi bien en cartes de base-ball qu'en bois pétrifié et en géodes. C'était stupéfiant, vraiment stupéfiant.

« Les Topps.

— Je suppose que c'est sa carte de première année qui t'intéresse, fit Leland Gaunt d'un ton de regret. Je ne pense pas pouvoir faire quelque chose pour toi, dans ce cas, mais…

— Non, pas celle de 1954. Celle de 1956. C'est la carte de 56 que j'aimerais avoir. J'ai une collection de cartes de base-ball de cette année-là. C'est mon père qui m'a donné l'idée de cette collection. C'est amusant, et il n'y en a que quelques-unes qui valent cher : Al Kaline, Mel Parnell, Roy Campanella, des types comme ça. J'en ai déjà plus de cinquante. Y compris Al Kaline. Elle coûtait trente-huit billets. Je peux vous dire que j'en ai tondu, des pelouses, pour avoir Al !

— Je te crois volontiers, admit Mr Gaunt avec un sourire.

— Oui, comme je disais, les cartes de 56 ne sont pas très chères, en général. Cinq dollars, sept, quelquefois dix. Mais une Sandy Koufax en bon état coûte entre quatre-vingt-dix et cent billets. Ce n'était pas une grande vedette, cette année-là, mais évidemment, les choses ont changé, depuis l'époque où les Dodgers étaient à Brooklyn. Tout le monde les traitait de traîne-patins : c'est mon père qui me l'a dit.

— Ton père a raison à deux cents pour cent. Je crois que j'ai quelque chose qui va te rendre très heureux, Brian. Attends-moi ici. »

Il écarta le rideau de velours et disparut, laissant Brian à côté de la vitrine qui contenait l'éclat de bois, le Polaroid et la photo du King. Brian dansait presque d'un pied sur l'autre d'espoir et d'impatience. Il se dit d'arrêter de faire l'idiot ; même si Mr Gaunt possédait une carte de Sandy Koufax, et même si elle datait des années cinquante et de son passage chez les Topps, elle serait probablement de 55 ou de 57. Et si elle était vraiment de 56 ? En quoi cela changerait-il quelque chose pour lui, alors qu'il avait moins d'un dollar en poche ?

Eh bien, je pourrais toujours y jeter un coup d'œil, non ? Ça ne coûte rien, un coup d'œil (autre phrase favorite de sa mère).

De la pièce située derrière le rideau lui parvint le bruit de caisses que l'on déplace, et de coups assourdis, quand elles étaient posées à terre. « Juste une minute, Brian », lança Leland Gaunt. Il semblait un peu hors d'haleine. « Je suis sûr qu'il y a une boîte à chaussures, quelque part...

— Ne vous donnez pas tant de peine pour moi, monsieur Gaunt ! lui répondit Brian sur le même ton, avec l'espoir que le propriétaire du Bazar des Rêves se donnerait autant de mal qu'il le faudrait.

— Cette boîte se trouve peut-être dans l'expédition que j'attends. »

Leland Gaunt avait parlé d'un ton dubitatif ; Brian sentit son cœur se serrer.

Puis : « Mais si, j'en étais sûr ! Elle est là... elle est bien là ! »

Cette fois-ci, son cœur se dilata, et fit même plus que se dilater : il sauta en l'air et accomplit un double saut périlleux.

Le vieil homme souleva de nouveau le rideau. Il avait les cheveux légèrement ébouriffés, et on voyait des traces de poussière sur sa jaquette de soirée. Il tenait à la main une boîte (ayant contenu autrefois une paire de chaussures de sport Air Jordan) qu'il posa sur le comptoir. Sous les yeux de Brian, venu se placer à sa gauche, il souleva le couvercle ; la boîte était remplie de cartes de base-ball, chacune dans son enveloppe protectrice en plastique, tout à fait comme celles que Brian achetait parfois à la boutique de North Conway, dans le New Hampshire.

« J'espérais qu'il y aurait une fiche d'inventaire jointe, mais pas de chance, dit Mr Gaunt. Néanmoins, j'ai une idée assez précise de ce que je possède en stock, comme je l'ai déjà dit — c'est le secret, lorsque l'on tient un commerce où l'on vend un peu de tout — et je suis absolument certain d'avoir vu... »

Il n'acheva pas sa phrase et commença à parcourir rapidement les cartes.

Brian les regardait défiler à toute vitesse, muet d'étonnement. Le type de la boutique de North Conway détenait une jolie collection (« pour un plouc », comme ajoutait toujours son père) de vieilles cartes, mais le contenu de tout son magasin n'était rien en comparaison des trésors jetés en vrac dans cette ancienne boîte à chaussures. Il y avait des cartes de tabac à chiquer avec des photos de Ty Cobb et de Pie Traynor. Des cartes de cigarettes avec celles de Babe Ruth, de Joe DiMaggio et de Big George Keller et même de Hiram Dissen, le lanceur manchot qui avait joué dans les White Sox pendant les années quarante. LUCKY STRIKE GREEN EST SUR LE FRONT! proclamaient plus d'une des cartes de cigarettes. Et là — à peine eut-il le temps de l'apercevoir —, un visage large et solennel au-dessus d'une tenue de l'équipe de Pittsburgh...

« Mon Dieu, mais c'était Honus Wagner, non ? » s'exclama Brian. Son cœur lui faisait l'effet d'un tout petit oiseau qui se serait égaré au fond de sa gorge et y voletait, pris au piège. « C'est la carte de base-ball la plus rare de tout l'univers !

— Oui, oui », répondit Leland Gaunt d'un ton absent. Ses longs doigts rabattaient les cartes rapidement ; défilaient des visages d'une autre époque, prisonniers de leur protection en plastique transparent, des hommes qui avaient frappé de la batte, rattrapé la balle ou regagné acrobatiquement leur base, héros d'un âge d'or enfui, un âge qui suscitait des rêves joyeux et vivants chez le jeune garçon. «Un peu de tout, voilà le secret de la réussite pour une entreprise comme la mienne, Brian. Diversité, plaisir, émerveillement, satisfaction... c'est aussi le secret d'une vie réussie, d'ailleurs... Je n'ai pas de conseils à te donner, mais s'il y en avait un seul, ce ne serait déjà pas si mal de garder celui-là en mémoire... Bon, voyons... ça doit bien être quelque part... Ah!»

Il tira une carte du milieu de la boîte comme un prestidigitateur qui fait un tour et la déposa triomphalement dans la main de Brian.

C'était bien Sandy Koufax.

C'était bien une carte des Topps de 56.

Et elle était *signée*.

«A mon vieil ami Brian, avec mes meilleurs vœux, Sandy Koufax», lut Brian d'une voix étranglée.

Etranglée au point qu'il fut incapable d'articuler un mot de plus.

6

Il leva les yeux sur Mr Gaunt, la bouche s'ouvrant et se fermant. Leland Gaunt sourit.

«Je n'avais rien prévu de pareil, Brian, c'est juste une coïncidence... mais une sacrée belle coïncidence, non?»

Brian ne pouvait toujours pas parler, et il se borna donc à acquiescer d'un unique hochement de tête. L'enveloppe de plastique et son précieux contenu paraissaient étrangement pesants dans sa main.

«Sors-la donc», l'encouragea Mr Gaunt.

Lorsque Brian retrouva finalement la voix, il coassa comme un gazé de la guerre de 14-18. «J'ose pas.

— Mais si, vas-y», insista l'homme, qui prit l'enveloppe des mains de Brian, y glissa un doigt parfaitement manucuré et, de l'ongle, retira la carte qu'il déposa dans la main de Brian.

Il apercevait de minuscules creux à la surface de la carte, ceux laissés par la plume du stylo avec lequel Sandy Koufax avait signé son nom... et écrit celui de

Brian. La signature de Sandy Koufax était presque identique à sa signature imprimée, sauf que cette dernière se lisait « Sanford Koufax ». Mais la signature manuscrite était mille fois mieux, parce qu'elle était *réelle*. Sandy Koufax avait tenu cette carte et apposé sa marque dessus, la marque de ses mains si vivantes et de son nom magique.

Mais il y avait en plus le propre nom de Brian. Sans doute un garçon avec le même prénom que lui avait-il attendu près du vestiaire avant une partie, et Sandy Koufax, *le véritable Sandy Koufax*, jeune et fort, ses années de gloire encore à l'état de simple promesse, avait pris la carte qu'on lui avait tendue (et d'où se dégageait encore, probablement, un parfum douceâtre de chewing-gum rose) et apposé sa marque dessus... *c'est-à-dire aussi la mienne*, songea Brian.

Soudain, lui revint une fois de plus l'impression qui l'avait submergé lorsqu'il avait tenu dans sa main le morceau de bois pétrifié. Mais bien plus puissamment, ce coup-ci.

Agréable odeur d'herbe fraîchement coupée.

Lourd claquement de frêne contre de la peau de cheval.

Cris et rires en provenance de la cage de base.

« Bonjour, monsieur Koufax. Pouvez-vous me signer une carte, s'il vous plaît ? »

Un visage étroit. Des yeux bruns. Des cheveux sombres. Il soulève un instant sa casquette, se gratte la tête à hauteur de ses premiers cheveux, remet la casquette.

« Bien sûr, petit. (Il prend la carte.) Comment t'appelles-tu ?

— Brian, m'sieur, Brian Seguin. »

Scritch, scratch, scrotch *sur la carte. La magie, les lettres de feu.*

« Veux-tu devenir joueur de base-ball quand tu seras grand, Brian ? » La question sonne comme si elle était récitée par cœur, et il parle sans lever les yeux de la carte qu'il tient dans sa grande main droite, afin d'écrire avec sa main gauche, celle qui ne va pas tarder à devenir magique.

« Oui, m'sieur.

— Alors répète tes exercices. » Et il lui rend la carte.

« Oui, m'sieur ! »

Mais déjà Sandy Koufax s'éloigne, tout d'abord au pas, puis au petit trot sur l'herbe fraîchement coupée, en direction des vestiaires, tandis que son ombre trottine à côté de lui...

« Brian ? *Brian ?* »

De longs doigts claquent sous son nez — ceux de Mr Gaunt. Brian sort de son hébétude et voit l'homme qui le regarde, amusé.

« Es-tu bien là, Brian ?

— Désolé », répondit le garçon, rougissant. Il savait qu'il aurait dû rendre la carte, la rendre et sortir d'ici, mais il se sentait incapable de s'en séparer. Mr Gaunt le regardait droit dans les yeux — droit dans la tête, aurait-on dit —, et une fois de plus, il lui était impossible de détourner le regard.

« Bon, dit l'homme doucement. Disons, Brian, que tu es l'acheteur. Disons cela. Combien es-tu prêt à payer pour cette carte ? »

Brian sentit le désespoir venir lui écraser le cœur.

« Mais je n'ai que...

— Chut ! fit sèchement Leland Gaunt avec un geste de la main gauche. Veux-tu bien te mordre la langue ! Jamais l'acheteur ne doit dire au vendeur de combien il dispose. Autant lui donner son portefeuille et retourner ses poches pendant le marchandage ! Si tu ne sais pas mentir, ne dis rien ! C'est la première règle d'une honnête négociation, Brian, mon garçon. »

Ses yeux, si vastes, si sombres. Brian avait l'impression d'y nager.

« Il y a deux prix à payer pour cette carte, Brian. En deux parties. Une moitié est en argent. L'autre en accomplissant quelque chose. Me comprends-tu ?

— Oui », souffla Brian. Voici que de nouveau il se sentait loin, loin de Castle Rock, loin du Bazar des Rêves, même loin de lui-même. Les seules choses réelles dans cet endroit lointain étaient les deux grands yeux sombres de Mr Gaunt.

« Le prix à payer en argent pour cette carte autographe de Sandy Koufax de 1956 est de quatre-vingt-cinq cents. Est-ce que ça te paraît correct ?

— Oui », répondit Brian, d'une voix lointaine et affaiblie. Il se sentait lui-même devenir petit, minuscule… et approcher du point où il n'aurait plus le moindre souvenir précis.

« Bien, fit la voix caressante de Leland Gaunt. Notre petit marchandage se passe très bien, jusqu'ici. Quant à ce qu'il faudra faire… connais-tu une femme du nom de Wilma Jerzyck, Brian ?

— Wilma ? Bien sûr, répondit Brian du fond de l'obscurité croissante. Elle habite de l'autre côté du bloc, par rapport à nous.

— Oui, c'est ce qu'il me semble. Ecoute-moi bien, Brian. »

Sans doute l'homme de haute taille continua-t-il à parler, mais Brian ne se souvenait pas de ce qu'il avait dit.

7

Souvenir suivant : Mr Gaunt le met gentiment à la porte en lui disant tout le plaisir qu'il avait pris à faire sa connaissance, et en lui demandant de rapporter à sa mère et à tous ses amis qu'il avait été bien traité et avait conclu un marché parfaitement honnête.

« Certainement », répondit Brian, qui se sentait déboussolé… mais aussi très bien, comme s'il venait de se réveiller d'un rafraîchissant petit somme, en début d'après-midi.

« Et reviens me voir », ajouta Leland Gaunt, juste avant de refermer la porte. Brian se retourna. Le panneau y pendait toujours, mais on y lisait maintenant :

FERMÉ

8

Brian avait l'impression d'être resté des heures dans la boutique du Bazar des Rêves, mais l'horloge, devant la banque, affirmait qu'il n'était que quatre heures moins dix. Un peu moins de vingt minutes. Il s'apprêtait à monter sur sa bicyclette, mais au lieu de cela appuya le guidon contre lui et enfouit les mains dans les poches de son pantalon.

De l'une, il retira six piécettes d'un cent, en cuivre brillant.

De l'autre, la carte autographe de Sandy Koufax.

Ils avaient apparemment conclu une sorte de marché, sauf que, sa vie aurait-elle été en jeu, Brian n'aurait su dire en quoi il consistait ; il se souvenait seulement que le nom de Wilma Jerzyck avait été mentionné.

A mon vieil ami Brian, avec mes meilleurs vœux, Sandy Koufax.

Peu importait le marché conclu, il valait la peine.

Une carte comme celle-ci n'avait pratiquement pas de prix.

Brian la glissa soigneusement dans son sac à dos, pour qu'elle ne fût pas pliée, monta sur la bicyclette et se mit à pédaler vigoureusement en direction de sa maison. Il garda le sourire tout le long du chemin.

2

1

Lorsque s'ouvre une nouvelle boutique dans une petite ville du Maine, les habitants — aussi rustauds qu'ils soient à bien d'autres titres — manifestent une attitude cosmopolite dont font rarement preuve leurs cousins des grandes cités. A New York ou à Los Angeles, une nouvelle galerie peut attirer un petit groupe de mécènes potentiels et de simples curieux dès avant l'ouverture de ses portes ; une file d'attente peut même se former devant un nouveau club, avec barrières pour canaliser la foule, et *paparazzi* armés de gadgets et de téléobjectifs attendant derrière avec impatience. Il y a une rumeur excitée de conversations, comme entre les amateurs de théâtre, à Broadway, avant la première d'une nouvelle pièce qui alimentera à coup sûr la chronique, qu'elle connaisse un succès fracassant ou qu'elle fasse un four.

En revanche, lorsqu'une boutique ouvre pour la première fois ses portes en Nouvelle-Angleterre, il est bien rare qu'une foule attende devant, et jamais on ne verra une queue se former. Une fois les stores levés et la nouvelle entreprise déclarée ouverte pour les transactions commerciales, les clients entrent et sortent à une cadence si réduite qu'un observateur pourrait la trouver insignifiante... et probablement de mauvais augure pour la future prospérité du propriétaire.

Cet apparent manque d'intérêt dissimule souvent une grande impatience et une surveillance plus grande encore (Cora Rusk et Myra Evans n'étaient pas les deux seules femmes, à Castle Rock, à avoir saturé les lignes de téléphone pour parler du Bazar des Rêves, les semaines ayant précédé l'ouverture).

Cette curiosité et cette impatience ne changent pas, cependant, le code de conduite conservateur de la clientèle provinciale. Certaines choses ne se font pas, en particulier dans les enclaves fortement yankees au nord de Boston. Ce sont des groupes sociaux qui vivent repliés sur eux-mêmes pendant neuf mois de l'année, et estiment condamnable de faire preuve de trop d'intérêt trop tôt, ou de montrer, d'une manière ou d'une autre, plus qu'une vague curiosité passagère, si l'on peut dire.

S'informer sur une nouvelle boutique dans une petite ville, comme participer à un prestigieux événement social dans une grande sont des activités qui provoquent une certaine excitation parmi tous ceux qui se sentent concernés, et les deux cas de figure ont leurs règles ; des règles non dites, immuables et étrangement semblables. La première d'entre elles est qu'il ne faut pas arriver les premiers. Bien entendu, il faut bien que quelqu'un transgresse cette loi cardinale, sans quoi personne ne viendrait jamais, mais une nouvelle boutique a toutes les chances de rester vide pendant les vingt premières minutes qui suivent le moment où le propriétaire, pour la première fois, a retourné le panonceau de FERMÉ à

OUVERT; un observateur averti pourrait parier sans crainte que les premiers arrivants vont se présenter en groupe : deux, trois, mais, plus vraisemblablement, quatre dames.

La deuxième règle veut que les clients curieux, ce jour-là, manifestent une politesse tellement pointilleuse qu'elle en devient presque glaciale. La troisième dit qu'il ne faut pas poser de questions (au moins lors de cette première visite) au propriétaire sur son histoire ou ses lettres de créance. La quatrième, que personne ne doit lui apporter de « cadeau de bienvenue en ville », en particulier ceux d'un genre aussi minable qu'un gâteau fait maison ou une tarte. La dernière est aussi immuable que la première : il ne faut pas partir les derniers.

Cette majestueuse gavotte (que l'on pourrait appeler la Danse de la Curiosité Féminine) se prolonge partout de deux semaines à deux mois et ne s'applique pas lorsque c'est quelqu'un de la ville qui ouvre boutique. Dans ce dernier cas, l'ouverture a tendance à ressembler à un repas de fête paroissiale — bon enfant, joyeux et parfaitement sinistre. Mais lorsque le nouveau commerçant est d'Ailleurs (ainsi que l'on dit toujours, pour qu'on entende bien qu'il y a une majuscule), la Danse de la Curiosité Féminine a fatalement lieu, inexorable comme la mort et la gravitation. La période d'essai terminée (personne ne passe d'annonce pour cela dans les journaux, mais tout le monde est au courant, néanmoins), deux choses peuvent se produire : soit l'affaire prend un rythme de croisière et les clients satisfaits apportent des cadeaux de bienvenue à retardement et des invitations à venir leur rendre visite, soit le nouveau commerce périclite. Dans des villes comme Castle Rock, il arrive parfois que l'on parle d'un petit magasin comme « fichu » des semaines, voire des mois avant que son infortuné propriétaire s'en rende lui-même compte.

Il y avait au moins une femme, à Castle Rock, qui ne respectait pas ces règles, pourtant immuables aux yeux des autres. Il s'agissait de Polly Chalmers, qui tenait la boutique Cousi-Cousette. La plupart des gens n'attendaient d'ailleurs pas d'elle un comportement normal ; les

48

dames de Castle Rock (et de nombreux messieurs) consi-
déraient Polly Chalmers comme une excentrique.

Polly posait toutes sortes de problèmes à ceux qui se
voulaient les arbitres des bonnes manières à Castle Rock.
A commencer par le plus fondamental de tous : Polly
était-elle d'Ici, ou était-elle d'Ailleurs ? Elle était certes
née à Castle Rock et y avait été élevée en grande partie ;
mais elle avait quitté la ville à dix-huit ans avec le polichinelle de Duke Sheehan dans le tiroir. L'affaire datait
de 1970, et elle n'était revenue s'installer définitivement
qu'en 1987.

Elle avait cependant fait une brève apparition à la fin
de 1975, lorsque son père se mourait d'un cancer de
l'intestin. Après le décès, Lorraine Chalmers avait eu une
crise cardiaque et Polly était restée pour soigner sa mère.
Une deuxième crise, fatale cette fois, avait terrassé Lorraine au début du printemps 1976, et après l'enterrement au cimetière Homeland, Polly (laquelle s'était
acquis un statut de Femme Mystérieuse Authentique, au
moins aux yeux de la population féminine de la ville)
était de nouveau partie.

Partie pour de bon, cette fois — tel avait été l'avis général, et lorsque le dernier Chalmers survivant, la vieille
tante Evvie, mourut à son tour en 1981 sans que Polly
vienne assister aux funérailles, cet avis général se transforma en fait quasiment établi. Cependant, elle était
revenue il y a quatre ans et avait ouvert son magasin de
couture. Personne ne le savait avec certitude, mais Polly
avait vraisemblablement utilisé l'argent hérité de la tante
Evvie pour financer son entreprise. A qui d'autre cette
vieille folle aurait-elle pu léguer ses biens ?

Les amateurs les plus avides de cette *comédie
humaine** (une bonne partie des citoyens de la ville)
avaient la certitude que si Polly s'en sortait bien avec
Cousi-Cousette et se fixait enfin à Castle Rock, la plupart
des choses qu'ils avaient envie d'apprendre, avec le
temps, finiraient par se savoir. Mais dans le cas de Polly,

* Les termes ou expressions en italiques suivis d'un astérisque
sont en français dans le texte. *(N.d.T.)*

de nombreuses questions restaient sans réponse. C'était vraiment exaspérant.

Elle avait passé un *certain nombre* de ses années d'absence à San Francisco, au moins savait-on cela, mais guère davantage ; Lorraine Chalmers était restée aussi hermétiquement muette que le diable en ce qui concernait sa fille rebelle. Polly avait-elle poursuivi ses études à San Francisco, ou ailleurs ? Elle gérait son entreprise comme si elle avait suivi les cours d'une école de commerce — d'une bonne école de commerce — mais personne ne pouvait répondre affirmativement. Elle était célibataire à son retour, mais avait-elle été mariée, soit à San Francisco, soit dans l'une de ces villes où elle avait peut-être passé un certain temps, entre jadis et maintenant ? Cela, on l'ignorait aussi ; elle n'avait cependant jamais épousé le fils Sheehan, lequel, après s'être engagé dans la marine et avoir rempilé une ou deux fois, vendait à l'heure actuelle de l'immobilier quelque part dans le New Hampshire. Et pourquoi était-elle revenue s'installer ici, après tant d'années ?

Plus que tout, on se demandait ce qu'il était advenu du bébé. La jolie Polly s'était-elle fait avorter ? L'avait-elle abandonné à des parents adoptifs ? L'avait-elle gardé ? Et si oui, était-il mort ? Etait-il (ou elle, que c'était énervant !) vivant(e), aujourd'hui, poursuivait-il (-elle) des études quelque part, écrivait-il (-elle) de temps en temps à sa mère ? Personne n'en savait rien, et à bien des titres, ces questions en suspens sur ce il (ou elle) étaient les plus irritantes. La fille partie dans un car Greyhound avec un polichinelle dans le tiroir était maintenant une femme de près de quarante ans, revenue s'installer en ville depuis quatre ans, et personne ne connaissait le sexe de l'enfant qui avait provoqué son départ.

Encore récemment, Polly Chalmers avait donné à la ville une preuve supplémentaire de son excentricité, s'il était besoin : on l'avait vue en compagnie d'Alan Pangborn, le shérif de Castle Rock, alors que celui-ci avait enterré sa femme et son plus jeune fils seulement un an et demi auparavant. Ce comportement n'avait rien de scandaleux, à proprement parler, mais il était incontestablement excentrique. Si bien que personne ne fut vraiment surpris de voir Polly Chalmers sortir de sa boutique de Main Street pour se rendre jusqu'à celle qui s'appelait le Bazar des Rêves, à dix heures deux, le matin du 9 octobre. On ne fut même pas surpris de voir ce que tenaient ses mains gantées : un Tupperware de forme ronde dans lequel il ne pouvait y avoir qu'un gâteau.

Ça, c'était bien d'elle, comme on le remarqua dans les discussions qui suivirent, parmi la population locale.

2

Le badigeon avait disparu de la vitrine du Bazar des Rêves, et une douzaine d'articles s'y trouvaient disposés : des horloges, un service en argent, une peinture, un ravissant triptyque qui n'attendait que les photos de personnes aimées. Polly jeta un coup d'œil d'approbation à ces objets et s'avança vers la porte. OUVERT, disait le panonceau. Quand elle poussa le battant, un petit carillon tintinnabula au-dessus de sa tête ; on l'avait installé depuis la visite en avant-première de Brian Rusk.

Une odeur de moquette neuve et de peinture fraîche emplissait la boutique. Le soleil y pénétrait à flots, et comme elle s'avançait, regardant autour d'elle, une idée s'imposa à son esprit : *C'est une réussite. Pas encore un seul client n'a franchi cette porte (à moins que j'en sois un moi-même) et c'est déjà une réussite. Remarquable.* Prononcer un jugement aussi hâtif ne lui ressemblait pas, pas davantage que cette impression d'approbation instantanée, mais elle n'y pouvait rien.

Un homme de haute taille était penché sur l'une des vitrines intérieures. Il se redressa au tintement de la clochette et sourit à Polly. « Bonjour. »

Polly était une femme pratique qui connaissait sa tournure d'esprit et en était en général satisfaite, si bien que la soudaine confusion qui l'envahit au moment où elle croisa pour la première fois le regard de l'étranger la prit par surprise, ce qui ne fit que la rendre plus grande.

Je le connais, fut la première pensée claire qui sortit de ce nuage inattendu. *J'ai déjà rencontré cet homme. Mais où?*

C'était faux, néanmoins, et elle le comprit, avec certitude, un instant plus tard. Une impression de *déjà vu**, supposa-t-elle, sentiment erroné de souvenir qu'il nous arrive à tous d'éprouver de temps en temps ; sentiment qui nous désoriente aussi, par ce qu'il a de fantasmagorique et de prosaïque à la fois.

Elle se trouva désarçonnée pendant quelques instants, et ne put que sourire bêtement. Puis elle déplaça la main gauche pour assurer sa prise sur la boîte qu'elle tenait, et un dur éclair de douleur se déclencha, lui remontant vers le poignet en deux lignes ardentes. Comme si on avait planté les dents d'une grande fourchette de service au plus profond de sa chair. Elle souffrait d'arthrite, et la douleur était atroce, mais elle eut au moins le mérite de lui faire retrouver sa lucidité et elle parla sans retard notable... sauf qu'elle se dit que l'homme avait peut-être remarqué quelque chose. Il avait des yeux noisette brillants, des yeux qui paraissaient capables de remarquer beaucoup de choses.

« Bonjour. Je m'appelle Polly Chalmers. Je suis la propriétaire du petit magasin de couture, à deux pas de porte de chez vous. J'ai pensé, comme nous sommes voisins, que je devais venir vous accueillir à Castle Rock avant que ce soit la bousculade. »

Il sourit, et tout son visage s'éclaira. Elle sentit un sourire étirer ses propres lèvres, alors que sa main gauche la faisait encore douloureusement souffrir. Si je n'étais pas déjà amoureuse d'Alan, pensa-t-elle, je crois que je tomberais aux pieds de cet homme sans une hésitation. « Montrez-moi le chemin de la chambre, Maître, j'irai volontiers. » Avec une pointe d'amusement, elle se demanda combien, parmi toutes ces dames qui allaient venir jeter un coup d'œil curieux ici avant le soir, retourneraient chez elles prises d'un béguin ravageur pour lui. Elle remarqua qu'il ne portait pas d'alliance ; de quoi alimenter un peu plus l'incendie.

« Je suis ravi de faire votre connaissance, madame Chalmers, dit-il en s'approchant. Je m'appelle Leland

Gaunt. » Il lui tendit la main et eut un léger froncement de sourcils lorsqu'il la vit reculer d'un petit pas.

« Je suis désolée, répondit-elle, mais je ne peux vous serrer la main. Ne croyez pas que ce soit un manque de politesse de ma part, je vous prie. Je souffre d'arthrite. » Elle posa le Tupperware sur la vitrine la plus proche et leva ses mains gantées de chevreau. Elles ne présentaient rien de monstrueux, mais étaient néanmoins nettement déformées, la gauche plus que la droite.

Certaines femmes, à Castle Rock, prétendaient qu'en fait Polly était fière de sa maladie ; sinon, expliquaient-elles, pour quelle raison éprouvait-elle le besoin d'en parler si vite ? C'était exactement le contraire. Guère vaniteuse, le légitime souci de son apparence faisait que la laideur de ses mains la mettait dans l'embarras. Elle les montrait en effet dès que possible, et la même pensée que d'habitude fit une fugitive apparition (si fugitive que c'est à peine si elle en prit conscience) dans son esprit : *Ça y est. C'est fait. On peut maintenant passer à autre chose.*

D'ordinaire, les gens manifestaient une certaine gêne ou de l'incertitude quant à leurs réactions, lorsqu'elle exhibait ainsi ses mains. Leland Gaunt, non. Il la saisit par le haut du bras, d'une poigne qui paraissait extrêmement puissante, et serra son biceps. Elle aurait pu trouver cette réaction un peu trop intime, surtout pour une première rencontre, mais elle ne la ressentit pas ainsi. Le geste fut amical, bref, plutôt amusant. Elle fut tout de même contente qu'il ne le prolongeât pas. Le contact de sa main sèche avait quelque chose de désagréable, même à travers le léger manteau de demi-saison qu'elle portait.

« Ce ne doit pas être facile d'être couturière lorsqu'on souffre de ce genre de handicap, madame Chalmers. Comment y arrivez-vous ? »

Une question que très peu de gens lui avaient posée ; et, à l'exception d'Alan, elle ne se souvenait de personne l'ayant énoncée aussi directement.

« J'ai continué de coudre à plein temps tant que j'ai pu. Souris et endure, vous auriez pu dire. A l'heure actuelle, j'ai une demi-douzaine de filles qui travaillent à mi-temps pour moi, et je m'en tiens essentiellement à la préparation des modèles. Mais j'ai encore de bonnes journées. » C'était un mensonge, mais un mensonge dont elle ne se sentait pas coupable, car il était surtout destiné à son propre bénéfice.

« Eh bien, je suis ravi que vous soyez venue. Je vais vous faire un aveu. Je meurs de trac !

— Vraiment ? Et pourquoi ? » Elle était habituellement encore plus lente à juger les personnes que les lieux ou les événements, et elle fut très étonnée — même un peu inquiète — de la rapidité et de l'aisance avec lesquelles elle s'était sentie comme chez elle en compagnie de cet homme qu'elle connaissait depuis moins d'une minute.

« Je n'arrête pas de me demander ce que je vais faire si personne ne vient. J'entends personne jusqu'à la fin de la journée.

— Ils vont venir, affirma Polly. Ils voudront jeter un coup d'œil à votre stock — personne n'a la moindre idée de ce que peut vendre un magasin qui s'appelle le Bazar des Rêves — mais surtout, c'est *vous* qu'ils voudront voir. C'est comme ça, dans des patelins comme Castle Rock...

— Personne ne veut avoir l'air trop empressé, acheva-t-il pour elle. Oui, j'ai déjà l'expérience des petites villes. Mon côté rationnel m'assure que ce que vous venez juste de dire est l'absolue vérité, mais il y a une autre voix en moi qui ne cesse de proclamer : "Ils ne viendront pas, Leland, oh non, ils ne viendront pas, personne ne sortira du troupeau, attends un peu de voir." »

Elle éclata de rire, se souvenant soudain qu'elle avait ressenti exactement la même chose lorsqu'elle avait ouvert Cousi-Cousette.

« Mais que peut-il y avoir là-dedans ? » demanda-t-il. Sa main vint effleurer le couvercle du Tupperware, et Polly remarqua ce que Brian Rusk avait déjà vu : l'index et le majeur de cette main étaient exactement de la même longueur.

« Un gâteau. Et si je connais cette ville, ne serait-ce que moitié autant que je me l'imagine, je peux affirmer que ce sera le seul de la journée. »

54

Il lui sourit, manifestement ravi. « Merci ! Merci beaucoup, madame Chalmers. Je suis touché. »

Et elle, elle qui ne demandait jamais à personne de l'appeler par son prénom dès la première ou même la deuxième rencontre (elle se méfiait de tous ceux — agents d'assurances ou agents immobiliers, vendeurs de voitures — qui s'appropriaient ce privilège sans y avoir été invités) eut la surprise amusée de s'entendre dire : « Puisque nous allons être voisins, vous pourriez peut-être m'appeler Polly ? »

3

Elle avait préparé un « gâteau à la diable », comme Leland Gaunt put s'en assurer en soulevant le couvercle et en le humant. Il lui demanda de rester pour en manger un morceau avec lui ; Polly refusa. Gaunt insista.

« Vous avez bien quelqu'un qui vous garde la boutique, dit-il, et personne n'osera mettre le pied dans la mienne avant une bonne demi-heure, ce qui devrait satisfaire le protocole. Et j'ai mille questions à vous poser sur la ville. »

Elle accepta donc. Il disparut par l'entrée que dissimulait le rideau de velours, et elle l'entendit qui grimpait un escalier ; sans doute se rendait-il dans ce qui était son appartement, au moins à titre provisoire, pour y prendre assiettes et couverts. En attendant son retour, elle fit le tour des objets exposés.

Une affichette, placée à côté de la porte, signalait que le magasin serait ouvert de dix heures à dix-sept heures les lundis, mercredis, vendredis et samedis, et fermé « sauf en cas de rendez-vous », les mardis et jeudis jusqu'à la fin du printemps ; ou du moins, songea Polly avec un sourire intérieur, jusqu'au retour de ces cinglés de touristes et de vacanciers aux poches pleines de dollars.

Le Bazar des Rêves, estima-t-elle, était une boutique curieuse. Une brocante améliorée, aurait-elle dit après avoir jeté un premier coup d'œil, mais un examen plus approfondi des articles en vente laissait à penser qu'elle n'était pas aussi facile à classer.

Les objets déjà en montre au moment où Brian Rusk était passé, la veille — la géode, le Polaroid, la photo d'Elvis et le reste —, se trouvaient toujours là ; s'y ajoutaient peut-être quatre douzaines d'autres, notamment un petit tapis, accroché au mur blanc cassé, qui devait valoir une fortune : il était turc et ancien. Il y avait aussi une collection de soldats de plomb dans l'un des casiers horizontaux, anciens, peut-être, mais Polly savait que tous les soldats de plomb, y compris ceux qui avaient été moulés à Hong Kong une semaine auparavant, avaient un aspect d'antiquité.

La variété des objets était confondante. Entre la photo d'Elvis, le genre de chose que l'on aurait pu trouver dans n'importe quel bric-à-brac américain à $ 4,99, lui semblait-il, et une girouette en forme d'aigle américain d'une facture quelconque, se trouvait une superbe lampe Tiffany qui valait certainement au moins huit cents dollars et pouvait peut-être même se négocier jusqu'à cinq mille dollars. Une théière sans charme et en piteux état était flanquée de deux *poupées** ravissantes, et elle n'avait pas la moindre idée du prix que l'on pouvait demander pour ces deux adorables créations françaises, avec leurs joues rouges et leurs dessous de dentelle.

Il y avait un choix de cartes de base-ball et de tabac, des illustrés datant des années trente déployés en éventail *(Weird Tales, Astounding Tales, Thrilling Wonder Stories)*, un appareil de radio des années cinquante de cette écœurante couleur rose pâle que les gens semblaient alors apprécier pour les objets, sinon en politique.

La plupart de ces articles (pas tous, cependant) étaient accompagnés de petites plaques : GÉODE CRISTALLINE ARIZONA, lisait-on sur l'une d'elles. JEU DE CLEFS DOUILLE SPÉCIALES, voyait-on sur une autre. Celle placée devant l'objet qui avait tellement émerveillé Brian annonçait un BOIS PÉTRIFIÉ DE TERRE SAINTE. Devant les cartes commerciales et les magazines anciens, la plaquette précisait : D'AUTRES CARTES ET NUMÉROS DISPONIBLES EN STOCK.

Tous ces articles, qu'ils fussent des trésors ou bons pour la poubelle, avaient une chose en commun, observa-t-elle : aucun ne portait d'étiquette de prix.

Gaunt revint avec deux petites assiettes — du modèle le plus courant, rien d'original —, une pelle à gâteau et deux fourchettes. « C'est un vrai capharnaüm, là-haut, lui confia-t-il, retirant le couvercle du Tupperware et le mettant à l'envers, pour éviter de déposer un cercle d'humidité sur le verre d'une vitrine qui leur servait de table. Je chercherai une maison dès que j'aurai mis les choses en ordre, ici ; mais pour le moment, je vais habiter au-dessus du magasin. Tout est dans des cartons. Bon sang, j'ai les cartons en horreur ! Qui aurait dit… ?

— Pas un si gros morceau, protesta Polly. Seigneur !

— D'accord, répondit joyeusement Gaunt, qui posa l'épaisse tranche de gâteau au chocolat sur l'une des assiettes. Il sera pour moi. Allez, mange, Médor, mange ! Et pour vous, ça ira comme ça ?

— Encore plus petit.

— Je ne peux pas couper une part plus mince ! répondit-il, lui offrant une tranche étroite. Hmm, ça sent divinement bon. Merci encore, Polly.

— C'est vraiment un plaisir. »

Le gâteau sentait effectivement bon, et elle n'était pas au régime ; son refus initial, cependant, ne venait pas d'une courtoisie de pure forme. L'été indien s'était prolongé pendant trois magnifiques semaines, à Castle Rock, mais depuis vingt-quatre heures, le temps s'était rafraîchi et le changement se traduisait douloureusement dans ses mains. La souffrance diminuerait probablement un peu une fois ses articulations habituées à la nouvelle température. Du moins priait-elle pour cela ; mais même s'il en avait toujours été ainsi, elle ne se faisait aucune illusion sur la nature irréversible de la maladie. Cependant, depuis le matin, elle vivait un martyre. Lorsqu'elle était dans cet état, elle ne savait jamais trop ce qu'elle serait ou non capable de faire avec des mains qui la trahissaient, et ce n'était que par crainte de se trouver embarrassée qu'elle avait commencé par dire non.

Elle quitta ses gants et fléchit la main droite avec précaution. Un élancement violent et rageur bondit jusqu'au coude, le long de son avant-bras. Elle fléchit encore les doigts, les dents serrées en prévision de ce qui allait suivre ; la douleur vint, mais moins intense, cette fois. Elle se détendit un peu. Ça irait. Pas fameux, pas aussi agréable que manger un gâteau devrait l'être, mais supportable. Elle prit délicatement sa fourchette, pliant les doigts aussi peu que possible. Tandis qu'elle portait une première bouchée à ses lèvres, elle vit Gaunt lui adresser un regard de sympathie. *Et maintenant, il va compatir*, songea-t-elle, morose. *Il va me parler de la terrible arthrite de son grand-père. Ou de son ex-femme. Ou de quelqu'un qu'il a connu.*

Mais Gaunt ne compatit pas. Il mordit dans son gâteau et roula les yeux d'une manière comique. « Pourquoi s'embêter avec la couture et les patrons ? Vous auriez dû ouvrir un restaurant !

— Oh, ce n'est pas moi qui l'ai fait ; mais je transmettrai le compliment à Nettie Cobb. C'est ma femme de ménage.

— Nettie Cobb, répéta-t-il, songeur, coupant un autre morceau du tranchant de sa fourchette.

— Oui. Vous la connaissez ?

— Oh, j'en doute fort. » Il parlait du ton d'un homme qui vient d'être brusquement rappelé à la réalité. « Je ne connais *personne* à Castle Rock. (Il la regarda du coin de l'œil, l'air rusé.) Une chance de la débaucher ?

— Aucune, répliqua Polly en éclatant de rire.

— Je voulais vous demander votre avis sur les agents immobiliers, reprit-il. D'après vous, quel est le plus correct en affaires ?

— Oh, ce sont tous des voleurs, mais Mark Hopewell est probablement aussi bien qu'un autre. »

Il faillit s'étouffer de rire et porta la main à la bouche pour éviter une projection de miettes. Puis il se mit à tousser, et si ses mains ne lui avaient pas fait aussi mal, elle l'aurait amicalement tapé dans le dos. Première rencontre ou non, il lui plaisait.

« Désolé, dit-il, pouffant encore un peu. Ainsi donc, ce sont tous des voleurs ?

— Oh, absolument. »

Eût-elle été d'une autre nature — une femme qui n'aurait pas aussi systématiquement gardé le secret sur son passé —, Polly aurait alors commencé à poser certaines questions à Leland Gaunt. Pourquoi avait-il choisi Castle Rock ? Où se trouvait-il avant d'y venir ? Envisageait-il d'y rester longtemps ? Avait-il une famille ? Mais elle n'était pas ce genre de femme et elle était contente de simplement répondre aux questions qu'il lui posait, lui... d'autant plus contente qu'aucune de ces questions ne portait sur elle. Il se renseignait sur la ville, sur l'importance du trafic de Main Street en hiver, et s'il y avait un magasin où il pourrait se procurer un bon poêle Jotul ; il voulait connaître les taux d'assurance et mille autres choses. Il sortit un calepin étroit en cuir noir de l'une des poches de son blazer bleu et nota gravement tous les noms qu'elle mentionnait.

Elle s'aperçut alors qu'elle avait fini son morceau de gâteau ; ses mains lui faisaient toujours mal, mais moins que lorsqu'elle était arrivée. Elle se souvint qu'elle avait failli ne pas venir, tant elle souffrait ; mais maintenant, elle était contente d'avoir fait l'effort.

« Je dois partir, dit-elle avec un coup d'œil à sa montre. Rosalie va croire que je suis morte. »

Ils avaient mangé debout. Gaunt empila soigneusement les assiettes, posa les fourchettes dessus et remit le couvercle sur le Tupperware. « Je vous le restituerai dès que le gâteau sera terminé, dit-il. Cela vous convient-il ?

— Parfaitement.

— Alors vous l'aurez probablement dans le milieu de l'après-midi. » Il avait répondu du ton le plus sérieux.

« Inutile de vous presser autant, répliqua-t-elle tandis qu'il la raccompagnait à la porte. Je suis très heureuse d'avoir fait votre connaissance.

— Merci d'être venue. » Un instant, Polly crut qu'il avait l'intention de lui prendre de nouveau le bras et elle éprouva un sentiment de dégoût à l'idée de son contact — c'était idiot, bien sûr —, mais il s'en abstint. « Vous

59

avez transformé en une petite fête une journée que je m'attendais à trouver pénible, ajouta-t-il.

— Ça va bien se passer, vous verrez. » Polly ouvrit la porte, puis s'arrêta. Elle ne lui avait pas posé la moindre question personnelle, mais une chose l'intriguait, et l'intriguait trop pour qu'elle parte sans essayer de comprendre. « Vous avez toutes sortes de choses intéressantes…

— Merci.

— Mais aucune ne porte de prix. Pourquoi ? »

Il sourit. « Une petite excentricité de ma part, Polly. J'ai toujours considéré qu'une transaction commerciale digne de ce nom méritait bien un peu de marchandage. J'ai probablement dû être marchand de tapis au Moyen-Orient dans une incarnation précédente. En Irak, probablement, même si c'est quelque chose dont il vaut mieux ne pas se vanter, en ce moment.

— Autrement dit, vous demandez ce que le marché peut supporter ? plaisanta-t-elle, histoire de le taquiner un peu.

— On peut voir les choses comme ça », admit-il, sérieux. Une fois de plus, elle fut frappée par la profondeur de ses yeux noisette, par leur étrange beauté. « Mais, reprit-il, je parlerais plutôt en termes de définition de la valeur par la propension à faire rêver.

— Je vois.

— Vraiment ?

— Eh bien… il me semble. Voilà au moins qui explique le nom de la boutique. »

Il sourit. « Oui, en quelque sorte, en quelque sorte.

— Je vous souhaite de passer une bonne journée, monsieur Gaunt…

— Leland, s'il vous plaît. Ou tout simplement, Lee.

— Leland, alors. Et surtout, ne vous inquiétez pas pour les clients. D'ici vendredi, vous allez avoir besoin d'engager un garde de sécurité pour les mettre à la porte à la fin de la journée.

— Vous croyez ? Ce serait merveilleux.

— Au revoir.

— Ciao », répondit-il en refermant la porte sur elle.

Il resta derrière quelques instants, regardant Polly Chalmers s'éloigner; tout en marchant, elle enfilait délicatement ses gants, sur des mains déformées qui faisaient un contraste frappant avec le reste de sa personne : même si elle n'était pas particulièrement remarquable, elle était soignée et charmante. Le sourire de Leland Gaunt s'élargit. Mais tandis que s'écartaient ses lèvres et qu'apparaissaient ses dents inégales, il prit un aspect désagréablement carnassier.

« Vous ferez l'affaire, murmura-t-il dans la boutique vide. Vous ferez parfaitement l'affaire. »

5

Les prévisions de Polly se vérifièrent tout à fait. A l'heure de la fermeture, presque toutes les femmes de Castle Rock — celles qui comptaient, en tout cas — ainsi que plusieurs hommes étaient venus faire une brève apparition au Bazar des Rêves. Presque tous se donnèrent beaucoup de mal pour expliquer à Leland Gaunt qu'ils ne disposaient que d'un instant, car on les attendait ailleurs.

Stephanie Bonsaint, Cynthia Rose Martin, Barbara Miller et Francine Pelletier ouvrirent la marche ; Steffie, Cyndi Rose, Babs et Francine arrivèrent en groupe compact moins de dix minutes après que l'on eut vu Polly quitter la nouvelle boutique (l'information se répandit rapidement partout par le téléphone arabe, qui fonctionne si bien dans les arrière-cours de la Nouvelle-Angleterre).

Steffie et ses amis regardèrent, poussèrent des oooh ! et des aaah ! Elles assurèrent à Gaunt qu'elles ne pouvaient pas rester longtemps à cause de leur partie de bridge (négligeant de préciser que cette joute hebdomadaire ne commençait que vers deux heures de l'après-midi). Francine lui demanda d'où il était originaire. Akron, dans l'Ohio, répondit Gaunt. Steffie voulut savoir s'il était antiquaire depuis longtemps. Il expliqua qu'il ne se considérait pas exactement comme un antiquaire. Depuis combien de temps était-il en Nouvelle-Angleterre ? s'inquiéta Cyndi. Depuis un certain temps, répliqua-t-il, un certain temps.

Par la suite, elles tombèrent d'accord pour admettre que si la boutique était intéressante — tant de choses bizarres ! —, leur interrogatoire avait été un échec. L'homme était aussi peu loquace que Polly Chalmers, sinon encore moins. Babs parla alors de ce qu'elles savaient toutes (ou croyaient toutes savoir) : que Polly avait été la première personne de Castle Rock à pénétrer dans le Bazar des Rêves, et qu'elle *avait apporté un gâteau*. Peut-être, spécula Babs, connaissait-elle Mr Gaunt... peut-être l'avait-elle rencontré pendant cette période intermédiaire : l'époque où elle avait vécu Ailleurs.

Cyndi Rose manifesta de l'intérêt pour un vase de Lalique et demanda à Leland Gaunt (qui ne se tenait pas loin mais ne leur tournait pas autour, notèrent-elles avec satisfaction) combien il coûtait.

« A combien l'estimez-vous ? » répondit-il avec un sourire.

Elle lui rendit son sourire, faisant la coquette. « Oh, est-ce ainsi que vous travaillez, monsieur Gaunt ?

— C'est ainsi, en effet.

— Vous risquez alors de perdre de l'argent plutôt que d'en gagner, si vous marchandez avec des Yankees, observa Cyndi Rose, tandis que ses amies suivaient l'échange avec l'intérêt soutenu des spectateurs de la finale, à Wimbledon.

— Voilà qui reste à prouver. » Son ton restait amical, mais contenait aussi, maintenant, une petite pointe de défi.

Cyndi Rose étudia plus attentivement le vase. Steffie Bonsaint lui murmura quelque chose à l'oreille ; Cyndi acquiesça.

« Dix-sept dollars », dit-elle. En réalité, l'objet paraissait bien en valoir cinquante, et elle n'aurait pas été étonnée qu'il en valût cent quatre-vingts chez un antiquaire de Boston.

Leland Gaunt joignit les mains sous son menton, dans un geste que Brian Rusk aurait reconnu. « Je ne pense pas pouvoir vous le laisser à moins de quarante-cinq dollars», dit-il avec un ton de regret dans la voix.

Le regard de Cyndi Rose se mit à briller; on pouvait faire affaire, ici. Elle avait tout d'abord considéré le vase de Lalique comme ne présentant qu'un léger intérêt, surtout un moyen, en fait, de relancer la conversation avec ce mystérieux Mr Gaunt. A l'examiner de plus près, elle vit qu'il s'agissait vraiment d'une pièce remarquable, qui serait du plus bel effet dans sa salle de séjour. L'enroulement de fleurs autour de son long col était exactement de la nuance de son papier peint. Jusqu'au moment où Leland Gaunt avait réagi en proposant un prix seulement d'un cheveu hors de portée pour elle, elle ne s'était pas rendu compte qu'elle désirait le vase à ce point.

Elle se mit à parler à voix basse avec ses amies.

Gaunt les regardait, un léger sourire aux lèvres.

La clochette tinta au-dessus de la porte, et deux autres dames entrèrent.

Au Bazar des Rêves, la première journée de travail venait de commencer.

6

Lorsque le club de bridge d'Ash Street quitta le Bazar des Rêves dix minutes plus tard, Cyndi Rose Martin tenait à la main un sac de commissions. Il contenait le vase de Lalique, emballé dans un papier protecteur. Elle l'avait payé trente et un dollars, plus les taxes, soit presque tout son argent de poche, mais elle était tellement ravie de son acquisition qu'elle en ronronnait presque.

D'ordinaire, elle éprouvait des doutes et un peu de honte après un achat aussi impulsif, certaine de s'être fait légèrement avoir, sinon carrément rouler. Mais pas aujourd'hui. Elle était sortie vainqueur de la négociation, cette fois. Mr Gaunt lui avait même proposé de revenir, lui disant qu'il possédait le jumeau de ce vase, jumeau qui devait faire partie de son prochain arrivage — peut-être même demain! Le premier serait ravissant, posé sur la petite table de sa pièce de séjour, mais si elle avait les deux, elle pourrait les placer sur les deux extrémités de la cheminée, et l'effet serait *grandiose*.

Ses trois amies trouvaient également qu'elle s'en était bien sortie, et si elles restaient un peu déçues d'en avoir si peu appris sur la personne de Mr Gaunt, elles avaient, dans l'ensemble, une très haute opinion de lui.

«Il a les plus beaux yeux verts du monde, déclara Francine Pelletier, d'un ton un peu rêveur.

— Verts?» demanda Cyndi Rose, un peu surprise. Ils lui avaient semblé gris. «Je n'ai pas remarqué.»

7

Tard, l'après-midi de ce même jour, Rosalie Drake, employée de Cousi-Cousette, se rendit au Bazar des Rêves pendant la pause, en compagnie de la femme de ménage de Polly, Nettie Cobb. Plusieurs femmes flânaient dans le magasin et dans le fond, deux élèves du lycée de Castle Rock fouillaient parmi les bandes dessinées d'un carton, échangeant à voix basse des remarques excitées. Stupéfiant, se disaient-ils l'un à l'autre, le nombre de numéros qui justement compléteraient leurs collections. Ils espéraient simplement que les prix ne seraient pas trop élevés. Mais impossible de le savoir sans demander, car aucune étiquette de prix n'était collée sur les emballages en plastique des magazines.

Rosalie et Nettie saluèrent Leland Gaunt, et celui-ci demanda à Rosalie de remercier encore Polly pour le gâteau. Des yeux, il suivait Nettie qui les avait quittés, une fois les présentations faites, et contemplait, la mine plutôt lugubre, une collection d'objets en pâte de verre. Il laissa Rosalie devant la photo d'Elvis, toujours à côté du fragment de BOIS PÉTRIFIÉ DE TERRE SAINTE, et se dirigea vers Nettie.

«Vous aimez les pâtes de verre, mademoiselle Cobb?» demanda-t-il doucement.

Elle sursauta légèrement. Nettie Cobb avait, au dernier degré, l'expression et les manières d'une femme que la moindre voix faisait sursauter, aussi douce et amicale qu'elle fût, quand elle provenait de quelqu'un qu'elle n'avait pas vu. Elle sourit nerveusement à Leland Gaunt.

« Madame Cobb, monsieur Gaunt, bien que j'aie perdu mon mari depuis déjà un certain temps.

— Je suis désolé de l'apprendre.

— Oh, c'est inutile. Cela fait quatorze ans. Un bail. Oui, j'ai une petite collection de pâtes de verre. » Elle donnait presque l'impression de trembler, comme une souris qui verrait un chat approcher. « Sans pourtant avoir les moyens de m'offrir des pièces aussi jolies. Elles sont ravissantes. Comme doivent l'être les choses au paradis.

— Eh bien, je vais vous dire quelque chose. J'ai eu l'occasion d'acheter tout un lot de pâtes de verre en même temps que celles-ci, et elles ne sont pas aussi chères que vous pourriez le penser. Les autres sont même encore plus belles. Aimeriez-vous passer demain pour y jeter un coup d'œil ? »

Elle sursauta à nouveau et se déplaça d'un pas de côté, comme s'il lui avait proposé de venir se faire pincer les fesses... peut-être jusqu'à ce qu'elle se mît à pleurer.

« Oh, je ne crois pas... Le jeudi est le jour où je travaille chez Polly, vous comprenez... Il faut tout mettre sens dessus dessous...

— Vous êtes sûre que vous ne pourriez pas venir faire un petit tour ? insista-t-il, cajoleur. Polly m'a dit que c'était vous qui aviez fait le gâteau qu'elle m'a apporté ce matin...

— Il était bon ? » demanda-t-elle nerveusement. A son regard, on voyait qu'elle s'attendait à ce qu'il répondît non, il n'était pas bon, Nettie, il m'a fichu des crampes, il m'a collé une bonne courante, pour tout vous dire, et c'est pourquoi je vais vous battre, Nettie, je vais vous traîner de force dans mon arrière-boutique et vous tordre les nénés jusqu'à ce vous criiez grâce.

« Il était absolument délicieux, répondit-il d'un ton apaisant. Il m'a fait penser aux gâteaux que me faisait ma mère... cela remonte à bien longtemps. »

C'était exactement ce qu'il fallait dire à Nettie, qui avait tendrement aimé sa propre mère, en dépit des corrections que cette dame lui administrait après ses fréquentes virées dans les caboulots du plus bas étage. Elle se détendit un peu.

«Alors, c'est parfait! Je suis bien contente que vous l'ayez trouvé bon. Evidemment, c'était l'idée de Polly. C'est la meilleure femme du monde, vous ne pouvez pas savoir.

— Oui; après l'avoir rencontrée, je suis prêt à le croire.» Il jeta un coup d'œil en direction de Rosalie Drake, mais celle-ci musardait toujours dans la boutique. Il revint à Nettie. «J'ai simplement l'impression que je vous dois quelque chose...

— Oh non, vous ne me devez rien! protesta Nettie, de nouveau alarmée. Pas la moindre chose, monsieur Gaunt.

— Je vous en prie, venez demain. Je vois bien que vous avez le coup d'œil pour les pâtes de verre... et comme ça, je pourrai vous rendre le Tupperware de Polly.

— Euh... je suppose que je pourrais venir faire un tour au moment de la pause-café...» A l'expression de Nettie, on voyait bien qu'elle avait du mal à croire les mots qui sortaient de sa propre bouche.

— Merveilleux», dit-il, la quittant rapidement pour ne pas lui laisser le temps de changer d'avis. Il se dirigea vers les deux garçons et leur demanda comment ça se passait. Avec hésitation, ils lui montrèrent plusieurs vieux numéros de *The Incredible Hulk* et de *The X-Men*. Cinq minutes plus tard, ils ressortaient avec la plupart des illustrés qu'ils avaient sélectionnés, une expression abasourdie et joyeuse sur le visage.

A peine refermée sur eux, la porte s'ouvrait de nouveau. Cora Rusk et Myra Evans firent leur entrée; elles regardèrent autour d'elles, l'œil aussi brillant et avide que celui d'un écureuil à l'époque où il fait ses provisions de noisettes, et se dirigèrent immédiatement sur la vitrine de verre renfermant la photo d'Elvis. Les deux femmes se penchèrent dessus, roucoulant d'excitation, et exhibèrent ainsi deux derrières qui faisaient bien chacun la largeur d'un manche de cognée.

Gaunt les regarda, souriant.

Au-dessus de la porte la clochette tinta, une fois de plus. La nouvelle arrivante avait à peu près les mêmes proportions que Cora Rusk, mais alors que celle-ci était simplement grasse, l'autre donnait l'impression d'être musclée et forte — de même qu'un bûcheron doté d'un gros durillon de comptoir peut tout de même paraître fort. Un gros badge blanc, agrafé à sa blouse, proclamait en lettres rouges :

NUIT-CASINO — JUSTE POUR S'AMUSER !

Le visage de cette dame avait autant d'attraits qu'une porte de prison. Ses cheveux, d'un châtain terne et sans vie, dépassaient à peine d'un fichu solidement noué sous son menton en galoche. Elle parcourut du regard l'intérieur du magasin pendant quelques instants ; ses yeux, enfoncés dans leurs orbites, sautaient d'un coin à un autre comme ceux d'un cow-boy qui observe l'intérieur d'un saloon avant d'en pousser les portes battantes et de venir y semer la panique. Puis elle entra.

Parmi les femmes qui circulaient entre les vitrines, rares furent celles qui lui accordèrent plus d'un regard ; Nettie Cobb, en revanche, fixa la nouvelle arrivante avec une extraordinaire expression d'épouvante et de haine mêlées. Puis elle déguerpit de l'endroit où étaient exposées les pâtes de verre. Son mouvement attira le regard de la femme, qui lui jeta un coup d'œil chargé d'un mépris absolu, puis l'ignora complètement.

La clochette tinta lorsque Nettie quitta la boutique.

Leland Gaunt avait observé toute la scène avec le plus grand intérêt.

Il s'approcha de Rosalie et lui dit : « J'ai bien peur que Mme Cobb ne soit partie sans vous. »

Rosalie parut surprise. « Pourquoi… ? » commença-t-elle, puis ses yeux rencontrèrent la femme au badge Nuit-Casino, agrafé ostensiblement entre les deux seins. Elle examinait le tapis turc accroché au mur avec l'intense intérêt d'un étudiant des Beaux-Arts dans un musée, les mains solidement plantées sur ses vastes hanches. « Oh, fit Rosalie, excusez-moi, mais moi aussi je dois absolument partir.

— Ce n'est pas le grand amour, entre ces deux-là », observa Leland Gaunt.

Rosalie eut un sourire incertain.

Gaunt jeta un nouveau regard à la femme au fichu. « Qui est cette personne ? »

Rosalie plissa le nez. « Wilma Jerzyck, répondit-elle. Excusez-moi... mais je dois vraiment rattraper Nettie. Elle a les nerfs fragiles, vous savez.

— Bien sûr. (Il regarda Rosalie sortir.) Comme nous tous, très fragiles. »

C'est alors que Cora Rusk le tapota sur l'épaule. « Combien, pour cette photo du King ? » demanda-t-elle.

Leland Gaunt lui adressa son sourire le plus éblouissant. « Eh bien, parlons-en. D'après vous, qu'est-ce qu'elle peut bien valoir ? »

3

1

Le tout nouveau centre de transactions commerciales de Castle Rock avait fermé ses portes près de deux heures auparavant lorsque Alan Pangborn passa lentement dans Main Street, roulant en direction du bâtiment municipal, lequel abritait le bureau du shérif et le département de Police de Castle Rock. Il était au volant de ce qu'on peut imaginer de mieux en matière de voitures banalisées : un break Ford modèle 86. La voiture de famille par excellence. Il avait le moral à plat et l'impression d'être un peu ivre. Il n'avait bu que trois bières, mais elles avaient tapé fort.

Il eut un coup d'œil pour le Bazar des Rêves, en passant devant, et trouva de bon goût, comme Brian Rusk, le dais vert foncé qui s'avançait au-dessus du trottoir. Il ne s'y connaissait pas autant que le gamin (n'ayant pas de parents qui travaillaient pour Dick Perry Siding and Door Company, à South Paris), mais trouvait néanmoins qu'il donnait un certain chic à la rue commerçante de la ville, qui comptait trop de fausses façades clinquantes. Il ne savait pas encore ce que vendait cette nouvelle boutique — Polly serait au courant, si elle y avait été le matin, comme elle l'avait décidé —, mais il lui faisait l'effet de l'un de ces restaurants français, discrets et confortables, où l'on amenait la fille de ses rêves avant d'essayer de la convaincre de partager son lit.

Il oublia le magasin dès qu'il l'eut dépassé. Il signala son changement de direction à droite, deux coins de rue plus loin, et s'engagea dans l'étroit passage ménagé entre le lourd bloc de brique du bâtiment municipal et l'édifice en planches à clins du Service des Eaux. RÉSERVÉ AUX VÉHICULES OFFICIELS, lisait-on à l'entrée de l'impasse.

Le bâtiment municipal avait la forme d'un L à l'envers et comportait un petit parking dans l'angle des deux ailes. Trois des emplacements portaient la mention : BUREAU DU SHÉRIF. La vieille Volkswagen Coccinelle de Norris Ridgewick était garée sur l'un d'eux. Alan se mit à côté, coupa les lumières et le moteur et saisit la poignée de la portière.

La dépression qui avait rôdé autour de lui depuis qu'il avait quitté le Blue Door, à Portland, rôdé en décrivant des cercles comme les loups autour des feux de camp, dans les récits d'aventures qu'il avait lus, enfant, lui tomba dessus d'un seul coup. Il relâcha la poignée et resta assis derrière le volant de la Ford, avec l'espoir que ça n'allait pas durer.

Il avait passé la journée au tribunal de Portland, à témoigner pour le ministère public dans le cadre de quatre procès. Le tribunal de district couvrait quatre comtés — York, Cumberland, Oxford, Castle —, et de tous les représentants de la loi qui y travaillaient, c'était Alan Pangborn qui avait le plus long trajet à parcourir. Les trois juges de district faisaient de leur mieux pour présenter ses affaires dans une même journée, afin qu'il n'eût à se déplacer qu'une ou deux fois par mois. Ce qui lui permettait de séjourner un certain temps dans le comté qu'il avait juré de protéger, au lieu d'aller et venir entre Castle Rock et Portland; mais cela signifiait aussi qu'après l'une de ces journées passées au tribunal il se sentait comme un futur étudiant qui sort de l'auditorium où il vient de subir la batterie complète des tests d'aptitude. Il aurait mieux valu ne pas boire pour couronner le tout, mais Harry Cross et George Compton, qui se rendaient au Blue Door, avaient insisté pour qu'il se joignît à eux. Il avait eu une bonne raison de les accompagner : l'occasion de parler d'une série de cambriolages, manifestement dus à la même bande, qui avaient eu lieu un peu partout dans leurs zones respectives. Mais la vraie raison qui l'avait poussé à accepter était un classique de bien des mauvaises décisions : sur le moment, l'idée lui avait paru tout bêtement excellente.

Il restait maintenant tassé derrière le volant de ce qui avait été la voiture de famille, à récolter ce qu'il avait librement semé. Il ressentait un léger mal de tête, mais la dépression était pire, de retour sous une forme vengeresse.

Salut! s'écriait-elle joyeusement depuis la forteresse au fond de sa tête où elle restait tapie. *C'est moi, Alan! Quel plaisir de te voir! Devine quoi? Te voilà, au bout d'une longue et dure journée, et Annie et Todd sont toujours morts! Tu te souviens de ce samedi après-midi où Todd a renversé son lait-framboise sur le siège avant? Juste en dessous de l'endroit où est posé ton porte-documents, n'est-ce pas? Et comment tu lui as crié après? Tu n'as pas oublié ça, au moins? Comment? tu as oublié? Bah, c'est pas grave, Alan, puisque je suis ici pour te rafraîchir la mémoire! Constamment! Sans cesse!*

Il souleva le porte-documents et regarda fixement le siège. Oui, la tache était là et, oui, il avait crié contre Todd. *Pourquoi faut-il que tu sois toujours aussi maladroit, Todd?* Quelque chose comme ça, en tout cas pas le genre de reproche que l'on adresserait à son môme si l'on savait qu'il n'a plus qu'un mois à vivre.

Il lui vint à l'esprit que ce n'était pas la faute des bières, mais de la voiture, qui n'avait jamais été nettoyée à fond. Il avait passé la journée à conduire en compagnie des fantômes de sa femme et de son fils cadet.

Il se pencha et ouvrit la boîte à gants pour y prendre son carnet à souches ; l'avoir toujours avec lui était une habitude qui ne souffrait aucune exception, même lorsqu'il allait passer la journée au tribunal de Portland. Sa main heurta un objet tubulaire, qui tomba sur le plancher de la Ford avec un petit bruit sourd. Il posa le registre sur le porte-documents et se pencha un peu plus pour récupérer l'objet. Quand il se redressa, la lumière dure du lampadaire à arc de sodium vint frapper le cylindre et il le contempla longuement, tandis que la douleur et le chagrin familiers, une fois de plus, se coulaient en lui. L'arthrite avait frappé Polly aux mains ; mais lui, c'était au cœur qu'il était atteint... et qui aurait pu dire auquel des deux était échu le lot le plus épouvantable ?

La boîte avait appartenu à Todd, évidemment. Todd, qui aurait sans aucun doute *habité* dans le magasin de Farces & Attrapes, s'il l'avait pu. Les mystérieuses cochonneries qu'on y vendait le mettaient dans tous ses états : boîte qui meugle, poudre à éternuer, verre baveur, savon qui donne à l'utilisateur des mains couleur de cendres volcaniques, crottes de chien en plastique.

Ce truc est encore ici. Dix-neuf mois qu'ils sont morts, et ça traîne encore ici. Comment diable ne l'ai-je pas encore trouvé ? Bordel de Dieu !

Alan tourna la boîte cylindrique dans ses mains, se rappelant comment le gamin avait supplié qu'on lui permît d'acheter cet article avec son argent de poche, comment lui-même s'y était opposé et avait cité le proverbe que son propre père aimait à rappeler : « Le fou et son argent ne restent pas longtemps en ménage. » Et comment Annie l'avait fait changer d'avis avec son doigté habituel.

Ecoute-toi donc un peu, monsieur le magicien amateur, qui parle comme un puritain. J'adore ça ! Où t'imagines-tu qu'il s'est pris de passion morbide pour la prestidigitation et les gags ? Crois-moi, personne, dans ma famille, n'a jamais mis le portrait encadré de Houdini sur un mur ! Voudrais-tu me faire avaler que tu n'as jamais acheté de verre baveur ou un truc comme ça au temps de ta folle et sauvage jeunesse ? Que tu ne serais pas grimpé aux rideaux rien qu'à l'idée de te procurer le vieux truc du serpent dans la boîte de cacahuètes si tu étais tombé dessus dans une boutique quelconque?

Et lui, répondant par des borborygmes et des onomatopées qui le faisaient de plus en plus ressembler à une vieille bourrique sentencieuse... Finalement, il avait porté la main à la bouche pour dissimuler un sourire gêné. Annie l'avait tout de même vu. Elle voyait toujours tout. Un don, chez elle. Don qui, plus d'une fois, avait sauvé Alan. Elle avait toujours eu un meilleur sens de l'humour que lui, une appréciation plus aiguë de l'importance relative des choses.

Laisse-le faire, Alan. On n'est jeune qu'une fois. Et c'est amusant, non?

Il avait donc cédé. Et...

Et trois semaines plus tard, Todd renversait son lait-framboise sur le siège, et quatre semaines après cet insignifiant accident, il était mort! Ils étaient morts tous les deux! Comme le temps passe, n'est-ce pas, Alan? Mais ne t'inquiète pas! Ne t'inquiète pas, parce que je suis là pour t'empêcher d'oublier! Oui, m'sieur! Je t'empêcherai d'oublier parce que c'est mon boulot et que j'ai bien l'intention de le faire!

La boîte portait une fausse étiquette rappelant une marque connue de cacahuètes salées. Alan dévissa le couvercle, et un mètre cinquante de serpent vert compressé se détendit, heurta le pare-brise et vint retomber sur ses genoux. Alan le regarda, entendit le rire de son fils à l'intérieur de sa tête et se mit à pleurer. Pas de démonstration spectaculaire ni de gros sanglots, mais des larmes qui gonflaient et roulaient, des larmes d'épuisement. Des larmes qui semblaient avoir beaucoup en commun avec les objets qui avaient appartenu à ses chers disparus ; on n'en voyait jamais la fin. Il y en avait trop, et juste au moment où l'on commençait à se détendre et à se dire que les choses étaient enfin réglées, on en trouvait encore un. Et encore un autre. Et un autre.

Pourquoi avoir permis à Todd d'acheter ce foutu machin? Et pourquoi traînait-il encore dans cette foutue boîte à gants? Et pourquoi avoir pris cette foutue Ford, pour commencer?

72

Il prit son mouchoir et essuya les larmes sur son visage. Puis, lentement, il enfonça de nouveau le serpent — du vulgaire papier crépon enroulé autour d'un ressort — dans la fausse boîte de cacahuètes. Il revissa le couvercle et fit sauter la boîte dans sa main.

Fiche-moi cette foutue cochonnerie en l'air.

Mais il s'en sentait incapable. Pas ce soir, en tout cas. Il lança l'objet farceur — le dernier acheté par Todd dans ce que l'enfant estimait être le plus extraordinaire magasin du monde — dans la boîte à gants, dont il referma sèchement le rabat. Puis sa main gauche saisit de nouveau la poignée tandis que la droite s'emparait du porte-documents, et il sortit du véhicule.

Il respira à fond dans l'air du soir, avec l'espoir que ça lui ferait du bien. Espoir déçu. Il régnait une odeur de bois pourrissant et de produits chimiques, odeur sans charme que diffusait sans trêve l'usine de pâte à papier de Rumford, à quelque cinquante kilomètres au nord. Il allait appeler Polly et lui demander s'il pouvait passer ; ça devrait l'aider un peu.

Un peu, mon neveu! s'enthousiasma, énergique, la voix de la dépression. *Et au fait, Alan, tu te rappelles à quel point ce serpent lui avait fait plaisir? Il faisait le coup à tout le monde! Il a failli ficher une crise cardiaque à ce pauvre Norris Ridgewick, et tu as tellement rigolé que tu as failli pisser dans ton pantalon! Tu te souviens? Est-ce qu'il n'était pas plein d'entrain? Est-ce qu'il n'était pas merveilleux? Et Annie? Comme elle avait ri, quand tu lui avais raconté ça! Elle était pleine d'entrain et merveilleuse, elle aussi, non? Evidemment, tout à la fin, elle n'avait plus autant d'entrain et elle n'était plus si merveilleuse que ça non plus, mais tu ne l'as pas vraiment remarqué, n'est-ce pas? Parce que tu avais tes propres petits soucis. Cette affaire Thad Beaumont, par exemple — tu n'arrivais pas à te la sortir de la tête. Ce qui s'était passé dans leur maison, au bord du lac et comment, après ça, il s'était mis à boire et à t'appeler au téléphone. Et sa femme, qui l'avait quitté en emmenant les jumeaux... tout cela, venant s'ajouter aux affaires ordinaires du patelin, tu avais été très occupé, n'est-ce pas? Trop occupé, en tout cas, pour voir ce qui se passait chez toi. Quel dommage que tu n'aies rien vu, tout de même. Si ça se trouve, ils seraient toujours en vie, tous les deux! Encore quelque chose que tu ne dois pas oublier, et c'est pourquoi je n'arrête pas de te le rappeler... je n'arrête pas de te le rappeler... je n'arrête pas de te le rappeler. D'accord? D'accord!*

Une éraflure d'une trentaine de centimètres de long déparait la carrosserie de la Ford, juste au-dessus du bouchon d'essence. Est-ce que c'était arrivé depuis la mort d'Annie et de Todd? Il ne s'en souvenait pas très bien et de toute façon, c'était sans importance. Il suivit la rayure du doigt et se dit une fois de plus qu'il devrait amener la voiture à Sonny, au Sunoco, pour faire arranger ça. Mais d'un autre côté, qu'est-ce que ça pouvait faire? Pourquoi ne pas aller chez Harrie Ford, à Oxford, et échanger le gros break contre quelque chose de plus petit? Le véhicule n'avait pas beaucoup de kilomètres au compteur et il pourrait sans doute obtenir une reprise correcte...

Mais Todd a renversé son lait-framboise sur le siège avant! roucoula, indignée, la voix dans sa tête: *Il a fait ça quand il était vivant, Alan, vieille branche! Et Annie...*

«Oh, la ferme!» dit-il à voix haute.

Il atteignit le bâtiment, puis s'immobilisa. Garée tellement près que la porte du bureau serait venue la heurter si on l'avait ouverte en grand, se trouvait une grosse Cadillac Seville rouge. Il n'eut pas besoin de regarder la plaque d'immatriculation pour savoir ce qui y figurait: KEETON 1. Il fit courir ses doigts sur le flanc lisse de la voiture, puis entra.

2

Sheila Brigham se tenait dans la cage aux parois vitrées du standard, où elle lisait *People* tout en buvant un Yoo-Hoo. En dehors d'elle et de Norris Ridgewick, les locaux combinés bureau du shérif/Département de la Police de Castle Rock étaient déserts.

Norris était attelé à une machine à écrire électrique

IBM ; retenant son souffle, il tapait laborieusement un rapport avec cette concentration angoissée qui n'appartenait qu'à lui. Il regardait fixement la machine, puis se penchait brusquement comme un homme qui vient de recevoir un coup de poing à l'estomac et cognait sur les touches en rafales. Il restait incliné, le temps de relire ce qu'il venait d'écrire, puis poussait un grognement contenu. Sur quoi on entendait le *clic-rap! clic-rap! clic-rap!* de la touche de correction (Norris utilisait en moyenne un rouleau de CorrecTape par semaine), après quoi il se redressait. Venait ensuite un moment de méditation, et le cycle recommençait. Après une bonne heure de cet exercice, Norris jetait le résultat dans le bac « Rapports » de Sheila. Une fois ou deux par semaine, ces rapports étaient même intelligibles.

Norris leva les yeux et sourit à Alan lorsque celui-ci passa devant la zone des cellules de détention provisoire. « Salut, patron, comment ça va ?

— Oh, nous voilà débarrassés de Portland pour deux ou trois semaines. Et ici, quoi de neuf ?

— Rien, le train-train habituel. Bon sang, Alan, tu as les yeux aussi rouges qu'un lapin. Je parie que tu as encore fumé ce tabac bizarre.

— Ah ! ah ! rétorqua Alan, amer. J'ai été boire deux ou trois verres avec deux ou trois flics et je me suis fait aveugler par les phares des voitures sur cinquante kilomètres. Tu n'aurais pas de l'aspirine sous la main, par hasard ?

— Comme toujours, tu le sais bien. » Le dernier tiroir du bureau de Norris contenait sa pharmacie personnelle. Il l'ouvrit, farfouilla dedans et en sortit un flacon géant de Kaopectate parfumé à la fraise ; il examina un instant l'étiquette, secoua la tête, remit le flacon dans le tiroir et reprit ses fouilles. Il en tira finalement un flacon de cachets d'aspirine ordinaire.

« J'ai un petit travail pour toi », dit Alan, qui prit la bouteille et fit tomber deux cachets dans sa main. De la poussière blanche accompagna les pilules, et il se demanda pour quelle raison l'aspirine classique produisait plus de poussière que les variétés de marque. Puis il se demanda s'il ne perdait pas un peu les pédales.

« Bon sang, Alan, j'ai encore deux de ces foutus formulaires E-9 à remplir et…

— Calme-toi, mon vieux. » Alan s'approcha de la fontaine d'eau fraîche et retira une coupe en papier du cylindre distributeur. *Blub-blub-blub.* « Tout ce que je te demande, c'est de te lever et d'aller ouvrir la porte par laquelle je viens d'entrer. Un enfant pourrait faire ça, non ?

— Que… ?

— Mais n'oublie pas ton carnet à souches », ajouta Alan en avalant son aspirine.

L'inquiétude se lut aussitôt sur le visage de Norris. « Le tien est juste sur le bureau, à côté de ton porte-documents.

— Je sais. Et il va y rester, au moins pour ce soir. »

Norris le regarda un long moment avant de se décider à demander :

« Buster ? »

Alan acquiesça. « Oui, Buster. Il a garé sa voiture sur l'emplacement réservé aux handicapés, une fois de plus. La dernière fois je lui ai dit que j'en avais ma claque de l'avertir. »

Tous ceux qui connaissaient le maire de Castle Rock, Danforth Keeton III, le surnommaient Buster… mais les employés municipaux qui tenaient à leur boulot prenaient bien garde de dire « Dan » ou « Mr Keeton » quand il était à portée d'oreille. Seul Alan, en tant qu'officier élu, osait l'appeler « Buster » en face, ce qu'il n'avait fait que deux fois, sous le coup de la colère. Il se disait qu'il allait être obligé de recommencer, néanmoins. Alan Pangborn trouvait qu'il était très facile de se mettre en colère contre Dan « Buster » Keeton.

« Allons, voyons ! dit Norris. Fais-le, toi, Alan, d'accord ?

— Peux pas. J'ai une réunion de budget avec les conseillers municipaux la semaine prochaine.

— Il me hait déjà, protesta Norris, malade. Je le sais.

— Buster hait tout le monde, mis à part sa femme et sa mère. Et encore, pour sa femme, je n'en suis même pas sûr. Mais le fait est que je l'ai averti une bonne demi-douzaine de fois, le mois dernier, de ne pas se garer dans notre seul et unique emplacement pour handicapés, et je vais maintenant joindre le geste à la parole. »

— Non, c'est moi qui vais joindre *mon* geste à *ta* parole. C'est vraiment dégueulasse, Alan. Je blague pas. » Norris avait la tête d'un gars qui fait une pub pour *Quand les braves gens ont des malheurs*.

« Calme-toi, Norris. Tu lui colles une contredanse de cinq dollars sur le pare-brise. Il rapplique, et la première chose qu'il me demande, c'est de te mettre à la porte. »

Norris gémit.

« Je refuse. Alors il exige que je déchire la contravention. Je refuse aussi. Puis, demain à midi, quand il aura un peu fini d'écumer, je me laisse attendrir. Et à la prochaine réunion du budget, c'est lui qui me doit une faveur.

— Ouais, mais à moi, qu'est-ce qu'il me doit ?

— Dis-moi, Norris, est-ce que tu as envie d'un nouveau radar à impulsion ou non ?

— Euh…

— Et une machine à faxer ? Cela fait au moins deux ans qu'on en parle. »

Oui! s'écria une voix faussement joyeuse dans l'esprit d'Alan. *Tu as commencé à en parler quand Annie et Todd étaient encore en vie, Alan! Tu t'en souviens? Tu te rappelles, quand ils étaient encore en vie?*

« Ben oui », admit Norris. Il prit son carnet à souches avec une inénarrable expression de tristesse et de résignation peinte sur le visage.

« Tu es un bon garçon, Norris, dit Alan avec une chaleur qu'il ne ressentait pas. Je vais rester dans mon bureau pendant un moment. »

3

Il referma la porte et composa le numéro de Polly.

« Allô ! » dit-elle. Il sut immédiatement qu'il n'allait pas lui parler de la dépression qui l'avait si totalement et si insidieusement envahi. Polly devait faire face à ses propres problèmes, ce soir. Il lui avait suffi de cet unique petit mot pour comprendre comment elle allait. Elle avait prononcé les « ll » de « Allô » d'une voix légèrement étouffée. Cela ne lui arrivait qu'après avoir pris un Percodan — ou peut-être plus d'un —, ce qu'elle ne faisait que lorsque la douleur était trop forte. Elle avait beau ne jamais le lui avoir dit explicitement, Alan se doutait bien qu'elle vivait dans la terreur du jour où les Percodan resteraient sans effet.

« Comment allez-vous, jolie môme ? » demanda-t-il, s'enfonçant dans son fauteuil, une main sur les yeux. L'aspirine ne paraissait pas beaucoup améliorer l'état de sa tête. Je devrais peut-être lui demander un Percodan, pensa-t-il.

« Pas trop mal. » Il remarqua le soin qu'elle avait mis à parler, passant d'un mot à un autre comme si elle avait utilisé des pierres pour franchir un gué. « Et toi ? Tu as la voix fatiguée.

— Les hommes de loi me font cet effet à chaque fois. » Il renonça à l'idée d'aller la voir. Elle allait dire oui, bien sûr, Alan, et elle serait contente de le voir — presque aussi contente que lui — mais cela ne ferait que rendre les choses encore plus difficiles pour elle, ce soir. Elle n'avait pas besoin de ça. « Je crois que je vais rentrer à la maison et me coucher tôt. Tu ne m'en voudras pas, si je ne passe pas ?

— Non, mon chéri. D'ailleurs, je crois qu'il vaut peut-être mieux.

— Ça te fait très mal, ce soir ?

— J'ai connu pire, répondit-elle prudemment.

— Ce n'est pas ce que je t'ai demandé.

— Non, pas trop mal. »

Ta voix te trahit, ma chérie, pensa-t-il. « Bon. Et cette histoire de thérapie par ultrasons dont tu m'as parlé ; où en est-on ?

— Eh bien, ce serait fabuleux si je pouvais me payer un mois et demi à la clinique Mayo — à tout hasard —, mais je ne peux pas. Et ne me dis pas le contraire, Alan, parce que je me sens trop fatiguée pour te traiter de menteur.

— Je croyais que tu avais dit que l'hôpital de Boston...

— L'année prochaine. Ils vont ouvrir une clinique où

on emploiera le traitement aux ultrasons, mais l'année prochaine. Peut-être. »

Il y eut un moment de silence et il était sur le point de lui souhaiter une bonne nuit lorsqu'elle reprit, d'un ton qui était cette fois plus gai : « Tu sais, je suis passée à la nouvelle boutique, ce matin. J'ai apporté un gâteau que j'avais fait faire par Nettie. Parfaitement banal, évidemment — jamais les dames n'offrent de gâteau pour l'inauguration d'un magasin. C'est une règle pratiquement gravée dans la pierre.

— A quoi ça ressemble ? Qu'est-ce qu'on y vend ?

— Un peu de tout. Si tu me poussais dans mes derniers retranchements, je dirais qu'il s'agit d'une boutique de curiosités, d'amateurs de collections, mais elle défie vraiment toute description. Il faudra que tu ailles voir par toi-même.

— As-tu rencontré le propriétaire ?

— Un certain Leland Gaunt, d'Akron, dans l'Ohio. » Alan sentait l'ébauche d'un sourire au son de sa voix. « Il va faire battre plus d'un cœur chez toute ces dames chics de Castle Rock, cette année, j'en ai bien l'impression.

— Et *toi*, comment le trouves-tu ? »

Lorsqu'elle répondit, le sourire dans sa voix était encore plus marqué. « Eh bien, Alan, soyons honnête… je t'aime et j'espère que tu m'aimes aussi, mais…

— Bien sûr. » Son mal de tête s'atténuait un peu. Il doutait que ce petit miracle fût l'œuvre de l'aspirine de Norris Ridgewick.

« … mais j'ai senti mon pouls s'accélérer un peu, je l'avoue. Et tu aurais dû voir Rosalie et Nettie, lorsqu'elles sont revenues.

— *Nettie ?* (Il avait les pieds sur le bureau : il les posa à terre et se redressa.) Mais Nettie a peur même de son ombre !

— C'est vrai. Mais Rosalie a réussi à la persuader de l'accompagner — tu sais que cette pauvre malheureuse serait incapable d'aller quelque part toute seule — et j'ai donc demandé à Nettie ce qu'elle pensait de monsieur Gaunt quand je suis rentrée à la maison, à la fin de l'après-midi. Son regard de chien battu s'est transformé, son œil s'est allumé : "Il a des pâtes de verre ! m'a-t-elle dit. Des pâtes de verre magnifiques ! Il m'a même invitée à revenir demain pour m'en montrer d'autres !" Je crois qu'elle ne m'en avait jamais dit autant en une seule fois, depuis quatre ans. Alors je lui ai dit : "C'est très gentil de sa part, non, Nettie ?" et elle m'a répondu : "Oui, et vous savez quoi ?" J'ai évidemment voulu savoir. "Il est bien possible que j'y aille !" »

Alan éclata de rire, de bon cœur. « Si Nettie est prête à se rendre dans cette boutique sans duègne, je *dois* aller voir un peu de quoi il a l'air. Ce type doit être un grand séducteur.

— Eh bien, c'est drôle, figure-toi. Il n'est pas beau, en tout cas pas comme une star de cinéma, mais il a les plus *superbes* yeux noisette du monde. Ils éclairent tout son visage.

— Prenez garde, ma petite dame ! gronda Alan. Je sens le muscle de la jalousie qui commence à tressaillir. »

Elle eut un petit rire. « Je ne crois pas que tu aies des raisons de t'inquiéter. Mais il y a autre chose.

— Quoi donc ?

— Rosalie m'a dit que Wilma Jerzyck est entrée quand Nettie se trouvait encore dans la boutique.

— Il s'est passé quelque chose ? des insultes ?

— Non. Nettie a foudroyé la mère Jerzyck du regard, et la Jerzyck a retroussé ses babines comme un chien en voyant Nettie. En tout cas, c'est la version de Rosalie. Après quoi, Nettie a filé. Est-ce que Wilma Jerzyck t'a appelé à propos du chien de Nettie, récemment ?

— Non. Il n'y aurait eu aucune raison. Je suis passé en patrouille devant chez Nettie au moins une demi-douzaine de fois après dix heures, depuis environ six semaines. Le chien n'aboie plus. Il faisait tout simplement comme tous les chiots, Polly. Il a grandi un peu, maintenant, et il a une bonne maîtresse. Nettie a peut-être une case ou deux qui lui manquent, mais elle a fait ce qu'il fallait avec cet animal — comment l'appelle-t-elle, déjà ?

— Raider.

— Eh bien, Wilma devra trouver autre chose pour

nous casser les pieds, parce que Raider n'est plus en cause! Mais elle y arrivera, hélas! Les femmes comme Wilma y arrivent toujours. En fait, ça n'a jamais été le chien, pas vraiment; Wilma Jerzyck est la seule personne du coin qui se soit plainte. C'est Nettie. Les Wilma Jerzyck savent flairer la faiblesse de quelqu'un. C'est une odeur que Nettie Cobb dégage en abondance.

— Oui, reconnut Polly d'un ton triste et songeur. Sais-tu que la Jerzyck a appelé un soir pour dire à Nettie que si elle ne faisait pas taire son chien, elle viendrait lui couper la gorge?

— Je sais au moins que c'est ce que Nettie t'a dit, répondit Alan d'un ton égal. Je sais aussi que Wilma Jerzyck a terrorisé Nettie et que Nettie a eu... des problèmes. Je ne dis pas que Wilma Jerzyck n'est pas capable de donner ce genre de coup de fil, bien au contraire. Mais on ne peut exclure que ce soit une invention de Nettie. »

Parler de « problèmes » à propos de Nettie était un euphémisme, mais Alan et Polly n'avaient pas besoin d'en dire davantage; tous deux savaient de quoi il était question. Après des années d'enfer, épouse d'un homme qui la molestait de toutes les manières imaginables qu'un homme peut employer contre une femme, Nettie Cobb avait plongé une grande fourchette de service dans la gorge de son mari, pendant son sommeil. Elle avait ensuite passé cinq ans à Juniper Hill, l'hôpital psychiatrique situé près d'Augusta. Elle était venue travailler chez Polly dans le cadre d'un programme de liberté sous condition. De l'avis d'Alan, elle n'aurait pas pu tomber en de meilleures mains, et l'amélioration régulière de l'état mental de Nettie confirmait cette opinion. Deux ans auparavant, Nettie était venue s'installer dans sa propre petite maison, à six coins de rue du centre ville.

« D'accord, Nettie a des problèmes, admit Polly, mais sa réaction vis-à-vis de Mr Gaunt n'en était pas moins stupéfiante. C'était vraiment touchant.

— Il faut que j'aille voir moi-même ce type.

— Tu me diras ce que tu en penses. Et n'oublie pas de remarquer ses yeux noisette.

— Je ne suis pas sûr qu'ils déclencheront chez moi la même réaction qu'ils semblent avoir provoquée chez toi», répliqua Alan d'un ton sec.

Polly eut de nouveau un petit rire ; mais cette fois, il paraissait légèrement forcé.

«Essaie de dormir, reprit-il.

— Bien sûr. Merci d'avoir appelé, Alan.

— Tout le plaisir est pour moi. (Il marqua une pause.) Je t'aime, jolie petite dame.

— Merci, Alan. Moi aussi, je t'aime. Bonne nuit.

— Bonne nuit.»

Il reposa le téléphone, fit pivoter le col de la lampe de bureau afin de projeter la lumière sur le mur, remit les pieds sur le bureau et ramena les mains contre sa poitrine, comme s'il priait. Il tendit les deux index. Sur le mur, une ombre de lapin pointa les oreilles. Alan fit passer ses pouces entre ses index tendus, et le museau du lapin se mit à frétiller. Puis l'ombre entreprit de traverser la lumière du projecteur improvisé en sautillant. L'animal qui revint d'un pas lourd et traînant était un éléphant balançant sa trompe. Alan bougeait les mains avec une dextérité et une aisance surnaturelles. A peine faisait-il attention à ses fugitives créations ; c'était chez lui une vieille habitude, une autre manière de loucher sur le bout de son nez en répétant «Om».

Il pensait à Polly, Polly et ses pauvres mains. Que pouvait-il faire pour elle ?

S'il n'avait été question que d'argent, il l'aurait fait entrer dans une chambre de la clinique Mayo dès demain après-midi — tous les papiers signés, tamponnés, en règle. Il l'aurait fait même s'il avait fallu lui passer la camisole de force et la bourrer de tranquillisants pour l'y amener.

Mais voilà, ce n'était pas seulement une question d'argent. Le traitement par ultrasons de l'arthrite dégénérative en était à ses premiers balbutiements ; peut-être allait-il se révéler aussi efficace que la pénicilline contre les infections, ou aussi bidon que la phrénologie. Ça n'avait pas de sens de le tenter maintenant ; il y avait une chance sur mille pour qu'il fût efficace. Ce n'était pas le gaspillage d'argent qui le retenait, mais le risque d'espoirs trahis pour Polly.

Un corbeau — aussi souple et vivant que dans un dessin animé de Walt Disney — passa en battant lentement des ailes sur son diplôme de l'Académie de Police d'Albany. Son envergure s'allongea et il se transforma en un ptérodactyle préhistorique à la tête tournée de côté, tandis qu'il fonçait vers les classeurs de l'angle et hors du champ du projecteur.

La porte s'ouvrit. La figure de basset larmoyant de Norris Ridgewick passa par l'entrebâillement. «Je l'ai fait, Alan, déclara-t-il du ton d'un homme qui avoue le meurtre d'une ribambelle de petits enfants.

— Bien, Norris. Je te promets que tu n'en prendras pas plein la gueule à cause de cette connerie.»

Norris le regarda encore un moment de son œil humide, puis acquiesça d'un air de doute. Il jeta un coup d'œil au mur. «Fais Buster, Alan.»

Alan sourit, secoua la tête et tendit la main vers la lampe.

«S'il te plaît, insista Norris d'un ton cajoleur. Je viens de coller une prune à sa maudite bagnole, je le mérite bien, non? Fais Buster, Alan, *s'il te plaît*. Ça me fera du bien.»

Alan regarda par-dessus l'épaule de Norris, ne vit personne et replia une main contre l'autre. Sur le mur, une silhouette trapue traversa le champ lumineux d'un pas pesant, la bedaine ballottante. Elle s'arrêta un instant pour gratter le fond de son pantalon puis sortit du champ, tournant la tête d'un côté et de l'autre, l'air féroce.

Norris partit d'un rire aigu et heureux, un rire d'enfant. Un instant, le souvenir de Todd s'imposa violemment à Alan, mais il le repoussa. Il avait eu son compte pour la journée, s'il plaisait à Dieu.

«Bon sang, ça me tue! s'exclama Norris, toujours riant. Tu es né trop tard, Alan. Tu aurais pu faire ta carrière au *Ed Sullivan Show*.

— Allez, va, sors d'ici.»

Toujours hilare, Norris referma la porte sur lui.

Alan fit passer un Norris efflanqué et un peu suffisant

sur le mur, puis redressa la lampe et sortit un carnet de notes en piteux état de sa poche revolver. Il le feuilleta jusqu'à ce qu'il eût trouvé une page blanche, sur laquelle il écrivit : *Le Bazar des Rêves*. En dessous : *Leland Gaunt, Cleveland, Ohio*. Non, pas Cleveland. Il raya le nom de la ville et écrivit à côté *Akron*. Je suis peut-être en train de perdre vraiment les pédales, pensa-t-il. Encore au-dessous, il nota : *à vérifier*.

Il remit le carnet à sa place et songea à rentrer chez lui ; mais au lieu de cela, il fit de nouveau pivoter la lampe et bientôt, la parade d'ombres défilait une fois de plus sur le mur : lions, tigres, ours — stupéfiant. Comme le brouillard à l'heure du serin, la dépression s'immisçait insidieusement en lui, faisant patte de velours. La voix se remit à parler d'Annie et de Todd. Alan Pangborn commença à l'écouter. Il le fit contre sa volonté... mais se laissa de plus en plus absorber.

4

Allongée sur son lit, Polly, lorsqu'elle eut fini de parler avec Alan, se tourna sur le côté gauche et voulut raccrocher le combiné. Mais il lui échappa et tomba au sol. Le support du Princess se mit à glisser lentement sur la table de nuit, avec l'évidente intention de rejoindre l'autre partie. Elle tenta de l'arrêter, mais sa main, au lieu de cela, heurta l'angle de la tablette. Un élancement monstrueux déchira le délicat réseau dont l'analgésique avait recouvert ses nerfs et fulgura jusqu'à son épaule. Elle dut se mordre les lèvres pour étouffer un cri.

La base du téléphone bascula à son tour et s'effondra avec un seul *Cling !* de la sonnette, à l'intérieur. Le piaulement idiot de la ligne ouverte parvenait jusqu'à elle. On aurait dit le bourdonnement d'un essaim d'insectes retransmis par ondes courtes.

Elle envisagea de ramasser le téléphone avec ses griffes qu'elle tenait maintenant serrées contre sa poitrine, non pas en le saisissant — ce soir, ses doigts refuseraient complètement de fonctionner — mais en le pressant, comme si elle jouait de l'accordéon. Et brusquement, c'en fut trop. Le simple fait de se demander comment ramasser un téléphone tombé à terre en était trop, et elle commença à pleurer.

La douleur était maintenant pleinement réveillée, réveillée et battant la campagne ; elle transformait ses mains, et en particulier celle qu'elle avait heurtée, en deux puits fiévreux. Elle resta gisante sur son lit, contemplant le plafond d'un œil que brouillaient ses larmes.

Ô mon Dieu, je donnerais n'importe quoi pour être débarrassée de ça ! pensa-t-elle. *Je donnerais n'importe quoi, absolument n'importe quoi !*

5

A dix heures du soir, un jour de semaine en automne, la rue commerçante de Castle Rock était aussi hermétiquement cadenassée qu'un coffre-fort. Les lampadaires projetaient sur les trottoirs et les devantures des magasins des cercles dégradés de lumière blanche, et Main Street avait tout d'une scène de théâtre désertée. On s'attendait presque à voir une silhouette solitaire, en tenue de soirée et chapeau haut de forme — Fred Astaire, voire Gene Kelly — faire son apparition et passer en dansant de l'un de ces îlots de lumière à l'autre, chantant la solitude d'un type largué par sa petite amie et qui trouve tous les bars fermés. Puis, de l'autre bout de la rue, apparaîtrait une autre silhouette — Ginger Rogers, ou bien Cyd Charisse — habillée en robe longue. Elle danserait en direction de Fred (ou Gene), chantant la solitude d'une nana quand son petit ami lui a posé un lapin. Ils se verraient, s'immobiliseraient dans une pose artistique, puis esquisseraient un pas de deux en face de la banque ou peut-être de Cousi-Cousette.

Au lieu de cela, c'est Hugh Priest qui se pointa.

Il ne rappelait ni Fred Astaire ni Gene Kelly, aucune fille à l'autre bout de la rue ne s'avançait vers lui dans l'espoir de quelque rencontre romantique due au hasard, et une chose était sûre, il ne dansait pas. En revanche, pour boire, il buvait ; c'est ce qu'il avait fait, avec constance et régularité, au Mellow Tiger, depuis quatre heures de l'après-midi. Au stade où il en était, le seul fait de marcher devenait un exploit, alors les entrechats... Il progressait lentement, d'une flaque lumineuse à l'autre, tandis que son ombre démesurée courait sur la devanture du salon de coiffure, de Western Auto, de la boutique de vidéo. Il zigzaguait légèrement, regardant bien droit devant lui de son œil rougi, tandis que sa volumineuse bedaine distendait son T-shirt bleu taché de sueur (avec, sur le devant, le dessin d'un énorme moustique ayant comme légende : MAINE, LE PAYS DES OISEAUX) en une longue courbe affaissée.

La camionnette du service des ponts et chaussées de Castle Rock se trouvait toujours au fond du parking du Mellow Tiger. Hugh Priest était le détenteur (il ne s'en vantait pas) de plusieurs contraventions pour ivresse au volant, et à la suite de la dernière — laquelle s'était traduite par une suspension de son permis de conduire pendant six mois —, ce salopard de Keeton, ses cosalopards Fullerton et Samuels et cette salope de Williams lui avaient fait clairement comprendre que leur patience était à bout. La prochaine contravention lui vaudrait une suspension définitive et, sans aucun doute, la perte de son emploi.

Cela n'empêcha pas Hugh Priest de continuer à boire — aucune puissance au monde n'aurait pu y parvenir — mais le poussa à prendre la ferme résolution de ne plus conduire après avoir bu. Il avait cinquante et un ans, et c'était un peu tard pour envisager de changer de travail, en particulier avec un dossier aussi épais de contraventions pour conduite en état d'ivresse le suivant comme une casserole attachée à la queue d'un chien.

Voilà la raison qui le faisait rentrer à pied chez lui ce soir, et la putain de balade était un peu longuette, et il allait y avoir un certain employé des ponts et chaussées du nom de Bobby Dugas qui aurait droit demain à une sévère explication de gravure, à moins qu'il ne préférât rentrer chez lui avec deux ou trois dents en moins.

Au moment où Hugh passa devant Nan's Luncheonette, une petite pluie très fine se mit à tomber, ce qui n'améliora pas son humeur.

Il avait demandé à Bobby qui, pour rentrer chez lui, devait passer devant la maison de Hugh Priest, s'il avait l'intention de faire une petite descente au Tiger, ce soir. Bobby Dugas lui avait répondu : *Tiens, tu parles, Charles* — Bobby l'appelait toujours Charles, ce qui n'était pas son putain de nom, et ça aussi, c'était quelque chose qui allait changer, et pas plus tard que bientôt. *Tu parles, Charles, je rappliquerai vers sept heures, comme d'habitude.*

Si bien que Hugh, sachant qu'on le ramènerait s'il était trop imbibé pour conduire, avait rangé son bahut sur le parking du Tiger cinq minutes avant quatre heures (il était déjà passé presque une demi-heure auparavant, en fait, mais cet animal de Deke Bradford n'était pas dans les parages) et avait foncé droit sur le bar. Et à sept heures, devinez quoi ? Pas de Bobby Dugas ! Bon Dieu de bon Dieu ! Arrivent huit heures, neuf heures et demie, devinez quoi encore ? Même chose, bon sang !

A dix heures moins vingt, Henry Beaufort, propriétaire et barman du Mellow Tiger, avait invité Hugh Priest à prendre ses cliques et ses claques, à mettre les voiles, à pointer la direction de ses pompes vers la sortie, à faire comme un crayon et se tailler — en un mot à ficher le camp. Hugh se sentit mortifié. Bon, d'accord, il avait balancé un coup de pied dans le juke-box, mais le foutu disque de Rodney Crowell avait une fois de plus déraillé.

« Et qu'est-ce qu'il fallait que je fasse ? Attendre et l'écouter déconner ? avait-il demandé à Henry. T'as qu'à enlever ce disque, c'est tout. On dirait que ce type a une crise d'épilepsie.

— Je vois bien que t'as pas encore ton compte, avait répliqué Henry, mais tu ne boiras pas une goutte de plus ici. Faudra que tu trouves le reste dans ton frigo.

— Et si je dis non ?

— Alors j'appelle le shérif Pangborn. »

Henry Beaufort avait répondu d'un ton égal, tandis que les autres consommateurs du Tiger, peu nombreux à cette heure et en semaine, suivaient l'échange avec intérêt. Les types faisaient bien attention à se montrer polis avec Hugh Priest, en particulier quand il s'en tenait une bonne, mais jamais il ne gagnerait le concours du gars le plus sympa de Castle Rock.

« Ce n'est pas que ça me plairait, avait admis Henry, mais s'il faut le faire, je le ferai. J'en ai ras le bol de te voir donner des coups de pied dans mon juke-box. »

Hugh avait envisagé de répondre : *Alors c'est à toi que je vais balancer quelques coups de pied, espèce de salopard à la noix.* Puis il pensa à ce gros porc de Keeton et à la feuille rose de licenciement qu'il lui tendrait pour avoir semé la pagaille dans le bistrot local. Evidemment, elle arriverait en réalité par la poste, comme toujours, les gros porcs comme Keeton ne se salissent jamais les mains (et ne prennent pas le risque d'un œil au beurre noir) en le faisant en personne, mais ça l'aidait de voir les choses ainsi, ça le calmait d'un cran ou deux. Et il avait deux cartons de bière à la maison, un dans le frigo, l'autre dans l'appentis.

« D'accord, dit-il. J'ai pas besoin de tout ce cirque, de toute façon. Donne-moi mes clefs. » Car il les avait confiées à Henry, à titre de précaution, lorsqu'il s'était installé au bar, six heures et dix-huit bières auparavant.

« Pas mèche. » Henry s'essuyait les mains avec une serviette et regardait Hugh sans ciller.

« Pas mèche ? Qu'est-ce que ça veut dire, ça, *pas mèche* ?

— Ça veut dire que tu es trop saoul pour conduire. Je le sais, et quand tu vas te réveiller demain matin, tu le sauras, toi aussi.

— Ecoute, fit patiemment Hugh Priest. Quand je t'ai donné ces foutues clefs, je croyais que Bobby me ramènerait. Il m'avait dit qu'il passerait boire quelques bières. C'est pas ma faute si cet enfoiré ne s'est pas pointé. »

Henry poussa un soupir. « Je comprends bien, mais ce n'est pas mon problème. On pourrait me poursuivre, si tu écrasais quelqu'un. Je suppose que toi tu t'en fous, mais moi pas. Il faut que je pense à mes propres intérêts, mon vieux. Dans ce monde, personne ne le fait à ta place. »

Hugh Priest éprouva du ressentiment, de l'autoapitoiement et un étrange et incohérent sentiment de déréliction sourdre du fond de lui comme d'un puits, semblable à l'ignoble liquide que laisserait échapper l'enveloppe rouillée de déchets toxiques enterrés depuis longtemps. Il regarda ses clefs, accrochées derrière le bar, puis la plaque sur laquelle on lisait : SI NOTRE PATELIN NE VOUS PLAÎT PAS, CONSULTEZ L'HORAIRE DES CHEMINS DE FER, et enfin Henry. Il découvrit avec angoisse qu'il était sur le point d'éclater en larmes.

Henry tourna la tête en direction des quelques autres clients de son établissement. «Hé! y aurait pas un de vous, bande d'abrutis, qui irait jusqu'à Castle Hill, par hasard?»

Tous se mirent à contempler leur table sans rien dire. Un ou deux firent craquer leurs articulations. Charlie Fortin se dirigea vers les toilettes avec une lenteur étudiée. Personne ne répondit.

«Tu vois? fit Hugh Priest. Allez, Henry, donne-moi mes clefs.»

Henry avait secoué la tête lentement, définitivement. «Si tu veux revenir ici boire un verre un de ces jours, débrouille-toi pour te trouver un chauffeur.

— D'accord! Je ferai comme ça.» Il avait le ton de voix d'un enfant boudeur sur le point de piquer une crise de colère. Il traversa la salle la tête basse, les poings violemment serrés. Il attendait un éclat de rire. Il l'espérait presque. Alors il ferait le ménage, et bien. Mais l'endroit restait désespérément silencieux, mis à part Reba McEntire qui débloquait sur l'Alabama.

«Tu n'auras qu'à venir prendre tes clefs demain matin!» lui avait lancé Henry.

Hugh n'avait pas répondu. Il lui avait fallu un effort gigantesque pour s'empêcher de jeter l'un de ses croquenots ferrés dans les flancs du juke-box de Henry Beaufort, quand il était passé à côté. Ensuite, la tête toujours basse, il s'était enfoncé dans l'obscurité.

6

La bruine s'était transformée en un véritable crachin et Hugh se dit qu'il n'allait pas tarder à pleuvoir pour de bon, une averse bien pénétrante, le temps qu'il arrive chez lui. C'était bien sa veine. Il avançait régulièrement, d'un pas qui était maintenant presque assuré (l'air avait eu pour effet de le dessaouler), l'œil constamment en mouvement. Il avait l'esprit troublé, et il aurait bien aimé que quelqu'un vienne essayer un peu de se payer sa tête. Une bonne petite engueulade lui aurait suffi, ce soir. Il pensa un instant au môme qui avait traversé sans regarder, la veille, et regretta, morose, de ne pas avoir aplati ce morveux sur la chaussée. Ça n'aurait pas été sa faute, non ; sûrement pas. De son temps, les mômes regardaient avant de traverser.

Il passa devant le terrain vague où, avant l'incendie, s'élevait naguère l'Emporium Galorium, devant Cousi-Cousette, devant la quincaillerie de Castle Rock… et arriva à la hauteur du Bazar des Rêves. Il jeta un coup d'œil à la vitrine, regarda Main Street sur toute sa longueur (plus que deux kilomètres à parcourir, et peut-être arriverait-il avant que la pluie ne se mette à tomber à seaux), puis s'arrêta brusquement.

Dans son élan, il avait dépassé la boutique de quelques pas, et il dut rebrousser chemin. Une seule ampoule éclairait la vitrine et projetait une douce lumière sur les trois objets qui s'y trouvaient disposés. Elle éclairait aussi son visage, qui subit une merveilleuse transformation. Soudain, Hugh eut l'air d'un petit garçon fatigué qui aurait dû être au lit depuis longtemps, un petit garçon qui aurait vu ce qu'il désirait comme cadeau de Noël — ce qu'il *devait* avoir comme cadeau de Noël, car sinon rien d'autre, sur la planète verte du bon Dieu, ne pourrait faire l'affaire. L'objet du milieu était flanqué de deux vases élancés (deux des pâtes de verre dont raffolait tellement Nettie Cobb, chose qu'ignorait Hugh et dont il se serait éperdument moqué, de toute façon).

Une queue de renard.

Soudain, il se retrouva en 1955; il venait d'avoir son permis de conduire et se rendait au championnat scolaire du Maine occidental — Castle Rock contre Greenspark — dans la Ford 53 décapotable de son papa. Il faisait anormalement chaud pour une journée de novembre, suffisamment, en tout cas, pour abaisser cette vieille capote et rabattre la toile par-dessus, si l'on était une bande de gosses excités, ne demandant qu'à semer la panique sur son passage — et ils étaient six à chahuter dans la voiture. Peter Doyon avait apporté une flasque de whisky (du Log Cabin), Perry Como beuglait à la radio, Hugh Priest était au volant et à l'antenne voltigeait une longue et luxuriante queue de renard, tout à fait comme celle qu'il voyait maintenant dans la vitrine.

Il se souvenait avoir regardé l'antenne et s'être dit que lui aussi, quand il posséderait sa propre décapotable, en exhiberait une semblable.

Il se rappelait aussi avoir refusé la flasque, lorsqu'on la lui avait tendue; il conduisait, et on ne boit pas en conduisant, car on est responsable de la vie des autres. Il se souvint aussi d'autre chose : la certitude de vivre la plus belle heure du plus beau jour de sa vie.

Ce souvenir le heurta de plein fouet par sa limpidité et sa complète évocation sensorielle — l'arôme de feuilles brûlées, le soleil de novembre scintillant sur le chrome des déflecteurs ; et voici que, tandis qu'il contemplait la queue de renard dans la vitrine du Bazar des Rêves, le frappait l'idée qu'effectivement cette journée avait été la plus belle de sa vie, l'une des dernières avant qu'il ne se fasse prendre par l'alcool. Une emprise solide, mais flexible et insidieuse, une étrange variation du mythe du roi Midas : tout ce qu'il avait touché, depuis, s'était transformé en merde.

Il pensa soudain : *Je pourrais changer.*

Cette idée s'imposait aussi avec une aveuglante clarté. *Je pourrais repartir à zéro.*

Etait-ce possible ?

Oui, c'est parfois possible, je crois. Je pourrais acheter cette queue de renard et l'attacher à l'antenne de la Buick.

Ils vont rigoler, cependant. Les mecs vont rigoler.

Quels mecs? Henry Beaufort? Ce petit con de Bobby Dugas? Et alors? Qu'ils aillent se faire foutre. Achète cette queue de renard, attache-la à ton antenne et roule…

Pour aller où?

Eh bien, pour commencer, pourquoi ne pas se rendre à la réunion du jeudi des Alcooliques Anonymes, à Greenspark?

Un instant, cette éventualité le laissa abasourdi et excité, comme serait abasourdi et excité un prisonnier condamné à perpétuité qui s'apercevrait qu'un gardien insouciant a laissé la clef dans la serrure de sa cellule. Un instant, il s'imagina le faire, il se vit devenant un peu plus sobre chaque jour, chaque semaine, chaque mois. Fini, le Mellow Tiger. Dommage. Mais finis aussi, les jours de paye passés dans la terreur de voir le formulaire rose joint au chèque, dans l'enveloppe, et ça, ce n'était pas dommage.

Pendant ce bref moment, tandis qu'il contemplait la queue de renard dans la vitrine du Bazar des Rêves, Hugh Priest eut un avenir. Pour la première fois depuis des années, il se *voyait* un avenir, et cette superbe oriflamme rousse à la pointe blanche flottait au-dessus comme un drapeau de bataille.

Puis la réalité lui retomba brutalement dessus, la réalité avec son odeur de pluie et de vêtements mouillés et sales. Pas de queue de renard pour lui, pas d'Alcooliques Anonymes, pas d'avenir. Il avait *cinquante et un ans, bordel,* et à cinquante et un ans, c'est un peu tard pour rêver d'un avenir. A cinquante et un ans, tout ce qu'on peut faire, c'est continuer de foncer devant soi, pour échapper à l'avalanche de son propre passé.

Pendant les heures d'ouverture, il aurait tenté sa chance, néanmoins. Et comment, il l'aurait tentée! Il serait entré dans la boutique, roulant des mécaniques, et aurait demandé le prix de la queue de renard dans la vitrine. Mais il était dix heures du soir, Main Street était aussi solidement verrouillée que la ceinture de chasteté d'une fille frigide, et lorsqu'il allait se réveiller demain matin, avec l'impression d'avoir un pic à glace planté entre les deux yeux, il aurait tout oublié de cette ravissante queue de renard et de sa flamboyante couleur fauve.

Il traîna néanmoins encore quelques instants, posant des doigts calleux et sales sur la vitre comme un enfant devant une boutique de jouets. Une esquisse de sourire soulevait la commissure de ses lèvres. Un sourire doux, qui paraissait déplacé sur la figure de Hugh Priest. Puis, quelque part du côté de Castle View, sur la hauteur, une voiture eut plusieurs ratés de moteur et les détonations, aussi fortes que des coups de fusil dans l'air pluvieux, le rendirent en sursaut à la réalité.

Conneries. Qu'est-ce que tu vas t'imaginer ?

Il se détourna de la vitrine pour reprendre la direction de son foyer — si l'on pouvait donner ce nom à la masure de deux pièces avec son appentis accolé dans laquelle il habitait. En passant sous le dais, il eut cependant un coup d'œil vers la porte.

Le panonceau, bien entendu, indiquait

OUVERT

Comme dans un rêve, Hugh posa la main sur la poignée et essaya d'ouvrir. Sous ses doigts, le bouton de porcelaine tourna librement. Au-dessus de sa tête, une clochette d'argent retentit. Le tintement paraissait venir de très, très loin.

Un homme se tenait au milieu de la boutique. Il passait le plumeau sur le haut d'une vitrine en fredonnant. Il se tourna vers Hugh au bruit de la clochette. Il ne parut nullement surpris de voir quelqu'un dans l'encadrement de sa porte à dix heures dix, un mercredi soir. La seule chose qui frappa Hugh Priest, en cet instant de confusion, fut les yeux de l'homme : ils étaient aussi noirs que ceux d'un Indien.

« Vous avez oublié de retourner votre panneau, mon vieux, s'entendit dire Hugh.

— Non, pas du tout, répondit courtoisement l'homme. Je n'ai pas un très bon sommeil, hélas, et certains soirs, la fantaisie me prend de laisser ouvert tard. On ne sait jamais ; un type comme vous risque toujours de s'arrêter au passage... et de s'intéresser à quelque chose. Voulez-vous entrer et faire le tour de la boutique ? »

Hugh Priest entra et referma la porte derrière lui.

«Y a une queue de renard…, commença-t-il, mais il fut obligé de s'arrêter, de s'éclaircir la gorge et de reprendre, tant il avait parlé d'une voix enrouée et inintelligible. Y a une queue de renard dans la vitrine.

— En effet, dit le propriétaire. Superbe, n'est-ce pas ? » Il tenait le plumeau devant lui, et son œil noir d'Indien regardait Hugh par-dessus le bouquet de plumes qui lui cachait le bas du visage. L'ivrogne ne distinguait donc pas sa bouche, mais il avait l'impression qu'elle devait sourire. D'ordinaire, il se sentait mal à l'aise quand des gens, et surtout des gens qu'il ne connaissait pas, lui souriaient ainsi. Cette attitude lui donnait envie de se bagarrer. Ce soir, cependant, ça ne paraissait nullement l'ennuyer. Peut-être parce qu'il était encore à moitié ivre.

«C'est vrai, reconnut Hugh Priest, elle est superbe. Mon père avait une décapotable avec une queue de renard comme celle-là accrochée à l'antenne, quand j'étais môme. Il y a des tas de gens, dans ce patelin pourri, qui ne croiraient jamais que j'ai été gosse, mais c'est pourtant vrai. Comme pour tout le monde.

— Bien sûr. » Les yeux de l'homme restaient fixés sur Hugh et un phénomène des plus étranges parut se passer : on aurait dit qu'ils s'agrandissaient. Hugh avait l'impression de ne pouvoir en détacher les siens. Un contact oculaire direct et trop prolongé était encore autre chose qui lui donnait envie de se battre. Mais cela aussi, ce soir, lui parut tout à fait supportable.

«A l'époque, je pensais qu'il n'y avait rien de plus chouette au monde qu'une queue de renard.

— Bien sûr.

— C'était *cool*. C'est le mot qu'on employait dans le temps. Pas des trucs comme *super* ou *chicos* — je ne sais même pas ce que ça veut dire, et vous ? »

Mais le propriétaire du Bazar des Rêves gardait le silence, ne bougeait pas et se contentait de regarder

Hugh Priest de ses yeux noirs d'Indien, par-dessus le feuillage de son plumeau.

« Bref, je voudrais l'acheter. Est-elle à vendre ?

— Bien sûr », répondit Leland Gaunt pour la troisième fois.

Hugh se sentit soulagé et envahi d'un soudain sentiment de bonheur. Brusquement, il eut la certitude que tout allait très bien s'arranger, absolument tout. Certitude parfaitement folle ; il devait de l'argent à tout le monde ou à peu près, à Castle Rock et dans les trois villes des environs, il avait été sur le point de perdre son travail à plusieurs reprises au cours des six derniers mois, sa Buick ne roulait plus que par miracle. Mais certitude tout de même indéniable.

« Combien ? » dit-il. Il se demanda tout d'un coup s'il allait avoir les moyens de s'offrir une si belle fourrure, et fut pris d'une bouffée de panique. Et si jamais il ne pouvait pas ? Pis, que se passerait-il s'il arrivait à resquiller assez d'argent, demain ou après-demain, pour découvrir ensuite que le type l'avait vendue ?

« Eh bien, ça dépend.

— Ça dépend ? Dépend de quoi ?

— De ce que vous êtes prêt à payer. »

Agissant comme dans un rêve, Hugh Priest extirpa un portefeuille fripé de sa poche revolver.

— Rangez ça, Hugh. »

Est-ce que je lui ai dit mon nom ?

Il ne s'en souvenait pas, mais il rangea le portefeuille.

« Retournez vos poches, et mettez ce que vous avez dedans là-dessus, sur cette vitrine. »

Hugh vida ses poches. Il en sortit un couteau, un rouleau de bonbons, son briquet (un Zippo), et environ un dollar et demi de monnaie mêlée de brins de tabac. Les pièces tintèrent contre la vitre.

L'homme se pencha et étudia l'ensemble. « Ça me paraît aller », conclut-il, passant son plumeau sur ce maigre trésor. Lorsqu'il interrompit son geste, le couteau, les bonbons et le briquet se trouvaient toujours à la même place. Les pièces avaient disparu.

Hugh observa la scène sans ressentir la moindre surprise. Il se tenait immobile, aussi silencieux qu'un joujou aux batteries à plat, tandis que l'homme allait retirer la queue de renard. Il la posa sur une vitrine à côté de l'attirail sorti des poches de l'ivrogne.

Lentement, Hugh tendit une main qui vint caresser la fourrure. Elle dégageait une sensation de somptueuse froideur et crépitait, soyeuse, d'électricité statique. La caresser était caresser une claire nuit d'automne.

«Superbe, n'est-ce pas? demanda l'homme.

— Oui, superbe», admit Hugh, distant. Il voulut la prendre.

«Non, pas encore», l'interrompit l'homme de haute taille d'un ton sec. La main de l'ivrogne retomba aussitôt. Il regarda Gaunt d'un air si profondément blessé qu'on aurait dit un vrai chagrin. «Nous n'avons pas encore fini de marchander.

— Non», admit Hugh. *Je suis hypnotisé*, pensa-t-il. *Que je sois pendu si ce type ne m'a pas hypnotisé*. Mais ça n'avait pas d'importance. D'une certaine manière, c'était... presque agréable.

Il porta de nouveau la main à son portefeuille, d'un geste ralenti, comme s'il était sous l'eau.

«Laisse ça tranquille, imbécile», fit Leland Gaunt d'un ton impatient, mettant le plumeau de côté.

Hugh Priest laissa de nouveau retomber la main.

«Pourquoi faut-il que tant de gens s'imaginent que toutes les réponses se trouvent dans leur portefeuille? demanda l'homme d'un ton récriminateur.

— Je ne sais pas», répondit Hugh. Il n'y avait jamais pensé auparavant. «C'est vrai, ça paraît un peu bête.

— Pis que ça!» La voix de Gaunt avait pris le rythme geignard et légèrement inégal de quelqu'un qui est très fatigué ou très en colère. Il était fatigué. La journée avait été longue et fastidieuse. Beaucoup avait été fait, mais le travail commençait à peine. «Bien pis! C'est d'une stupidité criminelle! Sais-tu quelque chose, Hugh? Le monde est plein de gens dans le besoin qui ne comprennent pas que tout, absolument tout est à vendre... si on est d'accord pour payer le prix. Ce principe, ils le reconnaissent bien du bout des lèvres, et se flattent de pratiquer un cynisme sain. Eh bien! le bout des lèvres, c'est de la gnognotte. De la gnognotte pure et simple!

— De la gnognotte, répéta mécaniquement Hugh.

— Pour ce qui est de choses dont les gens ont réellement besoin, Hugh, la réponse n'est pas le portefeuille. Le portefeuille le plus rembourré de cette ville ne vaut pas la sueur d'un travailleur. De la gnognotte pure et simple. Et les âmes! Si j'avais reçu cinq cents à chaque fois que j'ai entendu quelqu'un s'écrier: "Je vendrais mon âme pour ceci ou cela", je pourrais me payer l'Empire State Building, Hugh!» Il se pencha en avant, et ses lèvres s'étirèrent en un grand sourire malsain, découvrant ses dents inégales. «Dis-moi une chose, Hugh: au nom de toutes les bêtes qui rampent sous la terre, qu'est-ce que tu voudrais que je foute de ton âme?

— Rien, probablement.» Sa voix paraissait venir de loin. Surgir du tréfonds d'une grotte très profonde et très sombre. «Je crois qu'elle n'est pas tellement en forme, ces temps derniers.»

Soudain, Mr Gaunt se détendit et se redressa. «Bon, assez de ces mensonges et de ces demi-vérités. Dites-moi, Hugh, connaissez-vous une femme du nom de Nettie Cobb?

— Nettie la Dingue? Tout le monde connaît Nettie la Dingue, ici. Elle a tué son mari.

— C'est ce qu'on dit. Maintenant, écoutez-moi, Hugh. Ecoutez-moi bien. Après quoi, vous pourrez prendre votre queue de renard et rentrer chez vous.»

Hugh Priest écouta attentivement.

Dehors, la pluie tombait à verse, et le vent commençait à se lever.

8

«Brian! fit Miss Ratcliffe d'un ton coupant. Comment, Brian? Je n'aurais pas cru cela de toi! Viens ici! Tout de suite!»

Il était assis au dernier rang de la salle en sous-sol où se tenaient les séances d'orthophonie et il avait fait quelque chose de mal — d'extrêmement mal, à entendre la voix de Miss Ratcliffe —, mais il ne sut ce que c'était qu'au moment où il se mit debout. Il s'aperçut alors qu'il était nu. Une vague de honte le submergea alors, atroce, mais il se sentit aussi émoustillé. Lorsqu'il regarda son pénis et le vit qui se durcissait, son angoisse le disputa à l'excitation.

« Je t'ai dit de venir ici ! »

Il avança lentement tandis que les autres — Sally Meyers, Donny Frankel, Nonie Martin et ce pauvre demeuré de Slopey Dodd — le lorgnaient d'un œil exorbité.

Il hochait stupidement la tête, mais son pénis relevait la sienne ; tout se passait comme si une partie de lui-même se moquait pas mal de mal se conduire. Comme si en fait elle y prenait plaisir.

Elle mit un morceau de craie dans sa main. Au contact de ses doigts, une petite décharge électrique le parcourut. « Et maintenant, reprit Miss Ratcliffe de son ton sévère, tu vas m'écrire cinq cents fois sur le tableau : JE FINIRAI DE PAYER MA CARTE DE SANDY KOUFAX.

— Oui, Miss Ratcliffe. »

Il commença à écrire, debout sur la pointe des pieds pour atteindre le haut du tableau, trop conscient de l'air tiède qui lui caressait les fesses. Il avait fini d'écrire JE FINIRAI DE PAYER lorsqu'il sentit la main douce et lisse de Miss Ratcliffe se refermer sur son pénis raidi et l'étreindre suavement. Un instant, il crut qu'il allait s'évanouir, tellement c'était bon.

« Continue d'écrire, dit-elle, toujours aussi autoritaire, et je continuerai à faire cela.

— M-M-Miss-Miss Ratcliffe, et mes ex-exercices ? bégaya Slopey Dodd.

— La ferme ou je te passe dessus dans le parking, Slopey, répondit Miss Ratcliffe. Ça te fera les pieds, petit morveux ! »

Elle continua de tirer sur la quéquette de Brian tout en parlant. Il gémissait, maintenant. C'était mal, il le savait, mais c'était si bon ! C'était vraiment effrayant. Mais juste ce dont il avait besoin. Juste le truc.

Puis il se tourna et vit que ce n'était pas Miss Ratcliffe qui se tenait derrière lui mais Wilma Jerzyck, avec sa *grosse figure ronde et blême, ses profonds yeux bruns comme deux raisins posés sur de la pâte brisée.*

« *Il la reprendra si tu ne paies pas, dit Wilma. Et ce n'est pas tout, petit morveux. Il...* »

9

Brian Rusk se réveilla avec un tel sursaut qu'il faillit tomber du lit. Il était couvert de sueur, son cœur battait comme un marteau-pilon dans sa poitrine, et son pénis tendait son pyjama comme une petite branche dure.

Il s'assit, tremblant de tout son corps. Sa première réaction fut d'ouvrir la bouche et d'appeler sa mère, comme il le faisait quand il était petit et qu'un cauchemar avait envahi son sommeil. Puis il se rendit compte qu'on ne pouvait plus dire qu'il était *petit*, qu'il avait onze ans... et que ce n'était pas tout à fait le genre de rêve que l'on raconte à sa mère, n'est-ce pas?

Il s'allongea de nouveau, les yeux grands ouverts dans l'obscurité. Il jeta un coup d'œil sur l'horloge numérique de sa table de nuit et vit qu'il était minuit quatre. Il entendait la pluie, qui crépitait maintenant avec violence contre la fenêtre de sa chambre, poussée par d'énormes et brusques hoquets de vent. On aurait presque dit de la grêle.

Ma carte. Ma carte Sandy Koufax a disparu.

Mais non, il le savait bien. Mais il savait aussi qu'il serait incapable de se rendormir tant qu'il n'aurait pas vérifié qu'elle se trouvait bien à sa place, dans le classeur à feuilles amovibles où il rangeait sa collection de Topps de 1956. Il y avait déjà jeté un coup d'œil hier, avant de partir pour l'école, puis un autre, à son retour; le soir, après le dîner, il avait arrêté de jouer dans l'arrière-cour avec Stanley Dawson pour la contempler une fois de plus. Il avait raconté à Stanley qu'il avait envie d'aller aux toilettes. Et finalement il l'avait admirée une dernière fois avant de se mettre au lit et d'éteindre. Il admettait que c'était devenu une sorte d'obsession, mais d'en avoir conscience n'y changeait rien.

Il quitta son lit, se rendant à peine compte que l'air frais piquetait de chair de poule son corps encore chaud et faisait se recroqueviller son pénis. Il marcha silencieusement jusqu'à sa penderie, laissant derrière lui la forme de son corps humide de sueur imprimée sur le drap de dessous. Le gros classeur attendait sur l'étagère du haut, dans une flaque de lumière en provenance du lampadaire, à l'extérieur de la maison.

Il le prit, l'ouvrit et fit tourner rapidement les pages de plastique entre lesquelles étaient glissées les cartes. Il passa Mel Parnell, Whitey Ford, Warren Spahn — des trésors qui naguère le faisaient roucouler de joie —, y jetant à peine un coup d'œil. Il eut un instant d'angoisse épouvantable lorsque, ayant atteint les pages vides de la fin du classeur, il ne vit pas la carte Sandy Koufax. Puis il se rendit compte qu'il en avait tourné plusieurs à la fois, dans sa précipitation. Il revint en arrière, et ouf! la carte était bien là — ce visage étroit, ce regard concentré, légèrement souriant, au-dessous du rebord de la casquette.

A mon vieil ami Brian, avec mes meilleurs vœux, Sandy Koufax.

Ses doigts parcoururent l'écriture inclinée de la dédicace. Ses lèvres bougèrent. Il se sentait de nouveau en paix... ou presque. La carte ne lui appartenait pas encore vraiment. Il se trouvait dans une sorte de période d'essai. Il avait quelque chose à accomplir pour qu'elle lui appartînt définitivement. Brian n'était pas tout à fait sûr de ce que c'était, mais savait qu'il y avait un rapport avec le rêve qui venait de le réveiller et qu'il le saurait, le moment

(demain? Plus tard dans la journée)

venu.

Il referma le classeur COLLECTION DE BRIAN, PAS TOUCHE! et le remit en place avant de regagner son lit.

Une chose, malgré tout, le troublait. Il avait eu envie de montrer la carte Sandy Koufax à son père. En revenant du Bazar des Rêves, il avait imaginé quel plaisir il aurait eu à la mettre sous ses yeux. Lui, d'un ton parfaitement détaché: *Hé, P'pa, j'ai trouvé une carte de 56 au nouveau magasin, aujourd'hui. Tu veux la voir?* Et son père aurait répondu d'accord, sans être vraiment inté-

ressé, et aurait accompagné Brian dans sa chambre simplement pour lui faire plaisir — mais comme ses yeux se
seraient agrandis lorsqu'il aurait vu le coup de chance
qu'avait eu Brian! Et en voyant la dédicace, alors là...

Oui, il aurait été émerveillé et ravi, c'est certain. Il
aurait sans aucun doute donné une claque dans le dos et
une vigoureuse poignée de main à son fils.

Et puis *quoi*, ensuite?

Les questions auraient commencé et... et les problèmes aussi. Son père aurait voulu tout d'abord savoir
où il avait trouvé cette carte, et surtout l'argent pour
acheter un exemplaire qui était (a) rare, (b) en excellent
état, (c) autographe. La signature imprimée disait «Sanford Koufax», le véritable nom du fabuleux joueur de
base-ball. La signature *autographe*, elle, disait «Sandy
Koufax» et, dans le monde bizarre des collectionneurs
de cartes de base-ball, où les prix peuvent atteindre des
sommes impressionnantes, ce détail signifiait qu'on pouvait en demander jusqu'à cent cinquante dollars.

Brian réfléchit à une éventuelle explication.

*Je l'ai eue au nouveau magasin, P'pa. Le Bazar des
Rêves. Le type me l'a laissée à un prix vraiment incroya-
ble... il a dit que les gens auraient bien plus envie de venir
à son magasin s'il pratiquait des tarifs intéressants.*

Ce n'était pas si mal, dans le genre, mais même un
gosse qui payait encore demi-tarif au cinéma se rendait
compte que cette explication restait un peu courte. Quand
on racontait qu'on avait fait une sacrée bonne affaire, les
gens se montraient toujours intéressés. Trop intéressés.

*Ah bon? Et quel rabais t'a-t-il fait? Trente pour cent?
Quarante? Ne me dis pas qu'il te l'a laissée à moitié prix!
Ça ferait toujours entre soixante et soixante-dix dollars, et
je sais que tu n'as pas cette somme dans ta tirelire.*

Euh... eh bien, c'était encore moins que ça, P'pa.

D'accord, dis-moi combien.

Euh... quatre-vingt-cinq cents.

*Il t'a vendu une carte autographe de Sandy Koufax, en
parfait état, pour moins d'un dollar?*

C'est à ce moment-là, incontestablement, que les choses
allaient se gâter.

Qu'allait-il se passer, au juste ? Il ne le savait pas trop, mais ça barderait, il en était sûr. Il allait avoir droit à des reproches de la part de son père, sans doute, de celle de sa mère, certainement.

Ils exigeraient peut-être qu'il la rendît, et ça, il n'en était pas question. Elle n'était pas simplement signée, elle était dédicacée *à son propre nom*.

Pas question !

Bon sang, il n'avait même pas pu la montrer à Stan Dawson lorsqu'il était venu jouer avec lui ; et pourtant, il aurait bien aimé, Stan en aurait fait dans son froc. Mais Stan venait dormir à la maison vendredi soir et Brian n'avait aucun mal à l'imaginer disant à Mr Rusk : *Alors, comment vous trouvez la carte de Sandy Koufax ? Super, non ?* Il en allait de même avec ses autres amis. Brian venait de découvrir l'une des grandes vérités des petites villes : bien des secrets (en réalité tous les secrets importants) ne peuvent être partagés. Car ils ont l'art de voler de bouche à oreille, et très vite.

Il se retrouvait dans une situation étrange et inconfortable. Il détenait une pièce rare, le rêve de tout collectionneur, et ne pouvait la montrer. Son plaisir aurait dû s'en trouver gâché, et il l'était, dans une certaine mesure, mais il éprouvait aussi une satisfaction furtive et mesquine. Il se repaissait de contempler cette carte plus qu'il n'y prenait plaisir, et il avait ainsi découvert une deuxième grande vérité : se repaître seul de quelque chose comportait ses propres joies particulières. Comme si l'on avait isolé l'un des recoins de sa nature par ailleurs ouverte et cordiale, pour éclairer d'une lumière noire spéciale — une lumière qui, à la fois, mettait en valeur et déformait — la chose qui s'y dissimulait.

Et il n'allait pas laisser tomber comme ça.

Pas question, *négatif*.

Alors il vaut mieux finir de la payer, fit une voix au plus profond de son esprit.

Il allait le faire. Pas de problème. Il reconnaissait que ce qu'il devait accomplir n'était pas exactement joli, joli, mais il avait aussi la conviction que ça n'avait rien de vraiment criminel. Simplement un... une...

Juste une blague, murmura une voix dans son esprit, et il vit les yeux de Mr Gaunt, des yeux bleu foncé, comme la mer par temps clair, des yeux étrangement apaisants. *C'est tout. Juste une petite blague.*

Ouais, juste une blague, peu importait quoi.

Pas de problème.

Il s'enfonça plus profondément sous la couette en duvet d'oie, se tourna de côté, ferma les yeux et s'endormit immédiatement.

Quelque chose lui vint à l'esprit, tandis que le sommeil le rapprochait de son frère. Quelque chose qu'avait dit Mr Gaunt. *La publicité que tu me feras sera bien supérieure à tout ce que pourrait imaginer de publier le journal local...* Sauf qu'il ne pouvait montrer sa merveilleuse carte à personne. Si un petit raisonnement comme celui-ci lui était venu à l'esprit, lui qui n'avait que onze ans et n'était même pas assez malin pour se sortir du chemin de Hugh Priest, quand il traversait la rue, est-ce qu'un type aussi intelligent que Mr Gaunt n'aurait pas dû y penser ?

Peut-être bien. Mais peut-être pas. Les adultes ne pensent pas comme les gens normaux, et en outre, il détenait la carte, non ? Et elle était dans son classeur, à sa place, non ?

La réponse aux deux questions était oui, si bien que Brian n'alla pas chercher plus loin et se rendormit tandis que la pluie giflait sa fenêtre et que les rafales impatientes du vent d'automne gémissaient dans les gouttières et les chéneaux.

4

1

La pluie cessa à l'aube, le jeudi, et vers dix heures et demie, lorsque Polly aperçut par la devanture de Cousi-Cousette Nettie Cobb qui arrivait, les nuages commençaient à se déchirer. Nettie portait un parapluie fermé et trottinait le long de Main Street, son sac à main serré sous le bras comme si elle sentait les mâchoires d'une nouvelle tempête s'ouvrir juste derrière ses talons.

« Comment vont vos mains ce matin, Polly ? » demanda Rosalie Drake.

Intérieurement, Polly poussa un soupir. Elle allait sans doute devoir répondre à cette même question (mais posée de façon plus insistante), lorsqu'elle retrouverait Alan vers trois heures, pour prendre un café au Nan's Luncheonette. On ne peut jouer la comédie aux gens qui vous connaissent bien ; ils voient la pâleur de votre visage, l'ombre qui marque vos paupières. Pis, ils déchiffrent l'expression douloureuse de votre regard.

« Beaucoup mieux aujourd'hui, merci », répondit-elle. C'était rien de moins qu'exagéré ; ses mains allaient mieux, certes, mais beaucoup mieux ?

« Je me disais qu'avec toute cette pluie...

— C'est imprévisible, ce qui les fait souffrir. C'est bien ce qu'il y a de diabolique. Mais parlons d'autre chose, Rosalie. Tenez, venez vite voir ce qui se passe là dehors. Je crois que nous allons être les témoins d'un petit miracle. »

Rosalie rejoignit Polly à temps pour voir la silhouette furtive, tenant solidement le parapluie d'une main — peut-être pour s'en servir comme d'une matraque, à en juger par la manière dont elle l'agrippait —, s'avancer sous l'auvent du Bazar des Rêves.

« Est-ce bien notre Nettie ? fit Rosalie, interloquée.

— C'est bien elle.

— Mon Dieu, mais elle va y entrer ! »

Pendant un instant, on put croire que la prédiction de Rosalie allait se réaliser. Nettie s'approcha de la porte... puis fit machine arrière. Elle prit le parapluie dans son autre main, contemplant la devanture du magasin comme si c'était un serpent sur le point de la mordre.

« Allez-y, Nettie, fit Polly doucement. Allez-y, mon petit.

— Il doit y avoir le panneau FERMÉ dans la vitrine, observa Rosalie.

— Non, il y en a un autre qui dit que c'est seulement sur rendez-vous les mardis et jeudis. Je l'ai vu en venant ce matin. »

Nettie s'approchait de nouveau de la porte ; elle tendit la main vers la poignée, hésita.

« Seigneur, je n'en reviens pas ! s'exclama Rosalie. Elle m'a dit qu'elle y retournerait peut-être, et je sais à quel point elle aime les pâtes de verre, mais je n'aurais jamais cru qu'elle le ferait vraiment.

— Elle m'a demandé si elle pourrait quitter la maison pendant la pause-café pour aller dans ce "nouvel endroit", comme elle dit, récupérer la boîte à gâteau », murmura Polly.

Rosalie acquiesça. « Du Nettie tout craché. Il n'y a pas si longtemps, elle me demandait la permission d'aller au petit coin.

— Elle espérait peut-être que je lui répondrais non, qu'il y avait trop de travail ; mais elle avait en même temps envie que je lui dise oui. »

Polly ne quitta pas un instant des yeux la bataille, terrible et minuscule, qui se livrait à moins de quarante mètres de Cousi-Cousette, entre Nettie Cobb et Nettie Cobb. Si elle arrivait à entrer, quel bond en avant n'allait-elle pas faire !

Polly sentit une douleur sourde et brûlante dans ses mains, et se rendit compte qu'elle les tordait l'une contre l'autre. Elle se força à les mettre sur ses hanches.

« Ce n'est pas le Tupperware et ce ne sont pas les pâtes de verre. C'est *lui* », observa Rosalie.

Polly lui jeta un coup d'œil.

Rosalie éclata de rire et eut un début de rougeur. « Oh, je ne veux pas dire que Nettie a le béguin pour lui, ni rien de ce genre, même si elle avait encore des étoiles dans les yeux quand je l'ai rattrapée, dehors. Il a été gentil avec elle, Polly. Honnête et gentil, c'est tout.

— Des tas de gens sont gentils avec elle, remarqua Polly. Alan fait tout ce qu'il peut pour l'être, mais il continue pourtant de l'intimider.

— Notre monsieur Gaunt a une façon bien à lui d'être gentil », répondit simplement Rosalie. Et comme pour prouver que celle-ci avait raison, Nettie s'empara de la poignée et la tourna. Elle ouvrit la porte et resta alors paralysée sur le trottoir, accrochée à son parapluie, comme si ses minces réserves de courage venaient brusquement de s'épuiser. Polly fut prise de la certitude que sa femme de ménage allait refermer la porte et repartir à toutes jambes. Arthrite ou pas, les mains de la patronne de Cousi-Cousette se refermèrent en poings.

Vas-y, Nettie. Entre vite. Saute sur l'occasion. Rejoins le monde.

Nettie sourit, une réaction, manifestement, à quelqu'un que ni Rosalie ni Polly ne pouvaient voir. Le parapluie s'abaissa… et elle entra.

La porte se referma derrière elle.

Polly se tourna vers Rosalie et fut touchée de voir qu'il y avait des larmes dans les yeux de son ouvrière. Les deux femmes se regardèrent quelques instants, puis s'embrassèrent en riant.

« Bravo, Nettie ! s'écria Rosalie.

— Deux points pour nous ! » ajouta Polly — et le soleil brilla dans sa tête deux bonnes heures avant d'en faire autant au-dessus de Castle Rock.

2

Cinq minutes plus tard, Nettie Cobb se retrouva assise sur la confortable chaise à haut dossier que Leland Gaunt avait installée le long d'un mur de sa boutique. Son parapluie et son sac à main gisaient à côté d'elle sur le sol, oubliés. Gaunt était assis près d'elle et lui tenait les mains, fixant, de son regard perçant, les yeux à l'expression vague de Nettie. Un abat-jour en pâte de verre était posé à côté de la boîte à gâteau de Polly Chalmers, sur l'une des vitrines où étaient disposés plusieurs de ces objets. De bonne qualité mais sans plus, cet abat-jour aurait pu se vendre autour de trois cents dollars, ou peut-être un peu plus, chez un antiquaire de Boston ; néanmoins, Nettie Cobb venait de l'acheter pour dix dollars et quarante cents, soit tout le contenu de son porte-monnaie au moment où elle était entrée dans la boutique. Superbe ou pas, il était pour l'instant tout aussi oublié que le parapluie.

« Un acte », répétait-elle, du ton de quelqu'un qui parle dans son sommeil. Elle déplaça légèrement les mains, comme pour étreindre plus solidement celles de Mr Gaunt. Celui-ci lui rendit sa pression et un léger sourire de satisfaction vint éclairer son visage.

« Oui, c'est cela. Bien peu de chose, en vérité. Vous connaissez Mr Keeton, n'est-ce pas ?

— Oh ! oui. Ronald et son fils, Danforth, je les connais tous les deux. Duquel voulez-vous parler ?

— Du fils », répondit Mr Gaunt. Du pouce, il lui caressait la paume de la main. L'ongle, légèrement jauni, était particulièrement long. « Le maire.

— Dans son dos, on l'appelle Buster », observa Nettie avec un pouffement de rire strident et quelque peu hystérique, mais Leland Gaunt ne parut pas s'en inquiéter. Au contraire ; ce rire qui déraillait semblait lui faire plaisir. « Depuis qu'il est tout gamin.

— Je vous demande de finir de payer votre abat-jour en jouant un tour à Buster.

— Un tour ? » fit Nettie, une pointe d'inquiétude dans la voix.

Gaunt sourit. « Rien qu'une blague sans conséquence. Et il ne saura jamais que c'est vous. Il accusera quelqu'un d'autre.

— Oh ! » Nettie quitta Leland Gaunt des yeux pour les tourner vers l'abat-jour en pâte de verre, et un instant son regard se fit plus aigu ; on y lisait de l'avidité, ou plus simplement du désir et du plaisir. « Eh bien...

— Ça se passera très bien, Nettie. Personne ne sera jamais au courant... et vous aurez l'abat-jour. »

C'est d'un ton ralenti et songeur que Nettie répondit : « Mon mari avait l'habitude de me jouer des tours. Très souvent. Ça devrait être amusant d'en faire un à quelqu'un d'autre. » Son regard revint sur Gaunt, mais franchement alarmé, cette fois. « A condition que cela ne lui fasse pas de mal. Je ne veux pas lui faire de mal. Vous comprenez, j'ai fait mal à mon mari.

— Ça ne lui fera aucun mal, l'assura doucement Leland Gaunt, lui caressant toujours la main. Je veux simplement que vous mettiez quelque chose dans la maison de Buster.

— Mais comment faire pour entrer... ?

— Tenez. »

Il posa un objet dans la paume ouverte. Une clef. Elle referma les doigts dessus.

« Sans tarder. (Il lui lâcha la main et se leva.) Et maintenant, Nettie, il faut que j'emballe ce superbe abat-jour. Mme Martin va venir voir un Lalique dans... (il consulta sa montre) bon sang, dans un quart d'heure! Mais je ne saurais dire combien je suis content que vous ayez décidé de venir. Très peu de personnes apprécient la beauté de ce type de pâtes de verre, de nos jours — la plupart des gens travaillent dans un esprit mercantile, avec un tiroir-caisse à la place du cœur. »

Nettie se leva aussi et jeta à l'objet un regard tendre de femme amoureuse. L'état de nervosité exacerbée dans lequel elle était arrivée au magasin avait complètement disparu. « Il est ravissant, n'est-ce pas ?

— Tout à fait, acquiesça chaleureusement Leland Gaunt. Et je ne saurais vous dire... je ne sais même pas comment exprimer... combien je suis heureux de savoir que cet objet a maintenant un vrai foyer, avec quelqu'un qui ne se contentera pas de l'épousseter tous les mercredis après-midi et qui, un jour ou l'autre, le cassera dans un moment d'inattention et en jettera les débris dans la poubelle sans plus y penser.

— Ça ne m'arrivera jamais! s'écria Nettie.

— J'en suis sûr. C'est aussi ce qui fait votre charme, Netitia. »

Nettie le regarda, stupéfaite. « Comment saviez-vous mon nom ?

— J'ai un don pour les noms. Je n'oublie ni les visages ni les noms. Jamais. »

Il disparut derrière le rideau, au fond de la boutique. Lorsqu'il en revint, il tenait une feuille de carton, blanche, aplatie, d'une main et du papier-tissu de l'autre. Il posa le papier à côté du Tupperware (il commença aussitôt à se dilater avec de mystérieux petits craquements, pour prendre vaguement la forme d'un corsage géant) et entreprit de plier le carton pour en faire une boîte exactement de la dimension de l'abat-jour. «Je sais que vous serez la gardienne fidèle de l'objet que vous venez d'acquérir. C'est pour cela que je vous l'ai vendu.

— Vraiment? Je croyais… Mr Keeton… le tour…

— Non, non, non! s'exclama Leland Gaunt, partagé entre le rire et l'exaspération. N'importe qui peut jouer un tour! Les gens adorent jouer des tours! Mais confier des objets à des gens qui les aiment et qui en ont besoin… c'est une autre paire de manches! Il m'arrive parfois de penser, Netitia, qu'en réalité c'est du bonheur que je vends…. Qu'en pensez-vous?

— Eh bien, répondit Nettie du ton le plus sérieux, je sais au moins que vous m'avez rendue heureuse, monsieur Gaunt. Très heureuse.»

Son sourire exhiba des dents de guingois et qui se chevauchaient. «Bien! C'est très bien!» Il enfonça le corselet de papier-tissu dans le carton, y déposa l'abat-jour à la blancheur scintillante, referma la boîte et la scella de papier adhésif. «Et voilà! Un autre client satisfait qui vient de trouver l'objet de ses rêves!»

Il lui tendit le paquet. Elle le prit. Au moment où leurs doigts se rencontrèrent, Nettie fut parcourue d'un frisson de répulsion, alors qu'elle lui avait serré la main avec beaucoup de force — avec ardeur, même — quelques instants auparavant. Mais déjà, cet intermède semblait se perdre dans une brume irréelle. Il posa la boîte à gâteau sur le carton blanc. Nettie aperçut quelque chose sous le couvercle translucide.

«Qu'est-ce que c'est?

— Un mot pour votre patronne.»

L'inquiétude se lut aussitôt sur le visage de Nettie. «Pas sur *moi*?

— Seigneur Dieu, non!» répondit Gaunt en éclatant de rire. Nettie se détendit aussitôt. Il était impossible de résister à Mr Gaunt quand il riait; impossible de ne pas avoir confiance en lui. «Prenez bien soin de votre abat-jour, Netitia, et revenez me voir.

— Certainement», répondit-elle. On pouvait penser qu'elle avait acquiescé aux deux admonitions de Gaunt, mais elle sentait au fond de son cœur (dans ce dépôt secret où nos besoins et nos peurs se coudoient constamment comme les passagers du métro à l'heure de pointe) que le fragile abat-jour était la seule chose qu'elle achèterait jamais au Bazar des Rêves, qu'elle y revienne ou pas.

Et l'objet lui-même? Il était magnifique et comblait tous ses désirs; il était exactement ce qu'il lui fallait pour compléter sa modeste collection. Elle envisagea un instant de raconter à Leland Gaunt que son mari vivrait peut-être encore s'il n'avait pas démoli un abat-jour très semblable, quatorze ans auparavant, que ce geste avait tout fait basculer — la goutte d'eau qui avait fait déborder le vase. Il lui avait cassé plus d'un os au cours des années qu'ils avaient passées ensemble, et elle l'avait laissé vivre. Finalement il avait cassé quelque chose à quoi elle tenait vraiment, et elle l'avait tué.

Elle décida qu'il était inutile d'avouer cela à Mr Gaunt.

D'ailleurs, il avait l'air du genre d'homme à être déjà au courant.

3

« Polly, Polly! Ça y est! Elle sort! »

Polly abandonna le mannequin de couturière où elle faufilait laborieusement un ourlet et se précipita vers la vitrine. Avec Rosalie, elle vit Nettie quitter le Bazar des Rêves dans un état d'euphorie à peu près indescriptible. Le sac à main coincé sous un bras, le parapluie sous l'autre, elle tenait à la main un carton blanc sur lequel était posé en équilibre le Tupperware de Polly.

« Je devrais peut-être aller lui donner un coup de main, proposa Rosalie.

— Non. Il vaut mieux pas. Je crois que cela ne ferait que la gêner et la mettre mal à l'aise. »

Elles observèrent Nettie qui remontait la rue. Elle ne trottinait plus comme si les mâchoires géantes de quelque tempête étaient sur le point de se refermer sur elle; elle paraissait plutôt partir à la dérive.

Non, songea Polly. *Non, ce n'est pas ça. On dirait plutôt qu'elle... flotte.*

Elle fit brusquement un de ces rapprochements qui sont comme des références croisées, et éclata de rire.

«On peut savoir? demanda Rosalie, un sourcil levé.

— C'est la tête qu'elle fait, répondit Polly sans cesser d'observer Nettie, qui traversait maintenant Linden Street d'un pas lent et rêveur.

— Que voulez-vous dire?

— Elle a l'air d'une femme qui vient juste de faire l'amour... et qui a bien eu trois orgasmes.»

Rosalie rosit, jeta un coup d'œil à la silhouette de Nettie et se mit à hurler de rire, imitée par Polly. Les deux femmes se balançaient d'avant en arrière en se tenant, s'esclaffant sans retenue.

«Eh bien! lança Alan Pangborn depuis le seuil de la porte. Il n'est même pas midi et vous êtes déjà déchaînées? Ce n'est pourtant pas l'heure du champagne, il me semble. Alors?

— Quatre! fit Rosalie entre deux accès d'un irrésistible fou rire. Moi, je dirais plutôt quatre!»

Et elles repartirent de plus belle, se balançant d'avant en arrière dans les bras l'une de l'autre, hurlant de rire, tandis qu'Alan les regardait, les mains dans les poches de son pantalon, un sourire intrigué sur le visage.

4

Norris Ridgewick arriva en civil au bureau du shérif environ dix minutes avant le coup de sirène de l'usine annonçant la relève de midi. Il tenait le quart de la mi-journée, entre midi et vingt et une heures, pendant tout le week-end, ce qui lui convenait parfaitement. Qu'un autre se charge de faire le ménage sur les routes grandes et petites du comté de Castle Rock après la fermeture des bars, à une heure du matin; il *pouvait* le faire, il lui était souvent arrivé de le faire, mais il avait dégueulé tripes et boyaux presque à chaque fois. Il lui arrivait même de dégueuler tripes et boyaux lorsque les victimes étaient debout et tournaient en rond, criant qu'elles n'étaient pas obligées de souffler dans ce foutu ballon, qu'elles connaissaient leurs droits constipationnels. Norris avait l'estomac délicat, voilà tout. Sheila Brigham aimait bien le faire marcher en lui disant qu'il était comme l'adjoint Andy, dans la série télévisée *Twin Peaks*, mais Norris savait bien que non. L'adjoint Andy pleurait quand il voyait des morts. Norris ne pleurait pas, mais avait tendance à dégueuler sur eux, comme le jour où il avait découvert Homer Gamache étalé dans un fossé, près du cimetière Homeland, battu à mort à l'aide de son propre bras artificiel, et qu'il lui avait presque dégobillé dessus.

Norris Ridgewick regarda le tableau, et vit qu'Andy Clutterbuck et John LaPointe étaient tous les deux en patrouille, puis il consulta les tours de garde. Rien de spécial pour lui, ce qui lui convenait également tout à fait. Pour couronner son bonheur, son second uniforme était revenu de la teinturerie… au jour dit, pour une fois. Voilà qui lui épargnerait la nécessité d'un aller et retour chez lui pour se changer.

Une note, accrochée au sac de plastique du teinturier, disait : « Hé, Barney, tu me dois $ 5.25. Me refais pas le coup cette fois, ou alors numérote tes abattis en vue de la soirée. » C'était signé *Clut*.

Le ton de ce mot ne réussit pas à entamer la bonne humeur de Norris. Sheila Brigham était la seule personne, dans le bureau du shérif de Castle Rock, à assimiler Norris Ridgewick à un personnage de *Twin Peaks* (mis à part lui, il la soupçonnait d'être la seule, de tout le département, à regarder ce feuilleton). Les autres adjoints — John LaPointe, Seat Thomas, Andy Clutterbuck — le surnommaient Barney, d'après le personnage de Don Knotts dans le vieil *Andy Griffith Show*. Ça l'irritait parfois, mais pas aujourd'hui. Quatre journées où il allait prendre son quart à midi, puis trois jours de repos. Une semaine de velours en perspective. Parfois, la vie pouvait être magnifique.

Il tira un billet d'un dollar et un autre de cinq de son portefeuille et les posa sur le bureau de Clut. « Hé, Clut, va donc faire la java », écrivit-il au dos d'un formulaire. Il

112

signa d'un paraphe enjolivé et laissa la note à côté de l'argent. Puis il dépouilla l'uniforme propre de son fourreau de plastique et passa dans les toilettes. Il sifflota tout en se changeant, puis se regarda dans la glace avec une agitation approbatrice des sourcils. Il avait un aspect redoutable, nom de Dieu! Ouais, vraiment redoutable. Les méchants de Castle Rock avaient intérêt à se tenir tranquilles aujourd'hui, sinon...

Il surprit un mouvement derrière lui dans le miroir, mais avant même d'avoir pu tourner la tête, on l'avait saisi, fait virevolter et cloué contre le carrelage à côté des urinoirs. Son crâne heurta le mur, *bonk!* sa casquette tomba, et il se trouva nez à nez avec le visage empourpré de Danforth Keeton.

«Je voudrais bien savoir pour qui tu te prends, Ridgewick!»

Norris avait tout oublié de la contravention qu'il avait glissée sous l'essuie-glace de la Cadillac, la veille. Mais maintenant, la mémoire lui revenait.

«Lâchez-moi!» dit-il. Il aurait aimé prendre un ton indigné, mais n'avait émis qu'un piaulement apeuré. Il sentit le feu qui lui montait aux joues. A chaque fois qu'il ressentait de la peur ou de la colère — et il ressentait les deux, en ce moment —, il rougissait comme une fille.

Keeton, qui dépassait Norris de douze centimètres et pesait quarante kilos de plus que lui, donna une secousse brutale au shérif adjoint et le lâcha. Il sortit la contravention de sa poche et la brandit sous le nez de Norris. «C'est bien ton nom sur ce torchon, oui ou non?» éructa-t-il, comme si l'autre venait de le nier.

Norris Ridgewick savait parfaitement bien que c'était sa signature, faite au tampon mais identifiable sans problème, et n'ignorait pas que la contravention émanait de son propre carnet.

«Vous étiez garé sur l'emplacement réservé aux handicapés», répondit-il en s'éloignant du mur et en se massant la nuque. A tous les coups, il allait avoir une belle bosse. L'effet de surprise se dissipant (et il ne pouvait le nier, Buster lui avait flanqué une trouille monumentale), sa colère se mit à croître.

« Le *quoi* ?

— L'emplacement réservé aux handicapés ! » cria Norris. Et en plus, c'est Alan lui-même qui m'a ordonné de vous mettre cette contravention ! était-il sur le point d'ajouter, mais il s'en abstint. Pourquoi donner à ce gros porc la satisfaction de le voir ouvrir le parapluie ? « On vous a déjà averti, Bu… Danforth, vous le savez très bien.

— Tu m'as appelé *comment* ? » demanda Keeton d'un ton menaçant. Des taches rouges de la taille d'un chou s'étalaient maintenant sur ses joues et bajoues.

« C'est une contredanse en bonne et due forme, reprit Norris, ignorant l'interruption, et en ce qui me concerne, vous feriez mieux de la payer. Et encore, estimez-vous heureux que je ne porte pas plainte pour coups et blessures à un agent des forces de l'ordre dans l'exercice de ses fonctions. »

Danforth se mit à rire. Le bruit se répercuta sèchement contre les murs carrelés. « Je ne vois pas le moindre agent des forces de l'ordre, dit-il. Je vois juste une espèce de bâton merdeux ficelé comme un saucisson. »

Norris se baissa et ramassa sa casquette. La peur lui tordait le ventre — Danforth était un ennemi redoutable — et sa colère se transforma en fureur. Ses mains tremblaient. Il prit néanmoins le temps d'ajuster correctement sa casquette sur sa tête.

« Vous pouvez aller régler ça avec Alan, si vous voulez…

— C'est avec *toi* que je règle ça !

— Mais moi je n'ai plus rien à ajouter. Vous avez trente jours pour payer, Danforth, ou bien il faudra qu'on aille vous chercher. » Norris se redressa de son mètre soixante-quinze et ajouta : « Nous savons où vous trouver. »

Il voulut sortir. Keeton, dont la figure avait maintenant tout d'un coucher de soleil sur fond d'explosion nucléaire, s'avança pour lui barrer le passage. Norris s'arrêta et brandit un doigt.

« Si vous me touchez, je vous fous dans une cellule, Buster. Je ne plaisante pas.

— D'accord, c'est fait, répondit Keeton d'un ton bizarrement plat. T'es viré. Enlève ton uniforme et commence à te chercher un nouvel em...

— Non », s'éleva une voix derrière eux. Les deux hommes se tournèrent vers la porte. Alan Pangborn se tenait dans l'embrasure.

Keeton serra ses doigts grassouillets en deux gros poings blancs. « Toi, tu restes en dehors de ça. »

Alan entra et laissa la porte se refermer derrière lui avec un soupir. « Non. C'est moi qui ai dit à Norris de te coller la contravention. Je lui ai aussi dit que je te la ferais sauter avant la réunion du budget. C'est une contredanse de cinq dollars, Dan. Qu'est-ce qui te prend de piquer une crise pareille ? »

Il y avait de l'étonnement dans la voix d'Alan. D'ailleurs, il *se sentait* étonné. Buster n'avait jamais été d'un naturel particulièrement paisible, pas même dans ses meilleurs moments, mais ce genre d'explosion, malgré tout, était surprenante de sa part. Depuis la fin de l'été, le maire paraissait au bout du rouleau, constamment à cran — Alan avait souvent entendu ses beuglements lointains, lors des réunions de comité du conseil municipal — et ses yeux avaient une expression obsédée et tourmentée. Il se demanda un instant si Keeton ne serait pas malade et décida de remettre ces réflexions à plus tard. Pour l'instant, il avait une situation relativement désagréable à régler.

« J'ai pas piqué de crise », fit Keeton d'un ton boudeur, remettant de l'ordre dans ses cheveux. Norris observa avec satisfaction que les mains de l'homme tremblaient. « J'en ai simplement jusque-là des petits cons qui roulent des mécaniques, comme ce type... J'essaie de faire des tas de choses pour cette ville... Bon Dieu ! *J'ai fait* des tas de choses pour cette ville... et j'en ai ma claque d'être constamment persécuté... » Il se tut un instant, le double menton agité par les mouvements de sa pomme d'Adam. Puis il éclata : « Il m'a appelé Buster ! Tu sais que j'ai horreur de ça !

— Il s'excusera, dit Alan, calmement. N'est-ce pas, Norris ?

— J'suis pas si sûr. » La voix de l'adjoint tremblait, son

ventre se tordait, mais il était toujours en colère. «Je sais qu'il n'aime pas ça, mais il faut dire les choses comme elles sont. Il m'a pris par surprise. Je me tenais juste ici, me regardant pour voir si ma cravate était bien mise, et il m'a attrapé et jeté contre le mur. Je me suis filé un bon coup à la tête. Bon Dieu, Alan, je ne sais même pas ce que je lui ai dit.»

Les yeux de Pangborn se tournèrent vers Keeton. «C'est vrai?»

Keeton baissa la tête. «J'étais furieux.»

Alan se dit qu'en matière d'excuses spontanées et indirectes il avait peu de chances d'obtenir mieux de la part d'un homme comme le maire. Il jeta un coup d'œil à Norris pour vérifier si celui-ci comprenait les choses comme lui. On aurait dit que oui. Une bonne chose. Une étape décisive vers le désamorçage de cette lamentable petite bombe puante. Alan se détendit un peu.

«Pouvons-nous considérer que l'incident est clos? demanda-t-il aux deux hommes. Le passer par profits et pertes, en quelque sorte, et oublier tout ça?

— Moi, ça me va», fit Norris au bout de quelques instants. Alan fut touché. Norris était un mauvais coucheur qui avait l'habitude de laisser traîner des canettes de soda à moitié pleines dans la voiture de patrouille et de rédiger des rapports immondes... mais il avait un cœur grand comme ça. Il faisait marche arrière, mais pas par peur de Keeton. Si ce gros lard de maire se l'imaginait, il se trompait lourdement.

«Je suis désolé de vous avoir appelé Buster», ajouta Norris. Il ne l'était nullement, mais ça ne faisait pas de mal de le dire. Supposait-il.

Alan se tourna vers le malabar, avec sa veste de sport de couleur criarde et sa chemise de golf à col ouvert. «Danforth?

— Très bien. Il ne s'est rien passé», dit Keeton, d'un ton exagérément magnanime; Alan se sentit envahi, comme souvent en sa présence, d'une vague de dégoût. Une voix enfouie quelque part tout au fond de son esprit, la voix primitive et crocodilienne de l'inconscient, s'éleva brièvement, claire et nette: *Tu devrais te payer une bonne*

116

*attaque cardiaque, Buster. Tu devrais nous faire cette fleur,
et crever.*

«Très bien, affaire conc...

— *A condition...*, le coupa Keeton, levant un doigt.

— A condition? demanda Alan, un sourcil levé.

— A condition de s'occuper de cette contredanse.» Il
la tendit du bout des doigts à Alan, comme un torchon
avec lequel il aurait nettoyé une tache humide et suspecte.

Alan poussa un soupir. «Viens dans mon bureau, Danforth. Nous allons en parler. (Il regarda Norris.) Tu es
bien de service, n'est-ce pas?

— Oui.» Norris avait toujours une boule dans l'estomac. Sa bonne humeur s'était évanouie, probablement
pour le reste de la journée; la faute à ce gros porc, à qui
Alan allait enlever sa contravention. Il comprenait — la
politique —, mais ça ne lui plaisait pas pour autant.

«Est-ce que tu comptes rester dans le coin?» Alan ne
pouvait lui demander plus directement: *As-tu besoin que
nous en reparlions?* tandis que Keeton attendait là, les
foudroyant tous les deux du regard.

«Non, dit Norris. J'ai des choses à faire ailleurs. On se
parlera plus tard, Alan.» Il quitta les toilettes, frôlant
Keeton sans lui adresser un regard. Norris ne le sut
jamais, mais le maire déploya des efforts presque héroï-
ques pour résister à une irrationnelle et puissante envie
de lui botter les fesses — histoire de l'aider à sortir.

Alan fit tout un cinéma devant le miroir, vérifiant son
propre reflet, laissant ainsi à Norris tout le temps de faire
une sortie honorable, tandis que Keeton, depuis le pas de
la porte, le regardait, impatient. Puis Alan sortit à son
tour et passa devant les cellules, le maire sur ses talons.

Un petit homme, tiré à quatre épingles dans son costume couleur crème, attendait sur l'un des deux sièges
disposés à l'entrée de son bureau; il lisait avec ostenta-
tion un livre relié en cuir qui ne pouvait être qu'une
bible. Alan sentit un pincement au cœur. Il lui avait semblé que rien de bien désagréable ne pouvait plus se produire ce matin (dans deux ou trois minutes, il serait
midi, ce n'était pas exagéré, tout de même!), mais il
s'était trompé.

Le révérend William Rose referma sa bible (ton sur ton ou presque avec son costume) et bondit sur ses pieds. « Heu… chef Pangborn ? » dit-il. Le révérend Rose faisait partie de ces baptistes pure laine qui commencent par tortiller les mots quand ils sont tendus, sous le coup d'une émotion. « Puis-je vous parler ?

— Accordez-moi cinq minutes, révérend, s'il vous plaît. J'ai une question à régler.

— C'est… euh… extrêmement important. »

Tu parles, pensa Alan. « Ce que j'ai à régler aussi. Cinq minutes. »

Il fit entrer Keeton dans son bureau avant que le révérend Willie, comme aimait à l'appeler le père Brigham, ait eu le temps de répondre quelque chose.

5

« Je parie qu'il va te parler de la Nuit-Casino, observa Keeton, une fois la porte refermée. Tu peux me croire. Le père Brigham est une tête de mule d'Irlandais, mais je préférerais toujours avoir affaire à cet animal qu'à Rose. Rose est la plus imbuvable des têtes de nœud. »

L'hôpital qui se fout de la charité, songea Alan.

« Assieds-toi, Danforth. »

Alan fit le tour de son bureau, tint la contravention bien haut et la déchira en petits morceaux qu'il jeta dans la corbeille à papier. « Voilà. Ça te va ?

— Ça me va. » Keeton fit mine de se lever.

« Non, reste assis encore un moment. »

Les sourcils broussailleux de Keeton se rejoignirent en nuage d'orage à la base de son front haut et rose.

« S'il te plaît », ajouta Alan, qui se laissa tomber dans sa chaise pivotante. Ses mains se joignirent et il faillit faire un merle, mais il se reprit à temps et les croisa fermement sur le sous-main.

« Nous avons une réunion de comité sur la répartition budgétaire, la semaine prochaine, pour préparer le vote du budget de la ville qui doit avoir lieu avec tout le conseil municipal, en février, commença Alan.

118

— Tout juste, grommela Keeton.

— Et ça, c'est une question de politique. Tu le sais, et moi aussi. Je viens tout juste de déchirer une contravention en bonne et due forme pour des questions de politique.»

Keeton esquissa un sourire. «Cela fait assez longtemps que tu habites ici pour savoir comment ça se passe, Alan. Une main lave l'autre.»

Alan se déplaça. Le fauteuil émit les petits craquements et couinements habituels, des sons qu'il entendait parfois en rêve après des journées particulièrement longues et difficiles. Des journées comme celle-ci risquait de l'être.

«C'est vrai, une main lave l'autre. Mais jusqu'à un certain point, Dan.»

De nouveau, les sourcils se rejoignirent. «Qu'est-ce que ça veut dire, exactement?

— Qu'il y a un moment, même dans les petites villes, où la politique, ça ne marche plus. Tu ne dois pas oublier que je ne suis pas nommé. La municipalité tient peut-être les cordons de la bourse, mais ce sont les électeurs qui m'ont mis à cette place. Et ils l'ont fait pour que je les protège et pour que je maintienne la loi et l'ordre. J'en ai fait le serment, et je m'efforce de le respecter.

— Est-ce que tu me menaces? Parce que si…»

A cet instant-là la sirène de l'usine retentit. Le bruit était assourdi, dans le bureau, mais Danforth Keeton n'en sursauta pas moins comme si une guêpe venait de le piquer. Ses yeux s'élargirent brièvement, et ses mains s'agrippèrent aux bras de son fauteuil, blanchies à la hauteur des articulations.

Alan ressentit de nouveau cette impression bizarre. *Il est aussi ombrageux qu'une jument en chaleur. Qu'est-ce qui ne tourne pas rond, chez lui?*

Pour la première fois depuis que ce comportement l'intriguait, il se demanda si Mr Danforth Keeton, qui était maire depuis bien des années avant qu'Alan n'entendît seulement parler de Castle Rock, n'aurait pas quelques trucs pas nets à se reprocher.

«Mais non, je ne te menace pas», répondit-il. Keeton

se détendit légèrement, mais resta aux aguets... comme s'il redoutait que la sirène ne lui donnât une fois de plus la chair de poule.

«J'aime autant. Parce que ce n'est pas une simple question de tenir les cordons de la bourse, shérif Pangborn. Le comité des conseillers, encadré par trois commissaires du comté, exerce un droit d'approbation sur l'engagement *et le licenciement* des adjoints du shérif. Parmi de nombreux autres droits d'approbation que tu n'ignores certainement pas.

— C'est juste une formalité.

— Jusqu'ici, oui.» D'une poche intérieure, le maire sortit un cigare et fit craquer l'emballage de cellophane entre ses doigts. «Ce qui ne signifie pas que cela ne pourrait pas changer.»

Et maintenant, qui menace qui? songea Pangborn. Mais il ne dit rien et préféra s'enfoncer dans son fauteuil tout en regardant Keeton. Keeton tint quelques secondes, puis abaissa les yeux vers le cigare dont il entreprit de défaire l'enveloppe.

«La prochaine fois que tu te gareras sur l'espace réservé aux handicapés, c'est moi qui te collerai une contredanse, et celle-là ne sautera pas. Et si jamais tu lèves encore une fois la main sur l'un de mes adjoints, je dresse un procès-verbal d'agression du troisième degré. Et cela, malgré tous les soi-disant droits d'approbation que détiennent les conseillers municipaux. Parce qu'avec moi la politique s'arrête là. Est-ce que je me suis bien fait comprendre?»

Keeton resta longtemps en contemplation devant son cigare, comme s'il méditait. Lorsqu'il leva de nouveau les yeux sur Alan, ils se réduisaient à deux fentes dans lesquelles brillait un dur éclat de silex. «Si tu veux savoir jusqu'où tu peux aller trop loin avec moi, shérif Pangborn, t'as qu'à continuer à me casser les couilles.» On lisait de la colère sur le visage de Keeton, sans aucun doute, mais Alan avait l'impression d'y déchiffrer également autre chose. De la peur, pensa-t-il. La voyait-il, la sentait-il? Il l'ignorait, et peu importait. De *quoi* Keeton avait-il peur, voilà ce qui importait. Qui risquait d'importer beaucoup.

« Est-ce que nous nous sommes bien compris ? répéta-t-il.

— Oui. » Le maire arracha la cellophane qui entourait le cigare d'un geste brusque et la laissa tomber à terre. Il se ficha le cigare entre les dents et reprit, la bouche de travers : « Est-ce que toi, tu m'as bien compris ? »

Le fauteuil pivotant grinça et craqua lorsque Alan se redressa. Il regarda Keeton avec l'expression de quelqu'un qui n'a pas envie de plaisanter. « Je comprends ce que tu dis, mais je ne pige rien, alors là, rien du tout, à la manière dont tu te comportes, Danforth. D'accord, on n'a jamais été très copains, tous les deux...

— Ça, tu peux le dire », fit Keeton en mordant l'extrémité de son cigare. Pendant un instant, Alan pensa que le mégot allait atterrir aussi sur le sol et décida qu'il fermerait une fois de plus les yeux, dans ce cas (la politique !), mais le gros homme le recracha dans sa main avant de le déposer dans le cendrier impeccablement propre du bureau. Il y resta planté comme une minuscule crotte de chien.

« ... mais nous avons toujours eu de bonnes relations de travail. Et maintenant, toute cette histoire. Quelque chose ne va pas ? Si oui, et si je peux faire quoi que ce soit...

— Tout va très bien », l'interrompit Keeton, qui se leva brusquement. Il était de nouveau en colère, et plus que simplement en colère. Alan avait l'impression de voir de la vapeur lui sortir par les oreilles. « C'est simplement que j'en ai ma claque de ces... *persécutions*. »

Il utilisait le mot pour la deuxième fois. Un mot étrange, un mot dérangeant, trouva Alan. En fait, c'était toute cette conversation qui le mettait mal à l'aise.

« Eh bien, tu sais où me trouver, dit Alan.

— Bon Dieu, oui ! (Il se dirigea vers la porte.)

— Et s'il te plaît, Danforth, n'oublie pas le parking réservé aux handicapés.

— Va chier, avec ton espace pour handicapés ! » Sur ces mots, Keeton claqua la porte.

Alan ne bougea pas de derrière son bureau et resta longtemps à contempler la porte fermée, troublé. Puis il alla ramasser le morceau de cellophane froissé qu'il jeta dans la corbeille à papier, avant d'inviter Willie la-Moutarde-au-Nez à entrer.

6

«Mr Keeton avait l'air dans tous ses états», observa Rose. Il s'assit avec précaution sur le siège que le maire venait de libérer et eut un regard de dégoût pour le bout de cigare dans le cendrier; puis il posa respectueusement la bible blanche sur ses genoux maigrichons.

«Beaucoup de réunions d'affectation budgétaire en perspective, répondit vaguement Alan. C'est toujours une période de tension pour les conseillers.

— Oui. D'ailleurs, euh... Jésus n'a-t-il pas dit de rendre à César ce qui était à César et à Dieu ce qui était à Dieu ?»

Alan acquiesça d'un grognement, regrettant soudain de ne pas avoir de cigarettes, quelque chose du genre Lucky Strike ou Pall Mall, un truc bourré de goudrons et de nicotine. «Et que puis-je vous rendre aujourd'hui, r... révérend Rose ?» Il se rendit compte avec horreur qu'un peu plus il l'appelait révérend Willie.

Rose enleva ses lunettes rondes sans monture, les essuya et les remit en place, appuyées sur les deux points rouges qu'il avait haut sur le nez. Ses cheveux noirs, gominés d'un produit dont Alan percevait les effluves sans pouvoir l'identifier, brillaient sous la lumière des tubes fluo encastrés dans le plafond.

«C'est à propos de l'abomination que le père John Brigham a baptisée la Nuit-Casino, finit par lâcher le révérend Rose. Si vous n'avez pas oublié, chef Pangborn, je suis venu vous voir peu après avoir entendu parler de cet ignoble projet; je vous demandais de refuser de sanctionner un tel événement au nom de la euh... décence.

— Si vous ne l'avez pas oublié de votre côté, révérend Rose, je...»

Rose leva une main d'un geste impérieux et plongea l'autre dans la poche de sa veste. Il en retira une brochure qui faisait presque la taille d'un livre de poche. C'était (comme s'en aperçut Alan, découragé mais pas vraiment surpris) la version abrégée du Code civil du Maine.

« Et maintenant je viens, martela le révérend d'une voix mâle, exiger que vous interdisiez cette manifestation non seulement au nom de la décence, *mais au nom de la loi* !

— Révérend Rose...

— Section 24, sous-section 9, paragraphe 2 du Code civil du Maine », le coupa Rose. Ses joues s'étaient empourprées et Alan se rendit compte qu'il n'avait fait qu'échanger un cinglé pour un autre, au cours des dix dernières minutes.

« En dehors des cas euh... précités, lut le révérend, comme s'il parlait en chaire, de la voix enflée et tonnante que sa congrégation (presque entièrement à sa dévotion) connaissait si bien, sont déclarés illégaux les jeux de hasard, tels qu'ils ont été définis dans la section 23 du euh... Code, et dans lesquels des mises en argent constituent une condition du jeu. » Il referma le code d'un claquement sec et foudroya Alan d'un regard incendiaire. « *Déclarés euh... illégaux !* » cria-t-il.

Alan éprouva la fugitive envie de lancer les bras en l'air et de s'écrier : *Jésus soit loué !* Quand elle fut passée, il répondit : « Je connais parfaitement ces passages du Code relatifs aux jeux de hasard, révérend Rose. Je les ai consultés après votre première visite et je les ai montrés à Albert Martin, chargé d'une bonne partie du travail légal de la ville. Son avis est que la section 24 ne s'applique pas à des manifestations comme la Nuit-Casino. » Il marqua un temps, puis reprit : « Je dois également ajouter que je partage son opinion.

— Inadmissible ! cracha Rose. Ils se proposent de transformer la maison du Seigneur en un repaire de joueurs, et vous venez me dire que *c'est légal* ?

— Tout aussi légal que les parties de loto qui ont lieu dans la grande salle des Filles d'Isabelle depuis 1931.

— Mais il ne s'agit pas de euh... bingo, mais de euh...

roulette! De jouer aux cartes pour de l'argent! De jeux
(la voix du révérend Rose tremblait)... *de jeux de dés*!»

Alan se surprit à esquisser la silhouette d'un autre
oiseau, et cette fois-ci, s'empoigna les deux mains et les
appuya fermement contre le sous-main. «J'ai demandé à
Albert d'écrire au procureur général de l'Etat à ce sujet.
La réponse a été la même, révérend Rose. Je suis désolé.
Je sais que cela vous offense. Moi, c'est contre les gamins
qui font de la planche à roulettes que j'en ai; si je pouvais, je les mettrais hors la loi. Mais voilà, je ne peux pas.
Dans une démocratie, nous devons parfois supporter des
choses que nous n'aimons pas ou n'approuvons pas.

— Mais il s'agit de *jeux d'argent*! protesta le révérend
Rose, avec dans la voix une angoisse qui n'était pas feinte.
Ils veulent jouer pour de l'argent! Comment une telle chose
peut-elle être légale, alors que le Code dit précisément...

— A la manière dont ils le font, on ne peut réellement
dire qu'ils jouent pour de l'argent. Chaque... partici-
pant... paie un droit d'entrée; en échange, on lui donne
un montant égal en jetons de jeu. A la fin de la soirée, un
certain nombre de prix sont mis aux enchères. Des prix,
pas de l'argent, j'insiste bien. Un magnétoscope, un four-
gril, un mixer, un service en porcelaine, des choses dans
ce genre.» Et quelque petit diable le poussant, Alan
ajouta: «Je crois même que le don initial pourrait être
déductible des impôts.

— C'est une abomination, un péché!» Le révérend avait
maintenant les joues blêmes, les narines frémissantes.

«Il s'agit là d'un jugement moral, et non pas légal.
Ainsi en va-t-il partout dans ce pays.

— Oui, répondit le révérend Rose qui se leva, serrant
sa bible contre lui comme pour s'en faire un bouclier.
Oui, chez les *catholiques*. Les catholiques sont des
joueurs impénitents. J'ai bien l'intention d'y mettre un
terme, chef euh... Pangborn. Avec votre aide, ou sans.»

Alan se leva aussi. «Deux ou trois choses, révérend
Rose. On dit *shérif* Pangborn, et non pas chef. Et je n'ai
pas à vous dicter ce que vous devez dire depuis votre
chaire, pas plus que je ne peux dicter au père John Brigham les manifestations qu'il doit organiser dans son

église, ou dicter leur conduite aux Filles d'Isabelle ou aux Chevaliers de Colomb — du moins, pas tant qu'ils s'abstiennent de faire ce qui est expressément défendu par la loi. En revanche, je peux vous avertir d'être prudent, et je crois que *je dois* vous avertir de l'être. »

Rose lui jeta un regard glacial. « Que voulez-vous dire ?

— Je veux dire que vous êtes, pour reprendre votre expression de tout à l'heure, dans tous vos états. Les affichettes que vos gens collent partout en ville, ça va ; les lettres publiées par les journaux, très bien. Mais il y a des bornes que vous ne devez pas dépasser. Mon conseil est d'en rester là.

— Lorsque euh... Jésus a vu les prostituées et les usuriers dans le euh... temple, il n'a pas consulté le Code euh... civil, shérif. Lorsque euh... Jésus a vu ces mauvaises gens qui profanaient la maison du euh... Seigneur, il n'a pas cherché à savoir s'il dépassait les euh... bornes. *Notre Seigneur a fait ce qu'il pensait euh... juste !*

— Certes, rétorqua calmement Alan. Mais vous n'êtes pas le Seigneur, que je sache. »

Rose le regarda fixement pendant un long moment, les yeux comme des lance-flammes. Alan pensa : *Hou la... Ce type est aussi fou que le chapelier d'Alice.*

« Je vous souhaite le bonjour, chef Pangborn », dit Rose, de nouveau glacial.

Cette fois-ci, Alan ne chercha pas à le corriger. Il se contenta d'acquiescer et de tendre la main, sachant très bien que l'autre ne la serrerait pas. Rose fit demi-tour et partit à grandes enjambées vers la porte, écrasant toujours sa bible contre lui.

« Et vous en restez là, n'est-ce pas, révérend Rose ? » lui lança Alan.

Le pasteur ne se retourna pas, ne répondit pas. Il claqua si violemment la porte que le vitrage vibra dans son cadre. Alan se rassit et appuya la paume de ses mains contre ses tempes.

Quelques instants plus tard, Sheila Brigham pointait timidement le museau par l'entrebâillement de la porte. « Alan ?

— Il est parti ? demanda Pangborn sans lever les yeux.

— Le prédicateur ? Oui. Il est sorti en claquant les portes comme un courant d'air de mars.

— Elvis a quitté le bâtiment...

— Quoi ?

— Laissez tomber. (Il leva les yeux.) J'aimerais bien quelque chose de fort, de très fort, même. Pouvez-vous regarder, dans l'armoire des pièces à conviction, le genre de drogue qui nous reste, Sheila ? »

Elle sourit. « C'est déjà fait. Un désert, j'en ai peur. Une tasse de café ferait-elle l'affaire ? »

Il lui rendit son sourire. L'après-midi venait de commencer et il fallait espérer qu'il se passerait mieux que la matinée. Il le fallait absolument. « Vendu.

— Affaire conclue. » Elle referma la porte et Alan, enfin, rendit la liberté à ses mains. Bientôt, tout un vol de merles traversait le rayon de soleil qui filtrait par la fenêtre.

7

La dernière période de cours du jeudi, à l'école secondaire de Castle Rock, était consacrée aux « activités ». Comme il ne devait pas être enrôlé dans celles-ci tant que la sélection des équipes pour les sports d'hiver n'avait pas été faite, Brian Rusk avait l'autorisation de quitter l'école de bonne heure, ce jour-là, ce qui rétablissait agréablement l'équilibre avec le mardi soir.

Ce jeudi après-midi, il se retrouva à l'extérieur de l'établissement alors que la sonnerie de fin des cours avait à peine fini de retentir. Son sac à dos contenait non seulement livres et cahiers, mais le ciré que sa mère l'avait obligé à prendre le matin même, et qui lui faisait une bosse comique dans le dos.

Il appuya de toutes ses forces sur les pédales, le cœur battant à tout rompre dans sa poitrine. Il avait quelque chose

(un acte)

à faire. Une petite corvée pour se tirer d'affaire. En fait, une corvée plutôt marrante. Il savait maintenant de quoi

126

il s'agissait. Ça lui était venu clairement à l'esprit pendant le cours de mathématiques, alors qu'il rêvassait.

Tandis qu'il descendait de Castle Hill par School Street, le soleil, pour la première fois de la journée, fit son apparition dans une déchirure des nuages. A sa gauche, il vit une ombre de garçon sur une ombre de bicyclette avancer en même temps que lui sur l'asphalte mouillé.

Va falloir que tu fonces si tu ne veux pas te faire larguer, aujourd'hui, mon ombre, pensa-t-il. *J'ai des choses à faire ailleurs.*

Brian traversa le quartier commerçant sans jeter un seul coup d'œil en direction du Bazar des Rêves, ne faisant que la plus courte des haltes aux intersections, et repartant de plus belle après avoir donné un bref coup d'œil à droite et à gauche. Lorsqu'il atteignit le carrefour de Pond Street (qui était sa rue) et de Ford Street, il tourna à droite au lieu de continuer jusque chez lui. Puis au croisement de Ford Street et de Willow Street, à gauche. Willow Street était parallèle à sa rue; les arrière-cours des maisons se touchaient, séparées, la plupart du temps, par des barrières en planches.

Pete et Wilma Jerzyck vivaient sur Willow Street.

Mais il savait comment procéder avec prudence. Il avait repassé tout cela dans sa tête depuis qu'il était sorti de l'école, et ça lui était venu facilement, presque comme si les idées avaient attendu, toutes prêtes depuis un moment, de même qu'il avait su ce qu'il avait à faire.

La maison des Jerzyck était silencieuse et l'allée du garage vide, ce qui ne signifiait pas nécessairement qu'il n'y avait personne. Brian savait que Wilma travaillait au moins à temps partiel au supermarché Hemphill, sur la route 117, pour l'y avoir vue tenir une caisse, son éternel fichu noué autour de la tête, mais il ne savait pas pour autant si elle s'y trouvait en ce moment. La petite Yugo en piteux état dans laquelle elle se déplaçait était peut-être rangée dans le garage, et donc invisible.

Brian remonta l'allée, descendit de bicyclette et l'appuya sur sa béquille. Il sentait son cœur battre jusque dans sa gorge et ses oreilles. Un vrai roulement de tambour. Il s'avança jusqu'à la porte de devant, se répétant le petit discours qu'il avait préparé s'il s'avérait que Mme Jerzyck était en fin de compte chez elle.

Bonjour, madame Jerzyck, je suis Brian Rusk, de Pond Street. Je vais à l'école secondaire et on va bientôt vendre des abonnements de revues, pour que l'orchestre puisse avoir de nouveaux uniformes, et je demande aux gens s'ils veulent des revues. Alors je reviendrai plus tard lorsque j'aurai tout ce qu'il faut. On reçoit des primes si on en vend beaucoup.

Ce texte lui avait paru parfait et lui paraissait toujours bon, mais il se sentait néanmoins tendu. Il resta une minute en haut des marches, dressant l'oreille pour détecter des sons à l'intérieur de la maison, une radio, la télé branchée sur un feuilleton (pas *Santa Barbara*, cependant, qui ne passerait que dans une couple d'heures), voire un aspirateur. Il n'entendit rien, mais cela n'était pas plus significatif que l'allée déserte.

Brian appuya sur la sonnette. Il entendit retentir un lointain carillon, quelque part au fond de la maison. *Bing-bong!*

Il restait sous le porche, attendant toujours, non sans regarder de temps en temps autour de lui pour vérifier que personne ne l'avait vu, mais Willow Street semblait profondément endormie. En plus, il y avait une haie en façade, chez les Jerzyck. Une bonne chose. Lorsqu'on était lancé dans

(un acte)

quelque chose que les gens (votre papa et votre maman, par exemple) n'approuveraient pas forcément, une haie était la meilleure chose du monde.

Une bonne demi-minute, et personne n'avait réagi. Jusqu'ici, tout allait bien… mais la prudence est mère de sûreté. Il sonna de nouveau à la porte, appuyant par deux fois ce coup-ci, et le carillon fit *Bing-bong! Bing-bong!*

Toujours rien.

Bon, parfait. Tout était parfait. Tout était, en fait, carrément démentiel et hautement radical.

Carrément démentiel et hautement radical ou pas,

Brian ne put s'empêcher de regarder une fois de plus autour de lui — plutôt furtivement, il faut le dire — tout en poussant sa bicyclette, béquille toujours baissée, entre la maison et le garage. Là, sous ce que les joyeux drilles de Dick Perry Siding and Door Company de South Paris appelaient le coupe-vent, Brian rangea de nouveau sa bicyclette. Puis il continua jusque dans l'arrière-cour. Son cœur cognait plus fort que jamais. Parfois, quand il était dans cet état, il en avait la voix qui tremblait ; il espérait que si Mme Jerzyck était dans son jardin, à repiquer des oignons de tulipe ou quelque chose comme ça, sa voix ne le trahirait pas quand il lui parlerait des abonnements. Sinon, elle le soupçonnerait peut-être de mentir. Ce qui risquait de lui valoir des ennuis auxquels il préférait ne même pas penser.

Il fit halte avant le coin de la maison. Il n'avait qu'une vue partielle de l'arrière-cour des Jerzyck. Soudain, il trouva que ce n'était plus tellement drôle ; soudain, il se dit que c'était une sale blague : pas davantage, certes, mais pas moins. Une voix inquiète s'éleva alors tout d'un coup dans son esprit. *Pourquoi ne pas remonter tout de suite sur ta bicyclette, Brian ? Rentre chez toi, prends un verre de lait, et penses-y tranquillement.*

Oui. Voilà qui paraissait une très bonne idée, une très judicieuse idée. Il commença même à faire demi-tour... mais une image lui vint à l'esprit, douée d'un pouvoir bien plus grand que la petite voix. Il vit une longue voiture noire, peut-être une Cadillac, ou une Lincoln Mark-IV, s'arrêter en face de sa maison. La portière s'ouvrait et Mr Leland Gaunt en descendait. Il ne portait plus l'espèce de jaquette à la Sherlock Holmes de la première fois. Le Mr Gaunt qui traversait à grands pas le paysage imaginaire de Brian était habillé d'un effrayant costume noir, un costume d'entrepreneur de pompes funèbres, et son visage n'avait plus rien d'amical. La colère assombrissait encore ses yeux bleu foncé et ses lèvres découvraient des dents plantées de travers, mais pas pour sourire. Ses longues jambes maigres se croisaient en lames de ciseaux tandis qu'il s'approchait de la porte de la maison Rusk, et l'ombre attachée à ses talons était celle d'un bourreau, dans un film d'épouvante. En arrivant à l'entrée, il n'allait pas sonner, oh non! mais simplement foncer au travers. Si la maman de Brian essayait de lui barrer le chemin, il se contenterait de la repousser; si le papa de Brian cherchait à s'interposer, il l'assommerait. Et si Sean, le jeune frère de Brian, voulait à son tour se mettre en travers, il le propulserait sur toute la longueur de la maison, comme un trois-quarts faisant une longue passe au cours d'un débordement par l'aile. Il grimperait l'escalier de sa longue foulée, rugissant le nom de Brian, et les roses du papier peint se flétriraient lorsque l'ombre du bourreau les effleurerait.

Et il me trouverait certainement. Le visage de Brian était l'image même du désarroi, tandis qu'il se tenait au coin de la maison Jerzyck. *Même si je voulais me cacher. Même si je fichais le camp jusqu'à Bombay. Il me trouverait. Et lorsqu'il m'aurait trouvé...*

Il essaya d'arrêter le film, de couper l'image, mais rien n'y fit. Il vit les yeux de Leland Gaunt s'agrandir et se transformer en deux abysses bleus qui s'enfonçaient, s'enfonçaient, jusqu'à plonger dans un lac indigo d'éternité. Il vit les mains allongées de Leland Gaunt, avec leurs doigts étrangement identiques en taille, se transformer en griffes et s'abattre sur ses épaules. Il sentit sa peau se rétracter à l'idée de cet ignoble contact. Il entendit Leland Gaunt gronder: *Tu possèdes quelque chose qui m'appartient, Brian, et tu ne l'as pas payé!*

Je le rendrai! s'entendit-il répondre, dans un cri, à ce visage déformé et en feu. *Je vous en prie je vous en prie je le rendrai je le rendrai ne me faites pas de mal!*

Brian revint à lui-même, aussi abasourdi que lorsqu'il était ressorti du Bazar des Rêves, le mardi après-midi. Mais la sensation n'était pas aussi agréable que la première fois.

Il ne voulait à aucun prix rendre la carte Sandy Koufax, telle était la vérité.

Il ne le voulait pas parce qu'elle était à lui.

Myra Evans s'avança sous l'auvent du Bazar des Rêves juste au moment où le fils de sa meilleure amie se glissait finalement dans l'arrière-cour de Wilma Jerzyck. Le coup d'œil que Myra jeta autour d'elle dans Main Street fut encore plus furtif que celui qu'avait eu Brian pour Willow Street.

Si Cora, qui était réellement sa meilleure amie, avait su qu'elle se trouvait ici et, plus important encore, pour quelle raison, elle n'aurait probablement plus jamais adressé la parole à Myra. Parce que Cora, elle aussi, voulait la photo.

Ne t'occupe pas de ça, s'encouragea Myra. Deux proverbes lui vinrent à l'esprit, et l'un comme l'autre paraissaient s'accorder à la situation. *Premier arrivé, premier servi*, disait le premier. Et *ce qu'on ne sait pas ne peut pas faire de mal*, disait le second.

N'empêche que Myra avait chaussé une paire de lunettes de soleil géante (des Foster Grant) avant d'aller en ville. *Deux précautions valent mieux qu'une*, autre bon conseil à mettre en pratique.

Elle s'avança lentement jusqu'à la porte et étudia le panonceau qui s'y trouvait accroché :

MARDIS ET JEUDIS SUR RENDEZ-VOUS SEULEMENT

Myra n'avait pas pris rendez-vous. Elle était venue sur une impulsion, galvanisée par le coup de téléphone qu'elle avait reçu de Cora, moins de vingt minutes auparavant.

« J'y ai pensé toute la journée ! Il faut absolument que je l'achète, Myra... j'aurais dû le faire mercredi, mais je n'avais que quatre dollars sur moi, et je n'étais pas sûre qu'il accepterait un chèque. Tu sais comme c'est *embarrassant*, lorsque les gens ne veulent pas. Je me battrais ! Tu te rends compte, c'est à peine si j'ai pu fermer l'œil de la nuit. Je sais que tu vas dire que c'est idiot, mais pourtant, c'est la vérité.»

Myra ne trouvait pas cela idiot du tout et savait que son amie ne mentait pas, pour la bonne raison qu'elle-même avait aussi à peine fermé l'œil de la nuit. Et Cora avait tort de s'imaginer que la photo allait lui appartenir simplement parce qu'elle l'avait vue la première, comme si cela lui donnait une sorte de droit divin.

«D'ailleurs, je ne suis pas sûre qu'elle l'ait vue la première, murmura Myra d'une petite voix boudeuse. J'ai plutôt l'impression que c'est moi.»

La question de savoir qui avait vu la première cette délicieuse photo pouvait peut-être se discuter. Ce qui était indiscutable, en revanche, c'était l'impression horrible qu'éprouverait Myra arrivant chez Cora et découvrant la photo d'Elvis, accrochée au-dessus de la cheminée, avec à droite l'Elvis en céramique de Cora et à gauche l'Elvis-chope de bière de Cora. A cette seule idée, l'estomac de Myra se soulevait jusqu'à hauteur de son cœur et y restait suspendu, tordu et noué comme un chiffon mouillé. Comme ce qu'elle avait ressenti pendant la première semaine de la guerre avec l'Irak.

Ce n'était pas juste. Cora possédait toutes sortes de charmants souvenirs d'Elvis, et avait même vu Elvis en concert une fois. Au centre civique de Portland, une année environ avant que le King ne soit rappelé au paradis du Rock and Roll par sa maman bien-aimée.

«Cette photo devrait m'appartenir», marmonna-t-elle. Rassemblant tout son courage, elle frappa à la porte.

Elle n'eut même pas le temps d'abaisser la main que la porte s'ouvrait et qu'un homme à la carrure étroite manquait de la renverser en sortant.

«Excusez-moi», bredouilla-t-il. Elle eut à peine le temps de reconnaître Mr Constantine, le pharmacien du LaVerdière Super Drug. Il traversa la rue d'un pas précipité en direction du square, tenant un petit paquet emballé à la main, sans regarder ni à droite ni à gauche.

Lorsque Myra se tourna de nouveau vers le magasin, Leland Gaunt se tenait sur le pas de la porte, lui souriant de son joyeux œil brun.

«Je n'ai pas rendez-vous...» dit-elle d'une petite voix. Brian Rusk, habitué à l'entendre parler d'un ton d'autorité et de totale assurance, n'aurait pas reconnu l'amie de sa mère au bout d'un million d'années.

«Eh bien, vous en avez un, maintenant, ma chère dame», répondit Mr Gaunt. Il lui sourit et s'écarta. «Bienvenue, pour votre deuxième visite! Entrez librement, et laissez ici un peu du bonheur que vous y apportez!»

Après un dernier coup d'œil dans la rue pour s'assurer que personne de sa connaissance ne la voyait, elle se faufila dans la boutique.

La porte se referma derrière elle.

Une main aux doigts longs, aussi blanche que celle d'un cadavre, se tendit dans la pénombre vers l'anneau du store et l'abaissa.

9

Ce n'est que lorsqu'il laissa échapper un long soupir sibilant que Brian se rendit compte qu'il avait retenu sa respiration.

Il n'y avait personne dans l'arrière-cour des Jerzyck.

Certainement encouragée par le beau temps, Wilma avait mis son linge à sécher dehors avant d'aller travailler — ou faire autre chose. Réparti sur trois cordes, il claquait mollement au soleil, sous la brise qui fraîchissait. Brian poussa jusqu'à la porte de derrière et regarda à travers la vitre, les mains en coupe autour du visage pour atténuer les reflets. Il ne vit qu'une cuisine déserte. Il songea un instant à frapper, mais se dit que ce n'était qu'une manière d'atermoyer; il était venu faire quelque chose. Il n'y avait personne. Le mieux était d'en finir et de ficher le camp le plus vite possible.

Il descendit lentement les marches qui donnaient sur l'arrière-cour des Jerzyck. Les cordes à linge, avec leur chargement de chemises, pantalons, sous-vêtements, draps et housses d'oreiller, l'attendaient sur la gauche. A droite s'étendait un petit jardin dont tous les légumes, à l'exception de quelques citrouilles malingres, avaient été cueillis. Le tout était clos d'une barrière en pin. Brian savait que de l'autre côté se trouvait la maison des Haverhill, séparée de la sienne par seulement quatre propriétés.

La violente pluie de la nuit passée avait transformé le jardin en marécage ; la plupart des citrouilles restantes étaient à demi submergées dans des flaques. Brian alla prendre une pleine poignée de cette gadoue brun foncé dans chaque main avant de se diriger vers le linge, des gouttes brunâtres dégoulinant entre ses doigts.

La corde à linge la plus proche du jardin portait des draps sur toute sa longueur. Encore humides, ils séchaient rapidement dans le vent, avec des claquements lents et paresseux. Ils étaient d'un blanc immaculé.

Vas-y, murmura la voix de Mr Gaunt dans son esprit. *Vas-y donc, Brian, fonce, comme Sandy Koufax ! Fonce !*

Brian leva les mains très haut, paumes tournées vers le ciel, dans un geste de lanceur de base-ball. Ce ne fut pas tout à fait une surprise de constater qu'il bandait de nouveau, comme dans son rêve. Il était content de ne pas s'être dégonflé. On allait un peu se marrer !

Ses bras décrivirent un arc rapide. La boue quitta ses mains en longues giclées brunes qui se déployèrent en éventail avant de toucher les draps, toujours ondoyants. Elles s'écrasèrent dessus en paraboles sinueuses et dégoulinantes.

Il retourna au jardin, prit deux nouvelles poignées de boue, les lança sur les draps, recommença. Une sorte de frénésie s'empara de lui. Il allait et revenait avec précipitation, et balançait à chaque fois un nouveau chargement.

Il aurait pu continuer ainsi tout l'après-midi si quelqu'un n'avait pas crié. Il crut tout d'abord que c'était *après lui* que l'on criait. Il rentra la tête dans les épaules et laissa échapper un petit couinement terrifié. Puis il se rendit compte que c'était simplement Mme Haverhill qui appelait son chien, de l'autre côté de la clôture.

N'empêche, il devait partir d'ici, et vite.

Il resta cependant un instant sans bouger, à contempler son œuvre, et un fugitif frisson de honte et de malaise le traversa.

S'ils avaient protégé la plupart des vêtements, les draps

se retrouvaient, eux, littéralement tartinés de boue ; seules restaient quelques taches blanches pour rappeler quelle était leur couleur originelle.

Brian regarda ses mains gantées de terre brune. Il se précipita vers l'angle de la maison, où se trouvait un robinet. On ne l'avait pas encore purgé pour l'hiver, et un jet glacé jaillit de l'ajutage lorsqu'il le tourna. Il mit les mains dessous et les frotta vivement. Il continua jusqu'à ce qu'elles fussent complètement nettoyées, y compris sous les ongles, sans tenir compte de l'engourdissement qui les gagnait. Il passa même ses poignets de chemise sous le robinet.

Il referma l'eau, retourna à sa bicyclette et s'engagea dans l'allée du garage. Il eut un instant de panique lorsqu'il vit apparaître une petite voiture jaune, mais c'était une Civic et non une Yugo. Le conducteur passa sans ralentir ni remarquer le petit garçon aux mains rougies et gercées, pétrifié à côté de sa bicyclette, et dont le visage avait tout d'un panneau publicitaire sur lequel serait écrit un seul mot : COUPABLE ! en lettres de feu.

Une fois la voiture passée, Brian enfourcha son vélo et se mit à pédaler comme s'il avait mille diables à ses trousses, ne s'arrêtant qu'une fois dans l'allée de sa maison. L'engourdissement de ses mains s'atténuait, mais elles lui démangeaient, cuisantes, et… restaient toutes rouges.

Lorsqu'il entra, sa mère l'appela du séjour. « C'est toi, Brian ?

— Oui, M'man. » Ce qu'il venait de faire dans l'arrière-cour des Jerzyck commençait déjà à prendre l'aspect d'un rêve. Le garçon qui se tenait dans cette cuisine ensoleillée et propre, le garçon qui allait prendre du lait dans le réfrigérateur, ne pouvait être le même que celui qui avait plongé les mains jusqu'aux poignets dans la gadoue du jardin des Jerzyck pour maculer de boue, avec acharnement, les draps impeccables de Wilma.

Non, certainement pas.

Il se versa un verre de lait, tout en étudiant ses mains. Elles étaient propres. Rouges, mais propres. Il remit le lait à sa place. Son cœur avait repris un rythme normal.

« Ça s'est bien passé à l'école, aujourd'hui ? » La voix de Cora flotta jusqu'à lui.

« Oui, très bien.

— Tu veux venir regarder la télé avec moi ? *Santa Barbara* va commencer bientôt et il y a des chocolats.

— Oui, d'accord, mais il faut d'abord que je monte une minute.

— Ne m'oublie pas ton verre de lait là-haut ! Il tourne et sent mauvais, et ça ne part *jamais* dans le lave-vaisselle !

— Je le redescendrai, M'man.

— T'as intérêt ! »

Brian se rendit dans sa chambre et passa une demi-heure assis à son bureau, perdu dans la contemplation de sa carte Sandy Koufax. Lorsque Sean vint lui demander s'il ne voulait pas l'accompagner jusqu'au magasin du coin, Brian referma brutalement son classeur et dit à son frère de sortir de sa chambre et de ne pas y revenir tant qu'il n'aurait pas appris à frapper quand il trouvait la porte fermée. Il entendit le gamin sangloter dans le couloir, mais ne ressentit aucune sympathie pour lui.

Les bonnes manières, après tout, ça existait.

10

Les matons firent une boum dans la prison du comté
L'orchestre des taulards commença à jouer et chanter
Les musicos sautaient et la taule se mit à swinguer
Fallait entendre ces gibiers de potence brailler et bringuer !

Jambes écartées, l'œil bleu en feu, les pat' d'éph de son survêt blanc en bataille, le King ! Le strass scintille et étincelle sous les projecteurs. Une mèche de cheveux aile-de-corbeau lui barre le front. Le micro effleure sa bouche, ce qui n'empêche pas Myra de voir la moue boudeuse de sa lèvre supérieure.

Elle peut d'ailleurs tout voir. Elle est au premier rang.

Et soudain, tandis que la section rythmique s'emballe, il tend la main, il LUI tend la main, à la manière dont

Bruce Springsteen (qui ne sera jamais le King, même dans un million d'années, quoi qu'il fasse) tend la main à cette fille dans le clip « Dancing in the Dark ».

Pendant un instant, elle est trop abasourdie pour réagir, trop éberluée pour bouger ; puis des mains la poussent par-derrière : CELLE du King se referme sur son poignet, CELLE du King la tire sur la scène. Elle sent son odeur, un mélange de sueur, de cuir anglais et de peau chaude et propre.

A peine encore une seconde, et Myra Evans se retrouve dans les bras d'Elvis Presley.

Elle sent le satin glissant de son survêt sous sa main. Les bras qui l'entourent sont musclés. Ce visage, SON visage, le visage du King, est à quelques centimètres du sien. Il danse avec elle, ils forment un couple, Myra Josephine Evans de Castle Rock, Maine, et Elvis Aron Presley de Memphis, Tennessee ! Ils traversent la scène, collés l'un à l'autre, devant quatre mille fans hurlant et scandant le refrain : « Let's rock... everybody let's rock... »

Les hanches du King ondulent contre les siennes ; elle sent la tension contenue qui s'enfonce dans son ventre, au milieu. Puis il la fait tourbillonner, sa jupe s'évase très haut et exhibe ses jambes jusqu'à sa petite culotte brodée ; sa main tourne dans celle du King comme un axe dans son moyeu, puis il l'attire de nouveau contre lui, et ses mains descendent dans le bas de son dos jusqu'à ses fesses sur lesquelles elles se referment vigoureusement. Elle abaisse un instant les yeux et aperçoit, au-delà de la zone violemment éclairée par les projecteurs, Cora Rusk qui la regarde, avec un visage sinistre tant il respire la haine et l'envie.

Puis Elvis ramène la tête de Myra vers lui et, avec cet accent sirupeux et traînant du Tennessee, lui dit : « En principe, ma chérie, on doit se regarder dans les yeux, non ? »

Avant qu'elle ait pu répondre, les lèvres pleines du chanteur viennent se poser sur la bouche de Myra. Le monde se réduit à l'odeur du King, au contact du King. Et brusquement, sa langue pénètre dans la bouche de Myra — le Roi du Rock and Roll lui donne un baiser crapuleux devant Cora et le monde entier ! Il la serre très fort contre lui et tandis que les cuivres se lancent dans des notes aiguës et

syncopées, elle sent une chaleur confinant à l'extase enva-
hir ses reins. Oh, jamais ça n'a été comme ça, pas même à
Castle Rock avec Ace Merrill, il y a bien des années. Elle a
envie de crier, mais la langue du King est enfouie dans sa
bouche et elle ne peut que griffer le satin, dans son dos, et
secouer ses hanches tandis que les cuivres font retentir
« My Way ».

11

Leland Gaunt, assis dans l'un des confortables fauteuils du magasin, regardait Myra Evans avec un déta-
chement clinique tandis que l'orgasme la secouait des
pieds à la tête. Elle tremblait comme une femme prise
d'un effondrement cérébral total, serrant violemment la
photo d'Elvis dans ses mains, les yeux fermés, le ventre
soulevé de vagues, les jambes se serrant et s'écartant
tour à tour. Ses cheveux avaient perdu leur éclat perma-
nenté et retombaient autour de sa tête en un casque peu
ragoûtant. La sueur dégoulinait de son double menton,
comme de celui d'Elvis lorsqu'il pirouettait pesamment
sur scène, au cours de ses derniers concerts.

« Ooooohhh ! gémit Myra, agitée de secousses comme
un bol de gelée. Oooooh ! Ooooooooh ! Mon Dieu !
Oooooooooooooh, mon Diiiieu !
OOOOOHHHH ! »

Avec nonchalance, Leland Gaunt pinça le pli de son
pantalon entre le pouce et l'index et le secoua pour lui
rendre son tranchant de rasoir ; puis il se pencha et sub-
tilisa la photo des mains de Myra. Les yeux de la femme
s'ouvrirent aussitôt, pleins de détresse. Elle essaya de
s'emparer du talisman, mais la photo se trouvait hors de
portée. Elle voulut se lever.

« Asseyez-vous », dit Mr Gaunt.

Myra resta debout, comme si elle venait de se pétrifier.

« Si vous voulez jamais revoir cette photo, Myra, *a-sse-
yez-vous.* »

Elle obéit, le regardant avec une expression d'angoisse
et d'hébétude mêlées. Des taches de sueur sourdaient du

creux de ses bras et s'agrandissaient jusque sur le côté de ses seins.

«Je vous en prie», dit-elle. Elle avait coassé les mots d'un timbre tellement craquant que l'on aurait dit une bouffée d'air venue du désert. Elle tendit les mains.

«Dites-moi un prix», l'invita Gaunt.

Elle réfléchit. Ses yeux roulaient dans son visage en sueur. Des mouvements de déglutition agitaient sa gorge.

«Quarante dollars!» s'écria-t-elle.

Il éclata de rire et secoua la tête.

«Cinquante!

— Ridicule. Au fond, vous ne tenez pas tant que ça à cette photo, Myra.

— Si, j'y tiens!» Des larmes commencèrent à s'accumuler au coin de ses yeux. Puis elles débordèrent sur ses joues et se mêlèrent à sa transpiration. «J'y tiens beaucoup!

— Très bien. Vous y tenez. Je veux bien vous croire. Mais en avez-vous besoin, Myra? Vous est-elle réellement *nécessaire*?

— Soixante! C'est tout ce que j'ai! Jusqu'à mon dernier sou!

— Myra... me prenez-vous pour un enfant?

— Non, mais...

— Si, certainement. Je suis un vieil homme — plus vieux que vous ne pourriez le croire, j'ai très bien vieilli, si je puis dire cela moi-même — mais, incontestablement, vous me prenez pour un enfant, un enfant capable de croire qu'une femme qui demeure dans un duplex flambant neuf à deux pas de Castle View, le plus beau panorama de la région, ne possède que soixante dollars à son nom.

— Vous ne comprenez pas! Mon mari...»

Leland Gaunt se leva, tenant toujours la photo. L'homme souriant qui s'était effacé pour lui livrer passage avait disparu. «Vous n'aviez pas rendez-vous, n'est-ce pas, Myra? Je ne vous ai fait entrer que par bonté d'âme. Je crains maintenant d'avoir à vous demander de partir.

— Soixante-dix dollars! Soixante-dix!

— C'est une insulte à mon intelligence. Je vous en prie, partez. »

Myra tomba à genoux devant lui. Elle pleurait à gros sanglots rauques qui trahissaient de la panique. Elle agrippa les chevilles de l'homme tandis qu'elle se vautrait à ses pieds. « Je vous en supplie, monsieur Gaunt! Je vous en supplie! Il faut que j'aie cette photo! Il le faut! Elle me fait... Vous ne pourriez croire ce qu'elle me fait! »

Leland Gaunt regarda la photo d'Elvis et une moue de dégoût apparut un instant sur son visage. « Je crois que je préfère ne pas le savoir, dit-il. Il a l'air... de beaucoup transpirer.

— Mais si c'est plus de soixante-dix dollars, il va falloir que je vous fasse un chèque. Chuck l'apprendra. Il voudra savoir à quoi il correspond. Et si je le lui dis, il... il...

— Ça, ce n'est pas mon problème. Je suis un commerçant, pas un conseiller matrimonial. » Il la regardait de toute sa hauteur, s'adressant aux cheveux collés par la sueur, sur le crâne de Myra. « Je suis sûr que quelqu'un d'autre, Cora Rusk, par exemple, sera capable de s'offrir ce portrait unique de feu monsieur Presley. »

Au nom de Cora, Myra releva brusquement la tête. Ses yeux n'étaient plus que deux points brillants enfoncés dans de profondes orbites brunes. Un ricanement lui découvrit les dents. Elle avait l'air, en cet instant, d'une vraie cinglée.

« Vous la lui vendriez, *à elle*? siffla-t-elle.

— Je suis un adepte de la liberté du commerce. C'est ce qui fait la grandeur de ce pays. J'aimerais beaucoup que vous me lâchiez, Myra. Vos mains dégoulinent *littéralement* de sueur. Je n'avais pas l'intention de faire nettoyer ce pantalon, et même ainsi, je ne suis pas sûr...

— Quatre-vingts! Quatre-vingts dollars!

— Je veux bien vous la vendre pour exactement le double de ce prix, répondit Mr Gaunt. Cent soixante dollars. » Il sourit, révélant ses grandes dents de travers. « J'accepte les chèques personnels, Myra. »

Elle émit un gémissement de désespoir. « Je ne peux pas! Chuck va me tuer! »

140

— C'est possible. Mais vous êtes bien prête à mourir pour quelqu'un qui vous susurre *Love me tender*, non ?

— Cent, dit Myra en s'accrochant de nouveau à ses chevilles, comme il essayait de se dégager. Cent dollars !

— Cent quarante ! Je n'irai pas plus bas. C'est ma dernière proposition.

— D'accord, répondit-elle, pantelante. D'accord, c'est d'accord, je vous les donnerai...

— Et bien entendu, il faudra aussi me tailler une pipe en prime », ajouta Gaunt en lui souriant.

Elle leva la tête vers lui, la bouche ouverte en un O parfait. « Qu'est-ce que vous venez de dire ? souffla-t-elle.

— Un pompier ! cria-t-il. Faites-moi une fellation ! Ouvrez cette splendide bouche corsetée de métal et *sucez-moi la pine* !

— Ô mon Dieu ! gémit Myra.

— Comme vous voudrez. » Gaunt commença à s'éloigner.

Elle l'attrapa avant qu'il ait pu s'écarter d'elle. Aussitôt, ses mains s'affairèrent, tremblantes, pour défaire la braguette du pantalon au pli impeccable.

Il la laissa se débattre quelques instants avec la fermeture, puis lui donna une petite claque sur les doigts pour l'arrêter. « Laissez tomber. Ce genre de relations sexuelles me rend amnésique.

— Qu...

— Laissez tomber, je vous dis, Myra ! » Il lui jeta la photo. Elle tendit maladroitement les mains, réussit à rattraper l'objet et le serra contre sa poitrine. « Mais il y a cependant une autre chose.

— Qu'est-ce que ?... demanda-t-elle, la voix rauque.

— Connaissez-vous l'homme qui tient le bar, de l'autre côté du Tin Bridge ? »

Elle commença par secouer la tête, le regard de nouveau plein d'angoisse, puis comprit à qui il faisait allusion. « Henry Beaufort ?

— Oui. Je crois qu'il possède également l'établissement du nom de *Mellow Tiger*. Le Tigre Moelleux... un nom plutôt curieux.

— Eh bien, je ne le connais pas personnellement, mais

je vois de qui il s'agit, je crois.» Elle n'avait jamais mis les pieds au Mellow Tiger, mais comme tout le monde, elle connaissait le nom de son propriétaire et gérant.

«Oui, Henry Beaufort. Je veux que vous jouiez un petit tour de mon invention à Mr Beaufort.

— Quel... quel genre de tour?»

Gaunt tendit la main, saisit le poignet glissant de sueur de Myra et l'aida à se relever.

«C'est quelque chose dont nous pourrons parler pendant que vous remplirez votre chèque, Myra.» Il sourit sur ces mots, et son visage recouvra soudain tout son charme. Ses yeux bruns brillaient et dansaient. «Au fait, voulez-vous un emballage cadeau, pour la photo?»

5

1

Alan se glissa en face de Polly, assise à l'un des boxes de Nan's Luncheonette, et vit tout de suite qu'elle avait toujours très mal, au point d'avoir pris un Percodan dans l'après-midi, ce qui était rare. Il l'avait compris avant même qu'elle n'eût ouvert la bouche, à quelque chose dans son regard. Un certain éclat qu'il savait maintenant reconnaître et qu'il n'aimait pas trop. Qu'il n'aimerait sans doute jamais. Il se demanda (ce n'était pas la première fois) si elle ne serait pas devenue dépendante de ce produit. Dans le cas de Polly, il supposait que la dépendance n'était qu'un effet secondaire de plus, un phénomène prévisible qui, une fois noté, se confondait avec le problème principal: le fait, pour dire les choses simplement, qu'elle vivait dans une souffrance dont il n'aurait probablement jamais idée.

Rien de ce qu'il éprouvait ne perça dans sa voix lorsqu'il dit: «Alors, comment ça va, jolie môme?»

Elle sourit. «A vrai dire, la journée a été intéressante.

Très inté...décente, comme disait le comique, dans *Rions en chœur*.

— Ne me dis pas que tu es tellement vieille que tu te souviens de ce machin !

— Mais si. Tiens, qui c'est, Alan ? »

Le shérif suivit la direction de son regard juste à temps pour voir passer, devant la grande baie vitrée de Nan's Luncheonette, une femme qui serrait un paquet emballé dans ses bras. Elle regardait fixement devant elle, et un homme qui venait en sens inverse dut faire un rapide saut de côté pour éviter la collision.

Alan feuilleta mentalement (et vite) l'énorme annuaire de noms et de visages qu'il conservait dans sa tête et aboutit à ce que Norris, qui éprouvait un faible marqué pour le langage pur flic, aurait sans aucun doute appelé un « partiel ».

« Evans. Mabel, ou Mavis, ou quelque chose comme ça. La femme de Chuck Evans.

— On dirait qu'elle vient de fumer un excellent Acapulco Gold, observa Polly. Elle me fait envie. »

Nan Roberts vint en personne prendre leur commande. Elle faisait partie du bataillon de « Soldats chrétiens » du révérend William Rose, et portait aujourd'hui un petit bouton jaune agrafé au-dessus de son sein gauche. C'était le troisième qu'Alan remarquait cet après-midi, et il se dit qu'il allait en voir beaucoup plus au cours des semaines à venir. Il représentait une machine à sous à l'intérieur d'un cercle noir, barrée d'une diagonale rouge. Aucun slogan ; les sentiments du porteur vis-à-vis de la Nuit-Casino n'en étaient pas moins clairs.

Avec sa volumineuse poitrine et son joli et doux visage, Nan, qui avait entre quarante et cinquante ans, faisait irrésistiblement penser à l'archétype maternel, odeurs de bonnes tartes aux pommes comprises. D'ailleurs, comme Alan et ses adjoints le savaient bien, les tartes aux pommes de Nan étaient excellentes, en particulier avec une belle motte de crème glacée à la vanille fondant par-dessus. Il était facile de se laisser tromper par son aspect, mais bon nombre d'hommes d'affaires (des agents immobiliers, en particulier) avaient découvert à leurs dépens que c'était une grave erreur. Derrière le doux visage, régnaient les circuits intégrés d'un ordinateur mental, et au-dessous de l'imposante poitrine maternelle, un tiroir-caisse s'ouvrait et se refermait au rythme de ce qui aurait dû être son cœur. Nan possédait une partie appréciable de Castle Rock, y compris au moins cinq des immeubles de bureaux du centre ville ; et maintenant que Pop Merrill avait été porté en terre, Alan la soupçonnait d'être probablement la personne la plus riche de la ville.

Elle lui rappelait la sous-maîtresse d'un bordel qu'il avait autrefois arrêtée à Utica. La femme lui avait offert un pot-de-vin puis, devant son refus, s'était employée le plus sérieusement du monde à lui casser la tête avec une cage à oiseaux. L'occupant, un perroquet scrofuleux qui lançait parfois un «J'encule ta mère, Frank» d'un ton morose et mélancolique, se trouvait encore dans la cage. Parfois, lorsque Alan voyait se froncer le pli vertical entre les yeux de Nan, il avait l'impression qu'elle serait tout à fait capable d'en faire autant. Et il trouvait parfaitement naturel que Nan, qui ne faisait guère autre chose que rester assise à la caisse, ces temps-ci, vînt en personne prendre la commande du shérif du comté. La touche personnelle qui signifiait tant de choses.

«Salut, Alan, dit-elle. Ça fait un bail qu'on ne s'est pas vus ! Où aviez-vous disparu ?

— Ici et là, je bouge tout le temps, Nan.»

La femme éclata d'un rire si bruyant et joyeux que les hommes accoudés au comptoir, des bûcherons, pour la plupart, se retournèrent un instant. Et plus tard, pensa Alan, ils iraient raconter à leurs copains qu'ils avaient vu Nan Roberts et le shérif s'en payer une tranche ensemble. Les meilleurs amis du monde.

«Café, Alan ?

— S'il vous plaît.

— Que diriez-vous d'une pointe de tarte pour l'accompagner ? Faite maison. Les pommes viennent du verger McSherry, à Sweden. Cueillies d'hier.» Au moins n'essaie-t-elle pas de nous convaincre qu'elle les a ramassées elle-même, pensa Alan.

«Non, merci.

144

— Bien sûr ? Et vous, Polly ? »

Polly secoua la tête.

Nan alla chercher les cafés. « Tu ne l'aimes pas beaucoup, n'est-ce pas ? » demanda Polly à voix basse.

Alan réfléchit à la question, un peu surpris ; il ne s'attardait pas à analyser ses goûts et ses dégoûts pour les gens. « Nan ? Je n'ai rien à lui reprocher. C'est simplement que j'aime bien savoir ce que sont réellement les gens, si je peux.

— Et ce qu'ils désirent vraiment ?

— Ça, c'est bien trop dur, répondit-il avec un rire. Je m'en tiens à chercher à savoir ce qu'ils mijotent. »

Elle sourit (il adorait la faire sourire) et déclara : « Nous allons faire de toi un philosophe yankee, un de ces jours, Alan Pangborn. »

Il effleura le dos de sa main gantée et lui rendit son sourire.

Nan revint, posa sur la table une grande tasse blanche au bord épais, pleine de café noir, et repartit aussitôt. Une chose à son actif, songea Alan, elle sait exactement comment mettre un terme aux amabilités, et reconnaître le moment où suffisamment de civilités ont été échangées. Chose qu'une personne ayant les intérêts et les ambitions de Nan sait toujours.

« Et maintenant, reprit Alan, prenant une gorgée de café, si tu me racontais un peu cette si intéressante journée ? »

Elle lui rapporta, dans les plus grands détails, comment elle avait vu, en compagnie de Rosalie, Nettie Cobb hésiter, morte d'angoisse devant le Bazar des Rêves, avant de trouver finalement le courage d'y entrer.

« C'est merveilleux, commenta-t-il, sincère.

— Oui, mais ce n'est pas tout. Lorsqu'elle est sortie, elle avait acheté *quelque chose* ! Je ne l'avais jamais vue aussi joyeuse, aussi... pleine d'entrain, depuis que je la connais. C'est ça, pleine d'entrain. Tu sais la tête qu'elle fait, d'habitude ? »

Alan acquiesça.

« Eh bien, elle avait les joues toutes roses et les cheveux ébouriffés, comme quelqu'un qui vient de rire un bon coup.

— Es-tu bien certaine qu'ils n'ont eu que des rapports purement commerciaux ? demanda-t-il en roulant des yeux.

— Ne sois pas idiot, protesta-t-elle, comme si elle n'avait pas elle-même suggéré la même chose à Rosalie. Bref, elle a attendu dehors jusqu'à ce que tu sois parti (je savais qu'elle le ferait) puis elle est venue me montrer ce qu'elle avait acheté. Tu sais, cette petite collection de pâtes de verre qu'elle a ?

— Et non. On trouve encore quelques menues choses, dans cette ville, qui ont échappé à mon attention, crois-le ou non.

— Elle possède une demi-douzaine de pièces. La plupart lui viennent de sa mère. Elle m'a dit une fois qu'elle en avait davantage mais que certaines se sont cassées. Bref, elle adore celles qui lui restent, et il lui a vendu le plus ravissant abat-jour de pâte de verre que j'aie vu depuis des années. J'ai tout d'abord cru que c'était un Tiffany. Bien entendu, ce n'en est pas un. Jamais Nettie ne pourrait s'offrir un véritable Tiffany. Mais c'est une pièce remarquable.

— Combien l'a-t-elle payée ?

— Je ne le lui ai pas demandé. Mais je te parie qu'elle a dû casser sa tirelire. »

Il fronça légèrement les sourcils. « Es-tu sûre qu'elle ne s'est pas fait rouler ?

— Oh, Alan ! Faut-il que tu sois tout le temps prêt à soupçonner tout le monde ? Nettie est peut-être vague sur pas mal de choses, mais elle s'y connaît en pâtes de verre. Elle m'a dit qu'elle avait fait une affaire, et c'est probablement vrai. Elle était tellement heureuse !

— Eh bien, c'est excellent. Exactement le Ticket.

— Pardon ?

— C'était le nom d'une boutique, à Utica. Il y a bien longtemps. Je n'étais qu'un gamin. Tout à fait le Ticket.

— Et est-ce que tu as eu *ton* ticket ?

— Je ne sais pas. Je n'y suis jamais entré.

— Eh bien, apparemment, monsieur Gaunt pense qu'il a peut-être le mien.

— Que veux-tu dire ?

— Nettie m'a rapporté la boîte à gâteau, et j'ai trouvé un mot dedans. Un mot de Mr Gaunt. (Elle poussa son sac à main sur la table.) Regarde toi-même. Je n'ai pas trop envie de serrer des choses, aujourd'hui. »

Il ignora le sac à main et lui demanda si elle avait très mal.

« Oui, répondit-elle simplement. Ça a été pire, mais je ne vais pas te raconter d'histoires. Ça n'a jamais été *bien* pire. Toute la semaine, depuis que le temps a changé.

— As-tu pris rendez vous avec le Dr Van Allen ? »

Elle soupira. « Non, pas encore. J'attends un répit. Chaque fois que j'ai une période aussi pénible, j'ai un répit au moment où je commence à me dire que je vais devenir complètement folle. Enfin, jusqu'ici, ça s'est toujours passé ainsi. Je me dis qu'un de ces jours il n'y aura pas de répit. Si ça ne va pas mieux lundi prochain, j'irai le voir. Mais tout ce qu'il peut faire, ce sont des ordonnances d'analgésiques. Je voudrais bien ne pas devenir camée, Alan.

— Mais…

— Ça suffit, le coupa-t-elle doucement. Ça suffit pour aujourd'hui, d'accord ?

— D'accord, concéda-t-il, un peu à contrecœur.

— Regarde le mot. Il est absolument charmant… avec quelque chose d'un peu piquant. »

Il ouvrit le sac à main et aperçut une mince enveloppe posée sur le portefeuille de Polly. Il la prit. Le papier, couleur crème, était d'une riche texture. On y lisait, d'une écriture tellement démodée qu'elle avait l'air de dater du fond des temps : *Ms Polly Chalmers*.

« Ce style d'écriture, c'est ce qu'on appelle la ronde, dit-elle, amusée. Je crois qu'on a arrêté de l'enseigner peu après l'extinction des derniers dinosaures. »

Il sortit une feuille unique, non ébarbée, de l'enveloppe. En en-tête, on lisait :

LE BAZAR DES RÊVES
Castle Rock
Leland Gaunt, propriétaire

L'écriture n'était pas aussi élaborée que sur l'enveloppe, mais elle avait, de même que le langage employé, quelque chose d'agréablement démodé.

Chère Polly,
Encore une fois, mille mercis pour le gâteau à la diable. C'est mon gâteau préféré, et il était délicieux ! Je tiens en outre à vous remercier pour votre gentillesse et votre prévenance. J'imagine que vous avez deviné combien je devais être nerveux le jour de l'inauguration du magasin, alors que nous sommes hors saison.
Je ne vais pas tarder à disposer d'un objet, qui ne figure pas encore dans mes réserves mais doit arriver avec un certain nombre d'autres par avion et qui, je crois, risque de vous intéresser au plus haut point. Je m'en voudrais d'en dire davantage ; je préférerais que vous le vissiez vous-même. A la vérité, ce n'est rien de plus qu'une babiole, mais son existence m'est revenue à l'esprit alors que vous veniez juste de quitter la boutique, et, les années s'accumulant, je me trompe de moins en moins dans mes intuitions. Je m'attends à ce qu'il arrive soit vendredi, soit samedi. Si vous en avez l'occasion, pourquoi ne pas passer dimanche après-midi ? Je serai sur place toute la journée, en plein inventaire, et ravi de vous le montrer. Derechef, je ne veux en dire davantage pour l'instant ; l'objet parlera ou non de lui-même. Permettez-moi au moins de vous obliger en vous offrant une tasse de thé !
J'espère que Nettie est contente de son nouvel abat-jour. C'est une personne absolument charmante, et il semble lui avoir procuré le plus grand plaisir.

Sincèrement vôtre,
Leland Gaunt

« Que de mystères ! commenta Alan en remettant le mot dans son enveloppe et l'enveloppe dans le sac. Vas-tu aller faire ta vérif comme nous disons, chez les flics ?
— Après une telle préparation de terrain, et après avoir vu l'abat-jour de Nettie, comment pourrais-je refuser ? Oui, je crois que je vais y passer, si mes mains me

font moins mal. Veux-tu venir, Alan ? Qui sait s'il n'aura pas quelque chose pour toi ?

— Peut-être, à moins que je m'en tienne aux Patriots. Ils vont bien finir par remporter un match, un de ces jours.

— Tu parais fatigué, Alan. Tu as des poches sous les yeux.

— Y a des jours comme ça. Tout a commencé lorsque j'ai dû empêcher le maire et l'un des miens de se massacrer dans les toilettes des messieurs. Il s'en est fallu de peu. »

Elle se pencha en avant, inquiète. « De quoi parles-tu ? »

Il lui raconta l'escarmouche entre « Buster » Keeton et Norris Ridgewick ; il ajouta combien le comportement de Keeton lui avait paru bizarre, avec cette façon de se dire persécuté à tout bout de champ. Lorsqu'il eut terminé, Polly garda le silence un long moment.

« Alors ? finit-il par demander. Qu'en penses-tu ?

— J'étais en train de me dire qu'il te faudrait encore beaucoup d'années pour apprendre tout ce que tu dois savoir sur Castle Rock. C'est probablement aussi valable pour moi ; je suis restée longtemps partie, et je ne parle jamais de l'endroit où j'étais ni de ce qu'est devenu "mon petit problème". Je crois que beaucoup de gens, ici, ne me font pas confiance. Mais toi, Alan, tu sens les choses et tu ne les oublies pas. Sais-tu quelle impression j'ai ressentie, en revenant à Castle Rock ? »

Il secoua la tête, intéressé. Polly n'était pas du genre à se complaire dans le passé, même avec lui.

« C'était comme se rebrancher sur un feuilleton qu'on a perdu l'habitude de regarder. Même si cela fait deux ans, on reconnaît immédiatement les personnages et leurs problèmes, parce qu'ils ne changent jamais vraiment. On a l'impression de se glisser à nouveau dans une bonne vieille paire de chaussures bien confortables.

— Où veux-tu en venir ?

— Qu'il y a plein d'histoires dignes de séries télévisées, ici, que tu ne connais pas encore. Tiens, par exemple, savais-tu que l'oncle de Danforth Keeton a séjourné à Juniper Hill en même temps que Nettie ?

— Non. »

Elle hocha la tête. « Il a commencé à donner des signes d'aliénation mentale vers l'âge de quarante ans. Ma mère disait que Bill Keeton était schizophrène. J'ignore si c'était le terme exact ou simplement un mot qu'elle avait entendu à la télé, mais une chose était fichtrement sûre : il ne tournait pas rond. Je me souviens de l'avoir vu attraper les gens dans la rue et se mettre à les sermonner sur un sujet ou un autre — le déficit du commerce extérieur, le fait que John Kennedy était un communiste, Dieu seul sait quoi encore. Je n'étais qu'une petite fille. N'empêche, il me faisait peur, Alan, c'était clair.

— Oui, bien entendu.

— Ou encore, il marchait dans la rue la tête basse, parlant tout seul d'une voix forte et embrouillée à la fois. Ma mère m'avait avertie de ne jamais lui adresser la parole quand il était dans cet état-là, même pas si, comme lui, nous nous rendions à l'église. Il a finalement essayé d'abattre sa femme. C'est du moins ce que j'ai entendu dire. Mais tu sais combien les rumeurs déforment les choses. Il s'est peut-être contenté de brandir son pistolet devant elle. Toujours est-il qu'on l'a embarqué jusqu'à la prison du comté. Il y a eu une sorte d'audition pour juger de sa responsabilité, après quoi on l'a bouclé à Juniper Hill.

— Il y est toujours ?

— Non, il est mort. Son état mental s'est dégradé très vite, après qu'on l'eut enfermé. Il était catatonique, à la fin. Encore une fois, c'est ce que j'ai entendu dire.

— Nom de Dieu...

— Mais ce n'est pas tout. Ronnie Keeton, le père de Danforth et le frère de Bill, a passé quatre ans dans le pavillon psychiatrique de l'hôpital des anciens combattants, à Togus, dans les années soixante-dix. Il est maintenant dans un asile. Maladie d'Alzheimer. Sans parler d'une grand-tante ou cousine, je ne suis pas bien sûre, qui s'est suicidée dans les années cinquante, après un vague scandale. Je ne sais pas ce qui s'est passé, mais j'ai entendu dire une fois qu'elle aimait davantage les dames que les messieurs.

— C'est quelque chose de famille, c'est ce que tu veux me montrer ?

— Non, il n'y a pas de morale, je ne veux rien démontrer. Il s'agit d'anecdotes touchant une petite ville que je connais et toi pas, c'est tout ; celles qu'on ne raconte pas pendant les discours, le jour de la fête nationale, dans le square. Je ne fais que te les rapporter. En tirer des conclusions, c'est le boulot de la police. »

Elle lança ce dernier trait d'un ton si guilleret qu'Alan rit un peu, ce qui ne l'empêchait pas de se sentir mal à l'aise. La folie pouvait-elle être héréditaire ? On lui avait appris, en classe de psychologie, que cette notion était périmée. Des années plus tard, à l'Académie de Police d'Albany, un conférencier avait affirmé que c'était vrai ou pouvait l'être, du moins, dans certains cas ; on arrivait à suivre le cheminement de certaines maladies mentales le long d'arbres généalogiques, exactement comme des caractéristiques physiques, yeux bleus, hexadactylie. Il avait parlé de l'alcoolisme. N'avait-il pas dit quelque chose sur la schizophrénie ? Alan n'arrivait pas à s'en souvenir. Son séjour à l'académie ne datait pas d'hier.

« Je crois que je serais bien inspiré de commencer ma petite enquête, dit Alan d'un ton morne. Je dois t'avouer, Polly, que l'idée que le maire pourrait être en train de devenir une bombe humaine à retardement ne m'enchante pas vraiment.

— Evidemment. Ce n'est sans doute pas le cas. Je pensais simplement qu'il valait mieux que tu sois au courant. Les gens, ici, répondront à tes questions… à condition que tu leur poses les bonnes. Sinon, ils te regarderont te prendre les pieds dans le tapis, tout joyeux, et ne lâcheront jamais un mot. »

Alan sourit. Elle avait raison. « Mais je ne t'ai pas encore tout raconté, Polly. Après le départ de Buster, j'ai eu droit à la visite du révérend Willie. Il…

— Chut ! » le coupa Polly, si énergiquement que le shérif se tut aussitôt. Elle regarda autour d'eux, parut conclure que personne ne tendait l'oreille dans leur direction et se tourna de nouveau vers Alan. « Il y a des moments où tu me désespères. Si tu n'apprends pas à être un peu plus discret, Alan, tu vas te faire balayer aux prochaines élections, dans deux ans... et tu vas te retrouver tout bête, avec la tête du type qui n'a rien compris... Il faut faire attention. Si Danforth Keeton est une bombe à retardement, le pasteur est un missile nucléaire. »

Il se pencha vers elle et répondit à mi-voix : « Mais non, un pétard mouillé, tout au plus. Un petit con moralisateur qui fait l'important, voilà ce qu'il est.

— La Nuit-Casino ? »

Il acquiesça.

Elle posa les mains sur les siennes. « Mon pauvre chou ! Et dire que cette ville a l'air si tranquille, vue de l'extérieur, n'est-ce pas ?

— Elle l'est, d'ordinaire.

— Est-ce qu'il est reparti furieux ?

— Et comment ! C'était ma deuxième conversation avec le bon révérend à propos de cette Nuit-Casino. Je m'attends à en avoir plusieurs autres d'ici le jour où les catholiques tiendront leur foutue manifestation, en attendant qu'on n'en parle plus.

— Un petit con moralisateur, c'est bien ça ? » demanda-t-elle, abaissant encore la voix d'un ton. Son expression était sérieuse, mais ses yeux pétillaient.

« Oui, et maintenant, les boutons. Encore un indice.

— Les boutons ?

— Oui, qui représentent une machine à sous barrée d'un trait rouge, au lieu de la tête rigolarde habituelle. Nan en porte un. Tu n'as pas fait attention ? Je me demande de qui est cette idée.

— De Don Hemphill, probablement. Non seulement c'est un baptiste grand teint, mais il appartient au comité républicain de l'Etat. Don s'y connaît un peu en campagnes électorales, mais je te parie qu'il va trouver plus difficile de faire bouger l'opinion publique sur un sujet qui touche à la religion. (Elle lui caressa la main.) Prends les choses comme elles viennent, Alan. Sois patient. Attends. Voilà comment ça se passe dans les petites villes comme Castle Rock : on prend les choses comme elles viennent, on patiente, on attend l'explosion de la prochaine sale affaire. Vu ? »

Il lui sourit, se dégagea les mains et prit les siennes, mais délicatement. Très délicatement. «Oui, vu. Un peu de compagnie ce soir, jolie môme?

— Oh, Alan, je ne sais pas si...

— Pas de fantaisies déplacées, la rassura-t-il, ni bousculades ni chatouilles. J'allumerai un feu, nous nous installerons devant, et tu n'auras qu'à sortir encore quelques cadavres du placard de la ville, histoire de me divertir.»

Elle eut un faible sourire. «Je crois t'avoir exhibé tous ceux dont j'ai entendu parler au cours des six ou sept derniers mois, Alan, y compris le mien. Si tu veux améliorer tes connaissances sur Castle Rock, tu devrais te lier d'amitié avec le vieux Lenny Partridge... ou avec *elle*, ajouta-t-elle avec un petit mouvement de la tête en direction de Nan, un ton plus bas. La différence entre elle et Lenny, c'est que Lenny se contente d'être au courant des choses. Nan Roberts aime bien se servir de ce qu'elle sait.

— Ce qui veut dire?

— Ce qui veut dire que cette dame n'a pas payé à leur véritable prix certaines des propriétés qu'elle a acquises», répondit Polly.

Alan regarda Polly, songeur. Il ne l'avait jamais vue dans un tel état d'esprit — introspectif, bavard et déprimé, tout à la fois. Pour la première fois depuis qu'il était devenu son ami et son amant, il se demanda si c'était Polly Chalmers qui parlait, ou les médicaments.

«Je crois qu'il vaut mieux que je reste seule, ce soir, dit-elle, comme si elle venait de prendre soudain sa décision. Je ne me trouve pas de bonne compagnie quand je suis dans cet état. Je vois ça sur ton visage.

— C'est faux, Polly.

— Je vais rentrer chez moi et prendre un long bain bien chaud. Je ne boirai pas d'autre café. Je débrancherai le téléphone, j'irai au lit tôt et, avec un peu de chance, je me sentirai une autre femme en me réveillant demain matin. Alors peut-être nous pourrons... tu sais. Pas de bousculades, beaucoup de chatouilles.

— Je m'inquiète pour toi.»

Les mains de Polly se déplacèrent tout doucement

dans les siennes. «Je le sais bien. Ça n'y change rien, mais j'y suis sensible, Alan. Plus que tu ne crois.»

2

Hugh Priest ralentit en passant à hauteur du Mellow Tiger; il venait de quitter le garage municipal de Castle Rock au volant de sa Buick pour rentrer chez lui. Puis il accéléra de nouveau.

Sa maison avait deux pièces : celle où il dormait, et celle où il faisait tout le reste. Au milieu de cette dernière, trônait une table au formica écaillé, couverte de plateaux-repas surgelés (des mégots de cigarettes dépassaient des restes figés de sauce, sur la plupart d'entre eux). Il alla jusqu'au placard dont la porte était ouverte et, sur la pointe des pieds, explora d'une main tâtonnante l'étagère supérieure. Un instant, il crut que la queue de renard avait disparu, que quelqu'un était entré et la lui avait volée, et une boule brûlante de panique commença à croître dans son estomac. Puis sa main rencontra la douceur soyeuse et il laissa échapper un long soupir.

Il avait passé le plus clair de son temps, aujourd'hui, à penser à cette queue de renard, à la façon dont il l'attacherait à l'antenne de la Buick, à l'allure qu'elle aurait, ondulant joyeusement dans le vent. Il avait failli l'arborer le matin, mais il pleuvait encore, et l'idée de voir la fourrure transformée en une serpillière qui pendrait comme un cadavre lui répugnait. Il sortit, la queue de renard à la main, donnant sans y penser un coup de pied dans une boîte de jus de fruits vide qui traînait par terre, sans cesser de la caresser du bout des doigts. Quelle sensation délicieuse !

Une fois dans le garage, où s'accumulaient tant de cochonneries qu'il ne pouvait plus y mettre sa voiture depuis 1984, il trouva un solide morceau de fil de fer après quelques minutes de fouilles. Il avait pris sa décision : fixer tout d'abord la queue de renard à l'antenne, manger un morceau, puis partir pour Greenspark dans cet équipage. La réunion des Alcooliques Anonymes avait lieu à dix-neuf heures dans le Hall de l'American Legion. Il était peut-être trop tard pour commencer une nouvelle existence... mais sûrement pas pour voir si c'était ou non possible.

Il recourba une extrémité du fil de fer en une petite boucle solide et l'attacha au gros bout de la queue de renard. Il commença à entortiller le fil de fer autour de l'antenne, mais ses doigts, qui avaient tout d'abord travaillé avec rapidité et efficacité, devinrent hésitants. Il sentit sa confiance en lui s'amenuiser et le doute venir remplir le fossé que son départ creusait.

Il se vit garant la Buick dans le parking de l'American Legion; jusque-là, ça allait. Il se vit se joignant à la réunion: très bien aussi. Mais il imagina aussi qu'un gamin, disons comme le petit connard qu'il avait failli écraser l'autre jour, passait devant le bâtiment tandis qu'il était à l'intérieur et proclamait sur les toits que son nom était Hugh Priest et qu'il était impuissant face à l'alcool. Quelque chose attirait l'œil du gamin — un éclair d'un roux éclatant dans la lumière bleutée et brutale des lampes à arc de sodium du parking. Le gosse s'approche de la Buick et examine la queue de renard... Il la touche, puis la caresse. Il regarde autour de lui, ne voit personne et l'arrache, cassant l'antenne. Hugh se représenta le môme se rendant jusqu'à l'arcade de jeux vidéo du coin et disant à ses copains: *Hé, les gars! Regardez ce que j'ai piqué dans le parking de l'American Legion! C'est pas mal, hein?*

Hugh sentit une bouffée de colère et de frustration monter dans sa poitrine, comme s'il s'agissait non pas de simples spéculations, mais de quelque chose qui se serait réellement passé. Il caressait la queue de renard, regardant autour de lui dans la lumière faiblissante de la fin de l'après-midi, comme s'il s'attendait à voir une bande de gamins adeptes de vol à la roulotte se rassembler déjà de l'autre côté de la route de Castle Hill, n'attendant que l'instant où il retournerait chez lui mettre au four son plateau-repas du soir pour venir lui subtiliser la queue de renard.

Non. Il valait mieux ne pas y aller. Les gosses ne respectaient plus rien, de nos jours. Ils étaient capables de voler n'importe quoi, juste pour le plaisir de la rapine. Ils la garderaient un jour ou deux, puis ils s'en désintéresseraient et la jetteraient dans un fossé ou un terrain vague. Le tableau — l'image qu'il s'en faisait avait presque la précision d'une vision — de sa queue de renard bien-aimée gisant abandonnée au milieu des détritus d'un fossé, s'imbibant d'eau de pluie et perdant ses couleurs parmi les emballages de Big Mac et les canettes de bière, le remplit de colère et d'angoisse.

Il fallait être cinglé pour prendre un tel risque.

Il détordit le fil de fer enroulé autour de l'antenne, retourna chez lui et rangea la queue de renard à la même place, sur l'étagère la plus haute de son placard. Cette fois-ci il en ferma la porte, mais la serrure n'était pas bien solide.

Va falloir que je mette un cadenas. Ces gosses sont capables d'entrer n'importe où. On ne respecte plus l'autorité, de nos jours. Plus du tout.

Il alla au réfrigérateur, en sortit une boîte de bière, la regarda un moment et la remit en place. Ce n'était pas une bière, ni même quatre ou cinq, qui allaient le remettre d'aplomb. Pas comme il se sentait ce soir. Il ouvrit l'un des placards du bas, fouilla parmi tout un tas de pots et de casseroles (catégorie : ventes de bienfaisance) et en exhuma la bouteille de Black Velvet qu'il y conservait pour les cas d'urgence ; elle était à moitié pleine. Il remplit un verre à mesurer les ingrédients jusqu'à la marque intermédiaire, réfléchit un instant, puis continua jusqu'à la marque du haut. Il avala une gorgée ou deux, sentit l'explosion de chaleur dans son ventre et emplit de nouveau le verre. Il commençait à se sentir un peu mieux, un peu moins tendu. Il regarda en direction du placard et sourit. Là, la queue de renard était en sécurité ; elle le serait davantage lorsqu'il aurait posé le bon verrou Kreig qu'il avait l'intention de se procurer chez Western Auto. En sécurité. C'était agréable de posséder quelque chose que l'on désirait vraiment, dont on avait un réel besoin, mais c'était encore mieux que cette chose fût en sécurité. Encore mieux.

156

Puis son sourire s'évanouit.

Hé! C'est pour ça que tu l'as achetée? Pour la garder sur une étagère, derrière une porte cadenassée?

Il but encore, lentement. D'accord, pensa-t-il, ce n'est peut-être pas si bien que ça. Mais c'est mieux que de la perdre à cause de ces chapardeurs de mômes.

«Après tout, dit-il à voix haute, on n'est plus en 1955. Nous vivons une époque moderne.»

Il hocha la tête pour bien confirmer ses paroles. N'empêche, il n'était pas complètement convaincu. Quel avantage y avait-il à laisser la queue de renard au fond de son placard? Quel bien lui faisait-elle ici — à lui ou à quelqu'un d'autre?

Mais encore deux ou trois verres suffirent à éliminer ces réflexions. Deux ou trois verres, et planquer la queue de renard lui parut être la décision la plus rationnelle et raisonnable du monde. Il décida de remettre son dîner à plus tard. Une décision aussi intelligente méritait bien d'être fêtée par encore un verre ou deux.

Il remplit le verre à mesurer (le sucre, la gelée, la farine, mais pas le Black Velvet, en principe), s'assit sur l'une des chaises aux pieds tubulaires de la cuisine et alluma une cigarette. Et tandis qu'il restait là, à boire tout en faisant tomber ses cendres dans la sauce figée de l'un des vieux plateaux-repas, il oublia tout de la queue de renard et se mit à penser à Nettie Cobb. Nettie la Cinglée. Il allait jouer un tour à Nettie la Cinglée. Ouais. Peut-être la semaine prochaine, ou l'autre... mais plus probablement cette semaine même. Mr Gaunt lui avait dit qu'il n'aimait pas perdre son temps, et Hugh le croyait sur parole.

Il se mit à y penser.

Ça lui changerait un peu les idées.

Il but, il fuma, et lorsqu'il alla finalement s'effondrer sur les draps sales du lit étroit, dans l'autre pièce, il était dix heures moins le quart et un sourire éclairait son visage.

3

Wilma Jerzyck finissait son service au supermarché Hemphill à dix-neuf heures, à la fermeture. Il était dix-neuf heures quinze lorsqu'elle gara la Yugo dans son allée. Une douce lumière filtrait à travers les rideaux tirés du séjour. Elle entra et renifla l'air. Macaronis au fromage. Très bien. Enfin, jusqu'ici, au moins.

Pete était vautré sur le canapé (il avait enlevé ses chaussures) et regardait *La Roue de la Fortune* à la télé, avec le *Press Herald*, le journal de Portland, sur les genoux.

« J'ai trouvé ton mot », dit-il. Il se redressa vivement et replia le journal. « Je l'ai mis dans la casserole. Ce sera prêt à la demie. » Il la regarda de ses yeux bruns, une expression sérieuse et un peu inquiète sur le visage. Comme un chien poussé par un puissant désir de plaire, Pete Jerzyck était depuis longtemps entraîné aux corvées de la maison et s'en sortait très bien. Il commettait des erreurs, mais la dernière fois qu'elle l'avait trouvé sur le canapé avec ses chaussures remontait aux calendes grecques ; cela faisait plus longtemps encore qu'il ne s'était pas permis d'allumer sa pipe dans la maison, et il neigerait en août le jour où il irait pisser sans rabaisser la lunette ensuite.

« As-tu rentré le linge ? »

Une expression de surprise et de culpabilité mêlées vint troubler son visage rond et ouvert. « Bon Dieu ! Je lisais le journal et j'ai oublié. J'y vais tout de suite. » Déjà, il enfilait maladroitement ses chaussures.

« Non, ne bouge pas, dit-elle en partant pour la cuisine.

— Mais si, Wilma, je vais le rentrer.

— Non, ne te donne pas cette peine. Je ne veux pas que tu laisses ton journal ou Vanna White juste parce que je suis restée debout derrière une caisse enregistreuse pendant six heures. Reste assis ici, Pete. Amuse-toi. »

Elle n'eut pas besoin de se tourner pour observer sa réaction ; au bout de sept années de mariage, elle était convaincue de n'avoir aucune surprise à attendre de

158

Peter Michael Jerzyck. Il allait prendre une expression blessée et chagrinée; il resterait debout pendant quelques instants après son départ, l'air d'un type qui sort des chiottes et ne sait plus s'il s'est essuyé ou non, puis il irait mettre le couvert, servir les macaronis et nettoyer la casserole. Il lui poserait toutes sortes de questions sur sa journée au supermarché, écouterait attentivement ses réponses et à aucun moment ne l'interromprait en lui donnant des détails sur la journée qu'il avait lui-même passée chez Williams & Brown, la grosse agence immobilière d'Oxford où il travaillait. Ce qui convenait au petit poil à Wilma, car elle trouvait les histoires d'immobilier d'un ennui absolument mortel. Après dîner, il débarrasserait d'office et *elle* lirait le journal. Il assurerait tous ces services sans murmurer parce qu'il avait oublié une corvée mineure. Wilma n'avait rien contre le fait de rentrer le linge : en réalité, elle aimait bien la sensation que procurait du linge ayant passé un après-midi au soleil, l'odeur qu'il dégageait, mais n'avait pas l'intention de l'avouer à Pete. C'était son petit secret.

Elle avait de nombreux secrets de ce genre qu'elle gardait tous pour la même raison : dans une guerre, on s'accroche au moindre avantage. Certains soirs, l'escarmouche pouvait se prolonger pendant une, voire deux heures, avant qu'elle soit capable de mettre Pete dans une déroute totale et de remplacer les petits drapeaux blancs, sur sa carte intérieure du front, par les drapeaux rouges de la victoire. Ce soir, l'engagement n'avait duré que deux minutes, dès la porte franchie, et Wilma était satisfaite.

Elle considérait au fond d'elle-même que le mariage était une bataille de toute une vie; et au cours d'une campagne d'une telle interminable longueur, où en fin de compte on ne pouvait ni prendre de prisonniers, ni faire de quartier, ni laisser intact le moindre relief du territoire marital, des victoires aussi facilement remportées risquaient finalement de perdre toute saveur. Mais ce moment n'était pas encore arrivé, et elle alla donc chercher son linge, le panier au bras gauche, le cœur léger sous le renflement de sa poitrine.

Elle avait déjà traversé presque la moitié de la cour

lorsqu'elle s'arrêta, intriguée. Où diable étaient passés les draps?

Elle aurait dû les voir facilement, grandes formes rectangulaires blanches flottant dans l'obscurité, mais non. Rien. Auraient-ils pu s'envoler? Ridicule! Il n'avait soufflé qu'une brise légère pendant tout l'après-midi. Quelqu'un les aurait-il volés?

C'est alors qu'une petite rafale de vent se leva; elle entendit un lourd claquement paresseux. Bon, d'accord, ils étaient là... quelque part. Quand on est l'aînée d'une smala catholique comptant treize enfants, on connaît très bien le bruit que produit un drap qui claque sur une corde à linge. Mais ce son avait quelque chose qui clochait. Il était trop pesant.

Wilma fit un autre pas. Son visage, qui arborait en permanence l'expression légèrement renfrognée d'une femme qui s'attend à des ennuis, s'assombrit encore. Elle devinait les draps, maintenant... ou plutôt, des formes qui auraient dû être les draps. Mais ces formes étaient noires.

Elle fit encore une enjambée, plus courte que la précédente, tandis que le vent s'engouffrait une nouvelle fois dans l'arrière-cour. Les silhouettes noires claquèrent et gonflèrent dans sa direction et, avant qu'elle eût le temps de lever les mains, quelque chose de lourd et de gluant vint la frapper; une matière poisseuse lui colla au visage tandis que contre son corps se pressait une forme épaisse et détrempée. On aurait presque dit qu'une main froide et collante cherchait à la saisir.

Elle n'était pas femme à crier à la moindre alerte, mais elle ne put retenir une exclamation effrayée et lâcha le panier à linge. Le claquement mou se reproduisit et elle essaya de s'écarter de la forme qui, de nouveau, bondissait vers elle. Elle heurta le panier d'osier de la cheville gauche et tomba sur un genou; seuls, un peu de chance et ses bons réflexes l'empêchèrent de s'étaler complètement.

Une chose lourde et mouillée se coula sur son dos et le remonta, laissant une bave compacte couler dans son cou. Wilma poussa de nouveau un cri et s'éloigna à quatre pattes des cordes à linge. Des mèches de cheveux échappées de son foulard pendaient devant sa figure et lui chatouillaient les joues. Elle avait cette impression en horreur... mais elle détestait bien plus la caresse poisseuse et dégoulinante de la forme noire accrochée à sa corde à linge.

La porte de la cuisine s'ouvrit brusquement et la voix inquiète de Pete s'éleva dans la cour. «Wilma? Ça va, Wilma?»

Derrière elle, un claquement. Un bruit écœurant, comme le rire de cordes vocales qui seraient enrobées de boue. Dans la cour de la maison voisine, le clébard des Haverhill se mit à aboyer, hystérique, de son timbre haut perché et désagréable : *yark! yark! yark!* — ce qui fut loin d'améliorer l'humeur de Wilma.

Elle se remit debout et vit Pete qui descendait les marches avec précaution. «Wilma? Tu es tombée? Tu ne t'es pas fait mal, au moins?

— Oui! s'écria-t-elle, furieuse. Oui, je suis tombée! Mais je ne me suis pas fait mal! Allume-moi cette foutue lumière!

— Est-ce que tu...?

— Allume-moi cette foutue LUMIÈRE!» hurla-t-elle. La main qu'elle passa alors machinalement sur son manteau se couvrit d'une gadoue collante et froide. Sa fureur atteignait un tel degré que son pouls se matérialisait en points éclatants de lumière, devant ses yeux... mais elle était encore plus en colère contre elle-même : elle avait eu peur. Ne fut-ce qu'une seconde.

Yark! yark! yark!

Cette saloperie de clébard ne se tenait plus, de l'autre côté de la barrière. Nom de Dieu, qu'est-ce qu'elle haïssait les cabots, en particulier ceux qui aboyaient!

La silhouette de Pete battit en retraite jusqu'en haut des marches. La porte s'ouvrit, sa main se faufila à l'intérieur et la forte lampe du projecteur s'alluma, inondant l'arrière-cour de sa lumière brillante.

Wilma se regarda et vit qu'une énorme tache brun foncé souillait son nouveau manteau de demi-saison. Elle essuya furieusement son visage et constata qu'il avait pris la même couleur. Elle sentait un filet poisseux descendre lentement dans le milieu de son dos.

«De la boue!» Elle restait méduseé d'incrédulité, au point de ne pas s'être rendu compte qu'elle avait parlé à voix haute. Qui avait bien pu lui faire ça? Qui avait bien pu seulement oser?

«Qu'est-ce que tu as dit, chérie?» demanda Pete. Il s'était approché d'elle, mais venait de s'arrêter, prudemment, à distance respectueuse. Le visage de Wilma se tordait en grimaces qu'il trouvait extrêmement alarmantes; on aurait dit que les œufs d'un nid de serpents venaient juste d'éclore sous sa peau.

«De la boue!» hurla-t-elle, tendant les mains vers lui d'un geste accusateur. De petits éclats bruns volèrent du bout de ses doigts. «De la boue, je te dis, de la boue!»

Pete regarda derrière elle et comprit. Sa bouche s'ouvrit toute grande. Wilma virevolta pour suivre la direction de son regard. Le projecteur fixé au-dessus de la porte de la cuisine déversait une lumière impitoyable sur le coin des cordes à linge et sur le jardin, révélant tout ce qu'il y avait à révéler. Les draps, qu'elle avait suspendus propres et blancs, pendaient, affaissés, corsetés de boue figée. Démoralisant. Car ils n'étaient pas seulement éclaboussés, mais tartinés, plâtrés de ce magma.

Wilma se tourna vers le jardin et aperçut les profonds sillons d'où provenait la terre; elle vit, dans l'herbe, écrasée par les allées et venues, la trace laissée par le maculeur de draps. Elle l'imaginait qui se baissait, prenait à pleines poignées la terre détrempée, allait la jeter sur le linge, revenait et recommençait...

«Nom de Dieu de nom de Dieu! hurla-t-elle.

— Wilma... rentre à la maison, Wilma... je vais...» Pete s'interrompit, hésita puis parut soulagé, comme illuminé par une idée. «Je vais te faire du thé.

— Va te faire foutre avec ton thé!» Elle hululait d'une voix stridente, à la limite de ses possibilités vocales, et de la maison des Haverhill le clébard lui répondit, complètement enragé, *yarkyarkyark*, bon Dieu, elle haïssait les chiens, il allait la rendre folle, ce putain de clébard à la con!

Sa rage la submergea et elle fonça sur les draps, les agrippa, les arracha à la corde à linge, qui claqua comme une corde de guitare quand elle se prit un doigt dedans. Les draps s'effondrèrent pesamment. Les poings serrés, les yeux plissés comme un enfant qui pique une crise de nerfs, Wilma sauta à pieds joints sur l'un d'eux, encore à moitié suspendu à la corde. Il émit un *floutch* fatigué et faseya en envoyant des fragments de boue sur ses bas nylon. Ce fut la touche finale. Elle ouvrit la bouche et hurla sa rage. Oh, elle allait trouver celui qui avait fait ça. Oui, elle allait le trouver. Tu peux me croire. Et quand elle l'aurait trouvé...

« Est-ce que tout va bien chez vous, madame Jerzyck ? » C'était la voix de Mme Haverhill, que l'inquiétude rendait mal assurée.

« Oui, nom de Dieu, on est en train de boire du Sterno et de regarder Lawrence Welk, pouvez pas faire taire votre sale clébard, un peu ? » éructa Wilma.

Elle se dépêtra du drap boueux, hors d'haleine, les cheveux retombant sur sa figure empourprée. Elle les chassa sauvagement. Ce putain de chien allait la rendre folle. Ce putain de chien gueulard qui...

Ses pensées s'interrompirent si brusquement qu'on en entendit presque le hurlement des freins.

Les chiens.

Les putains de gueulards de clébards.

Qui donc habitait pratiquement juste au coin, sur Ford Street ?

Correction : qui était la folle avec un putain de clébard gueulard du nom de Raider qui habitait juste au coin ?

Tiens pardi, Nettie Cobb !

Son chien avait aboyé pendant tout le printemps, de ces jappements suraigus des chiots qui vous mettent les nerfs en pelote, et finalement Wilma avait appelé Nettie pour lui dire que si elle ne faisait pas taire son chien, elle n'avait qu'à s'en débarrasser. Une semaine plus tard, alors qu'il n'y avait eu aucune amélioration (du moins pas du point de vue de Wilma), elle avait rappelé la cinglée pour lui dire que si elle ne faisait pas taire l'animal, elle, Wilma, se chargerait d'avertir la police. Le lendemain soir, quand cette saloperie de clebs s'était remis à japper et à yarker une fois de plus, elle avait mis sa menace à exécution.

Une semaine après, environ, Nettie s'était présentée au supermarché. Contrairement à Wilma, Nettie Cobb était une personne qui devait tourner et retourner les choses dans son esprit avant d'être capable d'agir. Elle se présenta à la caisse de Wilma et lui déclara, d'une petite voix étranglée : «Vous allez arrêter de nous ennuyer moi et mon Raider, Wilma Jerzyck. C'est un bon petit chien, et vous allez arrêter de nous embêter.»

Wilma, toujours prête à se bagarrer, ne s'était trouvée nullement décontenancée par cette attaque menée sur son lieu de travail. En fait, ça lui avait plutôt fait plaisir. «Ma petite dame, les ennuis, vous ne savez pas encore ce que c'est. Mais si vous n'arrivez pas à faire taire votre chien, vous allez l'apprendre.»

La petite mère Cobb était devenue blanche comme un linge, mais elle s'était contenue, serrant si violemment contre elle son sac à main que les tendons de ses avant-bras décharnés saillaient du poignet jusqu'au coude. «Je vous avertis, dit-elle avant de s'éloigner précipitamment.

— Oh! oh! je crois que j'en ai fait pipi dans ma culotte», lui avait lancé Wilma d'un ton rigolard (ce genre d'escarmouche la mettait toujours de bonne humeur), mais Nettie ne s'était pas retournée. Elle avait seulement accéléré encore le pas.

Après cela, le chien s'était tu. Wilma s'était sentie déçue car du coup, le printemps avait été bien ennuyeux. Pete ne donnait aucun signe de rébellion et Wilma avait éprouvé une morosité de fin d'hiver que le nouveau verdoiement de l'herbe et des arbres semblait impuissant à alléger. Ce dont elle avait besoin pour donner de la couleur à sa vie, épicer son existence, c'était d'une bonne querelle. Pendant un moment, elle avait cru que Nettie la Cinglée serait l'adversaire parfaite, mais depuis que son chien se tenait bien, Wilma avait l'impression qu'elle allait devoir chercher une diversion ailleurs.

Puis, un soir, en mai, le chien avait de nouveau aboyé. Ça n'avait pas duré bien longtemps, mais Wilma s'était précipitée sur le téléphone pour appeler tout de même

Nettie ; elle avait souligné son numéro dans l'annuaire, dans la seule attente d'une telle occasion.

Elle ne perdit pas son temps en ronds de jambe et alla droit au fait. « Wilma Jerzyck à l'appareil. Je vous appelle pour vous dire que si vous ne faites pas taire votre chien, je m'en chargerai moi-même.

— Mais il n'aboie plus ! protesta Nettie. Je l'ai fait entrer dès que je suis arrivée et que je l'ai entendu ! Vous allez nous laisser tranquilles à la fin, moi et mon chien ? Je vous avertis, parce que sinon, vous allez le regretter !

— N'oubliez pas ce que je viens de vous dire. J'en ai assez. La prochaine fois qu'il fera du tapage, je ne prendrai pas la peine de me plaindre aux flics. Je viendrai lui couper la gorge moi-même. »

Sur ce, elle avait raccroché avant que Nettie ait pu répondre quoi que ce soit. La règle cardinale de tout engagement avec l'ennemi (parents, voisins, conjoint) voulait que l'agresseur eût le dernier mot.

Le chien n'avait pas moufté depuis lors. Ou alors, Wilma ne l'avait pas remarqué ; d'ailleurs, ça n'avait jamais été vraiment bien gênant, il fallait l'avouer, et en outre, Wilma s'était lancée dans un conflit beaucoup plus productif avec la femme qui tenait le salon de beauté de Castle Rock. Du coup, elle en avait presque oublié Nettie et son Raider.

Mais peut-être que Nettie, elle, ne l'avait pas oubliée. Wilma l'avait justement aperçue hier, dans la nouvelle boutique. Et si un regard pouvait tuer, se dit Wilma, je serais tombée raide morte sur la moquette neuve.

Debout à côté de ses draps maculés, fichus, elle se souvint de l'air de défi et de peur venu se poser sur le visage de cette salope de cinglée, de la manière dont sa lèvre s'était retroussée, exposant ses dents un bref instant. Wilma s'y connaissait beaucoup en regards de haine, et celui qu'elle avait vu s'afficher sur les traits de Nettie était de premier choix.

Je vous avertis... vous le regretterez.

« Rentrons, Wilma », dit Pete, posant une main hésitante sur l'épaule de sa femme.

D'un brusque coup d'épaule, elle se débarrassa de lui. «Fiche-moi la paix.»

Pete recula d'un pas. Il avait l'air d'un type qui aimerait bien se tordre les mains mais n'ose pas.

Peut-être avait-elle oublié, après tout. Jusqu'au moment où elle m'a vue, hier, dans le nouveau magasin. A moins qu'elle n'ait mijoté quelque chose

(Je vous avertis)

pendant tout ce temps, dans sa tête de demeurée, et que le fait de me voir ait tout déclenché.

C'est pendant qu'elle se faisait ces réflexions que Wilma acquit la certitude de la culpabilité de Nettie : avec qui d'autre avait-elle échangé des regards meurtriers, ces jours-ci ? Il y avait bien d'autres personnes qui ne l'aimaient pas, à Castle Rock, mais ce genre de mauvaise farce — le geste d'un hypocrite, d'un couard — cadrait bien avec l'impression que Nettie lui avait faite, hier. Ce ricanement où se mêlaient la peur

(vous le regretterez)

et la haine. Elle avait elle-même ressemblé à un chien, le genre de chien qui n'a le courage de mordre que lorsque sa victime lui tourne le dos.

Oui, ça ne pouvait être que Nettie Cobb, très bien. Plus Wilma y pensait, plus elle en était persuadée. Et son geste était impardonnable. Non pas parce que les draps étaient fichus. Non pas parce que c'était le mauvais tour d'une froussarde. Même pas parce que l'idée de cette blague sortait d'un cerveau fêlé.

Wilma avait eu peur, et cela seul le rendait impardonnable.

Pendant une seconde, pas davantage. Certes. Cette seconde durant laquelle la chose poisseuse et brune était venue la frapper au visage, surgissant de l'obscurité, comme la caresse glacée de quelque monstre... mais même une seule seconde de peur était une seconde de trop.

«Wilma ?» fit Pete tandis qu'elle tournait son visage plat vers lui. Il n'aimait pas du tout l'expression que la lumière crue du projecteur lui révélait. Ce visage brillant, creusé de plages d'ombre. Il n'aimait pas du tout

166

l'expression vide de son regard. «Chérie? Tu te sens bien?»

Elle passa à côté de lui sans le remarquer. Pete trottina derrière elle tandis qu'elle entrait dans la maison et allait décrocher le téléphone.

4

Nettie était assise dans la salle de séjour, Raider à ses pieds et sa nouvelle acquisition en pâte de verre sur les genoux, lorsque le téléphone sonna. Il était huit heures moins vingt. Elle sursauta et ses mains se refermèrent sur l'abat-jour, tandis qu'elle regardait l'appareil d'un air apeuré et méfiant. Elle éprouva la certitude, un court instant (c'était idiot, évidemment, mais elle ne pouvait s'empêcher d'éprouver de telles impressions), qu'un Représentant de l'Autorité allait exiger qu'elle rendît le superbe objet, lui dire qu'il appartenait à quelqu'un d'autre, qu'une chose aussi ravissante ne pouvait en aucun cas venir se joindre à sa minable petite collection, que cette seule idée était déjà ridicule.

Raider la regarda un instant, comme pour savoir si elle allait répondre ou non, puis reposa son museau sur ses pattes.

Nettie posa délicatement l'abat-jour à côté d'elle et décrocha le combiné. C'était sans doute Polly qui l'appelait, pour lui demander de passer demain, avant de venir, prendre quelque chose au supermarché pour le déjeuner.

«Allô! Nettie Cobb», dit-elle en détachant bien les syllabes. Elle avait vécu toute sa vie dans la terreur de tout ce qui Représentait l'Autorité et avait découvert que le meilleur moyen de faire pièce à sa peur était de prendre soi-même le ton d'une personne d'Autorité. La peur ne disparaissait pas, mais au moins était-elle tenue en échec.

«Je sais ce que vous avez fait, espèce de salope, de cinglée!» lui cracha une voix. L'attaque fut aussi brutale et horrible qu'un coup de pic à glace.

Nettie se trouva incapable de respirer, la gorge bloquée; l'expression d'un animal pris au piège vint se peindre sur son visage, et on aurait dit que son cœur essayait de lui remonter jusque dans le gosier. Raider redressa de nouveau la tête, l'air intrigué.

« Qui ?... qui ?...

— Vous savez très bien qui, bon Dieu ! » dit la voix. Et bien sûr, Nettie la reconnut. Wilma Jerzyck. Cette femme méchante, très méchante.

« Mais il n'a pas aboyé ! protesta-t-elle d'une voix haut perchée et pleurnicharde, la voix de quelqu'un qui vient d'inhaler tout le contenu d'un ballon d'hélium. Il a grandi et il n'aboie plus ! Il est ici, juste à mes pieds !

— Alors, on s'est bien amusée à balancer de la boue sur mes draps, pauvre connasse ? » Wilma enrageait. Cette salope faisait semblant de croire qu'il était encore question de son cabot.

« Vos draps ? Quels draps ? Je... je... » Nettie regarda en direction de son abat-jour en pâte de verre, et sa vue parut lui rendre des forces. « Fichez-moi la paix ! C'est vous qui êtes cinglée, pas moi !

— Je vais vous faire la peau pour ça. Personne ne peut se permettre de venir chez moi et de couvrir mes draps de boue quand je ne suis pas là ! Personne, PERSONNE ! Vous pigez ? Est-ce que vous pouvez fourrer ça dans votre cervelle fêlée ? Vous ne saurez jamais ni où, ni quand, ni surtout comment, mais je vous promets, je vous aurai ! Vous avez pigé ? »

Nettie tenait le téléphone collé, vissé à son oreille. Son visage était d'une pâleur mortelle, à l'exception d'une barre rouge et brillante qui allait de ses sourcils à ses cheveux. Elle avait les dents serrées et ses joues se gonflaient et se dégonflaient comme un soufflet, l'air sortant par les côtés de sa bouche.

« Fichez-moi la paix ou vous le regretterez ! » s'étrangla-t-elle de sa voix haut perchée et alimentée à l'hélium. Raider s'était levé, les oreilles droites, l'œil brillant et inquiet. Il sentait quelque chose de menaçant dans la pièce. Il aboya une seule fois, farouchement. Nettie ne l'entendit pas. « Vous le regretterez ! Je... je connais des gens ! Des Représentants de l'Autorité ! Je les connais très bien ! Je n'ai pas à supporter ça ! »

Lentement, d'une voix grave au ton sincère et on ne peut plus sérieux, Wilma répliqua : « Faire la conne avec moi est la faute la plus grave que vous ayez commise de toute votre vie. Vous ne me verrez même pas arriver. »

Il y eut un cliquetis.

« Vous n'oserez pas ! » gémit Nettie. Des larmes roulèrent sur ses joues, larmes de terreur, nées d'un sentiment abyssal de rage impuissante. « Vous n'oserez pas, espèce de sale femme ! Je... je... »

Il y eut un deuxième cliquetis, suivi du ronflement de la ligne ouverte.

Nettie raccrocha et resta pétrifiée pendant trois minutes sur sa chaise, raide comme un piquet, le regard vide. Puis elle se mit à pleurer. Raider aboya de nouveau et vint s'appuyer des pattes sur le bord de son siège. Nettie le serra contre elle et sanglota dans sa fourrure. Le chien lui lécha le cou.

« Je ne la laisserai pas te faire de mal, Raider », dit-elle. Elle s'imprégna de sa chaleur et de son odeur de chien propre, essayant d'y trouver un réconfort. « Je ne laisserai pas cette méchante femme te faire de mal. Elle n'a aucune autorité, aucune. C'est juste une vieille garce et si elle essaie de te faire du mal... ou de me faire du mal... elle le regrettera. »

Elle finit par se redresser, trouva un Kleenex coincé dans le coussin de son siège et s'en servit pour se tamponner les yeux. Elle était terrifiée... mais sentait aussi de la colère bourdonner et forer un trou en elle. Comme ce qu'elle avait éprouvé, le jour où elle avait pris la fourchette de service, dans le tiroir au-dessous de l'évier, pour l'enfoncer dans la gorge de son mari.

Elle reprit l'abat-jour de pâte de verre qu'elle avait posé sur la table et le serra doucement dans ses bras. « Si elle fait quelque chose, elle va beaucoup le regretter, beaucoup. »

Elle resta ainsi très longtemps, Raider à ses pieds, l'abat-jour sur les genoux.

5

Norris Ridgewick roulait lentement sur Main Street dans la grosse berline de police, surveillant les bâtiments du côté ouest de la ville. Son tour de service allait bientôt s'achever, et cette perspective lui faisait plaisir. Il se souvenait combien il était heureux, le matin même, avant que ce crétin ne le saisît par le colback ; combien il avait pris plaisir à ajuster sa tenue devant le miroir des toilettes, content de lui, à l'idée de son impressionnante allure. Il se le rappelait bien, mais le souvenir paraissait très loin, et avait pris ces tonalités sépia des photos du dix-neuvième siècle. Dès l'instant où cet imbécile de Keeton l'avait assailli, tout était allé de travers.

Il avait pris son déjeuner au Cot-Cot-Codette, la boîte à poulet grillé de la route 119. La nourriture y était bonne, d'ordinaire, mais cette fois-ci, elle lui avait collé de violentes brûlures d'estomac suivies d'une chiasse carabinée. Vers quinze heures, il avait roulé sur un clou, sur la route communale 7, près de la baraque du vieux Camber, et il avait fallu changer le pneu. Il s'était essuyé les doigts sur le devant de sa chemise d'uniforme toute propre sans penser à ce qu'il faisait, à seule fin de les sécher et d'avoir une meilleure prise sur ces foutus boulons, et avait laissé de belles traînées graisseuses grisnoir sur le tissu — on ne voyait que ça. Tandis qu'il contemplait le désastre, les crampes avaient de nouveau tiré la chasse d'eau dans ses intestins et il avait dû se précipiter dans les buissons, lancé dans une course pour voir s'il arriverait à baisser son pantalon à temps, ou s'il le remplirait. Course qu'il avait tout de même gagnée... en revanche l'aspect de la plante derrière laquelle il avait choisi de s'accroupir lui avait paru très suspect. On aurait bien dit du sumac vénéneux et, à la manière dont le reste de sa journée s'était déroulé, il ne pouvait s'agir que de ça.

Norris avançait au pas, au pied des bâtiments qui constituaient le centre ville de Castle Rock : la banque

Norway & Trust, Western Auto, Nan's Luncheonette, le trou noir où s'élevait autrefois le palais branlant de Pop Merrill, Cousi-Cousette, le Bazar des Rêves, la quincaillerie de Castle Rock...

Norris écrasa brusquement le frein et s'arrêta. Il venait de voir quelque chose de stupéfiant dans la vitrine du Bazar des Rêves ; ou du moins, il *croyait* avoir vu quelque chose de tel.

Il jeta un coup d'œil dans le rétroviseur, mais la rue était déserte. Le feu rouge de l'extrémité du quartier commerçant s'éteignit brusquement et resta ainsi quelques secondes, pendant que les relais cliquetaient industrieusement dans le système. Puis la lumière jaune, au centre du carrefour, se mit à clignoter. Neuf heures. Vingt et une heures tapantes.

Norris passa la marche arrière et alla se ranger le long du trottoir. Il regarda son émetteur radio, envisagea de faire le 10-22 (la patrouille quitte le véhicule), puis y renonça. Il voulait juste jeter un rapide coup d'œil à la devanture de la boutique. Il monta un peu le son de la radio et abaissa la vitre avant de descendre. Ça devrait suffire.

Tu n'as pas vu ce que tu crois avoir vu, jugea-t-il bon de s'avertir lui-même, tandis qu'il rajustait son pantalon et s'avançait sur le trottoir. *Impossible. C'est un jour à surprises, d'accord, mais uniquement mauvaises. Ça devait être tout bêtement la vieille canne Zebco d'un type avec son moulinet.*

Sauf que non. La canne à pêche, dans la vitrine du Bazar des Rêves, était disposée avec art, accompagnée d'une épuisette et d'une paire de bottes jaunes en caoutchouc ; et, incontestablement, il ne s'agissait pas d'une Zebco. Mais d'une Bazun. Il n'en avait pas vu une seule depuis la mort de son père, seize ans auparavant. Norris avait alors quatorze ans, et il adorait la Bazun pour deux raisons : ce qu'elle était et ce qu'elle représentait.

Ce qu'elle était ? Rien de moins que la meilleure canne au monde pour la pêche en rivière et dans les lacs.

Ce qu'elle représentait ? De bons moments. Aussi bête que ça. Les bons moments qu'un petit garçon maigrichon, du nom de Norris Ridgewick, avait passés avec son papa. De bons moments à s'ouvrir un chemin dans les bois pour longer un torrent, aux limites de la commune, de bons moments dans leur petit bateau, au milieu du lac de Castle Rock, tandis que la brume qui montait en petites colonnes de vapeur emmitouflait tout de sa blancheur autour d'eux, les enfermant dans leur univers privé. Un univers fait uniquement pour les mecs. Dans un autre univers, les mamans n'allaient pas tarder à préparer le petit-déjeuner, et c'était aussi un bon univers, mais pas autant que celui-ci. Jamais univers n'avait été aussi bon, ni avant ni depuis.

Après l'infarctus fatal de son père, la canne et le moulinet Bazun avaient disparu. Il se souvenait les avoir cherchés dans le garage après l'enterrement ; ils n'y étaient plus. Il avait fouillé la cave et même le placard de ses parents, dans leur chambre (alors qu'il savait que sa maman aurait préféré laisser Henry Ridgewick y remiser un éléphant qu'une canne à pêche), mais la Bazun s'était bel et bien envolée. Norris avait toujours soupçonné son oncle Phil. A plusieurs reprises, il avait rassemblé tout son courage pour poser la question, mais chaque fois, au moment décisif, il avait fait machine arrière.

Et tandis qu'il contemplait la canne et son moulinet, il oublia complètement Buster Keeton pour la première fois de la journée. Il était submergé par un souvenir simple et parfait : son père est à la poupe de la barque, la boîte à appâts entre les pieds, et tend la Bazun à Norris pour pouvoir se servir une tasse de café, conservé au chaud dans la grosse Thermos rouge à bandes grises. Il sent la bonne odeur chaude du café, et la lotion d'après-rasage de son père : Southern Gentleman, c'était la marque.

Brusquement, le vieux chagrin se déploya et l'enserra de son étreinte grise, tant son père lui manquait. Après toutes ces années, sa peine lui rongeait de nouveau les os, aussi vorace que le jour où sa mère était revenue de l'hôpital, lui avait pris les mains et dit : *Il va falloir que nous soyons très courageux, Norris.*

Le projecteur, tout en haut de la vitrine, faisait naître des rayons brillants sur le boîtier en acier du moulinet, et cet ancien amour, doré et sombre, le submergea à nouveau. Norris contemplait la Bazun et sentait l'odeur du café s'échappant de la grosse Thermos rouge à rayures grises, voyait la surface calme et vaste du lac. Dans sa paume, il éprouvait à nouveau la texture rugueuse de la poignée de liège de la canne; lentement, il porta la main à ses yeux pour essuyer une larme.

« Monsieur l'officier ? » demanda une voix calme.

Norris laissa échapper un petit cri et recula d'un saut. Un instant, un instant affreux, il crut qu'il allait pour de bon souiller son pantalon — couronnement parfait d'une journée parfaite. Mais la crampe passa et il tourna la tête. Un homme de haute taille, en veste de tweed, se tenait sur le pas de la porte de la boutique et le regardait avec un léger sourire.

« Je vous ai surpris ? Vous m'en voyez tout à fait désolé.

— Non », répondit Norris, qui réussit à lui rendre un semblant de sourire. Son cœur battait encore la chamade. « Enfin... un peu, tout de même. Je regardais cette canne à pêche et je pensais au bon vieux temps.

— Elle vient d'arriver aujourd'hui. Elle est ancienne, mais dans un état absolument admirable. C'est une Bazun, voyez-vous. Une marque pas très connue, mais tenue en haute estime par les vrais pêcheurs. Elle est...

— Japonaise, acheva Norris. Je sais. Mon père possédait la même.

— Vraiment ? » Le sourire de l'homme s'agrandit. Il révélait des dents plantées en dépit du bon sens, mais Norris le trouva tout de même charmant. « C'est une sacrée coïncidence, non ?

— Et comment ! admit Norris.

— Je m'appelle Leland Gaunt. Ceci est ma boutique. » Il lui tendit la main.

Un bref moment de répulsion saisit Norris lorsque les longs doigts de l'homme s'enroulèrent autour de sa main. La poignée de main de Leland Gaunt ne dura qu'un instant, et la sensation disparut dès qu'il la relâcha. Norris en conclut que c'était son estomac, toujours nauséeux à cause de ces fichus fruits de mer qu'il avait mangés le midi. La prochaine fois qu'il passerait par là, il s'en tiendrait au poulet, lequel était, après tout, la spécialité de la maison.

« Je pourrais vous faire un prix extrêmement avantageux pour cette canne à pêche, dit Mr Gaunt. Entrez donc, officier Ridgewick. Nous allons en parler. »

Norris sursauta légèrement. Il n'avait pas dit son nom à cette vieille chouette, il en était sûr. Il ouvrit la bouche pour demander à Leland Gaunt comment il le savait, puis la referma. Il portait un petit badge avec son nom au-dessus de son insigne. C'était ça, évidemment.

« Je ne devrais pas », répondit-il avec un geste du pouce en direction du véhicule de patrouille. Il entendait le grésillement de la radio — et seulement le grésillement du bruit de fond : il n'avait pas eu un appel de toute la soirée. « Vous comprenez, je suis de service. En principe, je finis à neuf heures, mais techniquement, je dois remettre la voiture avant.

— Cela ne nous prendra qu'une ou deux minutes. » Gaunt avait adopté un ton aguichant et le regardait d'un air joyeux. « Lorsque je suis décidé à faire affaire avec un homme, officier Ridgewick, je ne perds pas de temps. En particulier si l'homme en question est de service, en pleine nuit, pour protéger mon entreprise. »

Norris envisagea de répondre à Leland Gaunt que neuf heures du soir n'étaient pas exactement en pleine nuit, et que dans une petite ville endormie comme Castle Rock, la protection des investissements en dur des entreprises locales n'était pas une corvée bien éprouvante. Puis il regarda de nouveau la Bazun avec son moulinet ; et l'ancienne frustration, étonnamment fraîche et forte, l'envahit à nouveau. Il s'imagina se rendant au lac, pendant le week-end, avec cette canne à pêche ; il partirait de très bonne heure, avec sa boîte de vers et une grosse Thermos de café qu'il prendrait chez Nan's Luncheonette. Ce serait presque comme autrefois.

« Eh bien…

— Allez, venez, fit Gaunt, plus enjôleur que jamais. Si moi je peux faire une petite vente après les heures d'ouverture, vous pouvez bien faire un petit achat pendant vos heures de service. Et entre nous, officier Ridgewick, croyez-vous vraiment que quelqu'un va dévaliser la banque, cette nuit ? »

Norris se tourna vers la Norway & Trust, tour à tour noire et jaune dans le bégaiement régulier du feu clignotant, et se mit à rire. « Non, je ne crois pas.

— Alors ?

— Entendu. Mais si nous ne sommes pas tombés d'accord en moins de deux minutes, il faudra vraiment que je file. »

Leland Gaunt émit un son qui était en même temps un rire et un grognement. « Je crois que je viens d'entendre le doux bruit de mes poches que l'on retournait, dit-il. Venez, officier Ridgewick. Dans deux minutes l'affaire sera dans le sac.

— Ça, c'est sûr que j'aimerais bien avoir cette canne », lâcha Norris. On ne pouvait pas commencer plus mal un marchandage, et il le savait ; mais il n'avait pu se retenir.

« Et vous l'aurez, vous l'aurez. Je vais vous proposer l'affaire de votre vie, officier Ridgewick. »

Il entraîna Norris à l'intérieur du Bazar des Rêves et referma la porte.

6

1

Wilma Jerzyck ne connaissait pas son mari, Pete, aussi bien qu'elle se l'imaginait.

Au moment où elle alla se coucher, ce jeudi soir, elle avait prévu d'aller chez Nettie Cobb dès le lendemain matin, toutes affaires cessantes, et de Régler la Question. Ses fréquentes disputes s'éteignaient parfois d'elles-mêmes, mais lorsqu'elles atteignaient ce genre de paroxysme, c'était Wilma qui choisissait le lieu, l'heure et les armes. La première règle de son mode d'existence, fondée sur une guérilla perpétuelle avec tout l'univers, était *Toujours avoir le dernier mot*. La deuxième, *Toujours faire le premier mouvement*. C'était ce qu'elle voulait dire par Régler la Question, et elle avait l'intention de Régler la Question Nettie sans traîner. Elle dit à Pete qu'elle voulait voir combien de fois elle pourrait lui faire tourner la tête sur les épaules avant qu'elle ne se décroche.

Elle s'attendait à passer une bonne partie de la nuit bien réveillée, la fumée lui sortant par les naseaux, tendue comme la corde d'un arc ; ça n'aurait pas été la première fois. Au lieu de cela, elle sombra dans le sommeil moins de dix minutes après s'être allongée. Lorsqu'elle se réveilla, elle se sentit ragaillardie et étrangement calme. Assise à la table de la cuisine, dans son tablier de ménagère, elle se dit qu'il était peut-être encore un peu tôt pour s'occuper définitivement de Régler la Question. Elle avait flanqué une pétoche monumentale à cette cinglée, au téléphone, la veille ; en dépit de la fureur qui la faisait bouillir, ça ne lui avait pas échappé. Il aurait fallu être sourd comme un pot pour ne pas s'en apercevoir.

Pourquoi ne pas laisser Miss Maladie Mentale 1991 tournoyer dans le vent pendant quelque temps ? Qu'elle reste donc allongée sur son lit, la conne, réveillée comme trois puces, à se demander d'où l'ire de Wilma Jerzyck allait frapper. Tiens, pourquoi ne pas faire quelques passages en voiture, voire donner quelques coups de téléphone ? Tandis qu'elle sirotait son café (Pete, de l'autre côté de la table, la surveillait par-dessus la page des sports du journal, de l'appréhension dans le regard), il lui vint à l'esprit que si Nettie était aussi cinglée qu'on le disait, elle n'aurait peut-être pas besoin de s'occuper personnellement de Régler la Question. Qui sait si ce n'était pas l'une de ces rares occasions où les questions se réglaient d'elles-mêmes ? Elle trouva cette idée si réconfortante qu'elle permit à Pete de l'embrasser au moment où, rassemblant ses affaires, il était sur le point de partir pour son travail.

L'idée que son trotte-menu de mari ait pu la droguer ne traversa jamais l'esprit de Wilma. Et pourtant, c'était précisément ce qu'avait fait Peter Jerzyck, et pas pour la première fois.

Wilma savait qu'elle l'avait accouardi, mais pas à quel

point, exactement. Il ne vivait pas seulement dans la crainte permanente de son épouse; il vivait dans une espèce de terreur sacrée, assez voisine de celle dans laquelle vivaient, dit-on, certaines tribus primitives des régions chaudes de la planète: la terreur superstitieuse du Grand Dieu de la Montagne du Tonnerre, qui pouvait ruminer silencieusement sur leur existence ensoleillée pendant des années, ou même des générations, avant d'exploser brusquement en une avalanche meurtrière de lave brûlante.

Ces indigènes, réels ou hypothétiques, disposaient sans aucun doute de rituels de propitiation. Ils ne devaient pas être d'une grande utilité le jour où la montagne s'éveillait et lançait ses éclairs et ses fleuves de feu sur leur village, mais ils faisaient certainement beaucoup pour la paix des esprits entre deux manifestations violentes. Pete Jerzyck n'adorait pas Wilma selon quelque rituel élaboré; il s'était rabattu sur des dispositions nettement plus prosaïques. Des médicaments du tableau B plutôt que des hosties, en quelque sorte.

Il avait pris rendez-vous avec le Dr Ray Van Allen, le seul médecin de famille de Castle Rock, et lui avait dit qu'il voulait quelque chose qui le soulagerait de son angoisse. Il avait des horaires de travail impossibles, expliqua-t-il au médecin, et, avec l'augmentation de ses taux de commission, il lui devenait de plus en plus difficile de ne pas apporter de travail chez lui. Il avait donc décidé qu'il était temps de voir si la Faculté ne pouvait pas lui prescrire quelque chose qui arrondirait un peu les angles.

Ray Van Allen ignorait tout des pressions engendrées par le marché de l'immobilier mais imaginait en revanche assez bien ce que pouvaient être celles que l'on endurait à vivre avec Wilma Jerzyck. Il soupçonnait même que Pete Jerzyck serait moins angoissé s'il ne quittait jamais son bureau; néanmoins, il ne lui revenait évidemment pas d'en faire la remarque. Il rédigea donc une ordonnance pour du Xanax, énuméra les habituelles précautions à prendre et souhaita bonne chance et (intérieurement) l'appui de la Providence à son client. Quelque chose lui disait qu'il aurait bien besoin et de l'une et de l'autre, s'il continuait sur la route de la vie en tandem avec cette pouliche très particulière.

Pete usa mais n'abusa pas des Xanax. Il n'en parla pas non plus à Wilma ; elle aurait piqué une crise si elle avait appris qu'il PRENAIT DES MÉDICAMENTS. Il faisait très attention à conserver les cachets dans son porte-documents, bourré de papiers n'ayant aucun intérêt pour Wilma. Il avalait cinq ou six pilules par mois, la plupart du temps au moment où son épouse allait avoir ses règles.

Puis, l'été dernier, Wilma s'était prise de querelle avec Henrietta Longman, propriétaire et gérante d'un salon de coiffure (et de beauté) sur Castle Hill, au sujet d'une permanente ratée. Après les premières et bruyantes joutes oratoires, il y eut un échange venimeux au supermarché Hemphill le lendemain, puis un duel de vociférations sur Main Street, une semaine plus tard. Celui-ci faillit bien dégénérer en bagarre.

A la suite de ce dernier accrochage, Wilma avait fait les cent pas dans la maison comme une lionne en cage, jurant qu'elle allait *se faire* cette salope, qu'elle allait l'envoyer à l'hôpital. « Elle aura besoin de passer par son salon de beauté quand je lui aurai fait sa fête, avait-elle grondé entre ses dents serrées. Tu peux compter là-dessus. Je vais monter là-haut. Je vais y monter et Régler la Question. »

Avec une inquiétude croissante, Pete avait compris que ce n'étaient pas de simples paroles en l'air ; Wilma était on ne peut plus sérieuse. Dieu sait à quelle équipée elle envisageait de se livrer. Déjà, Pete imaginait Wilma plongeant la tête de Henrietta dans une cuvette pleine de produits corrosifs qui laisseraient la malheureuse aussi chauve que Yul Brynner pour le reste de sa vie.

Il avait espéré une accalmie avec la nuit, mais lorsque Wilma se leva, le lendemain, sa colère n'avait fait que croître, ce qu'il n'aurait jamais cru possible — mais le fait était là. Les cernes noirs de ses yeux proclamaient qu'elle avait passé une très mauvaise nuit d'insomnie.

« Wilma, avait-il faiblement objecté, je ne suis pas absolument convaincu que ce soit une si bonne idée que ça, d'aller ce matin au salon de coiffure. Je suis sûr que si tu y penses...

— Je n'ai fait que ça toute la nuit, avait-elle répliqué, tournant vers lui son effrayant regard vide. Et j'ai décidé que lorsque j'en aurai fini avec elle, elle n'aura plus jamais l'occasion de brûler les racines des cheveux à personne. Quand je lui aurai réglé son compte, elle aura besoin d'un chien d'aveugle pour aller aux goguenots. Et si tu fais le con avec moi, Pete, tu pourras acheter ton foutu chien de la même portée de bergers allemands. »

Au désespoir, ne sachant pas si le moyen serait efficace ou non mais incapable d'imaginer un autre stratagème pour éviter l'imminente catastrophe, Pete Jerzyck avait pris le flacon dans son porte-documents et laissé se dissoudre un cachet de Xanax dans le café de Wilma. Puis il était parti au bureau.

Très concrètement, on peut dire que Pete Jerzyck vécut, ce jour-là, sa Première Communion.

Il avait passé la journée dans une attente angoissée et était revenu chez lui terrifié à l'idée de ce qu'il risquait de trouver (son fantasme le plus récurrent : Henrietta Longman morte, sa femme en prison). Il fut ravi de trouver Wilma qui chantonnait dans la cuisine.

Il prit une profonde inspiration, abaissa son bouclier renforcé spécial «grandes émotions» et lui demanda comment ça s'était passé, avec la coiffeuse.

«Elle n'ouvre pas avant midi, et à ce moment-là je ne me sentais pas autant en colère, répondit-elle. Je suis tout de même montée là-haut pour Régler la Question ; après tout, je m'étais promis de le faire. Et figure-toi qu'elle m'a offert un verre de sherry et m'a dit qu'elle allait me rendre mon argent !

— Magnifique ! » s'était exclamé Pete, soulagé et ravi. Et *l'affaire** Henrietta s'acheva ainsi. Pendant plusieurs jours, il s'était attendu à voir renaître la rage de Wilma, mais non. Du moins, pas à propos de l'affaire en question.

Il avait envisagé un moment de suggérer à Wilma d'aller voir le Dr Van Allen et de se faire prescrire des tranquillisants, pour finalement rejeter cette idée après y avoir longuement et mûrement réfléchi. Wilma allait le réduire en morceaux, sinon en chair à pâté s'il se permettait une telle suggestion. Prendre des médicaments, c'était prendre des drogues. Et seuls les camés prenaient des drogues ; les tranquillisants étaient bons pour ces mollassons de camés. *Elle*, elle faisait face aux événements comme ils se présentaient, merci bien. Et en outre, dut conclure Pete à contrecœur, il ne pouvait nier cette vérité qui lui sautait aux yeux : Wilma *adorait* être en colère. Wilma était une femme comblée, infatuée d'elle-même et obnubilée par son objectif, lorsque sa rage atteignait des sommets.

Et Pete l'aimait, tout comme les sauvages de notre île hypothétique aiment sans aucun doute le Grand Dieu de la Montagne du Tonnerre. La terreur sacrée dans laquelle il vivait, en réalité, ne faisait que renforcer son amour. C'était WILMA, une force en soi, et il n'essayait de la détourner de son chemin que lorsqu'il craignait pour elle… ce qui, par la mystique transsubstantiation de l'amour, lui porterait également tort.

Il l'avait droguée au Xanax seulement à trois reprises. La troisième, et de loin la plus terrifiante, fut le Soir des Draps Boueux. Il n'avait eu qu'une idée, la conduire à accepter une tasse de thé ; et lorsqu'elle y avait finalement consenti (après son échange, bref mais tout à fait satisfaisant, avec Nettie Cobb la Cinglée), il avait préparé une infusion bien forte, dans laquelle il avait laissé fondre non pas un, mais deux cachets de Xanax. Ce fut avec un immense soulagement qu'il constata à quel point le thermostat de son épouse avait baissé, le lendemain matin.

2

Non pas que Wilma eût oublié Nettie, lui eût pardonné ou en fût venue à éprouver le moindre doute sur l'identité du vandale qui s'en était pris à son linge ; aucune drogue au monde n'aurait pu parvenir à de tels résultats.

Peu après le départ de Pete, Wilma monta dans sa voiture et parcourut Willow Street à petite vitesse (sur le pare-chocs arrière de la petite Yugo, un autocollant proclamait : Si vous n'aimez pas ma façon de conduire tapez 3615 code va-chier). Elle tourna à droite et ralentit, marchant au pas, en arrivant à hauteur de la coquette petite maison de Nettie Cobb. Elle crut voir un rideau frissonner, ce qui était un bon début... mais seulement un début.

Elle fit le tour du bloc (passant devant la maison des Rusk, sur Pond Street, sans même lui accorder un coup d'œil, puis devant son propre domicile) et remonta de nouveau Ford Street. Cette fois, elle donna deux coups de klaxon et se rangea devant la maison, tandis que le moteur tournait au ralenti.

Le rideau bougea encore. Pas d'erreur, cette fois. La cinglée l'observait. Wilma se l'imagina, derrière ses draperies, tremblante de peur et de culpabilité, et découvrit que ce tableau lui faisait encore plus de plaisir que celui sur lequel elle s'était endormie, et où elle faisait tournoyer le ciboulot de cette connasse comme celui de la petite fille dans *L'Exorciste*.

« Coucou, je te vois, dit-elle d'un ton menaçant, tandis que le rideau retombait en place. Si tu t'imagines le contraire... »

Elle fit de nouveau le tour du pâté de maisons et vint s'arrêter une deuxième fois devant chez Nettie, avec un coup de klaxon pour avertir sa proie de son arrivée. Cette fois, elle resta à l'arrêt pendant près de cinq minutes. Les rideaux bougèrent par deux fois. Finalement, elle repartit, satisfaite.

Cette gourde va passer le reste de la journée à s'attendre à me voir arriver, pensa-t-elle en se garant dans son allée personnelle. *Elle n'osera même pas mettre un pied dehors.*

Wilma entra chez elle, le cœur et le pied légers, et se laissa tomber sur le canapé pour consulter un catalogue. Elle ne tarda pas à remplir un bon de commande pour trois nouveaux ensembles de draps — blancs, jaunes et à motifs cachemire.

3

Assis au milieu du tapis, Raider regardait sa maîtresse. Finalement, il poussa un gémissement incertain, comme pour lui rappeler qu'elle aurait déjà dû partir au travail depuis une demi-heure. C'était le jour où elle passait normalement l'aspirateur au premier étage, chez Polly, et l'employé du téléphone devait en outre venir installer les nouveaux appareils, du modèle équipé de grosses touches spéciales. Ils étaient en principe plus faciles à utiliser pour des personnes souffrant d'une arthrite aussi aiguë que celle de Polly.

Mais comment allait-elle faire pour sortir?

Cette dingue de Polonaise rôdait dans les parages, au volant de sa petite voiture.

Nettie ne bougeait pas de son fauteuil, l'abat-jour sur les genoux. Elle l'avait tenu ainsi depuis que la Polonaise folle était passée devant chez elle pour la première fois. Puis elle était revenue se ranger le long du trottoir et avait klaxonné. Nettie avait pensé en avoir terminé, lorsqu'elle l'avait vue repartir, mais non : la Polonaise était revenue une troisième fois. Nettie avait bien cru que, ce coup-ci, elle essaierait d'entrer. Elle s'était assise dans son fauteuil, serrant ses trésors contre elle : d'une main son abat-jour, de l'autre Raider. Non sans se demander ce qu'elle ferait au cas où cette cinglée de Polonaise passerait à l'action, et comment elle se défendrait. Elle l'ignorait.

Elle avait fini par rassembler assez de courage pour jeter un nouveau coup d'œil par la fenêtre ; la Polonaise folle était partie. L'impression de soulagement qu'elle avait ressentie sur le moment n'avait pas tardé à être noyée par la peur. Elle redoutait que la Polonaise folle ne rôdât par les rues, n'attendant que sa sortie ; elle redoutait encore plus que la Polonaise folle ne vînt chez elle après son départ.

Qu'elle ne forçât la porte, ne vît son superbe abat-jour en pâte de verre et ne le brisât en mille morceaux sur le plancher.

Raider gémit à nouveau.

«Je sais, dit-elle d'une voix qui était presque un grognement. Je sais. »

Elle devait partir. Elle avait des responsabilités, elle ne l'ignorait pas, ni vis-à-vis de qui. Polly Chalmers avait été bonne avec elle. C'était Polly qui avait écrit la lettre de recommandation qui lui avait permis de sortir pour de bon de Juniper Hill, et c'est Polly qui lui avait servi d'aval à la banque, pour l'emprunt de sa maison. Sans Polly, dont le père avait été le meilleur ami de *son* propre père, elle vivrait encore dans une chambre meublée, de l'autre côté du Tin Bridge.

Mais qu'allait-il se passer si elle partait et laissait ainsi le champ libre à cette dingue de Polonaise ?

Raider ne pourrait protéger l'abat-jour ; il ne manquait pas de courage, mais ce n'était qu'un petit chien. La Polonaise folle risquait de lui faire du mal s'il cherchait à s'interposer. Prise dans l'étau de cet horrible dilemme, Nettie sentait qu'elle commençait à perdre les pédales. Elle poussa un nouveau grognement.

Et soudain, miséricordieusement, il lui vint une idée.

Elle se leva, l'abat-jour toujours dans les bras, traversa le séjour qu'assombrissaient les rideaux tirés, et alla ouvrir la porte la plus éloignée de la cuisine, donnant sur un petit appentis accolé à cet angle de la maison. Dans la pénombre, on distinguait vaguement la masse d'une pile de bois et d'un amoncellement d'objets divers.

Une ampoule unique pendait au bout d'un fil ; pas d'interrupteur ; on allumait en vissant à fond l'ampoule à sa douille. Elle tendit la main, mais hésita. Si la Polonaise folle rôdait dans les parages, elle risquait de voir la lumière s'allumer. Et dans ce cas, elle saurait exactement où aller chercher l'abat-jour en pâte de verre de Nettie, n'est-ce pas ?

« Oh non, tu ne m'auras pas aussi facilement », siffla-t-elle entre ses dents. Elle passa à tâtons devant l'armoire de sa mère, devant la vieille bibliothèque hollandaise de sa mère, pour atteindre le tas de bois. « Oh non, Wilma Jerzyck, pas aussi facilement que ça. Je ne suis pas stupide, figure-toi. Je t'ai avertie. »

La lampe serrée contre son ventre, Nettie se servit de son autre main pour écarter les toiles d'araignées poussiéreuses qui masquaient l'unique fenêtre de l'appentis. De là, elle scruta l'arrière-cour, d'un œil brillant qui sautait brusquement d'un point à un autre. Elle resta ainsi près d'une minute. Dans la cour, rien ne bougeait. Elle crut voir un instant la Polonaise folle accroupie au fond de l'angle de gauche, mais en y regardant de plus près, elle comprit que ce n'était que l'ombre d'un chêne, celui du jardin des Fearons, dont les branches basses s'étendaient jusqu'au-dessus de sa propre arrière-cour. Le vent les agitait un peu, et c'est pourquoi leur ombre portée lui avait fait penser à une folle (à une *Polonaise* folle, pour être précis), pendant une seconde.

Derrière elle, Raider gémit. Elle se tourna et le vit sur le pas de la porte, silhouette noire à la tête dressée.

« Je sais, dit-elle. Je sais, mon garçon. Mais nous allons l'avoir. Elle me croit idiote. Eh bien, je vais lui montrer, moi. »

Elle revint sur ses pas. Ses yeux s'étaient habitués à la pénombre, et elle décida qu'en fin de compte elle n'aurait même pas besoin de visser l'ampoule. Debout sur la pointe des pieds, elle tâta sur le haut de l'armoire jusqu'à ce que sa main rencontrât la clef qui ouvrait le long placard, sur la gauche. La clef des tiroirs avait disparu depuis des années, mais peu importait : Nettie possédait toujours celle dont elle avait besoin.

Elle ouvrit le meuble et déposa l'abat-jour au milieu des moutons de poussière et des crottes de souris.

« Je sais bien qu'il mérite de se trouver à une meilleure place, murmura-t-elle à Raider. Mais au moins, il est en sécurité, ici, et c'est ça qui est important. »

Elle donna un tour de clef et vérifia la fermeture de la porte. Elle était solidement fermée, un vrai coffre-fort, et elle eut soudain l'impression qu'on lui ôtait un poids énorme du cœur. Elle éprouva une fois de plus la porte, eut un hochement de tête vif et approbateur, et glissa la clef dans la poche de son tablier. Lorsqu'elle serait chez Polly, elle la passerait dans une ficelle et se la mettrait autour du cou. Avant de faire quoi que ce soit.

« Voilà ! » dit-elle à Raider, qui s'était mis à remuer la queue. Peut-être sentait-il que la crise était passée. « Voilà qui est réglé, et bien réglé, mon garçon, et il faut que j'aille travailler ! Je suis en retard ! »

Comme elle enfilait son manteau, le téléphone se mit à sonner. Elle s'avança de deux pas et s'arrêta.

Raider laissa échapper un unique aboiement et la

regarda. Ne sais-tu donc pas ce que tu dois faire lorsque le téléphone sonne ? demandaient ses yeux. Même moi je le sais, et pourtant, je ne suis qu'un chien.

« Je n'irai pas », dit Nettie. *Je sais ce que vous avez fait, espèce de salope, de cinglée et… je vous aurai !*

« Je ne répondrai pas. Je vais travailler. La cinglée, c'est elle, pas moi. Je ne lui ai jamais rien fait ! Jamais, pas la moindre chose. »

Raider jappa, comme pour l'approuver.

Le téléphone s'arrêta de sonner.

Nettie se détendit un peu, mais son cœur continuait à battre la chamade.

« Sois bien sage, dit-elle à Raider, avec une caresse. Je vais revenir tard, puisque je pars en retard. Mais je t'aime, et si tu ne l'oublies pas, tu seras un bon petit chien toute la journée. »

C'était une incantation d'avant-départ-au-travail que Raider connaissait bien, et il remua la queue. Nettie ouvrit la porte extérieure et regarda dans les deux directions avant de sortir, et elle eut une seconde pénible lorsqu'elle vit un éclair brillant de jaune ; mais ce n'était pas la voiture de la Polonaise folle, seulement le tricycle Fisher-Price que le fils Pollard avait abandonné sur le trottoir.

Nettie verrouilla sa porte, puis fit le tour de la maison pour vérifier que l'appentis était également bien fermé. Il l'était. Elle partit alors en direction de la maison de Polly, le sac sous le bras, sans cesser de chercher de l'œil la voiture de la Polonaise folle (elle se demandait si, dans ce cas-là, elle se cacherait derrière une haie ou si elle ferait front). Elle était presque à l'angle de la rue lorsqu'il lui vint à l'esprit qu'elle n'avait pas vérifié comme il le fallait la fermeture de la porte de devant. Elle jeta un coup d'œil anxieux à sa montre et rebroussa chemin. Elle vérifia la porte de devant. Fermée à double tour. Elle poussa un soupir de soulagement et décida de vérifier tout de même la porte de l'appentis, juste en cas.

« Mieux vaut deux fois qu'une », marmonna-t-elle en faisant le tour de la maison.

Sa main se pétrifia au moment où elle la posa sur la poignée de la porte.

A l'intérieur de la maison, le téléphone sonnait de nouveau.

« Elle est vraiment folle, gémit Nettie. Je ne lui ai absolument rien fait ! »

La porte de l'appentis était bien verrouillée, mais elle ne bougea pas tant que la sonnerie du téléphone ne se fut pas tue. Elle se mit alors en route, le sac à main pendant à son bras.

4

Cette fois-ci, elle était presque à deux coins de rue de chez elle lorsque la conviction qu'elle n'avait peut-être pas fermé comme il faut la porte du devant revint la ronger. Elle savait qu'elle l'avait fait, mais elle avait peur de ne pas l'avoir fait *comme il faut*.

Elle se tenait, indécise, à côté de la boîte aux lettres bleue de l'angle de Ford Street et de Deaconess Way. A peine venait-elle de décider de continuer qu'elle aperçut une voiture jaune franchir lentement le carrefour suivant. Ce n'était pas celle de la Polonaise folle, mais une Ford ; elle y vit cependant un mauvais présage. Elle revint chez elle d'un pas rapide et vérifia une nouvelle fois les deux serrures. Verrouillées. Elle atteignait de nouveau l'extrémité de son allée lorsqu'il lui vint à l'esprit qu'elle aurait dû aussi vérifier la porte inférieure de l'armoire. L'avait-elle bien fermée ?

Elle savait que *oui*, mais elle craignait que *non*.

Elle ouvrit la porte d'entrée ; Raider lui fit la fête, remuant vigoureusement la queue, et elle le caressa quelques instants — seulement quelques instants. Il fallait refermer la porte, la Polonaise folle pouvait arriver d'une minute à l'autre. D'une seconde à l'autre.

Elle la claqua, bloqua le verrou et gagna l'appentis. La porte du placard était bien entendu fermée. Elle retourna dans la maison et resta une minute dans la cuisine. Déjà l'inquiétude la reprenait : ne s'était-elle pas trompée, avait-elle bien fermé la porte du placard ? Peut-être n'avait-elle pas tiré suffisamment sur la poignée pour en être bien sûre, pour en être sûre à cent pour cent? Peut-être était-ce simplement collé?

Elle retourna vérifier, et le téléphone sonna à ce moment-là. Elle revint précipitamment à l'intérieur de la maison, serrant la clef du placard d'une main trempée de sueur. Elle se cogna la jambe à un tabouret et cria de douleur.

Le temps d'atteindre le séjour, le téléphone s'était arrêté de sonner.

«Je ne peux pas aller travailler aujourd'hui, marmonna-t-elle. Il faut que je... que je...»

(monte la garde)

Exactement. Il fallait monter la garde.

Elle souleva le combiné et fit rapidement le numéro, avant d'avoir eu le temps de se remettre à se ronger les sangs à la manière de Raider se faisant les dents sur ses jouets en peau brute.

«Allô! fit la voix de Polly. Ici Cousi-Cousette.

— Bonjour, Polly. C'est moi.

— Nettie? Tout va bien, au moins?

— Oui, mais j'appelle de chez moi, Polly. Je me sens barbouillée. (Ce n'était déjà plus un mensonge.) Je me demandais... Est-ce que je pourrais avoir ma journée? Je sais bien qu'il fallait passer l'aspirateur au premier... et qu'ils devaient venir pour le téléphone... mais...

— Ne vous inquiétez pas, répondit aussitôt Polly. L'installateur ne vient pas avant deux heures, et j'avais justement l'intention de partir tôt, aujourd'hui. J'ai encore trop mal aux mains pour pouvoir travailler long-temps. Je lui ouvrirai.

— Si vous avez vraiment besoin de moi, je...

— Non, ça ira très bien, Nettie», la rassura Polly. Nettie sentit des larmes lui picoter les yeux. Polly était si bonne...

«Est-ce que ça vous fait très mal, Nettie? Voulez-vous que j'appelle le docteur Van Allen?

— Non, c'est juste un genre de crampe. Ça ira. Si je peux, je viendrai cet après-midi.

— C'est ridicule, répondit vivement Polly. C'est la pre-mière fois que vous me demandez une journée depuis que vous travaillez pour moi. Allez donc au fond de votre lit et dormez un peu. Et tenez-le-vous pour dit : si jamais je vous vois arriver, je vous réexpédie chez vous !

— Merci, Polly. Vous... vous êtes très bonne pour moi. » Elle était au bord des larmes.

« Vous le méritez bien. Il faut que j'y aille, Nettie. Des clients. Couchez-vous. J'appellerai cet après-midi pour prendre des nouvelles.

— Merci.

— Mais non, voyons, c'est la moindre des choses. Bye !

— Salut ! »

Dès qu'elle eut raccroché, elle alla soulever le coin de son rideau. La rue était déserte — pour le moment. Elle retourna à l'appentis et y reprit l'abat-jour. Une impression de calme et de détente s'empara d'elle dès qu'elle le serra dans ses bras. Elle le rapporta dans la cuisine, le lava au savon dans de l'eau tiède, le rinça et le sécha soigneusement.

Puis, dans un tiroir, elle prit un couteau à découper qu'elle emporta dans le séjour, en même temps que l'abat-jour. Elle s'assit dans la pénombre, comme elle l'avait fait en début de matinée, toute droite dans son fauteuil, l'abat-jour de pâte de verre sur les genoux, la main droite étreignant le grand couteau.

Le téléphone sonna par deux fois.

Nettie n'y répondit pas.

7

1

Le vendredi onze octobre fut un jour en or pour la boutique la plus récente de Castle Rock, en particulier en fin de matinée, lorsque les gens avaient commencé à déposer leur chèque hebdomadaire. Avoir de l'argent en poche les poussait à la dépense ; mais aussi le fait que ceux qui étaient venus le mercredi n'avaient dit que du bien du Bazar des Rêves. Il y eut bien entendu un certain nombre de personnes qui estimèrent que le jugement de gens assez vulgaires pour rendre visite à une boutique *le jour même de son ouverture* ne pouvait être digne de foi, mais elles constituaient une minorité, et la clochette d'argent, au-dessus de la porte du magasin, tinta joyeusement toute la journée.

De nouvelles choses avaient été déballées (ou étaient arrivées) depuis le mercredi. Pour ceux que la question intéressait, il paraissait difficile de croire à une livraison ; personne n'avait vu de camion. Mais au fond, ça n'avait pas beaucoup d'importance ; il y avait beaucoup plus de marchandises le vendredi, voilà ce qui comptait.

Des poupées, par exemple. Et des puzzles de bois admirablement bien travaillés, dont certains à deux faces. Un échiquier unique : les pièces, en cristal de roche, représentaient des animaux africains taillés avec un art absolument prodigieux, girafes bondissantes pour les cavaliers, rhinocéros l'air prêts à charger en guise de tours, chacals tenant lieu de pions, lions dans le rôle des rois, et panthères félines dans celui des reines. Il y avait un collier de perles noires qui devait manifestement coûter très cher, mais personne n'osa s'enquérir de son prix (pas ce jour-là, du moins) ; sa beauté en rendait la contemplation presque douloureuse et plusieurs visiteurs du Bazar des Rêves retournèrent chez eux, mélancoliques et étrangement angoissés, l'image de ce collier de perles dansant dans les ténèbres juste derrière leurs yeux, noir sur noir. Tous n'étaient pas des femmes.

On pouvait encore admirer une paire de marionnettes danseuses ; une boîte à musique, ancienne et richement décorée, dont Mr Gaunt déclara qu'elle jouait un air inhabituel lorsqu'on l'ouvrait, il en était sûr, mais ne se rappelait pas quoi, et elle était fermée à clef. Il admit qu'un éventuel acheteur devrait faire appel à un serrurier ; on en trouvait encore de l'ancienne école, dit-il, capables de faire ce genre de clef. On lui demanda à plusieurs reprises si on pourrait lui rendre la boîte à musique, au cas où l'acheteur, ayant fait ouvrir le couvercle, découvrirait que l'air n'était pas de son goût. Mr Gaunt avait souri et montré du doigt un nouveau panonceau accroché au mur :

MARCHANDISES NI REPRISES NI ÉCHANGÉES
CAVEAT EMPTOR !

« Qu'est-ce que ça veut dire ? » avait demandé Lucille Dunham. Lucille, serveuse au Nan's Luncheonette, était passée au magasin avec son amie Rose Ellen Myers, pendant la pause.

« Ça veut dire que quand tu achètes chat en poche, tu gardes le chat et tu en es de ta poche », avait répondu Rose Ellen. Elle se rendit compte que Mr Gaunt l'avait entendue (elle aurait pourtant juré l'avoir vu à l'autre bout du magasin un instant auparavant) et rougit comme une pivoine.

Leland Gaunt, néanmoins, se contenta de rire. « C'est juste, c'est exactement cela ! » s'exclama-t-il.

On comptait encore un revolver au canon très long dans une boîte, devant laquelle un bristol indiquait : NED BUTLINE SPECIAL ; un mannequin de garçonnet, rouquin à taches de rousseur et au regard amical pétrifié (PROTOTYPE HOWDY DOODY, disait le bristol) ; des boîtes de papeterie, très jolies, mais sans grande valeur ; un choix de cartes postales anciennes ; un jeu de porte-plumes et de crayons ; des mouchoirs de baptiste ; des animaux empaillés. Il y en avait, aurait-on dit, pour tous les goûts et, en dépit de l'absence de la moindre étiquette de prix, pour toutes les bourses.

Mr Gaunt fit d'excellentes affaires ce jour-là. Si la plupart des objets qu'il vendait étaient de qualité, ils n'avaient cependant rien d'unique. Cela ne l'empêcha pas de procéder à plusieurs transactions « spéciales », qui toutes eurent lieu pendant les moments d'accalmie où il n'y avait qu'un seul client dans le magasin.

« Quand les choses se mettent à traîner en longueur, confia-t-il à Sally Ratcliffe, l'orthophoniste de Brian Rusk, lui décochant son sourire charmeur, je commence à devenir nerveux, et quand je suis nerveux, je suis imprudent, parfois. C'est mauvais pour le vendeur mais tout à fait excellent pour l'acheteur.»

Miss Ratcliffe était l'une des ouailles les plus dévotes du révérend Rose, dans l'église duquel elle avait rencontré son fiancé, Lester Pratt; outre le bouton Nuit-Casino, elle en portait un qui proclamait: JÉSUS M'A SAUVÉ! ET VOUS? L'éclat de bois pétrifié en provenance de Terre sainte attira son attention, et elle ne souleva pas d'objections lorsque Leland Gaunt le prit dans la vitrine et le laissa tomber dans le creux de sa main. Elle l'acheta pour dix-sept dollars et la promesse de faire une blague innocente à Frank Jewett, le principal de l'établissement secondaire de Castle Rock. Elle quitta la boutique cinq minutes après y être entrée, l'air perdu dans un rêve. Mr Gaunt lui avait proposé d'emballer l'objet mais elle avait refusé, déclarant qu'elle préférait le tenir à la main. A voir la manière dont elle franchit la porte, il aurait été difficile de dire si ses pieds touchaient le plancher ou glissaient juste à quelques centimètres au-dessus.

2

La clochette d'argent tinta.

Cora Rusk entra, bien déterminée à acheter la photo du King. Elle fut extrêmement désappointée lorsque Leland Gaunt lui apprit qu'il l'avait vendue. Cora voulut savoir qui l'avait achetée. «Je suis désolé, répondit-il, mais la dame n'était pas du Maine. Les plaques de sa voiture étaient de l'Oklahoma.»

«Bon sang, elle est raide, celle-là!» s'écria Cora d'un ton de colère et de réelle détresse. Elle ne s'était pas rendu compte à quel point elle désirait cette photo, jusqu'au moment où Mr Gaunt l'avait informée qu'il l'avait vendue.

Henry Gendron et sa femme, Yvette, se trouvaient à ce moment-là dans la boutique et Leland Gaunt demanda à Cora de l'attendre un instant, pendant qu'il allait les accueillir. Il croyait avoir quelque chose, ajouta-t-il, qu'elle trouverait peut-être d'un intérêt égal, sinon supérieur. Après avoir vendu un ours en peluche aux Gendron (un cadeau pour leur fille) et les avoir raccompagnés, il avait demandé à Cora de l'attendre encore un peu pendant qu'il allait chercher quelque chose dans l'arrière-boutique. Elle attendit donc, mais sans véritable curiosité ni impatience. Pesante et grise, la dépression l'avait envahie. Elle avait vu des centaines de photos du King, des milliers, peut-être, et elle en possédait une demi-douzaine ; mais celle-là lui avait paru... particulière, elle n'aurait su dire en quoi. Elle haïssait la femme de l'Oklahoma.

Puis Mr Gaunt revint, tenant un petit boîtier à lunettes en peau de lézard. Il l'ouvrit et montra à Cora une paire de lunettes d'aviateur aux verres fortement fumés. La respiration de Cora se bloqua ; elle porta la main à son cou qui tremblait.

«Est-ce que ce sont?... commença-t-elle, incapable d'aller plus loin.

— Les lunettes de soleil du King, oui, confirma gravement Leland Gaunt. L'une de ses soixante paires. On m'a dit que celles-ci étaient ses préférées.»

Cora acheta les lunettes pour dix-neuf dollars cinquante.

«J'aimerais que vous me donniez aussi une petite information, reprit Mr Gaunt avec un regard qui pétillait. Disons que c'est un supplément, d'accord ?

— Une information ? Quel genre d'information ? fit Cora, prise d'un doute.

— Regardez par la vitrine, Cora.»

Elle s'exécuta, mais ses mains ne lâchèrent pas les lunettes. De l'autre côté de la rue, la voiture de patrouille n° 1 de Castle Rock était garée en face du Clip Joint. A côté, sur le trottoir, Alan Pangborn s'entretenait avec Bill Fullerton.

«Est-ce que vous voyez ce type ? demanda Gaunt.

— Qui ? Bill Ful...

— Non, idiote. L'autre.

— Le shérif Pangborn ?

— C'est ça.

— Oui, je le vois.» Cora se sentait dans le brouillard, comme hébétée. La voix de Leland Gaunt lui paraissait provenir de très loin. Elle n'arrivait pas à penser à autre chose qu'à ce qu'elle venait d'acheter, à ces merveilleuses lunettes. Il lui tardait de rentrer chez elle les essayer... mais bien sûr, elle ne pouvait partir tant qu'il ne lui serait pas permis de le faire, car la transaction ne serait conclue que lorsque Mr Gaunt déclarerait qu'elle l'était.

« Il m'a tout l'air de ce que nous appelons un client pas commode, dans mon métier. Que pensez-vous de lui, Cora ?

— Il est intelligent. Comme shérif, il ne vaudra jamais le vieux George Bannerman, c'est ce que dit mon mari ; mais il est malin comme un singe.

— Vraiment ? » La voix de Leland Gaunt avait pris de nouveau une intonation hargneuse et fatiguée. Ses yeux se réduisaient à deux fentes et ne quittaient pas Alan Pangborn. « Voulez-vous que je vous confie un secret, Cora ? Les gens intelligents ne m'intéressent pas beaucoup, et j'ai horreur des clients malcommodes. En fait, *j'exècre* les clients malcommodes. Je n'ai pas confiance dans les gens qui tiennent à tout retourner pour voir s'il n'y a pas un défaut avant d'acheter. Pas vous ? »

Cora ne répondit rien. Elle restait là, l'étui à lunettes du King à la main, le regard perdu au-delà de la vitrine.

« Si je voulais faire surveiller discrètement l'intelligent shérif Pangborn, Cora, à qui devrais-je m'adresser ?

— A Polly Chalmers, répondit Cora d'une voix de droguée. Elle est du dernier bien avec lui. »

Gaunt secoua aussitôt la tête. Son regard suivit le shérif qui se dirigeait vers le véhicule et qui, après un bref coup d'œil en direction du Bazar des Rêves, se mit au volant et démarra. « Ça ne marcherait pas.

— Sheila Brigham ? proposa Cora, hésitante. Elle tient le standard, au poste de police.

— C'est une bonne idée, mais elle ne fera pas non plus l'affaire. C'est aussi une cliente pas commode. Il y en a toujours quelques-uns dans chaque ville, Cora. C'est malheureux, mais c'est comme ça. »

Cora, toujours lointaine et perdue dans le brouillard, réfléchit encore. « Eddie Warburton ? avança-t-elle finalement. Il est le gardien en chef du bâtiment municipal. »

Le visage de Gaunt s'éclaira. «Le concierge! Oui! Excellent! Au poil! Vraiment excellent!» Il se pencha sur le comptoir et colla une bise sur la joue de Cora.

Elle recula, grimaça et se frotta frénétiquement l'endroit qu'il avait touché. Elle émit un petit bruit de dégoût, mais Gaunt ne parut pas s'en rendre compte. Un grand sourire illuminait tout son visage.

Cora quitta le Bazar des Rêves (se frottant toujours la joue) au moment où entraient Stephanie Bonsaint et Cyndi Rose Martin, du club de bridge d'Ash Street. Cora, dans sa précipitation, faillit culbuter Steffie Bonsaint, tant elle mourait d'envie d'arriver chez elle. Et, une fois à la maison, d'essayer les lunettes. Mais auparavant, elle voulait se laver et débarrasser son visage de ce répugnant baiser. Elle le sentait qui lui brûlait la peau, comme un bouton de fièvre.

Au-dessus de la porte, la clochette d'argent tinta.

3

Tandis que Steffie, à côté de la vitrine, s'absorbait dans les motifs changeants d'un ancien kaléidoscope qu'elle venait de trouver, Cyndi Rose s'approcha de Mr Gaunt et lui rappela sa promesse: qu'il aurait peut-être aujourd'hui un vase Lalique assorti à celui qu'elle lui avait déjà acheté.

«C'est bien possible, répondit-il avec un sourire complice, c'est bien possible. Pouvez-vous vous débarrasser de votre amie une minute ou deux?»

Cyndi Rose demanda à Steffie d'aller l'attendre au Nan's Luncheonette et de lui commander du café; elle arrivait tout de suite. Steffie partit, mais elle avait une expression intriguée sur le visage.

Leland Gaunt passa dans l'arrière-boutique et en revint avec un vase Lalique. Il n'était pas seulement assorti au premier: il en était la réplique parfaite.

«Combien?» demanda Cyndi Rose, caressant la courbe délicate de l'objet d'un doigt mal assuré. Ce n'était pas sans remords qu'elle se souvenait de sa satisfaction de mercredi dernier, lorsqu'elle avait fait une si bonne affaire. Il n'avait fait que l'appâter, semblait-il. Et maintenant, il allait ferrer. Elle ne s'en tirerait pas pour trente et un dollars ; cette fois-ci, elle allait se faire ratiboiser. Mais voilà, elle désirait vivement reconstituer la paire, sur le manteau de sa cheminée ; elle en mourait vraiment d'envie.

Quand Gaunt répondit, elle eut du mal à en croire ses oreilles. « Etant donné que c'est ma première semaine ici, pourquoi ne pas dire deux pour le prix d'un ? Tenez, prenez-le, ma chère, profitez-en bien. »

Elle éprouva un tel choc qu'elle faillit laisser tomber le vase, lorsqu'il le lui mit dans les mains.

« Qu'est-ce que ?... Vous avez dit...

— Vous m'avez bien entendu. » Soudain, Cyndi Rose se rendit compte qu'elle ne pouvait détacher ses yeux de ceux de l'homme. *Francie s'est trompée*, se dit-elle ; mais de loin, comme si autre chose la préoccupait. *Ils ne sont pas verts du tout. Ils sont gris. Gris foncé.* « Il y a cependant autre chose, reprit Gaunt.

— Autre chose ?

— Oui. Est-ce que vous connaissez un adjoint au shérif du nom de Norris Ridgewick ? »

La clochette d'argent retentit.

Everett Frankel, l'assistant du Dr Van Allen, acheta la pipe qu'avait remarquée Brian Rusk lors de sa première visite au Bazar des Rêves ; il lui en coûta douze dollars et une blague à faire à Sally Ratcliffe. Le pauvre vieux Slopey Dodd, le bègue qui participait aux cours d'orthophonie avec Brian, les mardis après-midi, acheta une théière en étain pour l'anniversaire de sa maman. Il l'eut pour seulement soixante et onze cents, et la promesse, donnée librement, de jouer un tour amusant au petit ami de Sally, Lester Pratt. Mr Gaunt lui dit qu'il lui donnerait le matériel dont il aurait besoin, le moment venu, et Slopey répondit que ce serait v-vr-vraim-ment su-su-super. June Gavineaux, épouse du producteur de lait le plus prospère de la ville, acheta un vase en cloisonné pour quatre-vingt-dix-sept dollars et la promesse d'un canular comique dont le père Brigham, de Notre-Dame des Eaux

Sereines, devait être la victime. Peu après son départ, Gaunt prit ses dispositions pour qu'un tour du même genre soit joué au révérend Willie.

Ce fut un jour actif et fructueux, et lorsque Leland Gaunt mit le panneau FERMÉ dans la vitrine et abaissa le store, il se sentait fatigué mais heureux. Il avait fait des affaires superbes, et pris une première initiative pour s'assurer que le shérif Pangborn ne viendrait pas lui mettre des bâtons dans les roues. Une bonne chose. L'ouverture était toujours la partie la plus délicieuse d'une opération, mais il arrivait qu'elle fût aussi stressante, voire même risquée. Il pouvait se tromper au sujet de Pangborn, bien entendu, mais Gaunt avait appris à suivre son instinct dans ce genre de choses, et il lui paraissait plus prudent d'éviter d'avoir affaire au shérif... du moins tant qu'il ne l'aurait pas amené sur son propre terrain. Mr Gaunt admit que la semaine qui s'annonçait allait être riche d'événements, et qu'il y aurait de beaux feux d'artifice avant même qu'elle s'achève.

Beaucoup de feux, beaucoup d'artifices.

4

Il était six heures et quart, le vendredi soir, lorsque Alan s'engagea dans l'allée de Polly et coupa le moteur. Elle l'attendait sur le pas de la porte et l'embrassa tendrement. Il vit qu'elle avait mis ses gants pour cette brève incursion à l'extérieur et il fronça les sourcils.

«Non, ne dis rien. Ça va un peu mieux ce soir. As-tu apporté le poulet?»

Il brandit les sacs blancs tachés de graisse. «Votre serviteur, chère madame.»

Elle lui répondit par une petite courbette. «Et moi, votre servante, cher monsieur.»

Elle prit les sacs et le précéda dans la cuisine. Il tira une chaise à lui, la mit à l'envers, s'assit dessus à califourchon et la regarda enlever ses gants et disposer le poulet sur un plat de verre. Il l'avait pris au Cot-Cot-Codette. On ne pouvait faire plus abominablement péquenot comme nom, mais on y faisait un bon poulet (d'après Norris, il n'en allait pas de même pour les fruits de mer). Le seul problème était celui des plats à emporter, lorsqu'on habitait à trente kilomètres du restaurant... mais voilà pour quelle raison, pensa-t-il, on avait inventé le four à micro-ondes. D'après lui, d'ailleurs, cet appareil n'était bon qu'à trois choses : réchauffer le café, faire du pop-corn, réchauffer les plats venant d'endroits aussi exotiques que le Cot-Cot-Codette.

« Est-ce qu'elles vont vraiment mieux ? » demanda-t-il, tandis qu'elle glissait le plat dans le four et appuyait sur les boutons appropriés. Il n'avait pas besoin d'être plus précis ; tous deux savaient de quoi il était question.

« Un peu mieux, seulement, reconnut-elle, mais je suis sûre que ça va nettement s'améliorer très vite. Je sens des picotements chauds dans la paume des mains et d'habitude, ça commence toujours comme ça. »

Elle les tendit vers lui. Elle avait tout d'abord été douloureusement gênée par leurs déformations ; mais si son embarras n'avait pas diminué, elle avait fini par accepter l'intérêt que manifestait Alan comme partie intégrante de l'amour qu'il éprouvait pour elle. Il trouva que les mains de Polly paraissaient encore raides et bloquées, comme si elle portait des gants invisibles, des gants conçus par un fabricant maladroit et je-m'en-foutiste, qui les lui aurait enfilés et agrafés aux poignets pour le reste de ses jours.

« As-tu eu besoin de prendre des pilules, aujourd'hui ?
— Une seulement. Ce matin. »

Elle en avait en réalité avalé trois, deux le matin et une en début d'après-midi, et elle avait à peu près aussi mal que la veille. Elle craignait que les picotements dont elle venait de parler ne fussent que le produit fantasmatique de son imagination. Elle n'aimait pas mentir à Alan ; elle croyait que mensonges et amour faisaient rarement bon ménage, et pas pour longtemps, de toute façon. Mais elle avait vécu seule pendant une longue période et quelque chose en elle était encore terrifié par la manière qu'il avait de toujours s'inquiéter d'elle. Elle avait confiance en lui, mais redoutait de trop lui en laisser savoir.

Il insistait de plus en plus pour qu'elle envisageât le traitement de la clinique Mayo, et elle savait que s'il se rendait compte à quel point elle souffrait, son insistance ne ferait que redoubler. Elle ne voulait pas que ses foutues mains devinssent la composante la plus importante de leur relation... et elle redoutait aussi ce que pourrait lui révéler une consultation dans cette clinique. Elle pouvait vivre avec la douleur ; elle n'était pas sûre de le pouvoir, privée d'espoir.

« Tu veux bien sortir les pommes de terre du four ? demanda-t-elle. Je voudrais appeler Nettie avant de manger.

— Qu'est-ce qui lui arrive ?

— Des crampes d'estomac. Elle n'est pas venue aujourd'hui. Je voudrais être sûre que ce n'est pas une grippe intestinale. Rosalie m'a dit qu'il y avait une épidémie, en ce moment, et Nettie a une peur panique des médecins. »

Et Alan, qui en savait beaucoup plus sur ce qu'était Polly Chalmers et ce qu'elle pensait que Polly ne s'en doutait, se dit : *Tu peux bien parler des autres, mon amour*, tandis qu'elle s'éloignait. Il était flic, et conservait la manie de tout observer même quand il n'était pas de service ; c'était automatique. Il n'essayait même plus de faire autrement. S'il avait fait davantage attention au cours des derniers mois de la vie d'Annie, elle et Todd seraient peut-être encore en vie.

Il avait remarqué les gants, en arrivant. Remarqué le fait qu'elle les avait ôtés en les tirant entre les dents au lieu de le faire normalement, une main dégantant l'autre. Il l'avait observée pendant qu'elle disposait le poulet sur le plat non sans remarquer ses lèvres, légèrement serrées par une grimace, lorsqu'elle avait soulevé le plat pour le mettre dans le four à micro-ondes. Que des mauvais signes. Il se rendit jusqu'à la porte de la salle de séjour, pour voir si elle allait composer le numéro avec hésitation ou assurance. C'était l'un des plus sûrs moyens de mesurer à quel point elle avait mal. Et finalement, il découvrit un premier indice favorable. Ou ce qu'il prit pour tel.

Elle composa le numéro de Nettie rapidement, avec

sûreté ; comme il se tenait à l'autre bout de la pièce, il ne pouvait voir que le téléphone (comme tous les autres dans la maison) avait été changé, un peu plus tôt aujourd'hui, pour un modèle à touches surdimensionnées. Il revint dans la cuisine, une oreille tournée vers la conversation du séjour.

« Allô !... Nettie ? J'étais sur le point de raccrocher... Je vous réveille ?... Oui... euh... euh... Alors, comment ça va ?... Ah, très bien. J'avais pensé que... Non, pas de problème pour le dîner, Alan a apporté un poulet de Cot-Cot-quelque chose, à Oxford... Oui, n'est-ce pas ? »

Alan prit un plat dans l'un des placards supérieurs de la cuisine et songea : *Elle ment pour ses mains. Elle a beau manier le téléphone avec aisance, elles vont aussi mal que l'an dernier, et peut-être même encore plus mal.*

L'idée qu'elle lui avait menti ne le contrariait que modérément ; sa conception des arrangements que l'on pouvait prendre avec la vérité était nettement plus large que celle de Polly. Tenez, l'enfant, par exemple. Elle avait accouché début 1971, sept mois environ après avoir quitté Castle Rock dans un car Greyhound. Elle avait dit à Alan que le bébé, un garçon qu'elle avait baptisé Kelton, était mort à Denver, à l'âge de trois mois. Syndrome de mort soudaine du nouveau-né — le pire cauchemar d'une jeune mère. L'histoire était parfaitement plausible, et Alan n'avait aucun doute sur le fait que le petit Kelton Chalmers était bel et bien décédé. La version de Polly avait malheureusement un défaut : elle n'était pas vraie. Alan était flic et savait reconnaître un mensonge quand on lui en débitait un.

(sauf lorsque c'était Annie qui s'y mettait)

Ouais. Sauf lorsque c'était Annie. Exception dûment notée et enregistrée.

Comment avait-il compris que Polly lui mentait ? Un battement trop rapide des paupières sur un œil un peu trop grand, le fixant d'un regard un peu trop direct ? La façon dont sa main gauche était venue tirer sur le lobe de son oreille ? Sa manière de croiser et de décroiser les jambes, ce signal enfantin pour dire *je blague* ?

Tout cela, et rien en particulier ; avant tout une alarme

qui s'était déclenchée dans sa tête comme le détecteur de métal d'un aéroport au passage d'un trépané portant une plaque métallique.

Ce mensonge ne le mettait pas en colère et ne l'inquiétait pas non plus. Certaines personnes mentent pour en tirer des bénéfices, d'autres mentent parce qu'elles souffrent, et il y a des gens qui mentent simplement parce que l'idée de dire la vérité leur est totalement étrangère... puis il y a ceux qui mentent pour attendre le moment où ils seront en mesure de dire la vérité. Il pensait que le mensonge de Polly était de ce dernier type, et il se satisfaisait d'attendre. Le moment voulu, elle déciderait de lui confier son secret. Rien ne pressait.

Rien ne pressait : cette seule idée paraissait un luxe.

La voix de Polly, aux intonations riches, calmes et en quelque sorte justes, qui lui parvenait du séjour lui paraissait également un luxe. Il n'avait pas encore tout à fait surmonté la culpabilité qu'il ressentait à être simplement ici, sachant où étaient rangés les assiettes et les ustensiles de cuisine, sachant dans quel tiroir de la commode elle rangeait ses culottes, sachant où, exactement, s'arrêtait son bronzage de l'été dernier ; mais cela devenait sans importance lorsqu'il entendait sa voix. Une seule chose comptait ici, une chose qui déterminait toutes les autres : le son de cette voix était devenu synonyme du foyer.

« Je peux passer plus tard si vous voulez, Nettie... Ah bon... Eh bien, le mieux est certainement de se reposer... Demain ? »

Polly éclata de rire. Un son libre et agréable, qui donnait à chaque fois à Alan l'impression que le monde était mystérieusement régénéré. Il songea qu'il pourrait attendre longtemps la révélation de ses secrets, pourvu qu'elle rie simplement comme ça de temps en temps.

« Bon sang, non ! Demain c'est dimanche ! Je vais juste rester couchée et beaucoup pécher ! »

Alan sourit. Il ouvrit le tiroir au-dessous des plaques chauffantes, en retira des gants rembourrés et ouvrit le four normal. Une, deux, trois, quatre pommes de terre. Au nom du ciel, comment avait-elle pu penser qu'à tous les deux ils allaient manger des pommes de terre de cette taille? Evidemment, il savait qu'il y en aurait trop, que c'était la façon de cuisiner de Polly. Ces quatre énormes pommes de terre dissimulaient un autre secret, sans aucun doute, et un jour, lorsqu'il connaîtrait tous les comment — ou presque tous, ou au moins certains d'entre eux —, son impression d'étrangeté et de culpabilité passerait peut-être.

«Il faut que j'y aille, Nettie...

— Tout va bien! lança Alan. Je contrôle la situation. Je suis un policier, ma petite dame!

— Mais n'hésitez pas à m'appeler si vous avez besoin de quoi que ce soit. Vous êtes sûre que ça va, maintenant?... Et vous me le diriez dans le cas contraire, n'est-ce pas, Nettie?... D'accord... Quoi?... Non, c'était juste pour savoir... Oui, vous aussi... Bonne nuit, Nettie.»

A son retour, elle trouva le couvert mis, le poulet sur la table et Alan en train de peler une pomme de terre pour elle.

«Tu es vraiment un chou, Alan! Ce n'était pas la peine...

— Tout ça fait partie du service, jolie môme.» Encore une chose qu'il avait bien comprise: lorsque les mains de Polly étaient dans cet état, la vie se transformait pour elle en une série de minuscules combats diaboliques; les événements ordinaires d'une existence ordinaire se métamorphosaient en autant d'obstacles épuisants à franchir, et la sanction de l'échec était de la gêne en sus de la souffrance. Charger le lave-vaisselle. Mettre du petit bois dans la cheminée. Manipuler un couteau et une fourchette pour peler une pomme de terre brûlante.

«Assieds-toi, lui dit-il, et cot-cotons.»

Elle éclata de rire et le pressa contre elle — mais en se servant de l'intérieur des avant-bras, remarqua l'observateur implacable, au fond de lui. L'homme moins froid qu'il y avait également en lui, cependant, ne fut pas insensible à la manière dont son corps bien fait s'appuyait contre le sien, ni à la douce odeur de shampooing qui montait de ses cheveux.

«Tu es le plus adorable des hommes», dit-elle.

Il l'embrassa, doucement pour commencer, puis avec

plus de force. Ses mains descendirent jusque dans le bas du dos de Polly, et ne s'arrêtèrent qu'au renflement des fesses. Le tissu de son vieux jean était aussi lisse et doux que de la moleskine.

«Bas les pattes, mon bonhomme, dit-elle finalement. On mange d'abord, on verra plus tard pour le câlin.

— Est-ce une invitation?» Si ses mains allaient aussi mal qu'il le croyait, elle se serait esquivée.

Mais elle répondit: «Dorée sur tranche.»

Alan s'assit, satisfait.

Enfin, pour le moment.

5

«Al vient-il pour le week-end?» demanda Polly pendant qu'ils faisaient la vaisselle. Le fils survivant du shérif était inscrit à l'Académie Milton, au sud de Boston.

— Hon, hon», fit Alan, sans cesser de gratter le plat.

D'un ton un peu trop calme, Polly reprit: «J'avais pensé... lundi est férié; c'est le Jour de Christophe Colomb. Et...

— Il va passer les trois jours chez Dorf, au cap Cod. Dorf, c'est Carl Dorfman, avec qui il partage sa chambre. Al m'a appelé mardi dernier pour me demander la permission. J'ai dit d'accord, très bien.»

Elle le toucha au bras et il se tourna pour la regarder. «Dans quelle mesure tout ça est ma faute, Alan?

— Dans quelle mesure *quoi* est ta faute? demanda-t-il, réellement surpris.

— Tu sais bien de quoi je veux parler. Tu es un bon père et tu n'es pas idiot. Combien de fois Al est-il revenu à la maison depuis que les cours ont repris?»

Alan comprit soudain où elle voulait en venir et il lui sourit, soulagé. «Une fois, seulement, et encore, parce qu'il avait besoin de voir Jimmy Catlin, son vieux copain de lycée, un autre fondu d'ordinateur. Certains de ses programmes préférés ne fonctionnaient pas sur le nouveau Commodore 64 que je lui ai acheté pour son anniversaire.

— Tu vois? C'est exactement ce que je veux dire, Alan.

Il trouve que je veux prendre trop tôt la place de sa mère, et...

— Oh, nom de Dieu ! protesta Alan. Pendant combien de temps vas-tu ruminer cette idée que tu es la méchante belle-mère ?

— J'espère que tu ne m'en voudras pas si je ne trouve pas l'idée aussi drôle qu'elle paraît l'être pour toi », répliqua-t-elle, les sourcils froncés.

Il la prit délicatement par le haut des bras et vint l'embrasser au coin des lèvres. « Je ne la trouve pas drôle du tout. Par moments — et justement je pensais à ça —, il m'arrive de me sentir dans une situation étrange, avec toi. Ça paraît trop tôt. Ça ne l'est pas, mais c'est l'impression que j'ai, de temps en temps. Comprends-tu ce que je veux dire ? »

Elle acquiesça. Son froncement de sourcils s'atténua sans disparaître complètement. « Oui, bien sûr. Les personnages, dans les séries télévisées et au cinéma, passent davantage de temps que ça à se languir romantiquement, non ?

— Tu as mis le doigt dessus. Au cinéma, on fait beaucoup de chichis mais il y a bien peu de vrai chagrin. Parce que le chagrin est trop réel. Le chagrin, c'est... » Il lui lâcha les bras, prit une assiette propre et se mit à l'essuyer. « Le chagrin a quelque chose de brutal.

— Oui.

— Alors, parfois, je me sens un peu coupable, c'est vrai. » Avec une amertume amusée, il remarqua la nuance défensive qu'avait adoptée sa voix. « En partie parce que cela paraît prématuré, même si c'est faux, et en partie parce qu'on dirait que je m'en suis remis rapidement, ce qui n'est pas plus vrai. L'idée que j'ai encore une dette de chagrin à payer rôde dans les parages, je ne peux pas le nier, mais à mon crédit, je sais que c'est une ânerie... parce qu'une partie de moi, une bonne partie, pour tout dire, continue à ressentir du chagrin.

— Au fond, si je comprends bien, tu es un être humain, dit-elle doucement. Comme c'est bizarrement exotique, pervers et excitant !

— Ouais, c'est ça... Et pour ce qui est d'Al, il s'en sort à sa manière. C'est une bonne manière, suffisamment bonne pour que je me sente fier de lui. Sa mère lui manque encore, mais s'il éprouve du chagrin, ce dont je ne suis pas complètement sûr, c'est pour son frère, Todd. Par contre, l'idée qu'il se tiendrait à l'écart parce qu'il ne t'aimerait pas… ou qu'il ne nous approuverait pas… là, tu mets à côté de la plaque.

— J'en suis bien contente. Tu ne peux pas savoir à quel point cela me soulage. Mais il me semble tout de même…

— Qu'il y a quelque chose qui cloche ? »

Elle acquiesça.

« Je comprends. Mais le comportement des gosses, même lorsqu'il est normal à quatre-vingt-dix-huit pour cent, ne semble jamais tout à fait normal aux adultes. Nous oublions avec quelle facilité ils guérissent, parfois, et nous n'arrivons presque jamais à nous rendre compte à quelle vitesse ils changent. Al prend le large. Il s'éloigne de moi, de ses vieux copains comme Jimmy Catlin, même de Castle Rock. Il prend le large, c'est tout. Comme une fusée dont le troisième étage vient de s'allumer. Tous les gosses font ça, et c'est sans doute à peu près toujours une surprise pénible pour les parents.

— Je trouve qu'il s'y prend tôt, remarqua doucement Polly. Dix-sept ans, c'est jeune, tout de même, pour prendre le large.

— Oui, très jeune. » Il avait répondu sur un ton qui n'était pas tout à fait de la colère. « Il a perdu sa mère et son frère dans un accident stupide. Sa vie a explosé, ma vie a explosé, et nous nous sommes retrouvés à essayer de recoller les morceaux qui restaient, comme doivent le faire les pères et les fils qui se retrouvent dans ce genre de situation. On ne s'en est pas si mal sortis que ça, je crois, mais il faudrait être aveugle pour ne pas voir que les choses ont changé. Ma vie est ici, Polly, à Castle Rock. Pas la sienne, ou plutôt, plus la sienne. J'ai pensé que ça ne serait peut-être pas irréversible ; mais à son regard, quand je lui ai suggéré de venir terminer le lycée à Castle High, j'ai compris qu'il ne fallait pas y compter. Il n'aime pas revenir ici, car il y a trop de souvenirs.

Avec le temps, ça évoluera peut-être... pour le moment, en tout cas, je n'ai pas l'intention de le bousculer. Mais ça n'a rien à voir avec toi et moi, d'accord ?

— D'accord. Alan ?

— Oui ?

— Il te manque, non ?

— Ouais, admit simplement Alan. Tous les jours. » Il fut bouleversé de se rendre compte qu'il était sur le point de pleurer. Il se tourna et ouvrit le premier tiroir venu, s'efforçant de reprendre le contrôle de lui-même. La meilleure méthode consistait à réorienter la conversation, et vite. « Comment va Nettie ? » demanda-t-il d'une voix qui, à son grand soulagement, ne chevrotait pas.

« Elle dit qu'elle va mieux, mais ça lui a pris un temps fou pour venir décrocher le téléphone. Je la voyais déjà allongée par terre, inconsciente.

— Elle devait dormir.

— Elle m'a dit que non, et à sa voix, elle avait l'air réveillée. Tu sais bien comment sont les gens, quand c'est le téléphone qui les réveille ? »

Il acquiesça. Encore un truc de flics. Il s'était trouvé à un bout comme à l'autre de la ligne, lors de nombreux coups de téléphone venus interrompre le sommeil de quelqu'un, ou le sien.

« Elle m'a dit qu'elle triait certaines des vieilles affaires de sa mère dans son appentis, mais...

— Si elle a une grippe intestinale, tu as dû appeler pendant qu'elle était sur le trône et elle n'a pas voulu te le dire », observa Alan froidement.

Polly réfléchit un instant, puis éclata de rire. « Je te parie que c'est ça ! Tout à fait son genre !

— Évidemment. » Alan regarda dans l'évier et en retira le bouchon. « La vaisselle est terminée, ma chérie.

— Merci. » Elle lui planta un bécot sur la joue.

« Oh, dis donc, regarde ce que j'ai trouvé ! » dit Alan. Il passa la main derrière son oreille et en retira une pièce de cinquante cents. « Est-ce que tu les gardes toujours là, jolie môme ?

— Mais comment fais-tu ? » Elle paraissait réellement fascinée.

«Fais quoi ? » Le demi-dollar paraissait flotter sur les articulations aux mouvements délicats de sa main droite. Il pinça la pièce entre la troisième et la quatrième phalange, tourna la main, la retourna : la pièce avait disparu. « Crois-tu que je devrais tout planter là et m'engager dans un cirque ? »

Elle sourit. « Non. Je veux que tu restes avec moi. Dis, Alan, trouves-tu que je sois idiote de m'inquiéter autant pour Nettie ?

— Pas une miette. » Il mit la main gauche (celle qui avait récupéré la pièce) dans la poche de son pantalon, la ressortit vide et prit un torchon. « Tu l'as fait sortir de la baraque aux tarés, tu lui as donné du travail et tu l'as aidée à acheter sa maison. Tu te sens responsable pour elle, et dans une certaine mesure, je crois que tu l'es. Si tu ne t'inquiétais pas pour elle, c'est moi qui m'inquiéterais pour toi. »

Elle prit le dernier verre dans l'égouttoir. A la soudaine expression de consternation qui s'afficha sur son visage, Alan comprit qu'elle n'allait pas arriver à le tenir, même si le verre était déjà presque sec. Il plia vivement les genoux et tendit la main. Il avait exécuté son mouvement avec tant de grâce que Polly crut voir une pirouette de danseur. Le verre tomba directement dans le creux de sa main, qu'il tenait paume ouverte à moins de cinquante centimètres du sol.

La douleur qui l'avait harcelée toute la nuit et la crainte de voir Alan deviner à quel point elle souffrait, tout se trouva soudain enfoui sous une vague de désir tellement violente et inattendue qu'elle en fut plus que surprise : effrayée. Et parler de désir était un euphémisme, n'est-ce pas ? Ce qu'elle ressentait était plus simple, une émotion d'une nuance foncièrement primitive. De la concupiscence à l'état brut.

« Tu es aussi vif qu'un chat », dit-elle quand il se redressa. Elle avait parlé d'une voix enrouée, un peu étouffée. Elle voyait encore avec quelle grâce ses jambes avaient fléchi, le jeu des longs muscles de ses cuisses. La courbe douce d'un mollet. « Mais comment un homme de ta taille peut-il bouger aussi vite ?

— Aucune idée », dit-il ; il la regarda et son visage prit une expression intriguée. « Qu'est-ce qui t'arrive, Polly ? Tu as l'air toute drôle. Tu ne te sens pas bien ?...

— Je me sens comme quelqu'un qui va jouir dans son slip. »

La vague le submergea à son tour, juste comme ça. Ce n'était ni bien ni mal. Ça arrivait. « Voyons un peu ça. » Il s'avança, toujours avec cette même grâce, cette même étrange vivacité que l'on n'aurait jamais soupçonnée en le voyant descendre Main Street. « Voyons un peu ça. » Il posa le verre sur le comptoir, glissant la main droite entre les jambes de Polly avant qu'elle eût compris ce qui se passait.

« Alan ! qu'est-ce que tu f... » Et tout d'un coup, tandis que, du pouce, il appuyait avec une force retenue contre son clitoris, le *fais* se transforma en un *féééééééé !* Il la souleva avec une aisance et une force stupéfiantes.

Elle passa les bras autour de son cou, prenant bien garde, même en un tel moment, de le tenir avec les avant-bras ; ses mains dépassaient comme de petits fagots raidis, mais c'était bien la seule chose en elle qui fût raide. Elle avait l'impression de fondre de la tête aux pieds. « Alan, repose-moi ! »

— Aucune envie », répondit-il, la soulevant plus haut. Il glissa sa main libre entre les omoplates de Polly et se mit à la caresser en la pressant contre lui. Elle se retrouva en train de se balancer d'avant en arrière sur la main calée dans son entrecuisse, comme une petite fille sur un cheval à ressort, tandis qu'Alan l'aidait à osciller ; elle avait l'impression d'être juchée sur une merveilleuse balançoire, les pieds dans le vent, les cheveux dans les étoiles.

« Alan...

— Tiens-toi bien, jolie môme. » Il riait, comme si elle ne pesait pas plus lourd qu'un sac de plumes. Elle s'inclina en arrière, de moins en moins consciente de la main qui la maintenait au fur et à mesure que croissait son excitation, sachant seulement qu'il ne la laisserait pas tomber, puis il la ramena de nouveau en avant ; une de ses mains lui frottait le dos, le pouce de l'autre lui faisait des choses là en bas, des choses auxquelles elle n'avait jamais songé, et elle se laissa de nouveau aller en arrière, criant frénétiquement son nom.

Son orgasme fut comme une explosion de douceur, quelque chose qui jaillit du centre de son corps. Ses jambes allaient et venaient à vingt centimètres au-dessus du sol (l'une de ses chaussures s'envola et alla atterrir dans le séjour), sa tête retombait en arrière, les cheveux venant caresser l'avant-bras d'Alan, infime cascade de chatouillis, et au sommet de son plaisir, il embrassa la douce courbe blanche de son cou.

Il la reposa à terre... puis la rattrapa vivement quand il vit que ses genoux la trahissaient.

« Ô mon Dieu, dit-elle avec un petit rire exténué. Ô mon Dieu, Alan... je ne relaverai plus jamais ce jean. »

Il trouva l'idée hilarante et s'esclaffa bruyamment à son tour, bientôt obligé de se laisser tomber sur une chaise, jambes droites, hurlant de rire en se tenant l'estomac. Elle s'approcha de lui. Il la prit, la fit asseoir sur ses genoux un instant, puis se leva et l'emporta dans ses bras.

Elle se sentit de nouveau balayée par la même vague d'émotion et de désir brut qu'un moment auparavant ; mais elle était plus claire, cette fois, mieux définie. *Maintenant, oui, maintenant, c'est le désir pur. Je désire tellement cet homme...*

« Amène-moi au premier, dit-elle. Si c'est trop loin pour toi, amène-moi sur le canapé. Et si c'est encore trop loin, prends-moi ici, sur le plancher.

— Je crois que je peux au moins aller jusque dans le séjour. Comment vont tes mains, jolie môme ?

— Quelles mains ? » Elle avait répondu d'un ton langoureux, en fermant les yeux. Elle se concentra sur ce que ce moment lui apportait de joie limpide, à se déplacer ainsi au creux de ses bras dans le temps et l'espace, au cœur de l'ombre et encerclée par sa force. Elle pressa son visage contre la poitrine d'Alan et, lorsqu'il la posa sur le canapé, elle l'attira à lui... en se servant de ses mains, cette fois.

208

6

Ils restèrent presque une heure sur le canapé, puis un long moment sous la douche — combien de temps, elle n'en avait aucune idée, mais jusqu'à ce que le manque d'eau chaude les en chassât. Puis elle l'entraîna dans son lit où elle se trouva trop épuisée et repue pour faire autre chose que se pelotonner contre lui.

Elle avait certes pensé qu'elle lui ferait l'amour, cette nuit, mais davantage pour calmer les inquiétudes d'Alan que par réel désir de sa part à elle. Elle ne s'était en tout cas pas attendue à une aussi impressionnante série d'explosions... n'empêche, elle était heureuse Elle sentait la douleur revenir s'installer dans ses mains, mais elle n'aurait pas besoin de prendre de Percodan pour dormir, ce soir.

«Tu es un amant fantastique, Alan.

— Et toi une maîtresse merveilleuse.

— Unanimité.» Elle posa la main sur la poitrine d'Alan. Elle sentait son cœur qui reprenait calmement, sans se presser, sa mesure à deux temps comme pour dire, bon d'accord, ça suffit comme ça le boulot pour cette nuit, pour moi et le patron. Elle pensa de nouveau, non sans qu'il y eût en elle un léger écho de la violente passion qu'avait déclenchée, la première fois, cette impression, combien il était vif, combien il était fort... mais surtout vif et rapide. Elle le connaissait depuis l'époque où Annie était venue travailler pour elle ; elle était sa maîtresse depuis cinq mois, et pourtant, jamais auparavant elle n'avait soupçonné la vitesse à laquelle il pouvait se déplacer. On aurait dit une version grandeur nature des tours qu'il faisait avec les pièces ou les cartes, ou encore des ombres chinoises, talents que presque tous les gosses de la ville connaissaient et le suppliaient d'exercer, quand ils le rencontraient. Ça fichait la frousse... mais c'était aussi merveilleux.

Elle sentit qu'elle s'assoupissait. Elle aurait dû lui demander s'il avait l'intention de passer la nuit ici, et lui

09

dire alors de mettre la voiture au garage, dans ce cas (comme dans toutes les petites villes, les langues allaient bon train à Castle Rock), mais c'était un trop gros effort, trouvait-elle. Alan y veillerait. Alan, commençait-elle à croire, veillait toujours à tout.

«Rien de nouveau du côté de Buster ou du révérend Willie?» demanda-t-elle d'une voix endormie.

Alan sourit. «C'est tranquille sur les deux fronts. C'est quand je les vois le moins que j'apprécie le plus Keeton et Rose, et d'après ce critère, j'ai passé une excellente journée.

— C'est parfait, murmura-t-elle.

— Ouais, mais il y a encore mieux.

— Quoi donc?

— Norris a retrouvé sa bonne humeur. Il a acheté une canne à pêche montée chez ton copain, monsieur Gaunt, et il n'a plus qu'un seul sujet de conversation, la partie de pêche qu'il va faire le prochain week-end. Je crois qu'il va se geler les fesses — ou les petites choses qui en tiennent lieu —, mais si Norris est content, je le suis aussi. J'étais navré pour lui à un point que tu n'imagines pas, lorsque Keeton est venu lui casser la baraque, hier. Les gens se moquent de Norris parce qu'il est maigre comme un clou et un peu dans la lune, mais au bout de trois ans, il est devenu un bon officier de police, au moins pour une petite ville. Et il a l'épiderme aussi sensible que n'importe qui. Ce n'est pas sa faute s'il ressemble au demi-frère de Don Knott.

— Hummmmm...»

Elle sombrait. Sombrait dans de douces ténèbres où n'existait aucune souffrance. Polly se laissa aller, et tandis que le sommeil la gagnait, une petite expression de satisfaction féline se peignit sur son visage.

7

Pour Alan, le sommeil fut long à venir.

La voix intérieure avait fait sa réapparition mais perdu son ton de fausse gaieté. Elle était maintenant interroga-

tive, plaintive, presque perdue. *Où sommes-nous, Alan?*
Est-ce que c'est bien la bonne chambre? Le bon lit? La
bonne compagne? Je n'y comprends plus rien, on dirait.

Il se prit soudain de pitié pour cette voix, mais non
pour lui-même: jamais elle ne lui avait paru aussi étrangère qu'en ce moment. Il songea qu'elle avait aussi peu
envie de s'exprimer qu'il avait envie (lui, le Alan qui existait dans le présent et faisait des plans d'avenir) de
l'entendre. C'était la voix du devoir, la voix du chagrin.
Et, encore et toujours, la voix de la culpabilité.

Un peu plus de deux ans auparavant, Annie Pangborn
avait commencé à souffrir de maux de tête. Ils n'étaient
pas très violents, du moins à l'en croire; elle détestait
autant en parler que Polly de son arthrite. Puis un jour,
pendant qu'il se rasait (au tout début de 1990, il lui semblait bien), Alan remarqua que le bouchon n'avait pas été
remis sur le flacon de taille familiale contenant de l'Ana-
cin 3, posé à côté du lavabo. Il voulut le revisser... et
arrêta son geste. Il avait lui-même pris deux cachets
dans la bouteille, qui en contenait deux cent vingt-cinq
en tout, à la fin de la semaine précédente. Il se souvenait
que le flacon était presque plein; or il était maintenant
presque vide. Il avait essuyé la crème à raser qui le barbouillait et s'était aussitôt rendu à Cousi-Cousette, où
Annie travaillait depuis l'ouverture du magasin. Il amena
sa femme prendre un café... et répondre à quelques
questions. Notamment à propos de l'aspirine. Il se souvenait avoir eu un peu peur

(*seulement un peu*, lui confirma la voix intérieure d'un
ton chagrin)

oui, seulement un peu, parce que personne ne prend
près de deux cents aspirines en une semaine. Personne.
Annie lui avait répondu qu'il était idiot. Elle avait
renversé le flacon en nettoyant le lavabo; et comme le
bouchon avait été mal revissé, presque tous les cachets
étaient tombés dedans. Ils avaient commencé à se dissoudre et elle avait dû tout jeter.

D'après elle.

Mais il était flic; même en dehors des heures de service, il conservait les réflexes d'analyse et d'observation

211

qui en sont la déformation professionnelle. Il ne pouvait pas débrancher le détecteur de mensonge. En observant les gens au moment où ils répondent à la question que l'on vient de leur poser, en les observant attentivement, on devine presque toujours s'ils mentent ou non. Alan se souvenait avoir interrogé un homme qui signalait tous ses mensonges en frottant l'ongle de son pouce sur une canine. La bouche proférait les mensonges ; le corps semblait condamné à les dénoncer. Ils étaient dans un box chez Nan ; il avait pris les mains d'Annie dans les siennes et demandé la vérité. Et lorsque après un instant d'hésitation, elle lui avait avoué que bon, les maux de tête avaient un peu empiré et qu'en effet elle avait pris pas mal d'aspirines, mais certainement pas tous les cachets qui manquaient, car la bouteille s'était vraiment renversée dans le lavabo, il l'avait crue. Il s'était fait avoir par le truc le plus éculé du manuel, celui que connaissent tous les repris de justice (la méthode poudre aux yeux) : si vous vous faites prendre à mentir, battez en retraite et dites une partie de la vérité. S'il l'avait observée plus attentivement, il se serait rendu compte qu'Annie lui dissimulait toujours la vérité. Il l'aurait obligée à admettre quelque chose qui lui paraissait presque impossible, et qui pourtant était vrai — il le savait maintenant : qu'elle souffrait de maux de tête tellement violents qu'elle en était à prendre au moins vingt cachets d'aspirine par jour. Et si elle l'avait reconnu, il l'aurait traînée dans le cabinet d'un neurologue de Portland ou de Boston avant la fin de la semaine. Mais voilà : Annie était sa femme, et à cette époque, il baissait un peu sa garde quand il n'était pas de service.

Il s'était contenté de prendre rendez-vous pour elle avec le Dr Ray Van Allen, et elle s'était laissé examiner. Ray n'avait rien trouvé, et Alan ne lui en avait jamais voulu pour ça. Le médecin avait pratiqué les tests habituels de réflexes, braqué son fidèle ophtalmoscope dans les yeux d'Annie, testé sa vision pour vérifier si elle ne voyait pas une image dédoublée, et l'avait envoyée à Oxford se faire radiographier. Il n'avait cependant pas demandé un scanner, et lorsque Annie lui avait dit que ses maux de tête avaient disparu, il l'avait crue. Il n'ignorait pas que les médecins sont aussi attentifs au langage du corps que les flics. Les patients ont tout autant tendance à mentir que les suspects, et pour les mêmes raisons : la peur, tout bêtement. Et lorsque Annie était venue consulter, Ray était bien dans l'exercice de ses fonctions. Il n'était donc pas exclu qu'entre le moment où Alan avait fait sa découverte et celui où Annie était allée voir Van Allen les maux de tête eussent disparu. Ils avaient *probablement* disparu. Plus tard, Ray avait expliqué à Alan, lors d'une longue conversation autour de deux cognacs, au domicile du médecin, à Castle View, que souvent les symptômes vont et viennent dans les cas où la tumeur est localisée tout en haut du tronc cérébral. «On trouve souvent des attaques associées à ce genre de tumeur au cerveau. Si elle en avait eu une, peut-être...» Le médecin avait haussé les épaules. Oui, peut-être. Et peut-être qu'un homme du nom de Thad Beaumont faisait partie de la liste des coresponsables non inculpés dans la mort de sa femme et de son fils; mais Alan, au fond de lui, ne trouvait rien à reprocher à Thad non plus.

Les habitants des petites villes ne sont pas au courant d'absolument tout ce qui s'y passe, aussi tendues que soient les oreilles et infatigables les langues. A Castle Rock, on connaissait l'histoire de Frank Dodd, le flic qui, devenu fou, avait tué plusieurs femmes à l'époque du shérif Bannerman; celle de Cujo, le saint-bernard enragé de la route vicinale 3; et celle de Thad Beaumont, romancier et Personnage Célèbre du coin, dont la résidence d'été, au bord du lac, avait brûlé jusqu'aux fondations pendant l'été 1989; mais ils ignoraient les circonstances de l'incendie et le fait que Beaumont avait été hanté, à l'époque, par un homme qui n'en était pas un, pas du tout, même, par une créature pour laquelle il n'existait peut-être pas de nom. Alan Pangborn savait en revanche tout cela, et le drame venait encore troubler de temps en temps son sommeil. Mais l'affaire était terminée lorsque Alan avait pris pleinement conscience des maux de tête d'Annie. Terminée... enfin, presque. Grâce aux appels téléphoniques d'un Thad Beaumont à chaque fois en état d'ivresse, Alan était devenu le témoin involontaire de la dégringolade de l'écrivain qui, après avoir ruiné son mariage, s'était mis à perdre progressivement la raison. L'état mental d'Alan n'était pas non plus très bon. Le policier avait lu une fois un article (dans le cabinet d'attente d'un médecin) sur les trous noirs, ces vastes creusets célestes qui seraient des tourbillons d'anti-matière et dévoreraient gloutonnement tout ce qui passe à leur portée. Pendant la fin de l'été et l'automne 1989, l'affaire Beaumont était devenue le trou noir personnel d'Alan. Il y avait des jours où il se surprenait à remettre en question les notions les plus élémentaires sur la réalité et à se demander si tout cela s'était vraiment passé ou s'il n'avait pas rêvé. Il y avait des nuits où il restait éveillé jusqu'aux premières lueurs de l'aube, redoutant le sommeil, redoutant un rêve récurrent : une Toronado noire fonce sur lui, une Toronado noire avec un monstre en décomposition au volant et un autocollant proclamant : SALOPARD DE FRIMEUR sur le pare-chocs arrière. A cette époque, la vue d'un seul moineau perché sur la balustrade du porche ou sautillant sur la pelouse lui donnait envie de hurler. Si on lui avait posé la question, Alan aurait répondu : « Lorsque Annie a commencé à avoir des problèmes, j'étais distrait. » Mais ce n'était pas une simple question de distraction ; quelque part tout au fond de son esprit, il avait dû mener une bataille désespérée pour ne pas perdre la raison. SALOPARD DE FRIMEUR... Cela était revenu le hanter. Comme les moineaux.

Il était encore « distrait », ce jour de mars où Annie était montée avec Todd dans le vieux Scout qu'ils gardaient pour faire les courses dans la région ; elle n'allait pas plus loin que le supermarché Hemphill. Alan avait mille fois rejoué le scénario dans sa tête sans jamais trouver quoi que ce soit d'inhabituel ; elle avait eu un comportement parfaitement ordinaire. Il les avait regardés par la fenêtre, depuis son bureau, et leur avait adressé un petit salut de la main. Todd le lui avait rendu avant de monter dans le Scout. Dernière fois qu'il les avait vus vivants. A cinq kilomètres, sur la route 117 et à environ un kilomètre du supermarché, le véhicule avait quitté la chaussée alors qu'il roulait à vive allure et s'était écrasé contre un arbre. La Police d'Etat avait estimé, à voir l'épave, qu'Annie, d'ordinaire la plus prudente des conductrices, devait rouler au moins à cent dix kilomètres à l'heure. Todd avait sa ceinture, pas Annie. Elle était sans doute morte lorsqu'elle était passée à travers le pare-brise, laissant derrière elle une jambe et la moitié d'un bras. Todd pouvait avoir été encore vivant lorsque le réservoir d'essence, rompu, avait explosé. Plus que tout, ce détail avait rendu Alan malade. Que son fils de dix ans, qui rédigeait des articles d'astrologie pour rire dans le journal de son école et ne vivait que pour les tournois de base-ball de la Petite Ligue, ait pu être encore en vie. Qu'il ait pu brûler vif en essayant d'ouvrir sa ceinture de sécurité.

On avait pratiqué une autopsie, laquelle avait révélé une tumeur au cerveau. C'était, lui dit Van Allen, une petite tumeur. De la taille d'une cacahuète non épluchée. Il n'ajouta pas qu'elle aurait été opérable si on l'avait diagnostiquée à temps ; Alan glana cette information à l'expression pitoyable de Ray et à sa manière de baisser les yeux. Il lui avait dit en revanche qu'à son avis elle avait eu finalement l'attaque qui les aurait alertés sur la gravité de son problème, si elle avait eu lieu plus tôt. Attaque qui avait pu secouer son corps comme une décharge électrique, lui faisant écraser l'accélérateur et perdre le contrôle du véhicule. Ce ne fut pas de gaieté de cœur qu'il donna ces explications ; mais parce que Alan l'interrogea sans pitié et parce que le médecin comprit que, chagrin ou pas, le policier voulait connaître la vérité... ou au moins l'idée que lui, ou quiconque ne s'était pas trouvé dans le véhicule ce jour-là, pourrait jamais s'en faire. «Je vous en prie, avait dit Van Allen, touchant brièvement la main d'Alan d'un geste plein de bonté, ce fut un accident terrible, certes, mais rien de plus. Arrêtez de vous acharner. Vous avez un autre fils qui a autant besoin de vous maintenant que vous avez besoin de lui. Vous devez arrêter de ne penser qu'à ça et reprendre vos occupations.» Il avait essayé. L'horreur irrationnelle de l'affaire Thad Beaumont, l'histoire des *(les moineaux les moineaux volent de nouveau)*

oiseaux, commençait à s'estomper, et il s'était honnêtement efforcé de remettre de l'ordre dans son existence : il
était veuf, flic dans une petite ville, père d'un adolescent
qui grandissait et s'éloignait de lui trop vite... non pas à
cause de Polly, mais de l'accident. A cause de ce trauma-
tisme épouvantable, paralysant. *Fiston, j'ai une horrible
nouvelle à t'annoncer... sois courageux...* Et évidemment,
fiston s'était mis à pleurer et Alan n'avait pas mis longtemps à en faire autant.

Malgré tout, ils s'étaient remis au travail pour recons-
truire sur les ruines ; un travail qui se poursuivait toujours. Et, dans l'ensemble, les choses allaient mieux
depuis quelque temps. Deux faits, cependant, constituaient encore un îlot de résistance.

Le premier était la grosse bouteille d'aspirine, vide au
bout de seulement une semaine.

Le deuxième, l'absence de ceinture de sécurité autour
de la taille d'Annie.

Car Annie portait *toujours* sa ceinture de sécurité.

Au bout de trois semaines de nuits sans sommeil et
angoissées, il prit en fin de compte rendez-vous avec un
neurologue de Portland, pensant à ces histoires d'écuries
toujours fermées à clef même après un vol de chevaux. Il
s'y rendit parce que le médecin aurait peut-être de
meilleures réponses aux questions qu'il avait besoin de
poser et qu'il en avait assez d'arracher celles de Van
Allen à la tronçonneuse. Le neurologue s'appelait Scopes
et, pour la première fois de sa vie, Alan prit un prétexte
professionnel pour l'interroger : ses questions, dit-il à
Scopes, étaient en rapport avec une enquête de police en
cours. Le médecin confirma le principal soupçon d'Alan :
oui, les gens atteints d'une tumeur au cerveau ont parfois
des accès d'irrationalité ; oui, ils deviennent parfois sui-
cidaires. Dans ce dernier cas, l'acte était souvent commis
sur une impulsion, après une période de réflexion qui pouvait n'être que d'une minute, ou même que de quelques
secondes. Une telle personne pourrait-elle entraîner
quelqu'un d'autre dans la mort ? avait demandé Alan.

Le médecin se tenait incliné en arrière dans son fauteuil, les mains jointes derrière la tête : il ne pouvait voir

216

les mains d'Alan, que celui-ci tenait tellement serrées entre ses genoux qu'il en avait les doigts blancs. Certainement, avait répondu Scopes. Ce comportement n'est pas rare du tout ; les tumeurs au cerveau peuvent engendrer des réactions, aux yeux d'un profane, de type psychotique. Le malade peut conclure que les souffrances qu'il endure sont partagées par tous ceux qu'il aime, voire même par toute la race humaine ; ou bien il peut s'imaginer que les êtres qui lui sont chers ne voudraient pas vivre sans lui. Scopes mentionna Charles Whitman, l'homme qui, du haut de la Texas Tower, avait tué deux douzaines de personnes avant de mettre fin à ses jours, ainsi qu'un professeur adjoint de lycée de l'Illinois qui avait tué plusieurs élèves avant de rentrer chez lui se loger une balle dans la tête. Dans les deux cas, l'autopsie avait révélé une tumeur au cerveau. Mais il s'agissait d'un type de comportement qui n'avait rien de constant et n'affectait qu'une minorité de cas. Les tumeurs au cerveau provoquaient parfois des symptômes bizarres, voire exotiques ; parfois, elles n'en provoquaient aucun. Impossible de le dire à coup sûr.

Impossible. Autrement dit, laisse tomber.

Excellent conseil, mais dur à avaler. A cause du flacon d'aspirine. Et de la ceinture de sécurité.

Cependant, c'était surtout la ceinture qui continuait de chiffonner Alan, petit nuage noir qui refusait de se dissiper au fond de son esprit. Elle ne prenait *jamais* le volant sans la boucler. Pas même pour aller jusqu'au bout de la rue. Todd avait bouclé la sienne comme d'habitude, néanmoins. Si elle avait décidé, peu après avoir fait marche arrière dans leur allée pour la dernière fois, de se tuer et de se faire accompagner par Todd dans la mort, n'aurait-elle pas demandé au garçon de défaire sa ceinture ? Même en proie à la douleur, à la dépression, à la confusion, elle n'aurait tout de même pas voulu que Todd souffrît, non ?

Impossible de le dire à coup sûr. Laisse tomber.

Même aujourd'hui, allongé dans ce lit, avec Polly qui dormait à ses côtés, il trouvait le conseil difficile à suivre. Son esprit ne pouvait s'empêcher d'y retourner, comme un chiot qui mâchonne un vieux morceau de cuir qu'il met peu à peu en charpie avec ses petites dents pointues.

À ce stade, une image se présentait régulièrement à lui ; une image cauchemardesque qui l'avait finalement poussé à se confier à Polly Chalmers, car elle était la femme de qui Annie avait été la plus proche au cours des derniers mois de sa vie.

Il imaginait Annie qui défaisait sa ceinture, écrasait l'accélérateur et lâchait le volant. Elle le lâchait parce que ses mains avaient autre chose à faire dans les quelques secondes qui restaient.

Elle le lâchait pour pouvoir déboucler aussi la ceinture de sécurité de Todd.

Telle était l'image : le Scout fonçant à cent vingt à l'heure, obliquant sur la droite, vers les arbres, sous un soleil blanc de mars annonciateur de pluie, tandis qu'Annie s'escrimait à défaire la ceinture de Todd et que le garçon, hurlant et apeuré, s'escrimait à repousser les mains de sa mère. Il imaginait le visage tant aimé d'Annie transformé en un masque épouvantable de sorcière, il voyait la terreur sur les traits déformés de son fils. Il s'éveillait parfois au milieu de la nuit, le corps enrobé d'une chape moite de transpiration, tandis que la voix de Todd résonnait dans ses oreilles : *Les arbres, Maman ! Attention, les ARBRES !*

Il était donc allé voir Polly à l'heure de la fermeture de Cousi-Cousette et lui avait demandé si elle accepterait de venir chez lui prendre un verre ; ou bien, si cela la gênait, qu'il vînt en prendre un chez elle.

Assis dans sa cuisine *(la bonne cuisine,* affirma la voix intérieure), devant une tasse de thé pour elle et de café pour lui, il avait commencé à parler de son cauchemar, lentement, avec de multiples hésitations.

« Il faut que je sache, si c'est possible, s'il lui arrivait d'avoir des périodes de dépression ou de comportement irrationnel, sans que je m'en sois rendu compte, ou à mon insu. Il faut que je sache... » Il s'interrompit, momentanément incapable de poursuivre. Il savait quels mots employer, mais il devenait de plus en plus difficile de les prononcer. Comme si le circuit de communication, entre son esprit malheureux et confus et sa bouche, devenait de plus en plus difficile à établir et sujet à des pannes, avant d'être définitivement interrompu.

Il fit un gros effort et reprit :

« Il faut que je sache si elle était suicidaire. Voyez-vous, il n'y a pas qu'Annie qui est morte. Todd est parti avec elle, et s'il y a des signes… des signes que je n'ai pas remarqués, alors je suis aussi responsable de sa mort. Et c'est quelque chose qu'il faut que je sache, il me semble. »

Il s'était arrêté là, le cœur battant sans joie dans sa poitrine. Il passa le dos de la main sur son front et ne fut pas très surpris de sentir de la sueur.

« Alan », répondit-elle, posant une main sur son poignet. Elle le regardait sans ciller de ses yeux bleu clair. « Si j'avais relevé de tels signes et si je n'en avais parlé à personne, je serais aussi coupable que vous avez l'air de vouloir l'être. »

Il en était resté bouche bée, il s'en souvenait très bien. Polly avait peut-être observé quelque chose de particulier dans le comportement d'Annie qui lui aurait échappé ; il n'avait pas poussé son raisonnement plus loin. L'idée que faire une telle observation entraînait la responsabilité de ne pas rester les bras croisés pour l'observateur ne lui était jamais venue à l'esprit.

« Vous n'avez donc rien vu ?

— Non. Je n'ai pas cessé d'y penser et d'y repenser depuis. Je ne cherche pas à minimiser votre chagrin, mais vous n'êtes pas le seul à ressentir cela, et vous n'êtes pas le seul à vous être livré à des examens de conscience prolongés depuis la mort d'Annie. Je suis tellement revenue là-dessus au cours de ces dernières semaines que j'en ai eu le tournis, à force de rejouer des scènes et des conversations à la lumière de ce qu'a révélé l'autopsie. C'est ce que je fais encore aujourd'hui, à celle de l'histoire de la bouteille d'aspirine. Et savez-vous ce que je trouve ?

— Quoi ?

— Que dalle. » Elle avait répondu avec un manque d'emphase étrangement convaincant. « Rien du tout. Il m'est arrivé de la trouver un peu pâlotte. Je me rappelle l'avoir entendue parler toute seule une ou deux fois, pendant qu'elle faufilait un ourlet ou déroulait des tissus. C'est le comportement le plus excentrique de sa part dont je me souvienne, et il m'est souvent arrivé d'en faire autant. Pas vous ? »

Alan acquiesça.

« Pour l'essentiel, elle était restée telle que je la connaissais depuis le premier jour : pleine de joie, amicale, serviable... une excellente amie.

— Mais... »

La main de Polly était toujours sur la sienne ; elle se raidit un peu. « Non, Alan, pas de mais. Ray Van Allen fait aussi la même chose, figurez-vous ; on appelle ça la mi-temps du lundi matin, je crois. Est-ce que vous vous dites que c'est sa faute ? Que Ray aurait dû diagnostiquer la tumeur ?

— Non, mais...

— Et moi ? On travaillait tous les jours ensemble, côte à côte le plus souvent ; on prenait le café ensemble à dix heures, on déjeunait ensemble à midi et on reprenait un café ensemble à trois heures. On se parlait de plus en plus franchement au fur et à mesure qu'on apprenait à se connaître, Alan. Je sais que vous lui plaisiez, à la fois comme ami et comme amant, et je sais qu'elle aimait ses deux fils. Mais si sa maladie l'a poussée au suicide, je n'en ai aucune idée. Alors dites-moi, est-ce que c'est ma faute ? » Elle l'observait avec franchise et curiosité, de ses yeux bleu clair.

« Non, mais... »

Elle lui donna une pression de la main, légère mais autoritaire.

« Je voudrais vous poser une question. C'est important, alors réfléchissez bien. »

Il acquiesça.

« Ray était son médecin, et en admettant qu'il y ait eu quelque chose à voir, il n'a rien vu. J'étais son amie, et je n'ai rien vu non plus. Vous étiez son mari, et vous non plus, vous n'avez rien vu, toujours en admettant qu'il y ait eu quelque chose à voir. Et vous vous dites qu'il n'y a plus rien à ajouter, point final. Mais non.

— Je ne comprends pas où vous voulez en venir.

« — Quelqu'un d'autre était très proche d'elle, reprit Polly. Plus proche encore qu'aucun d'entre nous, il me semble.

— De qui voulez-vous par... ?

— Qu'a dit *Todd*, Alan ? »

Il la regardait, l'œil rond, ne comprenant toujours pas. On aurait dit qu'elle venait de lui parler en chinois.

« Todd, insista-t-elle avec une pointe d'impatience. Todd, votre fils. Celui qui vous empêche de dormir la nuit. C'est lui, n'est-ce pas ? Pas elle, mais lui ?

— En effet, dit-il. C'est lui. » Il avait répondu d'une voix haut perchée et chevrotante, très différente de son ton habituel, et senti quelque chose qui se déplaçait en lui, quelque chose de vaste et de fondamental. Maintenant, allongé ici, dans le lit de Polly, il se souvenait de ce moment avec une précision presque surnaturelle : assis à la table de la cuisine, la main de Polly sur son poignet, un rayon oblique du soleil de la fin de l'après-midi, ses cheveux comme des fils d'or, ses yeux clairs, son inflexibilité tempérée de douceur.

« A-t-elle obligé Todd à monter dans la voiture, Alan ? Se débattait-il ? Criait-il ?

— Non, bien sûr que non, mais c'était sa m...

— De qui était l'initiative pour qu'il l'accompagne au supermarché, ce matin-là ? D'elle ou de lui ? Vous en souvenez-vous ? »

Il commença par dire non, mais soudain la mémoire lui revint. Leurs voix, lui parvenant du séjour, tandis qu'il était assis à son bureau, épluchant des dossiers.

Je dois aller au supermarché, Todd. Veux-tu m'accompagner ?

Est-ce que je pourrai regarder les nouvelles cassettes vidéo ?

Sans doute. Demande à ton père s'il n'a besoin de rien.

« C'était son initiative, répondit-il à Polly.

— En êtes-vous sûr ?

— Oui. Mais elle lui a *posé la question*. Elle ne l'a pas *obligé.* »

Cette chose à l'intérieur de lui, cette chose fondamentale continuait à bouger. Elle allait s'effondrer, pensa-

221

t-il, et faire un sacré nom de Dieu de trou, car ses racines plongeaient profond et s'étendaient loin.

« Avait-il peur d'elle ? »

Elle se livrait maintenant à un véritable interrogatoire en règle, comme il l'avait fait avec Van Allen, mais il paraissait impuissant à l'arrêter. Il n'était pas sûr d'en avoir envie, d'ailleurs. Elle tenait quelque chose, quelque chose qui ne lui était jamais venu à l'esprit au cours de ses longues nuits d'insomnie. Quelque chose qui vivait encore.

« Todd, avoir peur d'Annie ? Seigneur, jamais de la vie !

— Même pas au cours des derniers mois ?

— Non.

— Des dernières semaines ?

— Ecoutez, Polly, je n'étais pas en état d'observer cela, à l'époque. Il y avait cette histoire qui venait d'arriver avec Thad Beaumont, l'écrivain… cette histoire insensée…

— Etes-vous en train de me raconter que cette affaire vous obnubilait tellement que vous ne faisiez pas attention à Annie et à Todd, quand vous vous trouviez là, et que de toute façon, vous n'étiez que rarement à la maison ?

— Non… oui… Je veux dire, *évidemment*, j'étais à la maison, mais… »

Il éprouvait un sentiment étrange, à se trouver bombardé par ce feu roulant de questions. Comme si Polly l'avait drogué à la novocaïne et s'était mise à l'utiliser comme punching-ball. Et cette chose fondamentale (quoi, au juste ?) continuait son mouvement vers la limite à partir de laquelle la gravitation agirait non pour la maintenir, mais, au contraire, pour la renverser.

« Est-ce que Todd est venu vous voir, à un moment ou un autre, pour vous dire que sa mère lui faisait peur ?

— Non…

— Est-ce qu'il est jamais venu vous dire : "Je crois que maman veut se suicider, Papa, et me tuer avec elle pour l'accompagner" ?

— Polly, c'est ridicule ! Je…

— L'a-t-il fait ?

— Non !

— A-t-il jamais mentionné qu'elle disait des choses bizarres ou se comportait étrangement ?

— Non...

— Et Al, l'aîné, était loin, dans son pensionnat?

— Qu'est-ce que cela a à voir avec...?

— Il ne restait qu'un seul oisillon au nid. Quand vous n'étiez pas là, à cause de votre travail, ils se retrouvaient tous les deux. Elle dînait avec lui, l'aidait à faire ses devoirs, regardait la télé avec lui...

— Elle lui lisait des histoires, dit-il d'une voix étranglée et bizarre qu'il reconnaissait à peine.

— Elle était probablement la première personne que Todd voyait chaque matin, et la dernière qu'il voyait chaque soir», poursuivit Polly. Sa main n'avait pas quitté le poignet d'Alan. «S'il y avait quelqu'un de bien placé pour voir arriver quelque chose, c'était la personne qui est morte avec elle. *Et cette personne n'a jamais dit un mot.*»

Et soudain, à l'intérieur de lui, la chose s'effondra. Les muscles de son visage se mirent à tressaillir. Il le sentit arriver — impression de cordes attachées ici et là et tirées par une main douce mais insistante. Une bouffée de chaleur monta dans sa gorge et essaya de la fermer. Une autre empourpra son visage. Ses yeux se remplirent de larmes; l'image de Polly Chalmers se dédoubla, tripla, puis s'émietta comme au travers d'un prisme de lumière. La poitrine d'Alan se soulevait mais ses poumons ne paraissaient pas trouver d'air. Ses mains se retournèrent à cette impressionnante vitesse qui le caractérisait et se refermèrent sur celles de Polly — il dut lui faire affreusement mal, mais elle n'émit pas un son.

«*Elle me manque!*» s'exclama-t-il. Un grand sanglot douloureux entrecoupa les mots de hoquets. «*Ils me manquent tous les deux, ô mon Dieu, comme ils me manquent!*

— Je sais, dit calmement Polly. Je sais. C'est en fait de cela qu'il est question, non? A quel point ils vous manquent.»

Il se mit à pleurer. Al avait pleuré tous les soirs pendant deux semaines; Alan avait été là pour le tenir dans ses bras et lui offrir le peu de réconfort qu'il pouvait lui apporter, mais lui-même n'avait pas pleuré. Maintenant, ses larmes coulaient. Il était impuissant devant les sanglots qui le secouaient comme ils le voulaient; incapable de les arrêter ou de les contrôler. Il n'arrivait pas à modérer son chagrin et se rendit alors compte, avec un sentiment de soulagement aussi profond qu'incohérent, qu'il n'en éprouvait pas le besoin.

Il repoussa la tasse de café d'un geste d'aveugle, l'entendit qui tombait sur le sol d'un autre monde et s'y fracassait. Il posa sa tête brûlante sur la table, l'entoura de ses bras et pleura.

A un moment donné, il avait senti Polly lui soulever la tête de ses mains fraîches, ses mains déformées mais généreuses, et la placer contre son estomac. Elle l'avait tenu ainsi contre lui et il avait pleuré pendant un long, très long moment.

8

Le bras de Polly glissa de sa poitrine. Alan le déplaça délicatement, bien conscient que s'il heurtait sa main, même légèrement, il la réveillerait. Les yeux perdus au plafond, il se demanda si elle avait délibérément provoqué son chagrin, ce jour-là. Il avait tendance à penser que oui ; soit consciemment, soit par intuition, elle avait compris qu'il avait bien davantage besoin de le laisser se manifester que de trouver des réponses presque certainement introuvables.

C'est ainsi que les choses avaient commencé entre eux, même s'il ne s'en était pas rendu compte au début ; il avait plutôt eu l'impression que quelque chose s'achevait. Entre ce jour et celui où il avait rassemblé tout son courage pour inviter Polly à dîner, il avait souvent pensé au regard de ses yeux bleus et à la pression de sa main sur son poignet ; à la manière, douce et impitoyable à la fois, avec laquelle elle l'avait forcé à envisager des idées qu'il avait ignorées ou rejetées. Et pendant cette période, il avait essayé de venir à bout d'un nouvel ensemble de sentiments sur la mort d'Annie ; une fois l'obstacle placé entre lui et son chagrin levé, ces autres sentiments s'étaient engouffrés dans le vide. Le principal et le plus désolant avait été la rage affreuse dans laquelle le mettait l'idée qu'elle leur avait caché une maladie que l'on aurait pu traiter et guérir... et celle qu'elle avait emporté son fils avec elle, ce jour-là. Il avait parlé de certains de ces sentiments avec Polly au restaurant, par un soir glacial et pluvieux d'avril.

« Vous avez arrêté de penser au suicide pour vous mettre à penser au meurtre, dit-elle. C'est pour cela que vous êtes en colère, Alan. »

Il secoua la tête et voulut répondre, mais elle s'était penchée en avant et avait posé un instant, avec fermeté, l'un de ses doigts déformés sur les lèvres d'Alan. « Taisez-vous. » Le geste l'avait tellement surpris qu'il s'était effectivement tu.

« Oui. Je ne vais pas vous faire la leçon ce soir, Alan. Cela fait longtemps que je ne suis pas allée au restaurant avec un homme et j'y prends trop de plaisir pour jouer les procureurs. Mais on n'est pas en colère, en colère comme vous l'êtes, contre des gens simplement parce qu'ils ont été victimes d'un accident, à moins qu'ils n'aient fait preuve d'une insouciance criminelle. Si Annie et Todd étaient morts parce que les freins du Scout avaient lâché, vous pourriez vous en vouloir de ne pas les avoir fait vérifier, ou poursuivre Sonny Jackett en justice pour n'avoir pas fait son travail la dernière fois qu'il en avait assuré l'entretien ; mais vous n'en voudriez pas à Annie, pas à elle. Vous ne croyez pas ?

— Probablement pas.

— Certainement pas. Ce fut *peut-être* un accident d'un genre ou d'un autre, Alan. Vous savez qu'elle a pu avoir une attaque, une fois au volant, parce que Van Allen vous a dit que ce n'était pas à exclure. Mais vous est-il jamais venu à l'esprit qu'elle a pu donner un coup de volant pour éviter un daim ? Qu'il a pu s'agir de quelque chose d'aussi bête que ça ? »

Cette idée l'avait effleuré. Un daim, un oiseau, voire même une voiture arrivant dans l'autre sens en roulant à gauche.

« D'accord, mais la ceinture de sécurité...

— Bon sang ! Vous n'allez pas l'oublier un peu, cette ceinture ? » Elle avait parlé avec tant de véhémence et de conviction que les clients de la table voisine leur jetèrent de brefs coups d'œil. «Elle a peut-être eu une crise de migraine qui lui aura fait oublier de boucler sa ceinture cette fois-là ; ou peut-être l'avait-elle *mal* bouclée. Mais cela ne signifie nullement qu'elle a délibérément jeté le Scout contre les arbres. Cette hypothèse explique en plus que la ceinture de Todd ait été bouclée. De toute façon, ce n'est toujours pas la question.

— C'est quoi, alors ?

— La question, c'est qu'il y a trop de "peut-être" pour justifier votre colère. Et même si vos pires soupçons sont vrais, vous ne le saurez jamais, n'est-ce pas ?

— Non, jamais.

— Et même si vous le saviez… » Elle le regarda sans ciller. Une bougie brûlait entre eux sur la table. A sa flamme, les yeux de Polly devenaient d'un bleu plus foncé, et il voyait un minuscule reflet de lumière briller dans chacun d'eux. «Une tumeur au cerveau est également un accident. Il n'y a aucun coupable à chercher là, Alan — comment dites-vous, déjà, dans votre jargon ? —, pas d'auteur du crime. Tant que vous n'aurez pas accepté cette idée, il n'y aura pas la moindre chance.

— Comment ça, la moindre chance ?

— La moindre chance pour nous, Alan, répondit-elle avec calme. Je vous aime beaucoup, et je ne suis pas trop vieille pour prendre des risques, mais suffisamment pour avoir connu quelques expériences pénibles qui m'ont appris jusqu'où mes sentiments pouvaient me conduire quand je leur laissais la bride sur le cou. Je ne les laisserai pas s'approcher de ce niveau, croyez-moi, tant que vous n'aurez pas arrêté de vous tourmenter à cause d'Annie et de Todd. »

Il la regarda, le souffle coupé. Elle soutint son regard, l'air grave, par-dessus la table élégante de la vieille auberge de campagne, tandis que des reflets orange jouaient sur la douceur de sa peau, du côté gauche de son visage. Dehors, le vent soufflait une longue note de trombone dans les chéneaux.

«En ai-je trop dit ? demanda-t-elle. Si oui, ramenez-moi à la maison, Alan. J'ai presque autant horreur d'être mise dans l'embarras que j'ai horreur de ne pas dire ce que je pense. »

Il tendit la main par-dessus la table et effleura brièvement le poignet de Polly. «Non, vous n'en avez pas trop dit. J'aime vous écouter, Polly. »

Alors, elle lui avait souri. Un sourire qui avait éclairé tout son visage. «Vous aurez donc votre chance. »

Ainsi les choses avaient-elles commencé pour eux. Ils ne s'étaient pas sentis coupables de se voir, mais ils avaient admis la nécessité d'être prudents; pas seulement parce qu'ils habitaient une petite ville dont Alan était l'un des élus, et que Polly avait besoin de la bonne volonté de la communauté pour que sa petite entreprise continuât à prospérer, mais parce que l'un comme l'autre craignaient cette possibilité: se sentir coupable. Aucun des deux n'était trop vieux pour ne pas prendre ce genre de risque, semblait-il, mais ils l'étaient un peu trop pour faire preuve d'imprudence. Ils devaient faire attention.

Puis, en mai, ils avaient couché ensemble pour la première fois, et elle lui avait parlé de toutes les années entre Autrefois et Aujourd'hui. L'histoire qu'il soupçonnait de ne pas être entièrement vraie, celle que, il en était convaincu, elle lui raconterait un jour sans ce regard un peu trop direct et sans le petit geste machinal de la main tirant sur le lobe de son oreille gauche. Il s'était rendu compte des difficultés qu'elle avait eu à faire ces premiers aveux, et il s'en satisfaisait pour le moment; le reste viendrait plus tard. Il *devait* s'en satisfaire; car il fallait faire attention. Il suffisait déjà — amplement — de tomber amoureux d'elle tandis que se déroulait paresseusement le long été du Maine.

Et maintenant, tandis qu'il contemplait, dans la pénombre, les dalles isolantes au plafond de la chambre de Polly, il se demandait si le moment n'était pas venu de parler à nouveau mariage. Il avait essayé une première fois, en août, et elle avait eu le même geste du doigt. Taisez-vous. Ou plutôt: tais-toi. Il se disait…

Mais le train de ses pensées conscientes commença alors à se rompre et Alan coula paisiblement dans le sommeil.

Il rêva. Il faisait des courses dans un magasin gigantesque, remontant une allée d'une telle longueur qu'elle se réduisait à un point, très loin. On y trouvait de tout, tout ce qu'il avait toujours désiré sans pouvoir se l'offrir : une montre sensible à la pression, un véritable fédora de feutre de chez Abercrombie & Fitch, le célèbre chapelier, une caméra 8 mm Bell and Howell et des centaines d'autres articles ; mais il y avait quelqu'un qui se tenait derrière lui, juste derrière son épaule, quelqu'un qu'il ne pouvait voir.

« Ici en bas, on appelle ça des trucs à vous bourrer le mou, vieux chnoque », observa une voix.

Une voix qu'Alan connaissait. Elle appartenait à ce grand salopard qui frimait au volant de sa Toronado noire, George Stark.

« On appelle ce magasin Terminusville, reprit la voix, parce que c'est l'endroit où on met un terme à tout, biens et services. »

Alan vit un grand serpent — on aurait dit un python qui aurait eu une tête de serpent à sonnette — qui se glissait au milieu d'un énorme assortiment d'ordinateurs Apple marqués UTILISATION GRATUITE. Il se tourna pour s'enfuir, mais une main à la paume dépourvue de lignes le saisit au bras et l'arrêta.

« Vas-y, fit la voix d'un ton persuasif. Prends tout ce que tu veux, Duchnoque. Absolument tout ce que tu veux… et paie ensuite. »

Mais chacun des articles qu'il prenait se transformait en un débris carbonisé et tordu, tout ce qui restait de la boucle de ceinture de sécurité de son fils.

8

1

Si Danforth Keeton n'avait pas de tumeur au cerveau, ça ne l'empêchait pas de souffrir d'un mal au crâne carabiné lorsqu'il s'installa à son bureau, tôt, le samedi matin. Devant lui était étalée, à côté des livres de comptes (reliés en rouge) relatifs aux impôts de la ville, allant des années 1982 à 1989, toute une pile de correspondance : des lettres du Bureau des Impôts de l'Etat du Maine et la photocopie de ses réponses.

Les choses commençaient à lui dégringoler dessus. Il le savait, mais restait impuissant à faire quoi que ce soit.

Keeton avait fait un aller et retour la veille au soir à Lewiston et n'était revenu à Castle Rock que vers minuit et demi ; il avait passé le reste de la nuit à aller et venir, agité, dans le bureau de son domicile, tandis que sa femme dormait du sommeil pesant des tranquillisants, au premier. Il s'était surpris à regarder de plus en plus souvent le petit placard qui se trouvait dans un coin de son cabinet. Sur l'étagère la plus haute de ce placard, étaient empilés des chandails, pour la plupart anciens et mangés des mites. Au-dessous se trouvait une boîte en bois, sculptée par son père bien avant que la maladie d'Alzheimer ne vînt étendre son ombre sur lui et le dépouiller non seulement de sa mémoire, mais de ses dons remarquables. Il y avait un revolver dans la boîte.

Keeton se surprit aussi à penser de plus en plus fréquemment à cette arme. Pas pour lui-même, non ; du moins, pas pour commencer. Pour EUX. Les Persécuteurs.

A six heures moins le quart, il avait quitté son domicile et gagné le bâtiment municipal, roulant dans le silence de l'aube. Eddie Warburton, un balai à la main et une Chesterfield à la bouche (la médaille de Saint-Christophe en or massif achetée la veille au Bazar des Rêves bien cachée sous sa chemise de flanelle bleue), avait suivi du regard le maire lorsqu'il était monté au premier étage. Les deux hommes n'avaient pas échangé un mot. Eddie était habitué à voir apparaître Keeton aux heures les plus bizarres, depuis environ un an, et cela faisait longtemps que Keeton avait cessé de voir le concierge.

Il rassembla tous les papiers, dut lutter contre l'envie de les réduire en charpie et d'en éparpiller les débris, et entreprit de les trier. Les lettres du Bureau des Impôts d'un côté, ses réponses de l'autre. Il conservait cette correspondance dans le dernier tiroir de son classeur ; un tiroir dont il était le seul à posséder la clef.

Au bas de la plupart des lettres, on trouvait cette cote : DK/sl. DK était évidemment Danforth Keeton, et sl Shirley Lawrence, sa secrétaire, qui prenait son courrier en sténo pour le taper ensuite. Shirley n'avait cependant tapé aucune des réponses de Keeton aux lettres du Bureau des Impôts, initiales ou pas.

Il était plus sage de conserver certaines choses par-devers soi.

Une phrase lui sauta aux yeux : « ... et nous relevons des éléments inexacts dans le formulaire de taxation municipale 11 pour l'année fiscale 1989... »

Il mit la lettre vivement de côté.

Une autre : « ... et en examinant un échantillon des formulaires des plans de retraite des travailleurs pour le dernier trimestre de 1987, de sérieuses questions se posent quant à... »

Dans le dossier.

Encore une autre : « ... semble que votre requête de prorogation de l'examen soit prématurée pour l'instant... »

Elles se brouillaient en défilant sous ses yeux et lui donnaient mal au cœur, comme s'il était sur un manège emballé.

« ... questions à propos des fonds réservés aux plantations d'arbres... »

« ... nous ne trouvons pas trace d'un courrier de votre part... »

« ... la répartition de la part de budget de l'Etat est très insuffisamment précisée... »

« ... les récépissés manquants des dépenses doivent être... »

« ... les relevés de caisse ne suffisent pas pour... »

« ... nous devons vous demander un relevé détaillé des dépenses... »

Et maintenant cette dernière lettre, arrivée hier. La lettre qui l'avait poussé à se rendre la veille à Lewiston, où il avait pourtant juré de ne jamais mettre les pieds pendant la saison de trot attelé.

Keeton la contemplait, la mine sinistre. La migraine cognait dans sa tête. Une grosse goutte de sueur roula lentement le long de sa colonne vertébrale. Des cernes noirs d'épuisement lui faisaient des poches sous les yeux. Une gerçure n'arrivait pas à guérir à l'une des commissures de ses lèvres.

BUREAU DES IMPÔTS
Hôtel de l'Etat
Augusta, Maine 04330

L'en-tête, au-dessous du sceau de l'Etat, hurlait vers lui. La formule d'introduction, froide et formelle, était menaçante :

Au Maire de Castle Rock.

C'était tout. Plus de « Cher Danforth », ou de « Cher Monsieur Keeton ». Plus de bons vœux formulés pour lui et sa famille, à la fin. Une lettre aussi glaciale et détestable qu'un coup de pic à glace.

Ils voulaient vérifier les livres de comptes de la municipalité.

Tous les livres de comptes.

Ceux des impôts communaux, ceux des impôts sur le revenu destinés à l'Etat et au gouvernement fédéral, ceux des budgets de la police, ceux du département des parcs, même les livres relatifs à la ferme arboricole expérimentale financée par l'Etat.

Ils voulaient tout voir, et Ils voulaient le voir le 17 octobre. C'est-à-dire dans cinq jours seulement.

Ils, eux.

La lettre était signée du Comptable du Trésor de l'Etat,

231

du Contrôleur du Trésor et, signe encore plus inquiétant, du procureur général — le premier flic du Maine. Et il s'agissait de signatures personnelles, pas de coups de tampon.

«*Eux*», murmura Keeton à l'adresse de la lettre. Il la secoua dans son poing et elle bruissa doucement. Il lui montra les dents. «*Tous ces types!*»

Il abattit le document sur la pile des autres, referma le dossier. Impeccablement tapé à la machine, sur l'étiquette, on lisait : CORRESPONDANCE, BUREAU DES IMPÔTS DU MAINE. Keeton resta un long moment dans la contemplation du dossier refermé. Puis il arracha un stylo à son support (un cadeau des anciens du collège de Castle Rock) et griffonna rageusement les mots BUREAU DU KAKA DU MAINE! Il retomba dans sa contemplation pendant quelques instants, puis ajouta, de la même grande écriture inégale et tremblée : BUREAU DES TROUS DU CUL! au-dessous. Il prit le stylo dans son poing comme un couteau, le brandit et le lança à travers la pièce. L'objet atterrit dans un coin avec un petit bruit sec.

Keeton ferma l'autre dossier, celui qui contenait les doubles des lettres qu'il avait lui-même écrites (et auxquelles il ajoutait toujours les initiales de sa secrétaire), lettres concoctées au cours de longues nuits sans sommeil et qui se révélaient finalement stériles. Une veine pulsait, régulière, au milieu de son front.

Il se leva, alla ranger les deux dossiers dans leur compartiment, referma sèchement celui-ci et vérifia que la serrure s'était bien verrouillée. Puis il s'approcha de la fenêtre et se perdit dans la contemplation de la ville endormie, prenant de grandes inspirations pour tenter de se calmer.

ILS lui en voulaient. Les Persécuteurs. Il se prit à se demander, pour la millième fois, qui, le premier, avait bien pu les lâcher sur lui. Si seulement il pouvait découvrir l'identité de cet ignoble Persécuteur en Chef, il retirerait le revolver de sous les chandails mités et Réglerait la Question. Mais sans se presser, néanmoins. Oh non. Il procéderait morceau par morceau et obligerait ce salopard à chanter l'hymne national en même temps.

Il songea à l'adjoint au shérif, Ridgewick. Le maigrichon. Pouvait-il s'agir de lui? Il ne lui paraissait pas assez intelligent... mais les apparences étaient peut-être trompeuses. Pangborn avait bien déclaré avoir demandé à Ridgewick de mettre la contredanse à la Cadillac, mais ce n'était pas nécessairement vrai. Et dans les toilettes, lorsque Ridgewick l'avait appelé Buster, Keeton avait lu un mépris railleur et madré dans son regard. Ridgewick aurait-il été dans le coin lorsque les premières lettres du Bureau des Impôts s'étaient mises à arriver? Le maire en était presque convaincu. Plus tard, il irait vérifier les registres de service, juste pour en être sûr.

Et Pangborn lui-même? *Lui* était intelligent, aucun doute; aucun doute aussi, il haïssait Danforth Keeton (ne le haïssaient-Ils pas tous?) et connaissait beaucoup de gens à Augusta. Il LES connaissait tous très bien. Tu parles, il LES avait tous les jours au bout du fil, bordel! Les notes de téléphone, même avec les lignes réservées, étaient monstrueuses.

Pourrait-il s'agir d'un complot? Pangborn et Ridgewick? Des deux hommes contre lui?

« Le Ranger solitaire et son fidèle compagnon, l'Indien Tonto, murmura Keeton, tandis qu'un sourire sinistre se dessinait sur son visage. Si c'est bien toi, Pangborn, tu vas le regretter. Et si c'est vous deux, vous allez le regretter tous les deux. (Ses mains se serrèrent en poings.) Je ne vais pas me laisser persécuter éternellement, figurez-vous. »

Ses ongles soigneusement manucurés s'enfoncèrent dans ses paumes. Ce n'est que lorsque le sang coula qu'il se rendit compte de ce qu'il faisait. Ridgewick, peut-être. Pangborn, peut-être. Ou peut-être Melissa Clutterbuck, cette salope frigide, la trésorière de la ville; ou encore Bill Fullerton, le deuxième adjoint (il savait parfaitement bien que Fullerton voulait lui piquer son poste et n'aurait de cesse tant qu'il n'y serait pas parvenu)...

Tous, peut-être.

Tous ensemble.

Keeton laissa échapper un long soupir torturé qui fit naître une fleur de buée sur le vitrage renforcé de la fenêtre. Restait la question de savoir ce qu'il allait faire. Entre aujourd'hui et le 17 prochain, qu'allait-il faire ?

La réponse était simple : il l'ignorait.

2

Jeune, Keeton avait mené une existence simple, où les choses étaient clairement noires ou blanches ; et ça lui avait plu ainsi. Alors qu'il allait encore au lycée de Castle Rock, il avait commencé à travailler à temps partiel, à quatorze ans, dans le garage familial, en briquant les modèles du hall de démonstration. La concession Chevrolet des Keeton était l'une des plus anciennes de Nouvelle-Angleterre et la clef de voûte de leur structure financière. Une structure bien solide, du moins jusqu'à une période relativement récente.

Pendant ses quatre années au lycée de Castle Rock, à peu près tout le monde l'avait appelé Buster. Il prit l'option commerce, se maintint dans une bonne moyenne, dirigea le Conseil étudiant pratiquement tout seul et alla poursuivre ses études au Traynor Business College de Boston. Il y obtint les meilleures notes et décrocha son diplôme avec trois semestres d'avance. Lorsqu'il revint à Castle Rock, il ne tarda pas à faire comprendre que l'époque Buster était terminée.

Il avait mené une existence parfaite jusqu'au jour de cette sortie à Lewiston avec Steve Frazier, il y avait neuf ou dix ans de cela. C'est à cette date que remontaient tous ses ennuis ; lorsque des ombres d'un gris de plus en plus profond avaient commencé à brouiller sa vie en noir et blanc.

Il n'avait jamais joué, ni au lycée de Castle Rock, quand il était Buster, ni à Traynor, quand il était Dan, et pas davantage lorsqu'il était devenu Monsieur Keeton, patron de Keeton Chevrolet et conseiller municipal. Pour autant qu'il l'ait su, personne n'avait jamais été joueur dans sa famille ; même pas pour des haricots, dans une partie de poker pour rire. Il n'existait pas de tabou spécial contre ce genre de choses, pas de *Tu Ne Joueras Pas*, mais personne ne les faisait. Personne n'avait jamais parié sur quoi que ce soit avant cette première sortie au champ de courses de Lewiston, en compagnie de Steve Frazier. Il n'avait d'ailleurs jamais parié dans un autre endroit, depuis, et n'en avait pas eu besoin : le champ de courses de Lewiston avait largement suffi à la ruine de Danforth Keeton.

Il était alors troisième adjoint. Steve Frazier, mort et enterré depuis maintenant au moins cinq ans, tenait alors le poste clef de maire de Castle Rock. Keeton et Frazier étaient « montés en ville » (l'expression consacrée pour les virées à Lewiston) avec Butch Nedeau, inspecteur des services sociaux du comté, et Harry Samuels, conseiller municipal depuis qu'il en avait l'âge ou presque, et qui mourrait sans doute conseiller municipal. Le prétexte de ce petit voyage avait été une réunion de tous les élus de l'Etat sur le thème des nouvelles lois sur le partage des revenus... et c'était cette histoire de partage de revenus, évidemment, qui était à l'origine du gros de ses ennuis. Sans cela, Keeton aurait été obligé de creuser sa tombe au pic et à la pioche. Mais avec cela, il avait pu bénéficier d'une bonne pompe à finances.

La conférence durait deux jours. Le soir du premier, Steve avait suggéré d'aller faire une virée dans la grande ville et de s'amuser un peu. Butch et Harry s'étaient récusés. Keeton n'avait lui non plus aucune envie de passer la soirée avec Frazier, grande gueule bedonnante avec de la graisse jusque dans le cerveau. Néanmoins, il l'avait suivi. Il l'aurait fait même si Frazier lui avait proposé d'aller visiter les fosses à ordures les plus profondes de l'enfer. Car Steve était le maire, portant le titre, propre à la Nouvelle-Angleterre, de « Head Selectman » : autrement dit, il détenait le pouvoir exécutif local. Harry Samuels pouvait se satisfaire de pantoufler au poste de deuxième, troisième ou quatrième conseiller toute sa vie ; Butch Nedeau avait déjà fait savoir qu'il ne demanderait pas le renouvellement de son mandat. Mais Danforth Keeton avait des ambitions, et Frazier, gros lard-grande gueule ou non, en était la clef.

Ils étaient donc sortis, premier arrêt aux Bienheureux.

SOYEZ HEUREUX AUX BIENHEUREUX, disait la devise au-dessus de l'entrée, et Frazier avait pris l'injonction au pied de la lettre, descendant les whiskies-sodas comme si c'était le soda qui comptait et pas le whisky, et sifflant les effeuilleuses, lesquelles étaient pour la plupart trop grosses, trop âgées, trop lentes. Keeton trouva qu'elles avaient presque toutes l'air camées. Il s'était dit que la soirée risquait d'être un peu longuette.

Les deux hommes s'étaient ensuite rendus au champ de courses de Lewiston, et tout avait changé.

Ils y arrivèrent au moment de la cinquième course, et Frazier avait entraîné Keeton, malgré les protestations de ce dernier, jusqu'aux guichets ; on aurait dit un chien de berger ramenant un agneau récalcitrant vers le troupeau.

« Mais voyons, Steve, je n'y connais absolument rien...

— Aucune importance ! lui avait joyeusement répliqué Frazier en lui soufflant son haleine parfumée au whisky à la figure. C'est notre jour de chance, je le sens ! »

Il n'avait aucune idée de la façon dont on pariait, et le bavardage incessant de Frazier lui rendait difficile de comprendre ce que les autres parieurs, devant lui, disaient en se présentant au guichet à deux dollars.

Lorsque ce fut son tour, il poussa un billet de cinq dollars et dit : « Numéro quatre.

— Gagnant, placé ou combiné ? » lui demanda le caissier. Keeton était resté quelques instants incapable de répondre. Derrière l'homme, s'offrait un spectacle stupéfiant. Trois employés comptaient et mettaient en liasse d'énormes piles de billets, plus que Keeton n'en avait jamais vu de toute sa vie.

« Gagnant, placé ou combiné ? répéta le caissier d'un ton impatient. Grouillez-vous, mon vieux. On n'est pas à la bibliothèque municipale, ici.

— Gagnant », avait répondu Keeton. Il n'avait pas la moindre idée de ce que « placé » ou « combiné » voulaient dire, mais « gagnant », ça, il le comprenait très bien.

Le caissier lui jeta un ticket avec sa monnaie. Un billet d'un dollar, un de deux. Keeton étudia ce dernier avec curiosité. Il savait parfaitement que de tels billets existaient, mais il avait l'impression de n'en avoir jamais vu auparavant. On y admirait le portrait de Thomas Jefferson. Intéressant. En fait, tout était intéressant, ici. L'odeur des chevaux, du pop-corn, des cacahuètes grillées ; la foule qui se pressait ; l'atmosphère électrisée d'impatience. L'endroit était *éveillé* d'une manière qu'il reconnaissait et à laquelle il réagissait immédiatement. Il avait éprouvé ce genre d'excitation en lui auparavant, certes, et même souvent, mais c'était la première fois qu'il avait l'impression de la partager avec tout un monde. Danforth «Buster» Keeton, qui se sentait rarement impliqué dans quoi que ce soit, pas vraiment, avait l'impression de faire partie intégrante de ceci. Vraiment intégrante.

«C'est bougrement plus marrant qu'aux Bienheureux, dit-il à Frazier qui le rejoignait.

— Ouais, le trot attelé, c'est pas mal. Ça ne vaudra jamais les Séries mondiales, mais bon... Viens, allons jusqu'aux barrières. Sur lequel as-tu parié ? »

Keeton ne s'en souvenait même plus. Il dut vérifier sur son ticket. «Le quatre.

— Placé ou combiné ?

— Euh... gagnant. »

Frazier secoua la tête avec une expression d'amical mépris et lui donna une claque sur l'épaule. «Il n'y a que les poires qui parient gagnant, Buster. Même lorsque le totaliseur te dit le contraire. Mais tu apprendras. »

Et bien entendu, il avait appris.

Quelque part, une cloche retentit avec un *brrrrr-rannggg !* bruyant qui le fit sursauter. Une voix gronda : «*Et les voilà partiiiis !*» dans les haut-parleurs du champ de courses. Un rugissement qui tenait du roulement de tonnerre monta de la foule, et Keeton sentit une véritable décharge électrique le secouer de la tête aux pieds. Les sabots martelaient la piste en terre. Frazier prit Keeton par le bras et se fraya un passage jusqu'à la barrière ; ils l'atteignirent à moins de vingt mètres de la ligne d'arrivée.

L'annonceur se mit à commenter la course. Le numéro sept, Ma Môme, en tête au premier virage, était suivi en deuxième position par Champ Brisé, numéro huit, et en troisième position par Comment Ça Va ?, numéro un. Le numéro quatre s'appelait Absolument, le nom le plus stupide qu'on pouvait donner à un cheval, de l'avis de Keeton, et était sixième. Mais c'est à peine s'il s'en souciait. Il était cloué sur place par la charge des chevaux, par leur couvre-dos brillant sous les projecteurs, par la vision des roues brouillées par la vitesse lorsque les sulkys s'engageaient dans le virage, par les couleurs éclatantes des casaques portées par les drivers.

Au moment où les juments entrèrent dans la première ligne droite, Champ Brisé commença à gagner du terrain sur Ma Môme ; celle-ci prit le galop, et Champ Brisé la dépassa comme une flèche. En même temps, Absolument se mit à remonter par l'extérieur : Keeton s'en rendit compte avant même que la voix désincarnée du commentateur ne trompetât la nouvelle par ses haut-parleurs ; c'est à peine s'il sentit les coups de coude de Frazier, à peine s'il l'entendit qui hurlait : « Mais c'est ta pouliche, Buster ! C'est ta pouliche et *elle a une chance* ! »

Au moment où les chevaux abordèrent la dernière ligne droite à pleine vitesse et foncèrent vers l'endroit où se tenaient Keeton et Frazier, la foule se mit à hurler comme un seul homme. Keeton sentait de nouveau l'électricité le parcourir : une vraie tempête cette fois, pas une petite étincelle. Il se mit à hurler avec les autres. Il fut tellement enroué, le lendemain, qu'il ne lui restait plus qu'un mince filet de voix.

« *Absolument* ! s'époumona-t-il. *Vas-y, Absolument, vas-y, ma vieille, cours* ! »

— Non, trotte, l'avait corrigé Frazier, riant tellement fort qu'il en avait les larmes aux yeux. Vas-y, ma vieille, trotte ! Voilà ce que tu veux dire, Buster. »

Keeton n'avait même pas fait attention. Il se trouvait dans un autre monde. Il envoyait des ondes cérébrales à Absolument, il lui envoyait sa force télépathique par la voie des airs.

« On a maintenant Champ Brisé et Comment Ça Va ?, Comment Ça Va ? et Champ Brisé, vociféra la voix olympienne du commentateur. Et Absolument gagne rapidement du terrain, au moment où ils abordent les derniers deux cents mètres... »

Les chevaux approchaient dans un nuage de poussière. Absolument trottait, cou arqué, tête en avant, les jambes se levant et s'abaissant comme des pistons ; elle dépassa Comment Ça Va ? et Champ Brisé, qui donnait d'évidents signes de fatigue, juste à la hauteur de Keeton et de Frazier. Elle accentuait encore son avance au moment où elle franchit la ligne d'arrivée.

Lorsque les chiffres apparurent sur le totaliseur, Keeton dut demander à Frazier ce qu'ils signifiaient. Frazier consulta le ticket de Buster, puis le tableau. Sa bouche s'arrondit sur un sifflement silencieux.

« Est-ce que j'ai récupéré ma mise ? demanda Keeton d'un ton anxieux.

— Tu as fait un peu mieux que ça, Buster. Absolument était classée à trente contre un. »

Au moment de quitter le champ de courses, un peu plus tard, Keeton avait empoché un peu plus de trois cents dollars. Et ainsi était née son obsession.

3

Il prit son manteau, l'enfila mais s'arrêta soudain au moment de sortir, la main sur le bouton de la porte. Il se retourna pour regarder la pièce. Un miroir faisait face à la fenêtre ; Keeton le regarda pendant un long moment, songeur, puis s'en approcha. Il avait entendu parler de la manière dont ILS utilisaient les miroirs ; il n'était pas né de la dernière pluie.

Il appuya sa figure dessus, sans prêter attention au reflet de sa peau blême et de ses yeux injectés de sang. Il mit les mains en coupe de part et d'autre de sa tête pour supprimer les reflets et, les yeux plissés, chercha la présence d'une caméra de l'autre côté. Chercha LEUR présence.

Il ne vit rien.

Au bout d'un temps assez long il s'écarta, essuya d'un geste indifférent, de la manche de son manteau, le verre qu'il venait de salir et quitta le bureau. D'accord, rien. Pour le moment. ILS allaient venir la nuit prochaine, retirer le miroir et le remplacer par une vitre sans tain. L'espionnage n'était que l'une des méthodes classiques des Persécuteurs. Il allait devoir inspecter le miroir tous les jours, dorénavant.

« Mais j'en suis capable, déclara-t-il au couloir vide du premier étage. J'en suis tout à fait capable, croyez-moi. »

Eddie Warburton passait la serpillière sur le carrelage du hall d'entrée et ne leva même pas les yeux lorsque Keeton sortit du bâtiment.

Sa voiture était garée derrière, mais il n'était pas d'humeur à conduire. Il se sentait dans un état de trop grande confusion pour prendre le volant. Il risquait de lancer la Cadillac dans une vitrine. Il ne se rendait pas compte non plus, si profond était son désordre mental, qu'au lieu de se diriger vers son domicile il s'en éloignait. A sept heures et quart, un samedi matin, il était la seule personne à circuler dans le petit quartier commerçant de Castle Rock.

Il revint un moment en esprit à cette première nuit au champ de courses de Lewiston. On aurait dit qu'il ne pouvait pas se tromper. Steve Frazier avait perdu trente dollars et décidé de partir après la neuvième course. Keeton avait répondu qu'il souhaitait rester encore un peu. C'est à peine s'il avait regardé Frazier et remarqué son départ. Il se souvenait simplement avoir pensé que c'était beaucoup mieux sans ce type à ses côtés à lui dire constamment Buster par-ci, Buster par-là. Il avait ce surnom en horreur ; Steve le savait et l'employait précisément pour cette raison.

Il était revenu la semaine suivante, seul cette fois, et avait perdu soixante dollars sur ses gains précédents. Cela ne l'avait guère ému. Bien qu'il eût souvent repensé à ces énormes liasses de billets, ce n'était pas pour l'argent, pas vraiment, qu'il était revenu ; l'argent n'était que le symbole que l'on emportait avec soi, la preuve que vous aviez été là, que vous aviez fait partie, même brièvement, du grand spectacle. Ce qui l'attirait, en fait, c'était la fantastique, la fabuleuse excitation qui soulevait la foule lorsque sonnait la cloche du départ, lorsque les portes s'ouvraient dans un lourd bruit de broyage, lorsque le commentateur lançait : « *Ils sont partiiiis !* » Ce qui le fascinait était le rugissement des spectateurs lorsque le peloton attaquait le troisième virage et la ligne droite à fond la caisse, les exhortations hystériques qui fusaient des stands tandis qu'il amorçait le quatrième virage et surgissait dans la dernière ligne droite. C'était vivant, tellement vivant ! Si vivant, même, que...

... que c'était dangereux.

Keeton décida qu'il valait mieux ne pas y retourner. Il avait devant lui le cours de son existence, dûment planifié. Il avait l'intention de devenir le maire de Castle Rock lorsque Steve Frazier finirait par prendre sa retraite, puis, au bout de six ou sept ans, de se présenter comme député à la Chambre des représentants. Après cela, comment savoir ? Un poste à l'échelon national n'était pas hors d'atteinte pour un homme ambitieux, capable... et sain d'esprit.

Voilà quel était le vrai problème avec les courses. Il ne s'en était pas rendu compte tout de suite, mais suffisamment tôt, tout de même. Aux courses, on payait, on prenait un ticket... et on abandonnait toute raison pendant quelque temps. Keeton avait trop vu de personnes perdre l'esprit, dans sa propre famille, pour ne pas ressentir un malaise devant l'attrait qu'exerçait sur lui le champ de courses de Lewiston. Une fosse aux parois savonneuses, un piège dont les dents étaient dissimulées, un revolver chargé, sécurité ôtée. Lorsqu'il y allait, il devenait incapable d'en repartir tant que la dernière course de la réunion hippique n'avait pas été courue. Il le savait. Il avait essayé. Une fois, il avait même réussi à se rendre jusqu'aux tourniquets de la sortie lorsque quelque chose, tout au fond de sa tête, quelque chose de puissant, d'énigmatique et de reptilien s'était dressé, avait pris le contrôle de ses mouvements et lui avait fait faire demi-tour. Keeton était terrifié à l'idée de réveiller complètement ce reptile. Autant le laisser dormir.

C'était précisément ce qu'il avait fait, pendant trois ans. Puis, en 1984, Frazier avait pris sa retraite et Danforth Keeton avait enfin accédé au poste de maire. C'est à ce moment-là que ses vrais ennuis avaient commencé.

Il s'était rendu aux courses pour fêter sa victoire, et étant donné les circonstances, il avait décidé de faire les choses en grand. Délaissant les guichets des paris à deux et cinq dollars, il se dirigea directement sur celui de dix dollars. Il perdit cent soixante dollars, cette nuit-là, plus que ce qu'il considérait comme acceptable (il dit à sa femme, le lendemain, qu'il en avait perdu quarante), mais pas davantage que ce qu'il pouvait se permettre de perdre. Absolument pas.

Il y retourna la semaine suivante, avec l'intention de récupérer ce qu'il avait perdu ; il ne voulait pas abandonner sur une défaite. Et il y arriva presque. *Presque* : c'est le mot clef. Comme le jour où il avait presque réussi à franchir les tourniquets. La semaine suivante, il avait perdu deux cent dix dollars. Un trou dans leur compte que Myrtle ne manquerait pas de remarquer, et il avait donc emprunté une petite somme à la caisse réservée aux menues dépenses en liquide de la ville, afin de dissimuler le gros de ce trou. Cent dollars. Des clopinettes, en réalité.

Ce stade dépassé, tout commença à se brouiller. Le fossé avait des parois savonneuses, il est vrai, et lorsque l'on commençait à glisser, on était fichu. On pouvait dépenser toute son énergie à les griffer et arriver ainsi à ralentir la dégringolade… ce qui ne faisait que prolonger votre agonie, bien entendu.

Le point de non-retour, en admettant qu'il y en ait eu un, s'était situé pendant l'été de 1989. Les courses de trot attelé avaient lieu de nuit pendant la saison chaude, et Keeton ne cessa de s'y rendre pendant la deuxième quinzaine de juillet et tout le mois d'août. Un temps, Myrtle avait cru que les courses étaient un prétexte et qu'il voyait une autre femme — ce qui était vraiment trop drôle. Keeton n'aurait pas pu avoir la trique, oh non, même pas si Diane elle-même était descendue de la lune sur son chariot avec sa toge ouverte et un panneau autour du cou disant : BAISE-MOI, DANFORTH. Il lui suffisait de penser à la profondeur du trou qu'il avait creusé dans les caisses de la ville pour que sa malheureuse quéquette se recroquevillât jusqu'à la taille d'une gomme — de celles qui sont à l'autre bout des crayons.

Lorsque Myrtle se fut convaincue qu'en fin de compte, c'était bien aux courses qu'il allait tous les soirs, elle s'était sentie soulagée. Elle le voyait d'autant moins à la maison, où il avait tendance à se comporter en tyran, et il ne devait pas perdre tellement d'argent, avait-elle raisonné, car les fluctuations de leur compte n'étaient jamais bien importantes. Danforth s'était trouvé une bonne distraction, en somme, pour l'âge mûr.

Seulement des courses de chevaux, après tout, pensait Keeton, marchant dans Main Street, les mains au fond des poches. Il laissa échapper un éclat de rire étrange et sauvage qui aurait fait tourner la tête aux passants, s'il y en avait eu. Myrtle surveillait leur compte courant, mais n'avait jamais songé à vérifier où en étaient les plans d'épargne qui devaient assurer leur retraite. De même, il était seul à savoir que Keeton Chevrolet était à deux doigts du dépôt de bilan.

Elle tenait les comptes de la maison.

Lui était expert-comptable.

En matière de détournements de fonds, un expert-comptable peut faire mieux que la plupart des gens... mais en fin de compte, quelqu'un découvre toujours le pot aux roses. Et les écrans de fumée qui le dissimulaient avaient commencé à se déchirer à l'automne 1990. Il avait maintenu les morceaux collés ensemble du mieux qu'il avait pu, avec l'espoir de se refaire aux courses. Cela faisait longtemps qu'il avait un bookmaker, à ce moment-là, ce qui lui permettait de parier plus gros qu'au champ de courses.

La chance n'avait pas tourné pour autant.

Après quoi, cet été, les persécutions avaient sérieusement commencé. Auparavant, ILS n'avaient fait que jouer avec lui. ILS en étaient maintenant au stade de la mise à mort, et l'Apocalypse n'était même pas à une semaine.

Je LES aurai, se dit Keeton. *Je ne suis pas encore foutu. J'ai encore un ou deux tours dans mes manches.*

Malheureusement, il ignorait lesquels, là était l'ennui.

Ne t'en fais pas. Il y aura bien un moyen. Je sais qu'il doit y en avoir un...

Ses pensées s'interrompirent. Il se trouvait en face du

nouveau magasin, le Bazar des Rêves, et ce qu'il voyait dans la vitrine chassa tout le reste de son esprit, pendant quelques instants.

Il s'agissait d'une boîte rectangulaire en carton, aux couleurs vives, avec une image sur le couvercle. Une sorte de jeu de société, se dit-il. Mais un jeu de société basé sur les courses de chevaux, et il aurait pu jurer que l'image, qui montrait deux trotteurs arrivant presque ensemble sur la ligne d'arrivée, représentait le champ de courses de Lewiston. Si ce n'était pas la tribune d'honneur, au second plan, il était archevêque.

Le nom du jeu était TICKET GAGNANT.

Keeton resta perdu dans sa contemplation pendant presque cinq minutes, aussi hypnotisé qu'un môme qui regarde le train électrique de ses rêves. Puis, lentement, il s'avança sous l'auvent vert foncé pour voir si par hasard la boutique n'ouvrirait pas le samedi. Il y avait bien un panonceau qui pendait à la porte, mais on n'y lisait qu'un seul mot, qui naturellement était

OUVERT

Keeton l'étudia un instant, se disant, comme l'avait fait Brian Rusk avant lui, qu'il devait s'agir d'une erreur. Les boutiques de Main Street n'ouvraient jamais d'aussi bonne heure à Castle Rock, en particulier un samedi matin. Il essaya tout de même la poignée. Elle tourna sans peine dans sa main.

Il ouvrit la porte, et une clochette d'argent tinta au-dessus de lui.

4

« Ce n'est pas vraiment un jeu, expliquait Leland Gaunt cinq minutes plus tard. Là-dessus, vous vous trompez. »

Keeton, une tasse d'excellent café de la Jamaïque à la main, était installé dans le confortable fauteuil à haut dossier où Nettie Cobb, Cyndi Rose Martin, Eddie Warburton, Everett Frankel, Myra Evans et bon nombre d'autres citoyens de Castle Rock s'étaient déjà assis auparavant, cette semaine. Gaunt, un type qui paraissait assez sensationnel pour un péquenot de l'Oklahoma, avait tenu à lui offrir le café, avant d'aller se pencher sur l'étalage de la vitrine et d'en retirer la boîte. Il portait une veste d'intérieur lie-de-vin et était tiré à quatre épingles, sans un cheveu qui ne fût en place. Il avait expliqué qu'il souffrait d'insomnies et ouvrait souvent à des heures bizarres.

« Cela remonte à l'époque de ma jeunesse, avait-il ajouté avec un petit rire triste. Il y a bien des années. » Keeton lui trouvait cependant l'air aussi frais qu'un gardon — mis à part les yeux, tellement injectés de sang que le rouge aurait pu passer pour leur couleur naturelle.

Il vint poser la boîte à côté de Keeton, sur une petite table.

« Elle a attiré mon regard, dit Keeton, parce qu'elle me rappelle le champ de courses de Lewiston. J'y vais de temps en temps.

— Vous aimez les émotions fortes ? » Gaunt avait souri en posant la question.

Keeton, sur le point de répondre qu'il ne pariait jamais, changea d'avis au dernier moment. Le sourire de l'homme n'était pas seulement amical ; c'était un sourire de commisération, et il comprit soudain qu'il avait en face de lui un compagnon de souffrance ; ce qui, entre parenthèses, montrait bien à quel stade il en était réduit, car lorsqu'il avait serré la main de Gaunt, il avait été saisi d'une impression de dégoût si brusque et intense qu'on aurait presque dit un spasme musculaire. En ce bref instant, il avait cru avoir enfin trouvé son Persécuteur en Chef ! Il devait se méfier de ce genre de réaction ; ça ne servait à rien de perdre les pédales.

« Il m'arrive de jouer un cheval ou deux.

— Ça m'est arrivé aussi, malheureusement. » Les yeux rougeâtres de Gaunt se fixèrent sur ceux de Keeton et ils se comprirent parfaitement… du moins, à ce que crut le maire. « Je suis passé par la plupart des champs de courses de l'Atlantique au Pacifique, et je suis à peu près sûr qu'il s'agit de celui de Longacre Park, à San Diego. Disparu, évidemment, au profit d'un lotissement.

— Oh…

— Mais permettez-moi de vous le montrer. Je crois que cela devrait vous intéresser. »

Il enleva le couvercle et sortit délicatement une piste de course en fer-blanc, d'environ un mètre de long sur trente centimètres de large. Elle ressemblait aux jouets à bon marché, venus du Japon, que Keeton avait eus enfant, juste après la guerre. La piste était le modèle réduit d'un parcours classique de deux miles. Elle comportait huit fentes étroites, et derrière la ligne de départ étaient alignés huit chevaux, découpés en fer-blanc. Chacun était fixé sur une lamelle de même métal, sortant de la fente et soudée au ventre du cheval.

« Ouais ! » fit Keeton, dont le visage s'éclaira. C'était la première fois qu'il souriait depuis des semaines, et l'expression lui fit un effet curieux.

« Vous n'avez encore rien vu, Mesdames et Messieurs, comme disait l'autre, répliqua Gaunt en lui rendant son sourire. Ce truc-là date des années trente, monsieur Keeton ; une véritable antiquité. Mais ce n'était pas simplement un jouet pour les mordus des courses de l'époque.

— Non ?

— Non. Savez-vous ce qu'est une planche oui-ja ?

— Bien sûr. Vous posez une question, et le monde des esprits est supposé donner la réponse en l'épelant lettre à lettre.

— Exactement. Eh bien, figurez-vous qu'à l'époque de la Dépression il y avait un tas de turfistes qui croyaient que Ticket Gagnant était en quelque sorte la planche oui-ja des parieurs. »

Ses yeux croisèrent de nouveau ceux de Keeton, souriants, amicaux, et le maire se sentit aussi incapable d'en détacher les siens qu'il l'avait été de quitter le champ de courses avant la fin, la dernière fois qu'il avait essayé.

« C'est idiot, non ?

— Oui », répondit Keeton à qui l'idée, cependant, ne paraissait nullement idiote ; mais au contraire, parfaitement... parfaitement...

Parfaitement raisonnable.

Gaunt explora la boîte de la main et en retira une petite clef de métal. « Un cheval différent gagne à chaque fois. Il doit y avoir une sorte de mécanisme aléatoire à l'intérieur, je suppose. Sommaire, mais efficace. Et maintenant, regardez. »

Il glissa la clef dans un trou, à l'extérieur de la plate-forme de fer-blanc, et la tourna. On entendit les cliquetis caractéristiques d'engrenages que l'on remonte.

« Lequel prenez-vous ? demanda Gaunt.

— Le cinq. » Keeton se pencha en avant, tandis que son cœur se mettait à battre plus fort. C'était ridicule — l'ultime preuve de son obsession, se dit-il — mais il ne s'en sentait pas moins gagné par la vieille excitation.

« Très bien, je choisis le six. Et si nous faisions un petit pari, juste pour pimenter les choses ?

— Bien sûr ! Combien ?

— Pas en argent. J'ai arrêté de jouer pour de l'argent il y a très longtemps, monsieur Keeton. C'est la forme de pari la moins intéressante de toutes. Disons ceci : si votre cheval gagne, je vous rendrai un petit service, à votre choix. Si le mien gagne, c'est vous qui me devrez un petit service.

— Et si un autre gagne, le pari est annulé ?

— Exactement. Etes-vous prêt ?

— Et comment ! » répliqua Keeton, les dents serrées, en se penchant sur la piste de course en fer-blanc. Il s'étreignait les mains entre ses grosses cuisses.

Un petit levier de métal dépassait d'une fente, à hauteur de la ligne de départ. « Et c'est parti », dit doucement Gaunt en le poussant.

Les roues dentées du mécanisme, sous le plateau, se mirent à tourner. Les chevaux quittèrent la ligne de départ et s'engagèrent chacun dans la fente qui lui était réservée, lentement pour commencer. Ils oscillaient d'avant en arrière et progressaient par petits à-coups, comme si un gros ressort (ou plusieurs) se détendait à l'intérieur, mais commencèrent à prendre de la vitesse en arrivant au premier virage.

Le deux prit la tête, suivi du sept ; les autres formaient un peloton serré.

« Allez, le cinq ! s'écria doucement Keeton. Allez, le cinq, bouge-toi, salope ! »

Comme s'il n'attendait que cet encouragement, le minuscule étalon de fer-blanc commença à se détacher du peloton. A mi-course, il avait rejoint le sept. Le six, le cheval de Gaunt, se mit aussi à prendre de la vitesse.

La plate-forme tressautait et vibrait sur la petite table. Le visage de Keeton planait au-dessus comme une grosse lune crevassée. Une goutte de sueur vint tomber sur le jockey du trois ; grandeur nature, l'homme et le cheval auraient été noyés sous un déluge.

Au troisième virage, le sept donna une accélération et rattrapa le deux, mais le cinq de Keeton tint bon, le six de Gaunt à une encolure derrière lui. Les quatre premiers chevaux, avec des vibrations frénétiques, prirent le virage bien détachés par rapport aux quatre derniers.

« *Vas-y, espèce de stupide salope !* » cria Keeton, oubliant qu'il ne s'agissait que de morceaux de fer-blanc grossièrement découpés en forme de chevaux. Il avait également oublié qu'il se trouvait dans la boutique d'un homme dont il venait tout juste de faire la connaissance. La vieille excitation le dominait, le secouant comme un fox-terrier secoue un rat. « *Vas-y, ma salope ! Galope, baise-les !* »

Le cinq remonta encore un peu et prit la tête. Le cheval de Gaunt était à moins d'une encolure de celui de Keeton lorsque celui-ci franchit en vainqueur la ligne d'arrivée.

Le mécanisme s'essoufflait, mais la plupart des chevaux regagnèrent la ligne de départ avant que le ressort fût au bout du rouleau. Du doigt, Gaunt poussa les retardataires à la hauteur des autres ; ils étaient prêts pour un nouveau départ.

« Bon Dieu ! » fit Keeton en s'essuyant le front. Lui aussi se sentait complètement au bout du rouleau... et néanmoins, mieux qu'il ne l'avait jamais été depuis très, très longtemps. « Qu'est-ce que c'était chouette !

— Vraiment chouette, reconnut Gaunt.

— Ils savaient bougrement bien s'y prendre, dans le temps, vous ne trouvez pas ?

— Mais si. (Gaunt sourit.) Et on dirait que je vous dois un petit service, monsieur Keeton.

248

— Bah, n'en parlons pas, on s'est bien amusés.

— Non, j'y tiens. Un gentleman paie toujours ses dettes. Simplement, appelez-moi un jour ou deux avant que vous vouliez régler nos comptes.

Avant qu'il veuille régler ses comptes.

À cette remarque, tout lui retomba dessus. Les comptes! C'était *EUX* qui allaient lui régler le sien! *EUX!* Jeudi prochain, on allait lui régler son compte, et qu'est-ce qui allait se passer, alors?

Il avait des visions de manchettes de journaux qui lui dansaient dans la tête.

«Voulez-vous que je vous dise comment les vrais parieurs des années trente se servaient de ce jouet? demanda doucement Gaunt.

— Bien sûr», répondit Keeton. Au fond, il s'en fichait... mais il lui suffit de lever les yeux, de croiser de nouveau le regard de Leland Gaunt et d'en rester captif pour que l'idée d'utiliser un jeu d'enfant afin de déterminer des gagnants lui parût de nouveau parfaitement cohérente.

«Ils prenaient la page des courses de leur journal, ou un journal de turfistes, et faisaient courir toutes les courses, l'une après l'autre, par Ticket Gagnant. Ils donnaient à chacun des chevaux un nom pour chacune des courses; pour cela ils touchaient le cheval de fer-blanc en prononçant ce nom en même temps. Cela sur huit, dix ou douze courses. Ensuite ils allaient au champ de courses et jouaient les chevaux qui avaient gagné chez eux.

— Et ça marchait?» demanda Keeton, avec l'impression que sa voix venait d'ailleurs que de lui-même; d'un endroit éloigné. Il éprouvait aussi la curieuse sensation de flotter dans les yeux de Leland Gaunt. De flotter sur de l'écume rouge. Sensation bizarre, mais tout à fait agréable.

«Il semble que oui. Sans doute des superstitions idiotes, cependant... voulez-vous acheter ce jouet et voir par vous-même?

— Oui.

— Vous devez avoir terriblement besoin d'un Ticket Gagnant, n'est-ce pas, Danforth?

— De bien plus que d'un. D'un plein panier. Combien?»

Leland Gaunt se mit à rire. «Oh non, vous ne m'aurez pas comme ça! Alors que c'est moi qui suis votre débiteur! Je vais vous dire comment faire. Vous allez ouvrir votre portefeuille et me donner le premier billet que vous y trouverez. Je suis sûr que ce sera le bon.»

Keeton s'exécuta et tendit à Gaunt un billet sans détourner les yeux de son visage; évidemment, le billet s'ornait d'un portrait de Thomas Jefferson, et appartenait à la catégorie de ceux qui étaient à l'origine de tous ses ennuis actuels.

5

Gaunt le fit disparaître avec l'aisance d'un prestidigitateur et dit: «Il y a encore une chose.

— Quoi?»

Leland Gaunt se pencha en avant, regarda Keeton de l'air le plus sérieux et le toucha au genou. «Dites-moi, monsieur Keeton, les connaissez-vous, EUX?»

Keeton en eut le souffle coupé, à la manière d'un dormeur dont la respiration se bloque pendant un cauchemar. «Oui, murmura-t-il. Oh oui!

— Cette ville en est pleine, poursuivit Gaunt du même ton confidentiel. Elle en est absolument infestée. Cela fait moins d'une semaine que j'ai ouvert, et je m'en suis déjà rendu compte. Je crois qu'ILS sont peut-être à mes trousses. En fait, j'en suis même sûr. J'aurai peut-être besoin de votre aide.

— D'accord, fit Keeton, qui avait un peu retrouvé sa voix. Bon Dieu, vous aurez toute l'aide dont vous aurez besoin!

— Ecoutez, nous venons tout juste de nous rencontrer et vous ne me devez rien…»

Keeton, qui était déjà persuadé que Gaunt était le meilleur ami qu'il venait de se faire depuis au moins dix ans, ouvrit la bouche pour protester. Mais Gaunt leva la main et aucun son ne sortit de la gorge du maire.

«Vous ai-je vendu quelque chose qui marche vraiment, ou bien une vulgaire machine à rêver… du genre qui tourne au cauchemar au premier avatar ? En avez-vous la moindre idée ? Je suis sûr que vous y croyez, en ce moment ; j'ai un don de persuasion très développé, si je peux me permettre de le dire moi-même. Mais je crois au principe du client satisfait, monsieur Keeton, et à rien d'autre qu'au client satisfait. Cela fait des années que je pratique ce métier, et j'ai bâti ma réputation sur la satisfaction de mes clients. Alors prenez ce jouet. S'il marche avec vous, parfait. Sinon, donnez-le à l'armée du salut ou fichez-le à la poubelle. De combien en êtes-vous ? Deux billets ?

— Oui, deux dollars, répondit Keeton d'un ton rêveur.

— Mais si ça marche, et si vous pouvez vous débarrasser l'esprit de ces soucis financiers éphémères, revenez me voir. On prendra un café, comme ce matin... et nous parlerons d'EUX.

— C'est allé trop loin ; il ne suffit pas de rendre l'argent », objecta Keeton de la voix claire mais décalée de quelqu'un qui parle en dormant. Je ne pourrai jamais effacer en cinq jours les traces que j'ai laissées.

— Beaucoup de choses peuvent changer en cinq jours », observa Gaunt d'un ton songeur. Il se leva, d'un mouvement souple et gracieux. « Vous avez une grosse journée devant vous... et moi aussi.

— Mais EUX ? protesta Keeton. Qu'est-ce qu'il faut faire contre EUX ? »

Gaunt posa ses longues mains glacées sur les bras de Keeton, et, même dans l'état d'hébétude dans lequel il se trouvait, il sentit son estomac se soulever à ce contact. « On s'occupera d'EUX plus tard. Ne vous inquiétez pas pour ça. ILS ne perdent rien pour attendre. »

6

« John ! lança Alan lorsqu'il aperçut John LaPointe qui gagnait les bureaux de police par la porte de service. Ça me fait plaisir de te voir ! »

A dix heures et demie, ce samedi matin, le poste de police de Castle Rock n'avait jamais été aussi désert.

Norris était parti pêcher quelque part, et Seaton Thomas à Sanford, chez ses deux sœurs vieilles filles. Sheila Brigham, au rectorat de Notre-Dame des Eaux Sereines, aidait son frère à rédiger une nouvelle lettre au journal, expliquant le caractère parfaitement anodin de la Nuit-Casino. Le père Brigham désirait également faire savoir, par cette missive, qu'il jugeait le révérend Rose aussi fou qu'un asticot dans une bouse d'éléphant. Evidemment, il était exclu de s'exprimer en de tels termes (dans un journal de famille, en tout cas), mais Père John et Sœur Sheila s'employaient de leur mieux à faire passer le message. Andy Clutterbuck était de service quelque part; c'était du moins ce que supposait Alan, car il ne l'avait pas appelé depuis que le shérif était arrivé, une heure auparavant. Jusqu'à l'arrivée de John, il n'y avait eu qu'une autre personne dans le bâtiment municipal, semblait-il, Eddie Warburton, occupé à bricoler la fontaine d'eau froide, dans un coin.

« Quoi d'neuf, patron ? demanda John en s'asseyant sur un coin du bureau d'Alan.

— Un samedi matin ? Pas grand-chose. Mais regarde ça. » Alan déboutonna le poignet droit de sa chemise et commença à remonter la manche sur son bras. « Tu remarqueras que ma main ne quitte pas mon poignet.

— Hon, hon », grogna John, qui tira une confiserie de sa poche, défit le papier qui l'entourait et l'engloutit.

Alan lui montra sa paume ouverte, retourna la main pour en exhiber le dos et la serra en poing. Il y glissa le pouce et l'index de la main gauche et en extirpa une petite pointe de soie. « Pas mal, hein ? fit-il à John en agitant les sourcils.

— Si c'est le foulard de Sheila, elle ne va pas apprécier de le retrouver tout chiffonné avec l'odeur de ta transpiration dessus », remarqua John. Il ne paraissait pas vraiment abasourdi d'admiration.

« Elle n'avait qu'à pas le laisser traîner sur son bureau. De plus, les magiciens ne transpirent pas. Et maintenant, dis abracadabra ! » Il sortit complètement le foulard de Sheila de son poing et le déploya en l'air d'un geste emphatique. Le carré de soie ondula et alla se poser, comme un papillon aux couleurs brillantes, sur la machine à écrire de Norris. Alan regarda John et soupira. « Pas si terrible, hein ?

— C'est un tour impeccable, admit John. Sauf que je l'ai déjà un peu vu. Disons trente ou quarante fois ?

— Hé, Eddie, qu'est-ce que vous en pensez ? lança Alan. Pas si mal pour un flic du fin fond de la cambrousse, non ? »

C'est à peine si le concierge leva les yeux de la fontaine, dans laquelle il vidait une bonbonne en plastique marquée EAU DE SOURCE. « Je regardais pas, shérif. S'cusez.

— Aussi désespérants l'un que l'autre. Mais je travaille une variante, John. Tu vas en rester baba, je te jure.

— Hon, hon. Dis, est-ce qu'il faut vraiment que j'aille inspecter les toilettes de ce nouveau restaurant, sur River Road ?

— Il le faut vraiment.

— Pourquoi c'est toujours à moi de faire ces corvées de chiottes ? Norris pourrait bien…

— Norris est allé inspecter les goguenots du terrain de camping en juillet *et* en août, répliqua Alan. En juin, c'est moi qui l'ai fait. Arrête de râler, John, c'est ton tour, point. Tu prendras aussi des échantillons d'eau. Sers-toi des poches spéciales qu'Augusta nous a envoyées. Tu en trouveras encore tout un paquet dans le placard du hall. Je crois les avoir vues derrière la boîte de biscuits salés de Norris.

— D'accord, dit John, t'as gagné. Mais au risque de passer encore pour un râleur, je te ferai remarquer qu'en principe c'est la responsabilité du propriétaire du restaurant de chercher les petites bestioles dans l'eau. J'ai vérifié.

— Rien de plus exact, admit Alan. Mais c'est de Timmy Gagnon qu'il est question, ici, Johnny. Ce nom ne te dit rien ?

— Il me dit que même si je crevais de faim, je n'achèterais jamais un hamburger au nouveau Riverside BBQ Delish.

— Tout juste ! » s'exclama Alan. Il se leva et donna une tape sur l'épaule de John. « J'espère bien ficher cette espèce d'enfant de salaud au chômage avant que la population de chiens et de chats errants de Castle Rock ne commence à sérieusement décliner.

— C'est écœurant, Alan.

— Non, c'est Timmy Gagnon. Prends les échantillons d'eau ce matin ; je les expédierai aux Services de Santé d'Augusta avant ce soir.

— Et toi, ce matin, qu'est-ce que tu fais ? »

Alan déroula sa manche et la reboutonna. « Pour le moment, je vais en ville rendre visite au Bazar des Rêves. J'ai envie de rencontrer ce monsieur Leland Gaunt. Il a fait une sacrée impression à Polly, et d'après ce qui m'est revenu, elle n'a pas été la seule en ville à craquer pour lui. Le connais-tu ?

— Pas encore. » Les deux policiers se dirigèrent vers la porte. « Je suis passé devant la boutique une ou deux fois. Des trucs pas mal, dans la vitrine, dans tous les genres. »

Ils passèrent devant Eddie, qui nettoyait maintenant le grand réservoir en verre de la fontaine avec un chiffon. Il ne leva pas les yeux sur Alan et John ; il paraissait perdu dans son univers privé. Mais dès qu'il eut entendu la porte du fond se refermer sur eux, le concierge se précipita dans le bureau de Sheila et prit le téléphone.

7

« D'accord... oui... oui, je comprends. »

Debout à côté de sa caisse, Leland Gaunt tenait un téléphone sans fil Cobra contre son oreille. Un sourire aussi fin que le premier croissant de la lune montante étirait ses lèvres.

« Merci, Eddie, merci beaucoup. »

Gaunt alla jusqu'au rideau qui séparait la boutique de l'arrière-boutique ; il n'y passa que le haut du corps, en s'inclinant. Lorsqu'il se redressa, il tenait un panonceau.

« Oui, vous pouvez rentrer chez vous maintenant, Eddie... Oui... Non, je n'oublierai pas. Je n'oublie jamais un service ni un visage, et c'est la raison pour laquelle j'ai horreur que l'on me rappelle l'un ou l'autre. Au revoir. »

Il coupa la conversation sans attendre la réponse, replia l'antenne et mit le téléphone dans la poche de sa veste d'intérieur. Le store était de nouveau baissé, sur la porte. Gaunt passa la main entre le vitrage et le store pour en retirer le signe

OUVERT

qu'il remplaça par celui qu'il venait de prendre derrière le rideau ; puis il se posta derrière l'étalage pour voir arriver Alan Pangborn. Le shérif contempla un certain temps la vitrine au travers de laquelle Gaunt l'observait avant de s'approcher de la porte ; il mit même les mains en coupe de part et d'autre de ses yeux et écrasa son nez sur la vitre pendant quelques secondes. Gaunt avait beau se tenir en face de lui, bras croisés, Alan ne le vit pas.

Leland Gaunt détesta immédiatement Pangborn. Il n'en fut pas beaucoup surpris. Il était encore plus fort dans l'art de déchiffrer un visage que dans l'art de ne pas l'oublier, et ce qu'il venait de lire sur celui-ci, écrit en gros caractères, était chargé de menaces.

La figure de Pangborn changea brusquement d'expression ; ses yeux s'agrandirent légèrement, ses lèvres se serrèrent avec force et firent disparaître toute bonne humeur de sa bouche. Gaunt éprouva une brusque et inhabituelle bouffée de peur. *Il m'a vu !* pensa-t-il. Pourtant, c'était impossible. Le shérif recula d'un demi-pas... et éclata de rire. Gaunt comprit aussitôt ce qui venait de se passer, mais cela ne fit rien pour diminuer la haine profonde qu'il avait immédiatement ressentie.

« Barre-toi d'ici, shérif, murmura-t-il. Barre-toi d'ici et fiche-moi la paix. »

8

Alan resta longtemps à regarder l'étalage. Il se prit à se demander pourquoi on faisait tant d'histoires à propos de ce magasin. Il avait échangé quelques mots avec Rosalie Drake avant de se rendre chez Polly, la veille, et à en croire la jeune femme, le Bazar des Rêves était rien de moins que l'équivalent (pour le nord de la Nouvelle-Angleterre) de Tiffany's ; néanmoins, le service de porcelaine de la vitrine ne méritait pas, à première vue, qu'on se levât la nuit pour écrire à sa mère d'envoyer d'urgence des fonds : de la pacotille de brocanteur, dans le meilleur des cas. Plusieurs assiettes étaient ébréchées, et l'une d'elles avait un cheveu qui courait jusqu'au milieu.

Bah, pensa Alan, des goûts et des couleurs, on ne discute pas. Ce service date probablement d'un siècle ; il doit valoir une fortune, et moi je suis trop bouché pour comprendre ça.

Il mit ses mains en coupe contre le verre afin de voir au-delà de l'étalage, mais on ne distinguait rien : les lumières étaient éteintes et le magasin désert. Puis il crut apercevoir quelqu'un — une étrange et transparente silhouette qui le regardait, spectrale, avec un intérêt malveillant. Il fit un demi-pas en arrière avant d'avoir compris qu'il venait de voir son propre reflet. Il rit un peu, gêné de s'être ainsi laissé piéger.

Il alla jusqu'à la porte. Le store était baissé ; à la ventouse transparente, pendait un panonceau rédigé à la main :

SUIS À PORTLAND POUR DÉDOUANER
UN ARRIVAGE D'OBJETS
DÉSOLÉ DE VOUS AVOIR MANQUÉS
SOYEZ GENTILS, REVENEZ!

Alan prit une carte de visite professionnelle dans son portefeuille et griffonna un court message au dos.

Cher Monsieur Gaunt,
Je suis passé samedi matin pour vous saluer et vous souhaiter la bienvenue parmi nous. J'espère que vous vous plairez à Castle Rock! Je reviendrai lundi. Nous pourrions peut-être aller prendre un café. S'il y a quoi que ce soit que je puisse faire pour vous, vous avez mes deux numéros de téléphone de l'autre côté.

Alan Pangborn

Il se baissa, glissa la carte sous la porte et se redressa. Il regarda encore quelques instants la vitrine, se demandant qui pourrait bien avoir envie d'un service de table dans cet état. Tandis qu'il se faisait ces réflexions, une impression étrangement convaincante l'envahit : celle d'être observé. Alan fit demi-tour et ne vit personne, sinon Lester Pratt. L'homme était occupé à coller l'une de ses fichues affiches à un poteau téléphonique et ne regardait pas dans sa direction. Alan haussa les épaules et reprit la direction du bâtiment municipal. Il serait encore temps, lundi, de rencontrer Mr Leland Gaunt ; lundi, ce serait parfait.

9

Leland Gaunt attendit de le voir s'éloigner avant d'aller ramasser la carte que Pangborn avait glissée sous la porte. Il lut attentivement les deux côtés et sourit. Ainsi donc, le shérif avait l'intention de passer lundi ? Eh bien, c'était parfait, parce que quelque chose lui disait que d'ici là, le shérif de Castle Rock aurait d'autres chats à fouetter. Une tripotée d'autres chats. Et c'était aussi bien, car il avait déjà rencontré des hommes comme Pangborn, des hommes avec lesquels il valait mieux éviter tout contact, au moins lorsqu'on était en train de monter une petite opération et de jauger sa clientèle. Les hommes comme Pangborn remarquaient trop les détails pertinents.

« Il vous est arrivé quelque chose, shérif Pangborn, murmura Gaunt. Quelque chose qui vous a rendu encore plus dangereux que vous ne l'êtes naturellement. Je vois ça aussi sur votre figure. Je me demande bien ce que c'était... Quelque chose que vous avez fait, quelque chose que vous avez vu, ou les deux ? »

Il resta à contempler la rue, et ses lèvres découvrirent lentement ses grandes dents de guingois. Il parlait de ce ton bas et sans effort de quelqu'un qui est depuis très longtemps son meilleur auditoire.

« J'ai cru comprendre que vous étiez plus ou moins un prestidigitateur de salon, mon ami déguisé en flic. Vous aimez les tours. Je vais vous en montrer quelques-uns avant de quitter le patelin. Je suis certain qu'ils vous épateront. »

Son poing se referma sur la carte de visite d'Alan, la plia, puis la roula en boule. Lorsqu'elle fut complètement dissimulée, une flammèche bleue se glissa entre son index et son majeur. Il ouvrit de nouveau la main ; de minuscules volutes de fumée montèrent de sa paume, mais la carte avait disparu. Sans même laisser la moindre cendre.

« Dis abracadabra », ajouta doucement Gaunt.

10

Pour la troisième fois de la journée, Myrtle Keeton alla jusqu'à la porte du cabinet de son mari et tendit l'oreille. Lorsqu'elle s'était levée le matin, vers neuf heures, Danforth s'y trouvait déjà, enfermé à clef. A une heure de l'après-midi il y était toujours. Lorsqu'elle lui demanda s'il voulait déjeuner, sa voix assourdie lui répondit qu'il était occupé, qu'elle lui fiche la paix.

Elle leva la main pour frapper à nouveau et interrompit son geste. Elle approcha encore l'oreille de la porte. Un bruit lui parvenait ; un bruit métallique, une sorte de trépidation. Un bruit qui lui rappelait celui qu'avait fait le coucou de sa mère pendant la semaine qui avait précédé son arrêt, définitivement détraqué.

Elle frappa doucement. « Danforth ?

— Fiche le camp ! avait-il répondu d'une voix agitée, mais elle n'aurait su dire si c'était de peur ou d'excitation.

— Tu vas bien, au moins, Danforth ?

— Oui, bon Dieu ! Fiche le camp ! Je vais bientôt sortir ! »

Cliquetis, trépidations. Trépidations et cliquetis. Comme de la terre sableuse dans un mixeur. Elle eut un peu peur. Pourvu que Danforth ne fût pas pris d'une crise de dépression, là-dedans... Il s'était comporté de manière tellement *étrange*, ces derniers temps.

« Danforth ? Veux-tu que j'aille à la boulangerie acheter des petits pains ?

— Oui ! cria-t-il. C'est ça, des petits pains ! Du papier-cul ! Un nez tout neuf ! Va où tu veux ! Rapporte n'importe quoi ! *Mais fiche-moi la paix !* »

Elle resta encore quelques instants derrière la porte, indécise. Elle envisagea de frapper à nouveau, puis y renonça. Elle n'était plus très sûre de vouloir savoir ce que Danforth pouvait bien fabriquer dans son cabinet. Elle n'était même pas sûre d'avoir envie de le voir en sortir.

Elle se chaussa, endossa son manteau de demi-saison le plus chaud — il faisait très froid en dépit d'un beau soleil — et gagna la voiture. Elle se rendit jusqu'au Fournil Campagnard, à l'autre bout de Main Street, et prit une demi-douzaine de petits pains, au miel pour elle, et au chocolat et à la noix de coco pour Danforth. Elle espérait qu'ils amélioreraient son humeur ; un peu de chocolat améliorait toujours son humeur.

Sur le chemin du retour, elle jeta un coup d'œil en passant à la vitrine du Bazar des Rêves. Ce qu'elle aperçut la mit quasiment debout sur la pédale de frein ; si jamais quelqu'un l'avait suivie de trop près, il lui serait à coup sûr rentré dedans.

Elle venait de voir la plus *ravissante* des poupées dans la vitrine.

Le store était évidemment de nouveau relevé. Et le panneau qui pendait à la ventouse transparente affichait

OUVERT

Evidemment.

11

Polly Chalmers passa un samedi après-midi très inhabituel pour elle : à ne rien faire. Elle resta assise dans son rocking-chair, à côté de la fenêtre, les mains bien calées sur les genoux, suivant des yeux les quelques véhicules qui circulaient de temps en temps dans la rue. Alan l'avait appelée avant de partir en patrouille ; il avait manqué Leland Gaunt. Est-ce qu'elle allait bien ? Avait-elle besoin de quelque chose ? Oui, elle allait bien, et, non, elle n'avait besoin de rien. Double mensonge. Elle n'allait pas bien, et il y avait plusieurs choses dont elle aurait eu grand besoin. Avec, en tête de liste, un traitement pour son arthrite.

Non, Polly. C'est de courage que tu as réellement besoin. Le courage d'aller voir l'homme que tu aimes et de lui dire : «Alan, j'ai un peu arrangé les choses, sur les années que j'ai passées loin de Castle Rock, et je t'ai carrément menti à propos de ce qui est arrivé à mon fils. J'aimerais que tu me pardonnes et te dire la vérité, maintenant.»

Énoncée comme ça, tout simplement, la chose paraissait facile. Elle se compliquait seulement au moment où l'on regardait dans les yeux l'homme qu'on aimait; ou lorsqu'on essayait de trouver la clef qui ouvrirait son cœur sans le mettre douloureusement en pièces.

Souffrances et mensonges; mensonges et souffrances. Les deux sujets autour desquels toute sa vie semblait tourner, depuis quelque temps.

Comment ça va, aujourd'hui, Polly?

Très bien, Alan, très bien.

En réalité, elle était terrifiée. Non pas que ses mains la fissent tellement souffrir, en cet instant précis; elle aurait presque préféré cela, car la souffrance, aussi éprouvante qu'elle fût quand elle arrivait, était moins insupportable que l'attente.

Peu après midi, elle avait ressenti les premiers picotements tièdes, presque des vibrations, dans ses mains. Ils entouraient d'anneaux de chaleur ses articulations et la base de son pouce, et elle les sentait rôder au bas de chacun de ses ongles, petits arcs de métal, sourires sans humour. Elle avait déjà ressenti ce type d'impression par deux fois et savait ce qu'elle signifiait. Elle avait souffert de ce que feu sa tante Betty, affligée de la même maladie, appelait une crise vraiment mauvaise. «Lorsque mes mains me picotent comme si je recevais des décharges électriques, je sais qu'il est temps de fermer les sabords», disait la vieille dame; Polly essayait à son tour de fermer les sabords, avec un succès plus que relatif.

Dehors, deux garçons descendaient la rue en se faisant des passes avec un ballon de foot. Celui de droite, le cadet des fils Lawes, voulut rattraper une balle haute; le ballon lui effleura les doigts et vint atterrir sur la pelouse de Polly. Le garçon l'aperçut à sa fenêtre et la salua en allant le chercher. Polly répondit en levant à son tour la main... et sentit monter en elle une morose bouffée douloureuse, comme se ranime une couche épaisse de braises sous l'effet d'une rafale de vent. Puis la douleur s'éloigna, et ne resta plus que le picotement surnaturel. Il lui faisait un peu la même impression que l'air avant un violent orage électrique.

La douleur viendrait, le moment voulu. Elle ne pouvait rien y faire. Les mensonges qu'elle avait racontés à Alan à propos de Kelton, c'était une tout autre affaire. Et, songea-t-elle, ce n'était pourtant pas que la vérité fût si affreuse, si crue, si choquante; ce n'était pas comme s'il ne la soupçonnait pas d'avoir menti; peut-être même en était-il déjà convaincu. Il l'était sans doute. Elle l'avait vu dans son regard. Mais alors, pourquoi est-ce si difficile, Polly? Pourquoi?

En partie à cause de l'arthrite, pensait-elle, en partie à cause de la dépendance de plus en plus grande dans laquelle elle était des analgésiques; ces deux choses, mises ensemble, avaient une manière bien à elles de brouiller toute pensée rationnelle, de faire paraître tordues et douteuses les choses les plus droites et les plus nettes. Puis il y avait ce qu'Alan souffrait de son côté, l'honnêteté avec laquelle il en avait parlé: il n'avait pas eu la moindre hésitation à tout étaler devant elle.

Ses sentiments, à la suite de l'accident particulier qui avait coûté la vie à Annie et à Todd, étaient confus et laids, enrobés dans un tourbillon pénible (et quelque peu effrayant) d'émotions négatives: il les lui avait tout de même révélés. Il l'avait fait parce qu'il cherchait à savoir si elle n'aurait pas été au courant de certains aspects de l'état d'esprit d'Annie qu'il aurait ignorés; mais aussi parce que jouer honnêtement le jeu et ne pas cacher ce genre de choses était dans sa nature. Elle redoutait ce qu'il risquait de penser, lorsqu'il découvrirait qu'elle-même n'avait pas joué honnêtement le jeu; que son cœur, comme ses mains, avait été durci par une gelée précoce.

Elle se déplaça, mal à l'aise, dans le rocking-chair.

Il *faudra* que je lui dise tout, tôt ou tard. Il le faut absolument. Et rien de tout cela n'explique pour quelle raison c'est si difficile ; ni même n'explique pour quelle raison j'ai commencé par lui mentir. Ce n'est tout de même pas comme si j'avais tué mon fils...

Elle poussa un soupir, presque un sanglot, et bougea encore. Des yeux, elle chercha les garçons au ballon de foot, mais ils avaient disparu. Elle se laissa aller dans le rocking-chair et ferma les yeux.

12

Elle n'était pas la première fille à tomber enceinte à la suite d'une longue bagarre, un soir de rendez-vous, ni la première à devoir affronter ensuite de pénibles discussions avec ses parents et ses proches. On avait voulu la marier à Paul «Duke» Sheehan, le garçon qui l'avait mise dans cet état ; elle avait répondu qu'il n'en était pas question, quand bien même Duke serait le dernier homme vivant sur terre. Ce qui était vrai. Mais son orgueil l'empêchait d'ajouter que Duke, de son côté, n'avait aucune envie de se marier avec elle. Le meilleur ami du garçon lui avait confié que Paul Sheehan faisait ses préparatifs, en grande hâte, pour s'engager dans la marine dès qu'il aurait dix-huit ans... soit dans moins de six semaines.

«Mettons bien les choses au point, avait dit Newton Chalmers, lorsqu'il avait fait s'effondrer la dernière et fragile passerelle entre lui et sa fille. Il était assez bon pour te baiser, mais il ne l'est pas assez pour t'épouser, c'est ça ?»

Elle avait cherché à s'enfuir de chez elle, mais sa mère l'avait rattrapée. Si elle ne voulait pas épouser le garçon, avait observé Lorraine Chalmers de ce ton de voix calme et doucement raisonnable qui avait failli rendre Polly folle pendant son adolescence, alors on allait l'expédier dans le Minnesota, chez tante Sarah. Elle pourrait rester à Saint Cloud jusqu'à son accouchement, puis abandonner le bébé pour l'adoption.

« Je sais pourquoi vous voulez me voir partir, rétorqua Polly. A cause de tante Evelyn, c'est ça, hein ? Vous avez peur qu'elle apprenne que je me suis fait mettre en cloque et qu'elle enlève votre nom du testament ? C'est une question de fric, c'est bien ça ? Vous vous fichez complètement de moi ! Vous n'en avez rien à foutre, de votre fi... »

La voix doucement raisonnable de Lorraine Chalmers dissimulait en fait, depuis toujours, un caractère emporté. Elle aussi avait alors coupé la dernière et fragile passerelle qui la reliait à sa fille, en la giflant à la volée.

Polly s'était donc enfuie. Il y avait longtemps, très longtemps de cela : en juillet 1970.

Elle s'arrêta un moment de courir lorsqu'elle arriva à Denver, où elle travailla jusqu'à la naissance du bébé ; celle-ci eut lieu dans une aile d'hôpital réservée aux mères nécessiteuses. Elle avait eu la ferme intention de donner son enfant pour l'adoption, mais quelque chose — le seul fait, peut-être, de le sentir dans ses bras lorsque l'infirmière le lui avait confié, peu après la délivrance — l'avait fait changer d'avis.

Elle donna au garçon le nom de son grand-père paternel, Kelton. La décision de garder l'enfant l'avait quelque peu effrayée, parce qu'elle aimait à se considérer comme une fille pratique et raisonnable, et que rien de ce qui lui était arrivé depuis un an ne cadrait avec l'image qu'elle avait d'elle-même. Pour commencer, cette fille pratique et raisonnable s'était fait mettre enceinte en dehors des liens du mariage, à une époque où les filles pratiques et raisonnables ne faisaient pas ce genre de choses. Ensuite, cette fille pratique et raisonnable s'était enfuie de chez elle et avait donné naissance à son enfant dans une ville où elle n'avait jamais été auparavant et dont elle ne connaissait rien. Et pour couronner le tout, cette fille pratique et raisonnable avait décidé de garder l'enfant et d'affronter avec lui un avenir qu'elle ne voyait pas, qu'elle ne sentait même pas.

Au moins n'avait-elle pas gardé le bébé par dépit ou par défi ; personne n'aurait pu lui reprocher cela. L'amour maternel lui était tombé dessus par surprise.

L'amour, le sentiment le plus simple, le plus fort, le plus implacable.

Elle avait continué sa route. Non — on l'avait fait continuer sa route. Une série de petits boulots serviles l'avaient fait échouer à San Francisco, ville où elle avait probablement toujours eu l'intention de se rendre. En ce début d'été de 1971, c'était une sorte de paradis pour hippies, une boutique à came pleine de drogués, de doux dingues en tout genre et de groupes musicaux avec des noms comme Moby Grape ou Ascenseur pour le Treizième Etage [1].

Si l'on en croit la chanson de Scott McKenzie sur San Francisco, si populaire pendant au moins une de ces années, la période estivale n'aurait été qu'une vaste partouze dans cette ville. Polly Chalmers, qui n'avait jamais eu le profil d'une hippie, même à l'époque, avait plus ou moins manqué la fête. L'immeuble dans lequel elle habitait avec Kelton était plein de boîtes aux lettres pisseuses ainsi que de drogués, l'insigne pacifiste autour du cou, mais qui glissaient aussi, la plupart du temps, un cran d'arrêt dans leurs bottes boueuses de motocycliste. Les visiteurs les plus assidus du quartier étaient les huissiers, les gros bras chargés de récupérer les impayés et les flics. Beaucoup de flics, des flics qu'on ne traitait pas de poulets en face ; les flics aussi avaient raté la grande partouze, et ça les avait défrisés.

Polly déposa un dossier à l'aide sociale, pour découvrir qu'elle n'habitait pas depuis assez longtemps en Californie pour y avoir droit ; les choses sont peut-être différentes maintenant, mais en 1971, il était aussi difficile de s'en sortir pour une mère célibataire, à San Francisco, que n'importe où ailleurs. Elle fit aussi une demande auprès de l'Aide à l'Enfance et attendit — espéra — qu'il en arriverait quelque chose. Kelton ne sautait jamais un repas, mais elle vivait elle-même au jour le jour. C'était alors une jeune femme efflanquée qui connaissait souvent la faim, toujours la peur, une jeune

---

1. Souvent, les immeubles américains, par superstition, n'ont pas de treizième étage. (N.d.T.)

femme que n'auraient pas reconnue la plupart de ses proches. Les souvenirs de ces trois premières années sur la côte Ouest, souvenirs qu'elle conservait au fond de son esprit comme de vieux vêtements dans un grenier, étaient déformés, grotesques, des images de cauchemar.

Une grande partie de sa répugnance à parler de toutes ces années à Alan ne viendrait-elle pas de là ? Ne souhaitait-elle pas tout simplement les conserver dans l'ombre ? Elle n'avait pas été la seule à devoir endurer les conséquences cauchemardesques de son orgueil, de son refus entêté de demander de l'aide, et de la répugnante hypocrisie de l'époque, laquelle proclamait d'un côté le triomphe de l'amour libre tout en stigmatisant de l'autre les mères célibataires, mises ainsi au ban de la société ; Kelton en avait également souffert. Kelton avait été sa responsabilité tandis qu'elle peinait et rageait, lancée dans sa sordide croisade de folle.

Le plus horrible était que sa situation s'était lentement améliorée. Au printemps 1972, elle avait enfin eu droit au soutien de l'Etat, et on lui avait promis son premier chèque de l'aide sociale pour le mois suivant ; elle faisait déjà le projet d'aller habiter dans un endroit un peu moins immonde lorsqu'il y eut l'incendie.

On l'avait appelée au modeste restaurant où elle travaillait et dans ses rêves, Norville, l'aide-cuisinier qui ne cessait de vouloir lui mettre ses mains pleines de doigts aux fesses, se tourne vers elle sans fin, le téléphone à la main, répétant sans fin les mêmes phrases : *C'est la police, Polly. Ils veulent te parler. C'est la police, Polly. Ils veulent te parler.*

La police voulait effectivement lui parler : elle avait retiré les corps d'une jeune femme et d'un petit enfant des décombres enfumés du deuxième étage de l'immeuble où elle habitait. Deux cadavres tellement calcinés qu'ils étaient méconnaissables ; on savait qui était l'enfant ; si Polly n'avait pas été au travail, on aurait également su qui était la femme.

Pendant les trois mois qui avaient suivi la mort de Kelton, elle avait continué à travailler. Elle vivait dans une solitude si intense qu'elle en devenait à moitié folle ; une solitude si profonde, si complète, qu'elle ne se rendait même pas compte à quel point elle en souffrait. Finalement elle avait écrit à ses parents, leur disant seulement qu'elle avait donné naissance à un garçon, mais que celui-ci n'était plus avec elle. Elle n'en aurait pas dit davantage, même sous la menace d'un tisonnier chauffé à blanc. Elle n'avait pas envisagé alors de retourner chez elle — pas consciemment, en tout cas —, mais elle commença à éprouver l'impression que si elle ne renouait pas avec certaines choses de son passé, une part précieuse d'elle-même risquait de mourir à petit feu, à la manière dont meurt un arbre, en commençant par l'extrémité de ses branches, lorsqu'il a été trop longtemps privé d'eau.

Sa mère avait aussitôt répondu au numéro de boîte postale que lui avait donné Polly, la priant instamment de revenir à Castle Rock, de revenir à la maison. Elle avait joint un mandat de sept cents dollars. Il faisait très chaud dans l'appartement qu'elle occupait depuis la mort de Kelton, et elle interrompit le remplissage de ses valises pour prendre un verre d'eau fraîche. Pendant qu'elle buvait, Polly se rendit compte qu'elle se préparait à rentrer chez elle simplement parce que sa mère le lui avait demandé, presque suppliante. Elle n'y avait pratiquement pas réfléchi, ce qui était très certainement une erreur. C'était de ne pas y avoir pensé à deux fois avant de faire le saut, et non la petite zézette minable de Duke, qui l'avait mise dans la panade, pour commencer.

Elle s'était donc assise sur son lit étroit de célibataire et avait réfléchi. Longuement, opiniâtrement. Elle avait finalement annulé le mandat et écrit une nouvelle lettre à sa mère. Elle faisait moins d'une page, mais il lui avait fallu près de quatre heures pour en venir à bout.

Je veux bien revenir à la maison, ou au moins faire un essai, mais je ne veux pas que l'on remette les vieilles histoires sur le tapis pour les remâcher. Je ne sais pas si ce que je souhaite vraiment faire, c'est-à-dire recommencer une nouvelle vie dans un ancien endroit, est possible pour qui que ce soit, mais je voudrais au moins essayer. J'ai donc eu une idée: nous allons nous écrire pendant un certain temps. Toi et moi, Papa et moi. J'ai remarqué qu'il

était plus difficile de se mettre en colère et d'être rancunier
sur du papier, alors parlons-nous comme ça, avant de
nous parler de vive voix.

Ils avaient donc «parlé» ainsi pendant presque six mois; puis un jour, en juillet 1973, Mr et Mme Chalmers s'étaient présentés à sa porte, la valise à la main. Ils avaient une réservation à l'hôtel Mark Hopkins, et ils avaient décidé qu'ils ne retourneraient pas à Castle Rock sans elle.

Polly avait réfléchi, passant par toute une gamme d'émotions: de la colère devant tant d'autoritarisme, un lugubre amusement devant ce que cet autoritarisme avait de tendre et de naïf, de la panique à l'idée qu'elle était confrontée, sans pouvoir se dérober, aux questions auxquelles elle avait si habilement refusé de répondre jusqu'ici.

Elle avait promis d'aller dîner avec eux, et seulement cela. Les autres décisions devraient attendre. Son père lui dit qu'il n'avait réservé qu'une seule nuit au Mark Hopkins, et elle lui répondit qu'il serait prudent de prolonger cette réservation.

Elle avait essayé de leur parler le plus possible avant d'en arriver à une décision définitive; une version plus intime de l'épreuve des lettres à laquelle elle les avait soumis. Mais cette première soirée avait été en fin de compte la seule. Ce fut la dernière fois qu'elle vit son père en bonne santé et fort, et elle avait passé l'essentiel de son temps dans une rage folle contre lui.

Les vieux sujets de dispute, si faciles à éviter par correspondance, avaient resurgi dès avant la fin de l'apéritif. De simples escarmouches, au début; mais au fur et à mesure que son père continuait à boire, elles se transformèrent en une véritable bataille rangée, en un affrontement incontrôlable. Il avait allumé l'étincelle en commençant par dire que Polly avait reçu sa leçon et qu'il était temps d'enterrer la hache de guerre. Mme Chalmers avait soufflé sur les braises, adoptant son ancien ton de voix, si calme et si raisonnable. Qu'est devenu l'enfant, ma chérie? Tu peux au moins nous dire ça. Tu l'as sans doute confié aux bonnes sœurs?

Polly connaissait ces voix, savait ce qu'elles signifiaient : elle n'avait pas oublié. Celle de son père trahissait son irrésistible besoin de prendre le contrôle de la situation ; elle devait *à tout prix* être contrôlée ; celle de sa mère indiquait qu'elle montrait son amour et sa sollicitude de la seule manière qu'elle connaissait, en exigeant des informations. Ces deux voix, si familières, si aimées et si détestées, avaient rallumé la vieille colère en elle.

Ils quittèrent le restaurant au milieu du repas et le lendemain, Mr et Mme Chalmers avaient repris l'avion pour le Maine sans Polly.

Après un intervalle de trois mois, la correspondance avait repris, cahin-caha. C'est la mère de Polly qui écrivit la première, s'excusant pour la désastreuse soirée. Elle n'invitait plus sa fille à retourner au bercail, ce qui étonna Polly... et éveilla quelque part, au fond d'elle-même, une angoisse dont elle n'aurait pas soupçonné la présence. Elle avait le sentiment, au bout du compte, que sa mère la rejetait. C'était à la fois idiot et égoïste, étant donné les circonstances, mais cela ne changeait strictement rien à cette impression fondamentale.

Je suppose que tu sais ce que tu veux. C'est dur à accepter pour ton père et pour moi, parce que tu restes toujours pour nous notre petite fille. Je crois que ça lui a fait peur de te trouver si belle et si adulte à la fois. Et il ne faut pas trop lui en vouloir pour la manière dont il s'est comporté. Il ne se sentait pas très bien ; son estomac s'était remis à faire des siennes. Le médecin dit que ce n'est qu'un problème de vésicule et qu'une fois qu'il aura accepté de se la faire enlever il ira très bien, mais je m'inquiète pour lui.

Polly avait répondu sur le même ton conciliant. Ça lui était plus facile depuis qu'elle suivait les cours d'une école de commerce et avait mis de côté, indéfiniment, ses projets de retour dans le Maine. Puis, vers la fin de 1975, le télégramme était arrivé. TON PÈRE A UN CANCER. IL EST MOURANT. VIENS, S'IL TE PLAÎT. MAMAN.

Il vivait encore lorsque Polly arriva à l'hôpital de Bridgton, prise de vertiges, non seulement à cause du décalage horaire mais aussi d'avoir eu tous ses vieux souvenirs réveillés en voyant des lieux familiers. La même pensée stupéfaite traversait son esprit à chaque nouveau virage de la route qui, de l'aéroport de Portland, s'enfonçait dans les hautes collines et les montagnes rabotées du Maine occidental : *J'étais une enfant la dernière fois que j'ai vu ça...*

Newton Chalmers était dans une chambre privée, dans un état de semi-conscience dont il émergeait de temps en temps pour bientôt y sombrer de nouveau, des tuyaux dans le nez, entouré d'un demi-cercle de machines à l'aspect carnivore. Il mourut trois jours plus tard. Elle avait eu l'intention de retourner immédiatement en Californie (qu'elle voyait presque comme son foyer, maintenant), mais quatre jours après l'enterrement de son père, sa mère fut victime d'une grave crise cardiaque.

Polly s'installa donc dans la maison familiale. Elle s'occupa de sa mère pendant les trois mois et demi suivants ; chaque nuit, elle rêvait de Norville, l'aide-cuisinier de son boui-boui. Norville se tournait sans fin vers elle dans ce rêve, tenant le téléphone de la main droite (celle au dos de laquelle étaient tatoués les mots : LA MORT PLUTÔT QUE LE DÉSHONNEUR). *C'est la police, Polly. Ils veulent te parler. C'est la police, Polly, ils veulent te parler.*

Sa mère put se relever et envisageait déjà de vendre la maison pour aller habiter en Californie avec Polly (quelque chose qu'elle n'aurait jamais fait, mais Polly, plus âgée et plus indulgente, maintenant, ne chercha pas à la désabuser) lorsque frappa la deuxième crise. C'est ainsi que, par un après-midi humide et froid de mars, en 1976, Polly s'était retrouvée au cimetière Homeland, à côté de sa grand-tante Evelyn, devant un cercueil posé sur des tréteaux, à côté de la tombe encore fraîche de son père.

Le corps de Newton Chalmers avait en effet passé l'hiver dans la crypte de Homeland, dans l'attente d'un dégel suffisant de la terre. Et par l'une de ces grotesques coïncidences qu'aucun bon romancier n'oserait inventer, l'enterrement de l'époux avait eu lieu la veille du jour où était morte l'épouse. On n'avait pas encore replanté le gazon sur le dernier séjour de Newton Chalmers ; la tombe, avec cette terre mise à nue, avait quelque chose d'obscène. Les yeux de Polly allaient et venaient du cercueil de sa mère à la tombe de son père. *Comme si elle avait attendu qu'il soit enterré dans les formes*, avait-elle songé.

Une fois terminé le court service religieux, tante Evvie l'avait entraînée pour un aparté, à côté de la voiture des pompes funèbres. Le dernier parent survivant de Polly, petit bout de femme maigrichonne habillée d'un manteau d'homme noir et chaussée de bizarres couvre-chaussures en caoutchouc d'un rouge criard, planta une Herbert Tareyton entre ses lèvres, enflamma une allumette de l'ongle et alluma la cigarette tandis que Polly s'approchait d'elle. La vieille dame inhala profondément et rejeta la fumée dans l'air froid du printemps. Elle tenait sa canne (un simple bâton de frêne ; dans trois ans, le *Post* de Boston lui en offrirait une en tant que citoyenne la plus âgée de la ville) solidement plantée entre ses pieds.

Maintenant, assise dans le rocking-chair (un modèle « Boston » qui aurait eu l'approbation de sa tante), Polly calculait que la vieille dame devait avoir eu quatre-vingt-huit ans ce printemps-là, ce qui ne l'empêchait pas de fumer comme une cheminée d'usine ; et pourtant, Polly ne l'avait pas trouvée très différente de la tante Evvie qu'elle avait connue petite fille, quand elle espérait un bonbon de la réserve apparemment inépuisable que sa grand-tante gardait dans la poche de son tablier. Beaucoup de choses avaient changé à Castle Rock depuis qu'elle était partie, mais pas tante Evvie.

« Eh bien voilà, c'est terminé, dit la vieille dame de sa voix rabotée à la nicotine. Enterrés tous les deux. Ton père et ta mère. »

Polly avait alors éclaté en sanglots, de gros sanglots pitoyables. Elle pensa tout d'abord que tante Evvie allait vouloir la consoler, et elle sentait déjà sa peau se rétracter à la seule idée de son contact ; elle n'avait aucune envie d'être ainsi réconfortée.

Elle n'aurait pas dû s'inquiéter. Evelyn Chalmers n'avait jamais été femme à croire à la consolation des affligés ; plutôt du genre à estimer, avait songé Polly un peu plus tard, que la seule idée de consolation était une

270

illusion. Bref, la vieille dame ne bougea pas, la canne plantée entre ses caoutchoucs rouges, tirant sur sa cigarette et attendant que les larmes de Polly fissent place à des reniflements, signal d'une reprise de soi.

Cela fait, tante Evvie avait demandé : «Ton gosse, celui pour lequel ils ont fait tant d'histoires… il est bien mort, n'est-ce pas ?»

Bien qu'elle en eût jalousement gardé le secret, Polly se retrouva en train d'acquiescer. «Il s'appelait Kelton.

— Pas trop mal, comme nom», commenta tante Evvie. Elle tira sur sa cigarette et exhala lentement par la bouche, de manière à récupérer la fumée par les narines ; technique baptisée naguère de «double pompage» par Lorraine Chalmers — qui à chaque fois faisait une grimace de dégoût en l'évoquant. «Je l'ai compris, reprit tante Evvie, dès le jour où tu es venue me voir, après être rentrée à la maison. Je l'ai vu dans tes yeux.

— Il y a eu un incendie.» Polly la regarda. Elle tenait un mouchoir en papier à la main, tellement détrempé qu'il était hors d'usage ; elle le mit dans sa poche et se frotta les yeux des poings, comme une petite fille qui vient de tomber de sa trottinette et s'est écorché le genou. «C'est probablement la baby-sitter qui a mis le feu.

— Bon sang… Veux-tu cependant que je te confie un secret, Trisha ?»

Polly acquiesça avec un pauvre sourire. Son véritable nom était Patricia, mais tout le monde l'appelait Polly depuis toujours. Tout le monde, sauf tante Evvie.

«Le petit Kelton est mort… mais pas toi.» Sur quoi tante Evvie jeta son mégot et, de son index osseux, tapota la poitrine de Polly pour souligner son propos. «Mais *pas toi*. Alors, qu'est-ce que tu vas faire de ça ?»

Polly réfléchit. «Je vais retourner en Californie. Je ne vois pas autre chose.

— D'accord, c'est très bien pour commencer. Mais ça ne suffit pas.» Sur quoi tante Evvie avait déclaré quelque chose de très proche de ce que Polly dirait elle-même quelques années plus tard, lors du dîner à l'auberge The Birches, avec Alan Pangborn : «Ce n'est pas toi la coupable, dans cette histoire, Trisha. Tu n'as pas encore compris cela?

— Je... je ne sais pas.

— Alors tu ne l'as pas encore compris. Tant que tu n'en auras pas pris conscience, peu importe où tu iras, et ce que tu feras. Tu n'auras aucune chance.

— Comment ça, aucune chance? avait-elle demandé, stupéfaite.

— *Ta* chance. La chance de vivre ta propre vie. En ce moment, tu as la tête de quelqu'un qui vient de voir des fantômes. Tout le monde ne croit pas aux fantômes, mais moi, si. Sais-tu ce qu'est un fantôme, Trisha? »

Elle avait lentement secoué la tête.

« Un homme ou une femme qui n'arrive pas à surmonter son passé. C'est ça, un fantôme. Pas *eux*. » Elle eut un geste en direction du cercueil sur ses tréteaux et de la tombe fraîchement retournée par un étrange concours de circonstances. « Les morts sont morts. Nous les enterrons, et ils restent enterrés.

— J'ai l'impression...

— Oui, je sais ce que tu ressens. Eh bien, ce n'est qu'une impression. Ils ne reviendront pas. Ni ta mère ni mon neveu. Ni ton môme, celui qui est mort pendant que tu étais partie. Est-ce que tu me comprends? »

Oui, elle l'avait comprise. Un peu, du moins.

« Tu as raison de ne pas vouloir rester ici, Polly. En tout cas, pour le moment. Retourne là-bas. Ou dans un endroit nouveau, Salt Lake City, Honolulu, Bagdad, n'importe où. C'est sans importance parce que tôt ou tard, tu reviendras ici. Je le sais. Tu es d'ici. C'est inscrit dans chacun des traits de ton visage, dans ta manière de marcher, dans ta manière de parler, même dans ta manière de plisser les yeux devant quelqu'un que tu vois pour la première fois. Castle Rock a été fait pour toi et toi pour Castle Rock. Il n'y a donc rien qui presse. Va où il te semble bon, comme on dit dans la Bible. Mais vas-y *vivante*, Trisha. Pas comme un fantôme. Si tu en deviens un, autant ne jamais revenir. »

La vieille femme regarda autour d'elle, l'air songeur et mélancolique, la tête pivotant dans l'axe de la canne.

272

«Cette foutue ville compte déjà suffisamment de fantômes comme ça.

— J'essaierai, tante Evvie.

— Oui, j'en suis sûre. Ça aussi, c'est inscrit en toi, que tu essaieras.» Tante Evvie se mit à la regarder attentivement. «Tu as été une petite fille ravissante et prometteuse, mais tu n'as peut-être pas eu beaucoup de chance. Bah, la chance, c'est pour les innocents. C'est tout ce qu'ils peuvent espérer, les pauvres diables. Je suis frappée de te trouver encore ravissante et prometteuse, et c'est ce qui est important. Je crois que tu t'en sortiras.» Sur quoi elle ajouta, d'un ton vif, presque rogue : «Je t'aime, Trisha Chalmers. Je t'ai toujours aimée.»

Là-dessus, de cette façon retenue que jeunes et vieux ont de manifester une affection mutuelle, elles s'embrassèrent. Polly avait humé l'ancien arôme dont se parfumait tante Evvie, une pointe de violette et ça l'avait fait de nouveau pleurer.

Lorsqu'elle s'était redressée, tante Evvie avait mis la main dans la poche de son manteau. Polly s'attendait à la voir en retirer un mouchoir, se disant, stupéfaite, que pour la première fois de toute sa vie elle allait voir la vieille dame pleurer. Mais non. Au lieu d'un mouchoir, tante Evvie en retira un bonbon dans son enveloppe craquante, un de ces mêmes bonbons durs qu'elle lui donnait quand Polly n'était qu'une petite fille avec des tresses qui retombaient sur les épaules de sa petite marinière.

«Tu ne veux pas un bonbon, ma puce ?» lui avait-elle demandé d'un ton joyeux.

13

Le crépuscule arrivait en catimini.

Polly se redressa dans le fauteuil à bascule, consciente de s'être presque endormie. Elle heurta l'une de ses mains et un violent éclair de douleur s'élança jusqu'en haut de son bras avant d'être remplacé par le picotement chaud de mauvais augure. Elle allait avoir très mal, c'était sûr. Un peu plus tard dans la nuit, ou demain matin. Vraiment très mal.

Ne t'occupe pas de ce que tu ne peux pas changer, Polly. Il y a au moins une chose que tu peux changer, que tu dois changer. Il faut que tu dises à Alan la vérité sur Kelton. Il faut que tu chasses ce fantôme de ton cœur.

Mais une autre voix s'éleva et répliqua ; une voix coléreuse, effrayée, tapageuse. La voix de l'orgueil, se dit-elle, c'est tout, mais la force et l'ardeur avec lesquelles elle exigeait que ne fût pas exhumée cette époque — ni pour Alan, ni pour personne — la laissaient interloquée. Voix qui exigeait, par-dessus tout, que ne fût pas livrée aux commérages et aux langues de vipère de la ville l'histoire de la courte vie et de la fin atroce de son bébé.

Quelle folie est-ce là, Trisha ? demanda tante Evvie dans sa tête ; tante Evvie morte à un âge plus que respectable, pompant toujours plutôt deux fois qu'une ses chères Tareyton jusqu'au dernier moment. *Qu'est-ce que ça peut faire qu'Alan apprenne la vérité sur la mort de Kelton ? Qu'est-ce que ça peut faire si toutes les commères de la ville, de Lenny Partridge à Myrtle Keeton, l'apprennent aussi ? Qu'est-ce que tu t'imagines ? Que les gens s'intéressent encore à la perte de ton pucelage, petite idiote ? Tu te prends pour qui ? Ce sont des nouvelles périmées. Il y a prescription. Méritent à peine une deuxième tasse de café chez Nan.*

Peut-être... Mais l'enfant lui avait appartenu, bon Dieu, à elle et à personne d'autre, sa vie comme sa mort. Et elle s'était aussi appartenue, elle qui n'avait appartenu ni à sa mère, ni à son père, ni à Duke Sheehan. *Elle s'était appartenue.* Cette fille solitaire qui vivait dans la frayeur et lavait chaque soir sa petite culotte dans l'évier de la cuisine parce qu'elle n'en possédait que trois, cette fille effrayée qui avait toujours un bouton de fièvre qui couvait à la commissure des lèvres ou au creux de sa narine, cette fille qui restait parfois assise à sa fenêtre donnant sur le puits de jour et posait sa tête entre ses bras pour pleurer, cette fille-là lui appartenait. Le souvenir dans lequel elle se revoyait avec son fils dans l'obscurité de la nuit, Kelton tétant l'un de ses petits seins tandis qu'elle lisait une édition de poche de John McDonald et que les sirènes lançaient leurs hurlements aléatoires dans le dense réseau des rues pentues de la ville, ce souvenir lui appartenait. Les larmes qu'elle avait versées, les silences qu'elle avait supportés, les longs après-midi hébétés passés à échapper aux mains pleines de doigts avides de Norville Bates, la honte avec laquelle elle avait finalement conclu une paix difficile, la dignité et l'indépendance pour lesquelles elle avait tant lutté sans parvenir vraiment à les obtenir... tout cela lui appartenait, et ne devait pas appartenir à la rumeur publique.

La question n'est pas de savoir ce qui appartient ou non à la rumeur publique, Polly, et tu le sais bien. La question est de savoir ce qui appartient à Alan.

Elle secoua la tête sans se rendre compte un seul instant qu'elle faisait ce geste de dénégation. Elle se dit qu'elle avait passé trop de nuits d'insomnie et vécu trop d'interminables matins sombres pour abandonner son paysage intérieur sans combattre. Le moment voulu, elle dirait tout à Alan; elle n'avait même jamais envisagé de garder aussi longtemps le secret sur la vérité; mais ce moment n'était pas venu. Certainement pas... en particulier en ce jour où les picotements lui disaient qu'au cours des jours suivants elle n'aurait guère le loisir de penser à autre chose qu'à ses mains.

Le téléphone sonna. Sans doute Alan, de retour de patrouille et reprenant contact. Polly se leva, traversa la pièce et souleva le combiné à deux mains, avec précaution, prête à lui dire les choses que, croyait-elle, il avait envie d'entendre. La voix de tante Evvie essaya de faire intrusion, de l'avertir que c'était un comportement condamnable, égoïste et enfantin, voire même dangereux. Polly repoussa cette voix, avec vivacité et brutalité.

« Allô! dit-elle d'un ton plein d'entrain. Oh, salut, Alan! Comment ça va? Bien. »

Elle écouta quelques instants et sourit. Si elle avait regardé son reflet dans le miroir proche, elle aurait vu une femme qui donnait l'impression de crier... mais elle ne leva pas les yeux.

« Très bien, Alan. Vraiment très bien. »

14

Il était presque l'heure de partir pour l'hippodrome. Presque.

«Allez», murmura Danforth Keeton. Une sueur grasse lui huilait le visage. «Allez, allez, *allez!*»

Penché sur Ticket Gagnant, qu'il avait posé sur son bureau après avoir viré tout ce qui se trouvait dessus, il n'avait pratiquement pas cessé de jouer des parties de toute la journée. Il avait commencé en partant d'un livre, *Quarante Ans de courses dans le Kentucky*. Il avait ainsi couru au moins deux douzaines de derbys, donnant aux chevaux de fer-blanc de son jeu les noms des partants, exactement comme le lui avait expliqué Mr Gaunt. Et ceux auxquels il avait attribué le nom d'un gagnant étaient tous arrivés premiers, comme dans le livre. Course après course. C'était stupéfiant. Tellement stupéfiant qu'il était déjà seize heures lorsqu'il se rendit compte qu'il avait passé sa journée à refaire des courses qui avaient eu lieu des décennies auparavant, alors qu'il y en avait dont le départ allait être donné le soir même à Lewiston.

Et qu'il y avait de l'argent à ramasser.

Pendant la dernière heure, le *Daily Sun* de Lewiston, ouvert à la page des courses, resta posé à gauche de Ticket Gagnant; à droite, il y avait une feuille de papier arrachée à un carnet de notes.

Griffonnée à la hâte, de la grande écriture de Keeton, figurait cette liste :

Première course : Bazooka Joan
Deuxième course : Fille de Delphes
Troisième course : Merveille d'Avant
Quatrième course : Epatant du Coin
Cinquième course : Par Tous les Saints
Sixième course : Petit Canaillou
Septième course : Tonnerre de Brest
Huitième course : Fiston Mignon
Neuvième course : Tiko-Tiko

On n'était qu'à cinq heures de l'après-midi, mais Danforth Keeton procédait déjà à la dernière course de la réunion. Les chevaux de tôle cahotaient le long de la piste dans un bruit de métal. L'un d'eux, après avoir mené de six longueurs, franchit l'arrivée très en avant des autres.

Keeton attrapa le journal et étudia de nouveau les pronostics. Sa face s'éclaira comme si l'Esprit-Saint venait de descendre sur lui. « Malabar ! » murmura-t-il, secouant le poing en l'air. Le crayon qu'il tenait entre ses doigts zigzaguait et plongeait comme une aiguille à coudre en folie. « C'est Malabar ! A trente contre un ! Trente contre un *au moins* ! Malabar, nom de Dieu ! »

Il griffonna le nom sur la feuille de papier, la respiration haletante et entrecoupée. Cinq minutes plus tard, le Ticket Gagnant enfermé à clef dans le placard de son cabinet, Danforth Keeton, au volant de sa Cadillac, roulait vers Lewiston.

9

1

A dix heures moins le quart, le dimanche matin, Nettie Cobb enfila son manteau et le boutonna rapidement. On lisait une détermination farouche sur son visage, tandis que Raider, assis sur le sol de la cuisine, la regardait comme pour lui demander si elle avait vraiment décidé d'en finir pour de bon cette fois.

« Oui, pour de bon », lui dit-elle.

La queue du chien se mit à taper en cadence contre le sol ; je sais que tu peux y arriver, paraissait-il vouloir dire.

« J'ai fait des lasagnes délicieuses pour Polly, et je vais les lui apporter. Mon abat-jour est enfermé dans l'armoire, et je *sais* qu'il y est, je n'ai pas besoin d'aller vérifier qu'il y est, parce que je le sais dans ma tête. Cette folle de Polonaise ne va tout de même pas faire de moi une prisonnière dans sa propre maison. Si je la rencontre dans la rue, ça va barder ! Je l'ai avertie ! »

Il fallait qu'elle sorte. Il le fallait, et elle le savait. Deux jours qu'elle n'avait pas quitté la maison : elle avait fini par comprendre que plus elle tarderait, plus cela deviendrait difficile. Plus elle resterait assise dans son séjour, les stores baissés, plus il lui en coûterait pour les relever. Elle sentait sa vieille terreur et sa vieille confusion d'esprit envahir sournoisement ses pensées.

Elle s'était levée tôt ce matin-là — à cinq heures ! — et avait cuisiné de délicieuses lasagnes pour Polly, juste comme elle les aimait, avec beaucoup d'épinards et de champignons. Les champignons étaient de conserve, car elle n'avait pas osé se rendre au supermarché, la veille, mais elle estimait le résultat tout de même très satisfaisant. Les lasagnes attendaient sur le comptoir, dans une poêle recouverte d'une feuille d'aluminium.

Elle la prit et gagna la porte d'entrée par le séjour. « Tu vas être un bon garçon, Raider. Je reviens dans une heure. Sauf si Polly m'offre le café ; là, ça pourrait durer un peu plus. Mais ça ira bien. Je n'ai aucune raison de m'inquiéter. Je n'ai rien fait aux draps de cette folle de Polonaise, et si elle m'ennuie, je vais lui coller une bonne frousse, non mais ! »

Raider lâcha un jappement autoritaire pour montrer qu'il avait compris et qu'il la croyait.

Elle ouvrit la porte, regarda dehors et ne vit rien. Ford Street était aussi déserte que peut l'être la rue d'une petite ville un dimanche matin. Au loin, une cloche appelait les fidèles du révérend Rose ; une autre, ceux du père Brigham.

Rassemblant tout son courage, Nettie s'avança dans le soleil d'automne, posa la poêle aux lasagnes sur une marche, tira la porte et la verrouilla. Ensuite, avec la clef, elle se frotta l'avant-bras de façon à y laisser une mince marque rouge. Tandis qu'elle se penchait pour récupérer le plat, elle se dit : *Bon, quand tu seras au coin de la rue, peut-être même avant, tu vas te mettre à penser que tu n'as pas bien fermé la porte. Mais tu l'as bien fermée. Tu as posé les lasagnes par terre pour le faire. Et si tu*

278

n'en es toujours pas tout à fait sûre, tu n'auras qu'à regarder ton bras et te rappeler que tu t'es égratignée avec la clef de la maison... après avoir donné deux tours dans la serrure. N'oublie pas ça, Nettie, et tout ira très bien quand tu commenceras à avoir des doutes.

C'était une excellente idée, comme l'idée de s'égratigner le bras avec la clef. La marque rouge était quelque chose de concret, et pour la première fois depuis deux jours (et deux nuits où elle n'avait guère dormi), Nettie se sentit effectivement mieux. Elle gagna le trottoir, la tête haute, les lèvres tellement serrées qu'elles se réduisaient à une ligne. Une fois là, elle chercha des yeux, dans les deux directions, la petite auto jaune de cette folle de Polonaise. Si elle l'avait vue, son intention était d'aller dire à cette folle de Polonaise de lui ficher la paix. Mais la petite Yugo n'était pas en vue. Il n'y avait qu'une vieille camionnette orange garée en haut de la rue, sans personne au volant.

Bien.

Nettie mit le cap sur la maison de Polly Chalmers; lorsque les doutes l'assaillaient, elle se répétait que l'abat-jour en pâte de verre était sous clef, que Raider montait la garde, et que la porte de devant était fermée; cela, en particulier. La porte de devant était fermée à clef, et il lui suffisait de regarder la marque rouge en train de disparaître sur son bras pour en être sûre.

Nettie poursuivit donc son chemin la tête haute, et tourna au carrefour sans un seul regard en arrière.

2

Une fois la cinglée hors de vue, Hugh Priest, qui s'était allongé sur la banquette dès qu'il avait vu apparaître Nettie Cobb, se redressa derrière son volant, dans la camionnette orange qu'il avait été chercher à sept heures au garage municipal, tout à fait désert à une heure aussi matinale. Il mit le levier de vitesse au point mort et, profitant de la légère pente, laissa le camion rouler doucement et en silence jusqu'à la hauteur de la maison de Nettie la Cinglée.

3

Le carillon de la porte tira Polly d'un état de somnolence qui n'était pas vraiment le sommeil, mais une sorte d'hébétude induite par les médicaments et hantée de rêves. Elle s'assit sur son lit et se rendit compte qu'elle avait sa robe d'intérieur sur elle. Quand l'avait-elle mise ? Pendant quelques instants, elle ne put s'en souvenir. Elle eut une bouffée d'angoisse, puis la mémoire lui revint. La douleur qu'elle attendait était arrivée exactement comme prévu ; mais la pire, de loin, qu'elle eût connue de toute sa vie d'arthritique. Elle l'avait réveillée à cinq heures. Elle était allée faire pipi dans la salle de bains pour découvrir qu'elle n'était même pas capable de tirer un morceau de papier hygiénique pour s'essuyer. Elle avait donc pris une pilule, enfilé sa robe d'intérieur, et attendu son effet assise dans le fauteuil de la chambre, à côté de la fenêtre. Elle avait dû se sentir gagnée par le sommeil, à un moment ou un autre, et s'allonger.

Ses mains lui faisaient l'effet de grossières figurines de céramique, cuites au point de devenir friables. La douleur conjuguait impressions de chaleur et de froid et s'enfonçait profondément dans sa chair, comme un réseau complexe de fils empoisonnés. Elle tenait les mains en l'air, en désespoir de cause ; des mains d'épouvantail, laides, déformées ; en bas, le carillon retentit à nouveau. Elle poussa un petit cri distrait.

Elle gagna le palier, tenant ses mains devant elle comme un chien tient ses pattes lorsqu'il mendie un sucre. « Qui est-ce ? » lança-t-elle dans l'escalier, de la voix enrouée et pâteuse de quelqu'un de mal réveillé.

« C'est Nettie ! lui parvint la réponse. Vous allez bien, Polly ?

— Très bien ! Il faut que j'enfile quelque chose. Prenez votre clef, Nettie ! »

Lorsqu'elle entendit la clef tourner dans la serrure, Polly battit rapidement en retraite dans sa chambre. Elle jeta un coup d'œil à la pendule de son chevet et se rendit compte que le jour était levé depuis plusieurs heures. Elle n'était d'ailleurs pas venue enfiler quelque chose ; avec Nettie, sa robe d'intérieur faisait parfaitement l'affaire. Mais elle avait besoin d'une pilule. Jamais, de toute sa vie, elle n'avait eu autant besoin d'une pilule qu'aujourd'hui.

Elle ne sut à quel point elle était mal que lorsqu'elle essaya d'en prendre une. Les pilules — des gélules, pour être précis — se trouvaient dans une petite coupelle en verre posée sur le manteau de la cheminée ornementale, dans sa chambre. Elle arrivait bien à plonger la main dans la coupelle, mais pas à y saisir une gélule. Ses doigts étaient comme les pinces d'une machine pétrifiées par la rouille et le manque d'huile.

Elle fit encore un effort, se concentrant de toute sa volonté pour faire refermer ses doigts sur l'une des capsules de gélatine. Elle en fut récompensée par un léger mouvement et une violente flambée de douleur. Ce fut tout. Elle émit un petit cri sous l'effet de la souffrance et de la frustration.

«Polly?» Il y avait une certaine inquiétude dans la voix de Nettie, qui lui parvenait du bas de l'escalier. Les gens de Castle Rock trouvaient peut-être Nettie un peu confuse, songea Polly, mais lorsqu'il était question des vicissitudes de l'infirmité de sa patronne, elle ne l'était plus du tout. Cela faisait trop longtemps qu'elle fréquentait la maison pour se laisser abuser... et elle l'aimait trop pour ça, aussi. «Est-ce que vous allez vraiment bien, Polly ?

— Je descends tout de suite, Nettie !» répondit-elle en s'efforçant de prendre un ton gai et plein d'entrain. Et comme elle écartait ses mains de la coupelle et inclinait la tête, elle pensa : *Je vous en prie, mon Dieu, faites qu'elle ne monte pas maintenant ! Faites qu'elle ne me voie pas faire cela !*

Elle approcha son visage de la coupelle, comme un chien qui s'apprête à boire dans un bol, et tira la langue. Douleur, honte, horreur et plus que tout une noire dépression, tout en marron et gris, vinrent l'envelopper et l'emprisonner. Elle appuya la langue sur l'une des capsules jusqu'à ce qu'elle y collât. Puis elle rentra la langue, non point comme un chien, mais comme un tamanoir festoyant dans une fourmilière, et avala.

Et tandis que la pilule s'ouvrait une piste minuscule mais rêche dans sa gorge, elle pensa : *Je donnerais n'importe quoi pour ne plus connaître ça ! Absolument n'importe quoi !*

4

Hugh Priest ne rêvait plus guère ; depuis quelques jours, il perdait conscience plus qu'il ne s'endormait. Mais il avait fait un rêve, la nuit dernière, un rêve épatant. Il lui avait révélé tout ce qu'il avait besoin de savoir et tout ce que l'on attendait de lui.

Dans le rêve, il était assis à la table de sa cuisine et buvait une bière en regardant un jeu télévisé qui s'appelait *La Vente du Siècle*. Il avait vu dans cette boutique, le Bazar des Rêves, tous les objets mis aux enchères. Et tous ceux qui se les disputaient saignaient des oreilles et du coin des yeux. Ils riaient, mais paraissaient terrifiés.

Subitement, une voix étouffée lança : « Hugh ! Hugh ! Laisse-moi sortir, Hugh ! »

Elle provenait du placard. Il alla l'ouvrir, prêt à tomber sur le poil de celui qui s'y cachait. Mais il n'y avait personne ; rien que le désordre habituel de bottes, de foulards, de vêtements, de matériel de pêche et ses deux fusils de chasse.

« Hugh ! »

Il leva la tête, car la voix lui parvenait de l'étagère.

C'était la queue de renard. La queue de renard parlait ; Hugh reconnut aussitôt la voix. Celle de Leland Gaunt. Il avait alors descendu la fourrure, se délectant une fois de plus à ce contact somptueux, une texture qui évoquait un peu la soie, un peu la laine et qui n'était en fait rien d'autre qu'elle-même, en son secret.

« Merci, Hugh, dit la queue de renard. On étouffe là-dedans. En plus tu as laissé ta vieille pipe sur l'étagère. Elle pue vraiment, hou la !

— Veux-tu que je te mette ailleurs ? » avait demandé

Hugh. Il se sentait un peu ridicule de s'adresser à une queue de renard, même en rêve.

« Non, je commence à m'y habituer. Mais il faut que je te parle. Tu as quelque chose à faire, tu t'en souviens ? Tu l'as promis.

— Nettie la Cinglée, ouais. Je dois faire une blague à Nettie la Cinglée.

— Exactement, et il faudra la faire dès ton réveil. Alors écoute-moi. »

Hugh Priest avait écouté.

La queue de renard lui avait dit qu'il n'y aurait personne chez Nettie, mis à part le chien ; mais maintenant que Hugh était sur place, il trouva plus prudent de frapper. Il entendit, à l'intérieur, un rapide cliquetis de griffes sur le plancher, mais rien d'autre. Il frappa de nouveau, juste pour être sûr. Il y eut un unique et péremptoire aboiement de l'autre côté de la porte.

« Raider ? » fit Hugh. La queue de renard lui avait dit que c'était le nom du chien. Un nom bougrement bien trouvé, estimait Hugh, même si la bonne femme était aussi givrée qu'un matin de novembre.

Le jappement se reproduisit, nettement moins péremptoire, cette fois.

Hugh prit un porte-clefs dans la poche de sa veste de chasse à carreaux et l'examina. Il le possédait depuis longtemps, et ne se souvenait même plus des serrures sur lesquelles allaient certaines des clefs. Mais quatre d'entre elles étaient des passes, facilement reconnaissables à la longueur de leur tige, et c'était de celles-ci qu'il voulait se servir.

Il jeta un coup d'œil autour de lui, vit que la rue était aussi vide qu'au moment de son arrivée et entreprit d'essayer les clefs l'une après l'autre.

5

Lorsque Nettie découvrit le visage blême et gonflé et les yeux hagards de Polly, elle en oublia ses propres peurs, qui l'avaient pourtant rongée de leurs petites dents pointues de furet pendant tout le chemin. Elle n'eut même pas besoin de jeter un regard aux mains que Polly tenait encore à hauteur de la taille (elles lui faisaient horriblement mal si elle les laissait pendre normalement, dans ces cas-là) pour savoir comment allait sa patronne.

Nettie posa sans cérémonie le plat de lasagnes sur une tablette, au pied de l'escalier ; s'il s'était renversé par terre, elle ne s'en serait pas occupée. La petite femme timorée que tout Castle Rock s'était habitué à voir dans les rues, trottinant comme si elle fuyait les lieux de quelque ignoble méfait, même lorsqu'elle allait tout simplement à la poste, cette femme avait disparu, pour laisser la place à une Nettie différente ; la Nettie de Polly Chalmers.

« Venez, dit-elle vivement. Allons dans le séjour. Je vais aller chercher les gants thermiques.

— Mais non, Nettie, je vais très bien, protesta faiblement Polly. Je viens simplement de prendre une pilule, et je suis sûre que dans quelques minutes… »

Mais Nettie avait déjà passé un bras autour de sa taille et la conduisait dans le salon. « Qu'est-ce qui s'est passé ? Vous avez dormi dessus ?

— Non, ça m'aurait réveillée. C'est simplement… » Elle eut un petit rire, bruit étrange et effaré. « C'est simplement la douleur. Je savais que ça irait mal, aujourd'hui, mais je ne pensais pas que ce serait à ce point-là. Les gants thermiques ne font aucun effet.

— Des fois, si. Vous savez bien que des fois, ils font de l'effet. Asseyez-vous donc ici. »

Le ton de Nettie était sans réplique. Elle resta à côté de Polly jusqu'à ce que celle-ci fût installée dans un fauteuil abondamment rembourré. Puis elle se rendit dans la salle de bains du rez-de-chaussée pour prendre les gants thermiques. Polly avait renoncé à leur usage depuis un an, mais Nettie paraissait leur porter un respect qui tenait presque de la superstition. « La version Nettie de l'huile de foie de morue », avait plaisanté une fois Alan, ce qui les avait fait rire tous les deux.

Assise les mains posées sur les bras du fauteuil (des mains comme deux espars rejetés à la côte par une tempête), Polly regarda avec nostalgie le canapé sur lequel elle avait fait l'amour avec Alan, le vendredi soir. Elle n'avait pas eu mal du tout, alors, mais cela remontait à au moins mille ans. Elle songea que le plaisir, aussi intense qu'il soit, n'est qu'une chose éphémère et illusoire. L'amour fait peut-être tourner le monde, mais elle était convaincue que c'étaient les hurlements des grands blessés et des profondément affligés qui faisaient tournoyer l'univers sur son grand axe de verre.

Oh! stupide canapé. Stupide canapé vide... quel bien me fais-tu, maintenant?

Nettie revint avec les gants thermiques. Ils ressemblaient à des gants matelassés de cuisine, sur lesquels on aurait branché un fil électrique. Polly avait vu une publicité pour ce procédé dans *Good Housekeeping*, notamment. Elle avait appelé le numéro vert de la Fondation nationale pour l'Arthrite, et s'était assurée que les gants procuraient effectivement un soulagement temporaire, dans certains cas. Lorsqu'elle avait montré la pub au Dr Van Allen, il y avait ajouté ce bémol, devenu désespérément familier depuis deux ans : « Au moins, ça ne peut pas faire de mal. »

« Je suis sûre que dans quelques minutes...

— Ça ira mieux, oui, je sais, la coupa Nettie. Et peut-être que les gants vont aider. Tenez les mains droites, Polly. »

Polly renonça à discuter et obéit. Nettie prit un gant par l'extrémité, ouvrit la base et la glissa sur la main de Polly avec la délicatesse d'un spécialiste du déminage posant une couverture antiexplosion sur une charge de C-4, puis fit de même avec l'autre gant. Elle y mettait une douceur, une expertise et une compassion infinies. Polly ne croyait pas que les gants thermiques lui feraient de l'effet... mais la façon dont Nettie s'occupait d'elle produisait déjà le sien.

La femme de ménage s'agenouilla et brancha la fiche dans la prise proche du fauteuil. Les gants se mirent à bourdonner faiblement, et les premières volutes de chaleur sèche vinrent caresser les mains de Polly.

« Vous êtes trop bonne avec moi, Nettie, vous savez.

— Jamais je ne pourrai être trop bonne avec vous,

répondit Nettie. Non, jamais. » Elle avait parlé d'une voix un peu étranglée, et il y avait un reflet brillant et humide dans son œil. «Je sais bien que ça ne me regarde pas et que ce n'est pas à moi de vous dire ce que vous avez à faire, Polly, mais je ne peux pas continuer à me taire. Vous devez vous occuper sérieusement de vos pauvres mains. Il le faut absolument. Vous ne pouvez pas rester comme ça.

— Je sais, ma chère Nettie, je sais. » Polly dut faire un effort gigantesque pour franchir le mur de dépression qui s'était édifié dans son esprit. «Au fait, pourquoi êtes-vous venue, Nettie ? Ce n'était certainement pas pour mettre mes mains dans le grille-pain. »

Le visage de la femme de ménage s'éclaira. «Je vous ai fait des lasagnes !

— Vraiment ? Oh, Nettie, il ne fallait pas !

— Ah non ? Ce n'est pas mon avis, à moi. *A mon avis*, vous ne serez pas capable de faire la cuisine aujourd'hui, ni même demain. Je vais les mettre dans le frigo.

— Merci, Nettie. Merci beaucoup.

— Je suis bien contente d'y avoir pensé. Doublement contente, maintenant que je vous ai vue. » Elle atteignit la porte du vestibule et se retourna ; un rayon de soleil tomba sur son visage et à cet instant-là, Polly aurait pu remarquer combien Nettie avait les traits tirés et l'air fatigué, si ses propres souffrances ne l'avaient pas autant obnubilée. «Et surtout, ne bougez pas ! »

Polly éclata de rire, ce qui les surprit toutes les deux. «Je ne risque pas ! Je suis prise au piège ! »

Dans la cuisine, elle entendit la porte du réfrigérateur s'ouvrir et se fermer. Puis Nettie lança : «Est-ce que je prépare le café ? En voulez-vous une tasse ? Je vous le fais, si vous voulez.

— Oui, répondit Polly. Ça me ferait plaisir. » Les gants ronronnaient plus fort ; ils étaient maintenant très chauds. Et soit ils avaient un effet réel, soit la pilule commençait à produire le sien mieux qu'elle ne l'avait fait à cinq heures du matin, soit, probablement, il s'agissait d'une combinaison des deux, pensa-t-elle. «Mais si vous devez repartir, Nettie… »

La femme de ménage apparut à la porte. Elle avait mis son tablier et tenait la vieille cafetière en étain à la main. Elle n'aimait pas se servir de la nouvelle cafetière électrique Toshiba à commandes numériques... et Polly devait admettre que ce qui sortait du pot d'étain de Nettie était supérieur.

«Je n'ai pas de meilleur endroit où aller qu'ici, répondit-elle. En plus la maison est bien fermée et Raider monte la garde.

— Je n'en doute pas», fit Polly avec un sourire. Elle connaissait très bien Raider. Il pesait huit kilos tout mouillé et se roulait sur le dos pour se faire gratter le ventre devant le premier venu — postier, releveur de compteurs, vendeur ambulant.

«De toute façon, je crois qu'elle va me laisser tranquille, reprit Nettie. Je l'ai avertie. Je ne l'ai pas revue et elle n'a pas appelé, alors je me dis qu'elle a fini par comprendre que j'étais sérieuse.

— Averti qui? De quoi?» demanda Polly. Mais déjà la femme de ménage s'éloignait de la porte, et Polly était bel et bien clouée dans son fauteuil, à cause des gants thermiques. Le temps que Nettie réapparaisse avec le plateau du café, le Percodan avait commencé à lui brouiller l'esprit et lui avait fait oublier la remarque bizarre... ce qui, de toute façon, n'était pas surprenant, car Nettie faisait très souvent des remarques bizarres.

Nettie ajouta de la crème et du sucre dans la tasse de Polly et la tint de manière à lui permettre de boire. Elles bavardèrent de choses et d'autres, et, bien entendu, la conversation ne tarda pas à venir sur la nouvelle boutique. Nettie lui reparla de l'achat de l'abat-jour en pâte de verre, sans toutefois se perdre dans les laborieux détails auxquels on aurait pu s'attendre, étant donné la nature extraordinaire d'un tel événement dans sa vie. Mais cela déclencha néanmoins un souvenir dans l'esprit de Polly: le mot glissé dans le Tupperware par Leland Gaunt.

«J'ai presque oublié! Monsieur Gaunt m'a demandé de passer le voir cet après-midi. Il m'a dit qu'il aurait peut-être quelque chose qui pourrait m'intéresser.

— Vous n'allez pas sortir, tout de même ? Avec les mains dans cet état ?

— Pourquoi pas ? Elles me font un peu moins mal. J'ai l'impression que les gants ont été efficaces, cette fois, au moins un peu. Et il faut que je fasse *quelque chose*. » Elle regarda Nettie, l'air de vouloir la convaincre.

« Oui, évidemment… » Soudain, une idée frappa Nettie. « Je pourrais peut-être m'y arrêter en rentrant chez moi et lui demander que ce soit lui qui passe chez vous !

— Oh non, Nettie, ce n'est pas sur votre chemin.

— Juste deux coins de rue de plus. » Nettie eut un regard de côté, avec une touchante expression matoise. « Et puis, il aura peut-être d'autres pâtes de verre. Je n'ai plus assez d'argent pour en acheter une, mais lui ne le sait pas, et ça ne coûte rien de regarder, non ?

— Oui, mais de là à lui demander de venir ici…

— Je lui expliquerai ce qui se passe, fit Nettie d'un ton décidé, remettant la tasse sur le plateau. Après tout, les démonstrations à domicile, ça existe, non ? Et si un commerçant a quelque chose à vendre qui vaut la peine… »

Polly la regarda avec tendresse, amusée. « Vous savez, Nettie, vous êtes différente lorsque vous êtes ici. »

La femme de ménage la regarda, surprise. « Ah bon ?

— Oui.

— Comment ça ?

— Oh, en mieux. Ne vous inquiétez pas. A moins que ça recommence, je crois bien que j'aurai envie de sortir, cet après-midi. Mais si vous passez par le Bazar des Rêves…

— J'y passerai. » Une expression d'impatience mal dissimulée brilla dans les yeux de Nettie. Maintenant que cette idée lui était venue à l'esprit, elle s'était emparée d'elle avec une force irrésistible. Pas d'erreur, d'avoir donné ce coup de main à Polly lui avait fait le plus grand bien.

« Et s'il se trouve qu'il est dans son magasin, donnez-lui mon numéro de téléphone et demandez-lui de m'appeler pour me dire s'il a bien reçu l'objet qu'il voulait me montrer. Pouvez-vous faire ça ?

— Et comment ! » s'exclama Nettie. Elle alla poser le plateau dans la cuisine, se débarrassa de son tablier et revint enlever les gants thermiques. Elle avait déjà enfilé son manteau. Polly la remercia encore, et pas seulement pour les lasagnes. Ses mains lui faisaient encore très mal, mais la douleur était devenue supportable ; et elle pouvait de nouveau bouger les doigts.

« De rien, vraiment de rien, protesta Nettie. Et vous savez, vous avez vraiment l'air d'aller mieux ! Vous avez repris des couleurs. Vous m'avez fait peur quand je vous ai vue, en arrivant. Est-ce que je peux faire quelque chose avant de partir ?

— Non, je ne crois pas. » Elle tendit le bras et attrapa maladroitement l'une des mains de Nettie dans les siennes, encore brûlantes et rouges. « Vous ne pouvez pas savoir comme vous m'avez fait plaisir en venant, Nettie ! »

Les rares fois où Nettie souriait, c'était avec tout son visage ; on avait l'impression de voir le soleil percer soudainement les nuages par une matinée couverte. « Je vous aime beaucoup, Polly. »

Touchée, Polly répondit : « Moi aussi, Nettie, je vous aime beaucoup. »

La femme de ménage s'en alla. Ce fut la dernière fois que Polly la vit vivante.

6

La serrure de la porte d'entrée, chez Nettie Cobb, était à peu près aussi difficile à forcer que le couvercle d'une boîte de bonbons ; le premier passe dont se servit Hugh fit l'affaire, au bout de quelques secondes passées à trifouiller dedans. Il poussa le battant.

Un petit chien, jaune avec une tache blanche sous le cou, était assis dans le vestibule. Il poussa son unique et péremptoire aboiement tandis que la lumière entrait à flots et que l'ombre massive de Hugh Priest venait se poser sur lui.

« Alors c'est toi, Raider ? » dit Hugh doucement, mettant la main à la poche.

Le chien aboya de nouveau et se mit vivement sur le dos, les quatre pattes mollement repliées en l'air.

« Eh ! t'es trop mignon ! » Le bout de queue de l'animal

tapait contre le plancher, probablement pour acquiescer. Hugh referma la porte et s'accroupit à côté du chien. De la main gauche, il gratta le côté du torse du chien à hauteur de cet endroit magique qui a le don de faire s'agiter la patte arrière. De la main droite, il retira un couteau suisse de sa poche.

« Eh! c'est pas un bon chien-chien, ça? C'est-y pas un bon chien-chien? »

Il s'interrompit pour prendre un bout de papier dans la poche de sa chemise. De sa laborieuse écriture d'excancre, on pouvait y lire le message que lui avait dicté la queue de renard. Hugh l'avait rédigé dans sa cuisine avant même de s'habiller, pour être sûr de ne pas en oublier un mot.

Y a personne qui peut jeter de la boue sur mes draps propres. Je vous le dis, je vous ferai la peau !

Il dégagea le tire-bouchon replié dans l'un des gros logements du couteau et enfila le mot dessus. Puis il prit l'instrument de manière à ce que le tire-bouchon dépassât entre le majeur et l'annulaire de sa puissante main droite, fermée en poing. Il se remit à gratter Raider qui, resté allongé sur le dos pendant tout ce temps, regardait l'homme d'un air joyeux. Il était vraiment mignon tout plein, pensa Hugh.

« Ouais! Ça c'est un gentil petit clébard! Ça c'est le plus gentil des petits clébards. » L'homme se remit à le gratter. Les deux pattes postérieures s'agitaient maintenant rythmiquement, comme si Raider avait pédalé sur une bicyclette invisible. « Mais oui, t'es un bon toutou, mais oui, t'es un gentil chien-chien! Et tu sais ce que j'ai? J'ai une queue de renard! Oui, mon vieux! »

Hugh brandit le tire-bouchon (avec le bout de papier toujours embroché) au-dessus de la tache blanche du pelage de Raider.

« Et tu sais quoi encore? J'ai bien l'intention de la garder! »

Il abattit violemment la main droite sur la poitrine du chien ; la gauche, celle qui grattait encore l'animal un instant auparavant, lui servit à maintenir le chien au sol tandis qu'il donnait trois tours brutaux au tire-bouchon. Un sang chaud gicla et vint inonder ses deux mains. Le chien s'agita brièvement et s'immobilisa. Il ne pousserait plus son aboiement péremptoire.

Hugh se releva, le cœur battant à grands coups. Il se sentit soudain extrêmement honteux de ce qu'il venait de faire ; il en était presque malade. Elle était peut-être folle, ou peut-être pas, mais elle était seule au monde, et il venait de tuer ce qui était probablement son unique ami, bon Dieu !

Il essuya sa main ensanglantée sur sa chemise. C'est à peine si l'on distinguait la trace sur la laine sombre. Il n'arrivait pas à détacher ses yeux du chien. Il venait de faire ça. Oui, il venait de le faire et le savait, mais il avait toutes les peines du monde à le croire. Comme s'il avait été en transe, ou quelque chose de ce genre.

La voix intérieure, celle qui lui parlait parfois des réunions des Alcooliques Anonymes, s'éleva soudain. *Oui, et tu finiras bien par arriver à le croire, avec le temps. Mais tu n'étais pas dans une putain de transe, mon vieux ; tu savais très bien ce que tu faisais.*

Et pour quelle raison.

La panique le gagna. Il fallait sortir d'ici. Il battit lentement en retraite dans le vestibule, à reculons, et poussa un cri rauque lorsque son dos heurta la porte fermée. Il passa une main tâtonnante derrière lui pour trouver le bouton de la porte et finit par y parvenir. Il ouvrit et se glissa hors de la maison de Nettie la Cinglée. Il jeta autour de lui des regards éperdus, s'attendant plus ou moins à voir la moitié de la ville rassemblée là et le regardant d'un air solennel de procureur. Il ne vit personne, sinon un gosse qui remontait la rue à bicyclette, un conteneur isolant « Playmate » jeté de travers dans le panier du porte-bagages. Le môme n'adressa même pas le plus bref des coups d'œil à Hugh Priest lorsqu'il passa à sa hauteur ; quand il eut disparu, il ne resta plus que le carillon d'une cloche, celle qui appelait les méthodistes, cette fois.

Hugh rejoignit précipitamment le trottoir. Il eut beau se dire qu'il ne fallait pas courir, c'est au petit trot qu'il arriva jusqu'à sa camionnette. Il ouvrit maladroitement la porte, se glissa derrière le volant et, d'un geste violent, voulut enfoncer la clef de contact dans son logement. Il dut recommencer à trois ou quatre reprises : à chaque fois, cette putain de clef dérapait. Il dut se tenir le poignet de la main droite avec la main gauche pour y parvenir. De petites gouttes de sueur emperlaient son front. Il avait souvent souffert de maux de tête, mais ne s'était jamais senti comme en ce moment ; il avait l'impression d'être bon pour une crise de paludisme.

La camionnette démarra avec un hurlement et un gros rot de fumée bleue. Le pied de Hugh glissa sur l'embrayage. La camionnette eut deux grands soubresauts qui l'éloignèrent du trottoir et cala. Respirant avec difficulté, haletant, Hugh donna un nouveau coup de démarreur et ficha le camp à toute vitesse.

Le temps de rejoindre le parc automobile de la ville (toujours aussi désert que les montagnes de la Lune) et d'échanger la camionnette contre sa vieille Buick cabossée, il avait tout oublié de Raider, du tire-bouchon et de son geste horrible. Il avait quelque chose d'autre, quelque chose de plus important qui le préoccupait. En chemin, il avait été pris d'une certitude fiévreuse : quelqu'un était entré chez lui en son absence, et ce quelqu'un lui avait dérobé sa queue de renard.

Hugh fonça à plus de cent à l'heure et ne s'arrêta, tous freins bloqués, qu'à quelque vingt centimètres de la balustrade de son porche branlant, dans une averse de gravillons et un nuage de poussière. Il escalada l'escalier quatre à quatre, fit irruption chez lui, courut au placard et arracha presque la porte en l'ouvrant. Sur la pointe des pieds, il explora l'étagère du haut d'une main tremblante et paniquée.

Il ne sentit tout d'abord rien sinon la planche nue, et il poussa un sanglot de peur et de rage. Puis sa main gauche s'enfonça profondément dans la peluche grossière qui n'était ni de soie ni de laine, et un vaste sentiment de paix et de satisfaction l'envahit. Comme de la nourriture pour l'affamé, du repos pour l'épuisé... de la quinine pour le fiévreux atteint de paludisme. Le staccato du roulement de tambour, dans sa poitrine, commença enfin à s'apaiser. Il retira la queue de renard de sa cachette et s'assit à côté de la table. Là, il posa la fourrure sur ses cuisses charnues et se mit à la caresser à deux mains.

Hugh resta plus de trois heures ainsi.

7

Le garçon à bicyclette, celui que Hugh n'avait pas reconnu, était Brian Rusk. Brian avait eu son propre rêve, avec comme conséquence une course à faire.

Dans ce rêve, la septième partie des Séries mondiales était sur le point de commencer, mais une Série mondiale de l'époque d'Elvis, une ancienneté mettant en scène la mythique rivalité de l'histoire du base-ball, les Dodgers contre les Yankees. Sandy Koufax s'échauffait sur le terrain, tout en s'adressant à Brian, debout à côté de lui, entre deux frappes. Sandy Koufax lui expliquait ce qu'il avait exactement à faire. Il était on ne peut plus clair et précis et lui mettait tous les points sur les i. Là n'était pas le problème.

Le problème était que Brian ne voulait pas.

Il se sentait comme un imbécile, de tenir tête à une légende du base-ball comme Sandy Koufax, mais il avait tout de même essayé. «Il faut me comprendre, monsieur Koufax ; je devais faire une blague à Wilma Jerzyck, et je l'ai faite. Je l'ai vraiment faite.

— Et alors ? répliqua Sandy Koufax. Où veux-tu en venir, morpion ?

— Eh bien, c'était notre accord. Quatre-vingt-cinq cents et une blague.

— T'es sûr de ça, morpion ? Juste une ? T'a-t-il dit quelque chose du genre : "seulement un tour à jouer" ? Une expression juridique ? »

Brian n'arrivait pas à s'en souvenir, mais une impression grandissante de s'être fait avoir l'envahissait. Non... il ne s'était pas seulement fait avoir. Il s'était fait piéger. Comme une souris par un morceau de fromage.

« Laisse-moi te dire un truc, morpion. Notre accord… »

Sandy Koufax s'interrompit et poussa un petit *hannn!* en frappant une balle haute et rapide. Elle alla heurter le gant du receveur avec un bruit de détonation. De la poussière s'éleva du gant, et Brian se rendit compte, avec un désarroi grandissant, qu'il connaissait les yeux d'un bleu de tempête protégés par le masque du receveur. Ces yeux appartenaient à Mr Gaunt.

Sandy Koufax frappa la balle que lui réexpédia Mr Gaunt, puis tourna vers Brian un œil plat et brun d'aspect vitreux. « Notre accord, c'est *moi* qui dis ce qu'il est, morpion. »

Mais les yeux de Sandy Koufax n'étaient pas du tout bruns, s'était rendu compte Brian dans son rêve ; eux aussi étaient bleus, ce qui paraissait parfaitement logique, vu que Sandy Koufax était *aussi* Leland Gaunt.

« Mais… »

Koufax/Gaunt leva sa main gantée. « Faut que je t'explique quelque chose, morpion : j'ai ce mot en horreur. De tous les mots de la langue anglaise, c'est sans aucun doute le pire. Je crois même que c'est le pire dans toutes les langues. "Mais", c'est le début de "mairde", tu savais ça, morpion ? »

L'homme qui portait l'ancienne tenue des Dodgers de Brooklyn fit disparaître la balle dans son gant et se tourna pour regarder Brian en face. C'était incontestablement Mr Gaunt, et Brian ressentit l'épouvante venir lui glacer le cœur. « J'ai effectivement dit que je voulais te faire jouer un tour à Wilma, Brian, c'est vrai, mais jamais que c'était le seul que je voulais que tu joues. C'est toi qui l'as supposé, morpion. Est-ce que tu me crois, ou veux-tu écouter l'enregistrement de notre conversation ?

— Je vous crois », répondit Brian. Il se sentait dangereusement près du moment où il allait se mettre à pleurnicher. « Je vous crois, mais…

— Qu'est-ce que je viens de te dire à propos de ce mot, morpion ? »

Brian baissa la tête et déglutit péniblement.

« Tu as beaucoup à apprendre dans l'art du marchandage, observa Koufax/Gaunt. Toi et tous les autres, à Castle Rock. Mais c'est l'une des raisons de ma venue :

diriger un séminaire dans le grand art du marchandage. Il y avait un type dans ton patelin, un type du nom de Merrill, qui en connaissait un bout sur la question, mais il a disparu depuis longtemps.» Il sourit, révélant les grandes dents inégales de Leland Gaunt dans le visage étroit et sombre de Sandy Koufax. «Quant à l'expression "faire une bonne affaire", j'ai encore pas mal de cours à donner là-dessus.

— Mais…» Brian n'avait pu empêcher le mot de franchir ses lèvres.

«Pas de mais, morpion.» Koufax/Gaunt se pencha vers Brian, le regardant avec une expression solennelle, par-dessous la visière de sa casquette. «Monsieur Gaunt sait ce qu'il dit et ce qu'il fait. Répète ça.»

La pomme d'Adam de Brian s'agita, mais aucun son ne sortit de sa gorge. Il sentait de grosses larmes brûlantes s'accumuler dans ses yeux.

Une grande main froide vint s'abattre sur son épaule. Et serra. «Dis-le!

— Monsieur Gaunt… (Brian dut déglutir de nouveau pour pouvoir laisser passer les mots.) Monsieur Gaunt sait ce qu'il dit et ce qu'il fait.

— C'est bien, morpion. C'est très bien. Et cela signifie que tu dois faire ce que je te dirai, sinon…»

Brian rassembla tout son courage et fit un dernier effort.

«Et si je refuse? Si je dis non parce que je n'ai pas compris… comment on dit, déjà?… les termes du contrat?»

Koufax/Gaunt prit la balle dans le fond du gant et la serra. Des gouttelettes de sang commencèrent à suinter des coutures.

«Tu n'as pas la possibilité de refuser, Brian, répondit-il doucement. C'est trop tard. Hé! C'est la septième partie des Séries mondiales. Toutes les volailles sont venues se percher, et le moment est arrivé de passer à la casserole. Regarde donc autour de toi. Va, regarde bien.»

Brian s'exécuta et fut horrifié de constater que le stade Ebbets était tellement plein que des gens se tenaient debout dans les allées… *des gens qu'il connaissait tous.* Il vit son père et sa mère assis avec son petit frère, Sean, dans la tribune du commissaire, juste derrière le marbre. Les élèves de la classe d'orthophonie, encadrés par Miss Ratcliffe à une extrémité et son gros crétin de fiancé à l'autre, s'alignaient le long du trajet de la première base, buvant du Royal Crown Cola et grignotant des hot dogs. Tout le bureau du shérif de Castle Rock était assis sur le banc de touche, avec à la main des bières dans des timbales en papier, ornées des portraits des candidates de l'année au titre de Miss Rheingold. Il vit sa classe de catéchisme, les conseillers municipaux de la ville, Myra et Chuck Evans, ses tantes, ses oncles, ses cousins. Assis derrière la troisième base, il aperçut Sonny Jackett; et lorsque Koufax/Gaunt envoya la balle ensanglantée et qu'elle fit de nouveau cette détonation de coup de fusil dans le gant du receveur, Brian se rendit compte que le visage, derrière le masque, appartenait maintenant à Hugh Priest.

« Je te passerai dessus, petit morveux, dit Hugh en relançant la balle. Ça te fera les pieds !

— Tu vois, morpion, ce n'est plus simplement une question de carte de base-ball, reprit Koufax/Gaunt à côté de lui. Tu as pigé ça, n'est-ce pas ? Lorsque tu as jeté la boue sur les draps de Wilma Jerzyck, tu as déclenché quelque chose. Comme un type déclenche une avalanche en criant trop fort, un jour de redoux. Maintenant, le choix est simple. Tu peux continuer à avancer ou rester ici et te retrouver au trou. »

Dans son rêve, Brian s'était finalement mis à pleurer. Bon, d'accord, il avait pigé. Il avait très bien pigé, maintenant qu'il était trop tard pour y changer quoi que ce soit.

Koufax/Gaunt écrasa la balle. Du sang en jaillit et ses doigts s'enfoncèrent dans la surface blanche charnue. « Si tu ne veux pas que tout le monde, à Castle Rock, sache que c'est toi qui as déclenché l'avalanche, Brian, tu as intérêt à faire ce que je te dis. »

Brian pleura plus fort.

« Quand on fait affaire avec moi, dit Gaunt, se préparant à lancer, il y a deux choses qu'il ne faut pas oublier : monsieur Gaunt sait ce qu'il dit et ce qu'il fait... et l'affaire n'est pas conclue tant que monsieur Gaunt n'a pas dit qu'elle l'était. »

Il lança brusquement la balle, lui imprimant cette trajectoire sinueuse qui avait rendu si difficile de frapper quand on tenait la batte contre Sandy Koufax (tel était, du moins, l'humble avis du père de Brian); et lorsque le projectile frappa le gant de Hugh Priest, cette fois, tout explosa. Des cheveux, du sang et des filaments charnus volèrent dans le brillant soleil d'automne. Sur quoi Brian s'était réveillé, pleurant dans son oreiller.

8

Il était maintenant en route pour faire ce que Mr Gaunt lui avait dit de faire. Il n'avait pas eu de peine à se libérer; il avait simplement déclaré à ses parents qu'il n'avait pas envie d'aller à l'église parce qu'il avait mal au cœur (ce qui n'était pas un mensonge). Après leur départ, il avait fait ses préparatifs.

Il était pénible de pédaler et encore plus de garder l'équilibre, tout ça à cause de la glacière portative sur le porte-bagages. Elle était très lourde, et, le temps d'atteindre la maison des Jerzyck, il se retrouva en sueur et hors d'haleine. Pas d'hésitation, cette fois; inutile de sonner à la porte, de préparer une histoire. Personne n'était là. Sandy Koufax/Leland Gaunt lui avait dit dans son rêve que les Jerzyck resteraient après la messe de onze heures pour discuter des festivités à venir de la Nuit-Casino, avant d'aller rendre visite à des amis. Tout ce qu'il voulait, maintenant, c'était en finir avec ce truc affreux aussi vite que possible. Et lorsque ce serait terminé, il rentrerait chez lui, rangerait son vélo et passerait le reste de la journée au lit.

Obligé de se servir de ses deux mains, il sortit la glacière portative du porte-bagages et la posa sur l'herbe. Il se tenait derrière la haie, et personne ne pouvait le voir. Ça allait faire du boucan, mais Koufax/Gaunt lui avait dit de ne pas s'en soucier, que la plupart des gens, sur Willow Street, étaient catholiques et que ceux qui n'allaient pas à la messe de onze heures avaient été à celle de huit heures, avant de partir pour leur balade dominicale. Brian ne savait trop si c'était vrai ou non. Il n'avait de certitude que sur deux points : monsieur Gaunt savait ce qu'il disait et ce qu'il faisait, et une affaire n'était pas conclue tant que monsieur Gaunt n'avait pas déclaré qu'elle l'était.

Tel était le marché.

Brian ouvrit la glacière portative. Elle contenait une douzaine de cailloux de bonne taille, autour desquels Brian avait enroulé des feuilles de papier arrachées à son cahier de brouillon, les maintenant avec un ou deux élastiques. En grosses lettres d'imprimerie on pouvait lire sur chacune ce message simple :

JE VOUS AI DIT DE ME LAISSER TRANQUILLE.
C'EST LE DERNIER AVERTISSEMENT.

Brian s'empara de l'un des cailloux et s'avança sur la pelouse, ne s'arrêtant qu'à trois mètres à peine de la grande vitre du séjour des Jerzyck — ce que l'on appelait une « baie vitrée », dans les années soixante, époque de construction de la maison. Il leva le bras, n'hésita qu'un instant et lança son projectile du même geste que Sandy Koufax, face au premier batteur adverse, dans la septième partie des Séries mondiales. Il y eut un énorme fracas, pas du tout musical, suivi d'un coup sourd lorsque le caillou alla échouer sur le tapis du séjour avant de rouler sur le sol.

Le bruit eut un effet étrange sur Brian. Sa peur s'évanouit et son dégoût pour la tâche qui l'attendait, tâche que même en jouant sur le sens des mots personne n'aurait pu se permettre de qualifier de simple blague, disparut aussi. La tapageuse dégringolade du verre l'excita... le mettant même dans l'état où il se trouvait lors des rêves éveillés dans lesquels il se mettait en scène avec Miss Ratcliffe. Des rêves insensés, il le savait bien, maintenant, mais aujourd'hui, ce qui se passait n'avait rien d'insensé. C'était bien réel.

En outre, il désirait en ce moment posséder plus que jamais la carte de Sandy Koufax. Il avait découvert une autre grande vérité sur la notion de possession et de l'état psychologique particulier qui en est la conséquence : plus on a d'épreuves à endurer à cause de quelque chose que l'on possède, plus on tient à cette chose.

Brian prit deux autres gros cailloux et retourna à la baie vitrée brisée. Il regarda à l'intérieur et vit le premier projectile qu'il avait lancé. Il gisait sur le seuil de la cuisine. Il paraissait très déplacé ici — comme une botte en caoutchouc sur un autel d'église ou une rose sur un moteur de tracteur. L'un des élastiques qui retenaient la feuille de papier s'était cassé, mais l'autre avait tenu. Brian tourna la tête et vit la télé des Jerzyck.

Il leva le bras et lança. Le caillou frappa l'appareil en plein milieu. Il y eut un bruit creux d'explosion, un éclair de lumière, une averse de débris de verre sur le tapis. La télé oscilla sur sa table mais ne tomba pas. « Deuxièèèème coup ! » marmonna Brian avant de partir d'un rire étranglé et bizarre. Il lança le deuxième caillou qu'il tenait sur des objets en porcelaine posés sur une table, près du canapé, mais les manqua. Le projectile heurta le mur, auquel il arracha un morceau de plâtre.

Brian alla prendre la glacière par la poignée et la traîna vers le côté de la maison. Il fracassa deux fenêtres de plus. A l'arrière de la maison, il lança un caillou gros comme un pain dans la vitre qui constituait la partie supérieure de la porte de la cuisine, puis en expédia deux ou trois autres par le trou. L'un de ceux-ci démolit le robot ménager posé sur le comptoir. Un autre fit exploser la porte du four à micro-ondes et resta à l'intérieur. « Troisièèèème coup ! Assis, morpion ! » s'écria Brian, qui se mit à rire tellement fort qu'il faillit pisser dans son pantalon.

Une fois la crise passée, il finit de faire le tour de la maison. La glacière commençait à être plus légère ; il pouvait la porter d'une seule main. Il utilisa ses trois derniers cailloux pour briser les fenêtres du sous-sol, que l'on voyait derrière les chrysanthèmes de Wilma. Pour faire bonne mesure, il arracha quelques poignées de fleurs. Tout cela accompli, il referma la glacière, retourna à sa bicyclette, mit le conteneur dans le panier du porte-bagages et enfourcha son engin pour retourner chez lui.

Les voisins des Jerzyck s'appelaient les Mislaburski. Au moment où Brian débouchait de l'allée des Jerzyck, Mme Mislaburski sortit sur le porche de sa maison. Elle était habillée d'une blouse de travail d'un vert éclatant, et un chiffon rouge retenait ses cheveux. On aurait dit une pub pour aller passer Noël en enfer.

« Qu'est-ce qui se passe là-bas, mon garçon ? demanda-t-elle d'un ton autoritaire.

— Je ne sais pas exactement. Je crois que monsieur et madame Jerzyck se disputent, répondit Brian sans s'arrêter. J'étais juste venu leur demander s'ils n'auraient pas besoin de quelqu'un pour pelleter la neige, cet hiver, mais je crois qu'il vaut mieux que je revienne une autre fois. »

Mme Mislaburski eut un coup d'œil sinistre en direction de la maison de ses voisins. A cause des haies, elle ne voyait, d'où elle se tenait, que le premier étage. « Si j'étais toi, je ne reviendrais pas du tout. Cette femme me rappelle ces petits poissons qu'on trouve en Amérique du Sud. Ceux qui mangent une vache en cinq minutes.

— Des piranhas, dit Brian.

— C'est ça. Des pires qu'Anna. »

Brian pesa sur les pédales. Il s'éloignait maintenant de la femme au tablier vert et au chiffon rouge. Son cœur battait régulièrement, mais sans cogner, sans aller à toute allure. Une partie de lui-même éprouvait la certitude qu'il rêvait toujours. Il ne se sentait plus du tout lui-même : rien à voir avec le Brian Rusk qui décrochait toutes les meilleures notes, le Brian Rusk qui faisait partie du Conseil étudiant et de la Ligue junior des bons citoyens, le Brian Rusk qui avait toujours dix sur dix en conduite.

« Et elle finira par tuer quelqu'un, un de ces jours ! lui cria Mme Mislaburski, d'un ton indigné. Rappelle-toi ce que je te dis ! »

A mi-voix, Brian répondit pour lui-même : « Ça ne me surprendrait pas du tout. »

Il passa effectivement tout le reste de la journée au lit. En temps ordinaire, Cora s'en serait inquiétée, au point même, peut-être, de l'amener voir le toubib de garde à Norway. Aujourd'hui, néanmoins, c'est à peine si elle remarqua que son fils ne se sentait pas très bien. Tout cela à cause des merveilleuses lunettes que lui avait vendues Mr Gaunt — des lunettes qui la mettaient dans tous ses états.

Brian se leva vers dix-huit heures, environ un quart d'heure avant le retour de son père, parti pour la journée pêcher sur le lac avec deux amis. Il prit un Pepsi dans le frigo et le but dans la cuisine. Il se sentit nettement mieux.

Il avait l'impression d'avoir rempli le contrat qu'il avait passé avec Mr Gaunt.

Et estimait qu'effectivement Mr Gaunt savait ce qu'il disait et ce qu'il faisait.

9

Nettie Cobb, qui n'éprouvait pas le moindre pressentiment quant à la désagréable surprise qui l'attendait chez elle, se dirigeait vers le Bazar des Rêves de la meilleure humeur du monde. En revanche, elle avait l'intuition que, dimanche matin ou pas, la boutique serait ouverte, et elle ne fut pas déçue.

«Madame Cobb! dit Leland Gaunt lorsqu'elle entra. Quel plaisir d'avoir votre visite!

— Moi aussi, ça me fait plaisir de vous voir, monsieur Gaunt», répondit-elle, sincère.

L'homme s'approcha d'elle, main tendue, mais Nettie eut un geste de recul à la seule idée de son contact. C'était un comportement abominable, affreusement impoli, mais elle fut incapable de se retenir. Néanmoins Mr Gaunt, béni soit-il, parut comprendre. Il sourit et changea de trajectoire, allant refermer la porte derrière elle. Il remplaça le panonceau OUVERT par celui FERMÉ à la vitesse d'un joueur professionnel escamotant un as.

«Asseyez-vous, madame Cobb! Je vous en prie, asseyez-vous!

— Heu... bon, très bien... mais je suis juste venue vous dire que Polly... Polly n'est pas...» Elle se sentait bizarre; non pas mal, mais bizarre. Comme prise de tournis. Elle s'assit un peu lourdement sur l'un des fauteuils rembourrés. Puis Mr Gaunt se trouva en face d'elle, la fixant du regard ; le monde parut se centrer sur lui et retrouver peu à peu sa stabilité.

« Polly ne se sent pas très bien, c'est cela ?

— Oui, c'est cela, confirma-t-elle avec gratitude. Ce sont ses mains, vous savez. Elle a…

— De l'arthrite, oui, je sais, c'est terrible, la merde, on se fait chier toute sa vie et on crève, tu parles d'une aubaine, comme disait l'autre. Je sais, Nettie. » Les yeux de Leland Gaunt paraissaient s'agrandir encore. « Mais je n'ai pas besoin ni de l'appeler, ni de lui rendre visite. Elle a déjà beaucoup moins mal.

— Vraiment ? demanda Nettie d'une voix distante.

— Et comment ! Elles la font encore souffrir, bien entendu, ce qui est bien, mais pas au point de l'obliger à se terrer chez elle, et c'est encore mieux, vous ne croyez pas, Nettie ?

— Si », répondit Nettie dans un souffle, sans avoir la moindre idée de ce à quoi elle acquiesçait.

De sa voix la plus douce et la plus charmante, Leland Gaunt reprit : « Mais vous, Nettie, une grosse journée vous attend encore.

— Ah bon ? » Voilà qui était nouveau pour elle. Elle avait envisagé de passer l'après-midi dans son fauteuil préféré, à tricoter tout en regardant la télé, Raider à ses pieds.

« Oui, une très grosse journée. C'est pourquoi je veux que vous restiez assise ici un moment pendant que je vais chercher quelque chose. Vous voulez bien ?

— Oui…

— Parfait. Et fermez les yeux. Reposez-vous vraiment, Nettie ! »

Elle obéit et ferma les yeux. Un moment (combien de temps ?) plus tard, Mr Gaunt lui ordonna de les rouvrir. Mais elle éprouva une pointe de déception. Lorsque les gens vous disent de fermer les yeux, c'est souvent pour vous faire une surprise agréable. Un cadeau, par exemple. C'était ce qu'elle avait espéré, et lorsqu'elle avait rouvert les yeux, elle s'était un peu attendue à voir Mr Gaunt avec un autre abat-jour en pâte de verre ; mais il ne tenait qu'un bloc de papier. Les feuilles, de petite taille, étaient roses. Chacune portait en en-tête la mention

PROCÈS-VERBAL DE CONTRAVENTION

«Oh, dit-elle, je pensais que vous aviez d'autres pâtes de verre.

— Je ne crois pas que vous aurez besoin d'autres pâtes de verre, Nettie.

— Non?» La pointe de déception revint, plus forte cette fois.

«Eh non. C'est bien triste, mais c'est vrai. Je suppose cependant que vous n'avez pas oublié la promesse que vous m'avez faite, reprit Gaunt en s'asseyant près d'elle. Vous vous en souvenez, n'est-ce pas?

— Oui. Vous voulez que je joue un tour à Buster. Que je mette des papiers dans sa maison.

— Exactement, Nettie. Très bien. Avez-vous toujours la clef que je vous ai donnée?»

Lentement, comme une danseuse dans un ballet aquatique, Nettie sortit la clef de la poche droite de son manteau. Elle la tint de manière à ce que Mr Gaunt pût la voir.

«Absolument parfait! s'exclama-t-il avec chaleur. Remettez-la dans votre poche, maintenant. Là où elle est en sécurité.»

Elle s'exécuta.

«Bon. Voici les papiers.» Il mit le bloc de feuilles roses dans l'une des mains de Nettie et un distributeur de ruban adhésif dans l'autre. Des sonneries d'alarme s'étaient déclenchées quelque part au fond de sa tête, mais très loin, presque inaudibles.

«J'espère que cela ne prendra pas longtemps. Il faut que je rentre chez moi pour donner à manger à Raider. C'est mon petit chien.

— Je sais tout sur Raider, répondit Mr Gaunt avec un grand sourire. Mais quelque chose me dit qu'il n'aura pas tellement d'appétit, aujourd'hui. Je ne crois pas non plus qu'il risque de faire de saletés sur le carrelage de la cuisine.

— Mais…»

Il posa l'un de ses longs doigts sur les lèvres de Nettie, qui se sentit soudain prise d'un haut-le-cœur.

«Ne faites pas ça, gémit-elle, s'incrustant dans son siège. Ne faites pas ça, c'est horrible.

— C'est ce qu'on me dit toujours, convint Leland Gaunt. Si vous ne voulez pas que je sois horrible avec vous, Nettie, vous ne devez jamais me dire cet horrible petit mot.

— Quel mot?

— Mais. Je honnis ce terme. Il serait plus juste de dire que je le hais, je crois. Dans le meilleur de tous les mondes possibles, il ne devrait pas y avoir besoin d'un petit mot aussi pleurnichard. Je voudrais que vous me déclariez quelque chose d'autre à la place, Nettie. Quelques mots que j'aime beaucoup entendre. Des mots que j'adore sans réserve.

— Et lesquels?

— Monsieur Gaunt sait ce qu'il dit et ce qu'il fait. Répétez.

— Monsieur Gaunt sait ce qu'il dit et ce qu'il fait.» Dès que les mots furent sortis de sa bouche, elle comprit qu'ils étaient absolument et entièrement vrais.

«Monsieur Gaunt sait toujours ce qu'il dit et ce qu'il fait.

— Monsieur Gaunt sait toujours ce qu'il dit et ce qu'il fait.

— Parfait! Tout comme Papa», ajouta Gaunt, avant de partir d'un rire hideux; un grincement de plaques rocheuses se déplaçant au plus profond de la terre, tandis que la couleur de ses yeux passait rapidement du bleu au vert, au brun et au noir. «Bon. Et maintenant, Nettie, écoutez-moi attentivement. Vous faites tout d'abord cette petite course pour moi, après quoi vous pourrez rentrer chez vous. Vous avez bien compris?»

Nettie avait bien compris.

Et elle écouta très attentivement.

10

1

South Paris est une petite ville ouvrière sordide à vingt-cinq kilomètres au nord-est de Castle Rock. Ce n'est pas le seul trou du Maine à porter un nom ronflant de lieu européen : on trouve également un Madrid, un Sweden, un Etna (bien que les gens n'y aient pas un tempérament particulièrement volcanique), un Calais (prononcé de manière à le faire rimer avec Dallas), un Cambridge et un Frankfort. Certains savent peut-être pour quelles raisons des patelins aussi paumés se sont retrouvés avec des noms d'un tel exotisme, mais pour ma part, je l'ignore.

Ce que je sais, en revanche, c'est qu'il y a une vingtaine d'années un excellent chef français décida de quitter New York et d'ouvrir son propre restaurant dans la région des lacs du Maine ; qu'il estima en outre qu'il n'y aurait pas de meilleur endroit pour se lancer dans l'entreprise qu'une ville du nom de South Paris. Même la puanteur qui émanait des tanneries ne put l'en dissuader. Le résultat fut un établissement appelé Chez Maurice. Il existe encore aujourd'hui, en bordure de la route 117, non loin de la voie de chemin de fer, à un jet de pierre du McDonald's. Et c'est donc Chez Maurice que Danforth Buster Keeton amena sa femme pour déjeuner, le dimanche 13 octobre.

Myrtle passa une bonne partie de ce dimanche dans un état ébloui proche de l'extase, sans que l'excellence des plats y fût pour quelque chose. Au cours des derniers mois — presque une année, à vrai dire —, elle avait mené une existence extrêmement désagréable en compagnie de Danforth. Il l'ignorait presque complètement, sauf pour lui crier après. L'opinion qu'elle avait d'elle-même, qui n'avait jamais été bien relevée, dégringola encore de quelques degrés. Elle savait, comme toute femme le sait, que les sévices n'ont pas à être nécessairement adminis-

305

trés avec les poings pour être efficaces. Les hommes (comme les femmes) peuvent blesser avec la langue, et Danforth Keeton était un expert en la matière ; il lui avait infligé mille coupures invisibles, de son tranchant affûté, au cours de l'année écoulée.

Elle n'était au courant ni de ses dettes de jeux (elle croyait qu'il allait aux courses surtout pour regarder), ni des détournements de fonds. Elle savait que plusieurs des membres de la famille Keeton avaient eu des troubles mentaux, mais elle n'avait pas fait le lien entre ce fait et le comportement de Danforth. Il ne buvait pas trop, n'oubliait pas de s'habiller avant de sortir, n'adressait pas la parole aux absents, et elle supposait donc qu'il allait bien. En d'autres termes, elle avait conclu que c'était elle qui ne tournait pas rond. Et que ce qui ne tournait pas rond chez elle était tout simplement ce qui avait provoqué la désaffection de Danforth.

Elle avait passé les six derniers mois à s'efforcer de se faire à cette désolante perspective : qu'il lui restait trente, peut-être quarante ans à passer, sans amour, comme compagne de cet homme qui se montrait tour à tour coléreux et froidement sarcastique, et paraissait se moquer éperdument d'elle. Pour lui, elle n'était plus qu'un élément du mobilier — sauf si elle se trouvait sur son chemin. Dans ce cas (si le repas n'était pas prêt quand lui voulait manger, si la propreté du plancher de son cabinet lui paraissait douteuse, voire même si les différentes sections du journal n'étaient pas dans le bon ordre sur la table du petit déjeuner), il la traitait de gourde. Si son trou de balle lui tombait du cul, disait-il, elle ne saurait même pas où le chercher. Si la cervelle était de la poudre à canon, elle ne pourrait pas se moucher sans risquer l'explosion. Elle avait tout d'abord essayé de lui répliquer, mais il avait l'art de pulvériser ses défenses comme châteaux de cartes. Si elle réagissait par la colère, il se mettait dans des rages blanches qui la terrifiaient. Elle avait donc renoncé à rétorquer sur le même ton pour se réfugier dans les affres d'une consternation hébétée. Actuellement, elle se contentait d'arborer un sourire impuissant devant sa fureur, de promettre de faire mieux, puis de se réfugier dans leur chambre où, effondrée sur le lit, elle pleurait en se demandant ce qu'elle allait devenir ; si seulement — seulement — elle avait eu une amie à qui se confier...

Au lieu de cela, elle s'adressait à ses poupées. Elle avait commencé à les collectionner au cours des premières années de leur mariage, les gardant au début au grenier, dans des boîtes. Mais au cours des dernières années, elle les avait descendues dans la lingerie ; parfois, ses larmes séchées, elle se glissait dans la pièce et jouait avec elles. Les poupées, elles, ne criaient jamais. Elles ne vous ignoraient pas. Elles ne vous demandaient jamais comment vous aviez fait pour devenir aussi stupide, si c'était venu naturellement ou si vous aviez pris des leçons.

Et elle avait trouvé hier la plus merveilleuse des poupées, dans la nouvelle boutique.

Aujourd'hui, cependant, tout avait changé.

Ce matin, exactement.

Elle glissa la main sous la table et se pinça (pour la énième fois) pour bien s'assurer qu'elle ne rêvait pas. Non, elle était toujours Chez Maurice, assise dans un somptueux rayon de soleil automnal, et Danforth était assis en face d'elle, mangeant avec un appétit qui faisait plaisir à voir, le visage éclairé d'un sourire qui lui paraissait étrange, tant il y avait longtemps qu'elle ne l'avait pas vu se dérider.

Elle ignorait ce qui avait provoqué ce changement et redoutait de poser la question. Elle savait qu'il était allé aux courses, à Lewiston, hier au soir (probablement parce que les personnes qu'il y rencontrait étaient plus intéressantes que celles qu'il fréquentait quotidiennement à Castle Rock, comme sa femme, par exemple), et s'était attendue, à son réveil, à trouver son emplacement déserté dans le lit (voire même à ce qu'il n'y eût pas dormi, ayant passé la nuit dans le fauteuil de son cabinet) et à l'entendre grommeler avec sa mauvaise humeur habituelle, au rez-de-chaussée.

Au lieu de cela, elle l'avait trouvé allongé à côté d'elle, dans le pyjama rouge à rayures qu'elle lui avait offert pour Noël, l'année dernière. C'était la première fois qu'il le mettait, la première fois, à la connaissance de Myrtle, qu'il le sortait de son emballage. Il était réveillé. Il roula de côté pour lui faire face, tout sourires. Sur le coup, son expression lui fit peur ; elle signifiait peut-être, se dit-elle, qu'il allait la tuer.

Puis il lui toucha un sein et lui adressa un clin d'œil. « Tu n'as pas envie, Myrt ? C'est peut-être un peu trop tôt pour toi ? »

Ils avaient donc fait l'amour ; pour la première fois depuis plus de cinq mois, ils avaient fait l'amour et il s'était montré absolument magnifique, et voici qu'ils se retrouvaient ici, à déjeuner Chez Maurice, comme deux amoureux, par ce beau dimanche d'octobre. Elle n'avait aucune idée de ce qui avait provoqué ce miracle chez son mari, et s'en moquait. Elle ne désirait qu'une chose : en profiter, et le voir durer.

« Tout va bien, Myrt ? » demanda Keeton, qui leva les yeux de son assiette et s'essuya vigoureusement le visage avec sa serviette.

D'un geste timide, elle alla effleurer sa main par-dessus la table. « Tout est parfait. Tout est simplement... simplement merveilleux. »

Elle dut prestement retirer la main pour se tamponner les yeux avec sa propre serviette.

2

Keeton continua d'engloutir son « bouf borgnine » (encore un nom à la noix inventé par les mangeurs de grenouilles) avec le plus grand appétit. La raison de son bonheur était simple. Tous les chevaux qu'il avait choisis hier avec l'aide de Ticket Gagnant étaient arrivés comme prévu. Même Malabar, le canasson donné à trente contre un dans la dixième. Keeton était revenu à Castle Rock avec l'impression que la Cadillac flottait au-dessus de la chaussée, les poches gonflées par un peu plus de dix-huit mille dollars. Son bookmaker devait sans doute encore se demander où cet argent était passé. Keeton, lui, le savait : il était soigneusement rangé dans le classeur de son cabinet. Dans une enveloppe, rangée elle-même dans la boîte de Ticket Gagnant, ce jeu si précieux.

Il avait bien dormi pour la première fois depuis des mois. Et lorsqu'il s'éveilla, ce fut avec la première lueur d'une idée pour l'audit qui l'attendait. Une première lueur n'était pas suffisante, bien entendu, mais c'était déjà mieux que les confuses ténèbres qui grondaient dans sa tête depuis l'arrivée de cette affreuse lettre. On aurait dit qu'il avait suffi d'avoir gagné toute une soirée aux courses pour que son cerveau embrayât à nouveau.

Il ne pouvait restituer tout l'argent avant la chute du couperet, c'était bien clair. Le champ de courses de Lewiston était le seul à fonctionner en nocturne pendant l'automne, d'une part, et de l'autre, il ne rapportait que des clopinettes. Il aurait bien pu faire le tour des petites courses de la région et ramasser quelques milliers de dollars de plus, mais ça n'aurait pas suffi, de toute façon. Et il ne pouvait risquer de répéter des soirées comme celle d'hier sans provoquer les soupçons de son bookmaker, qui finirait certainement par refuser de prendre ses paris.

Il jugeait cependant qu'en procédant à une restitution partielle, il pouvait au moins minimiser les proportions de l'escroquerie. Il suffirait alors d'inventer une histoire. Un projet de développement avec un dossier en béton qui, au dernier moment, avait échoué. Une erreur terrible… mais dont il avait endossé toute la responsabilité et qu'il avait commencé de réparer. Il pourrait faire remarquer que quelqu'un dénué de tout scrupule, dans sa situation, aurait très bien pu utiliser le délai de grâce d'une semaine pour rafler encore plus d'argent dans les coffres de la ville (tout ce qui lui serait tombé sous la main) avant de filer pour quelque paradis ensoleillé (avec beaucoup de palmiers, beaucoup de plages blanches et beaucoup de jeunes demoiselles en string) où l'extradition aurait été difficile, sinon impossible.

Il pouvait la jouer à la cul-béni et inviter ceux qui n'avaient jamais péché à lui jeter la première pierre. Voilà qui devrait lui valoir un certain répit. Si parmi ces types, il y en avait un seul qui n'eût jamais mis la main dans la sauce, il était prêt à bouffer son caleçon. Sans sel.

Il fallait absolument gagner du temps. Maintenant qu'il arrivait à dominer son hystérie et à réfléchir rationnellement à la situation, il était à peu près sûr qu'on lui en accorderait. Après tout, c'étaient aussi des politiciens ; ils n'ignoraient pas que la presse ne manquerait pas de les éclabousser copieusement au passage, eux, les soi-disant gardiens des fonds publics, une fois qu'elle en aurait fini avec Danforth Keeton. Ils n'ignoraient pas non plus que certaines questions se poseraient, dans le sillage d'une enquête publique ou (Dieu nous en pré-serve !) d'un procès pour malversation. Des questions comme : Depuis combien de temps — il est question d'années fiscales, mesdames et messieurs — durent les petites opérations de Mr Keeton ? Ou encore : Comment se fait-il que le Bureau des Impôts de l'Etat ne se soit pas réveillé avant, alerté par le parfum spécial qui montait de Castle Rock ? Toutes questions que des hommes ambi-tieux allaient trouver déprimantes.

Il estimait possible de s'en sortir. Sans garantie, mais jouable.

Mille mercis à Mr Leland Gaunt.

Seigneur, il adorait Leland Gaunt !

« Danforth ? demanda timidement Myrtle.

— Hein ?

— Cela fait des années que je n'ai pas passé une aussi belle journée. Je voulais juste te le dire. Te dire combien je te suis reconnaissante de m'avoir offert une aussi belle journée. Avec toi.

— Oh ! » Il venait de lui arriver la chose la plus étrange qui fût. Un instant, il était resté incapable de se souvenir du nom de la femme assise en face de lui. « Pour moi aussi, Myrt, c'est une belle journée.

— Iras-tu aux courses, ce soir ?

— Non, dit-il. J'ai l'intention de rester à la maison.

— Merveilleux », répondit-elle. Elle trouvait cela telle-ment merveilleux, même, qu'elle dut encore se tapoter les yeux avec sa serviette.

Il lui sourit ; ce n'était pas son doux sourire d'autre-fois, celui qui l'avait mise sous le charme et conquise, mais presque. « Dis donc, Myrt… Tu n'aurais pas envie d'un petit dessert, par hasard ? »

Elle pouffa et donna un coup de serviette dans sa direction. « Oh ! toi, alors ! »

La maison des Keeton, bâtisse à deux niveaux dans le style ranch, sur les hauteurs de Castle View, se trouvait à une bonne heure de marche ; Nettie Cobb était fatiguée et elle avait très froid en arrivant. Elle ne croisa que trois ou quatre autres piétons, mais personne ne la remarqua ; tous marchaient enfoncés jusqu'au menton dans leur manteau, col relevé, car un vent glacial et soutenu s'était mis à souffler. Le supplément des petites annonces du *Telegram* du dimanche traversa la rue en virevoltant, puis décolla dans le ciel d'un bleu dur, comme quelque oiseau étrange, avant d'aller atterrir dans l'allée des Keeton. Mr Gaunt lui avait dit que Buster et Myrtle Keeton ne seraient pas chez eux, et Mr Gaunt savait ce qu'il disait. La porte du garage était relevée, et la prétentieuse péniche de Cadillac dans laquelle Buster se déplaçait ne s'y trouvait pas.

Nettie remonta l'allée, s'arrêta devant la porte d'entrée et sortit le bloc de formulaires et le rouleau de Scotch de sa poche. Elle n'avait qu'un désir : se retrouver chez elle à regarder le super-film du dimanche à la télé, Raider à ses pieds. Et c'était ce qu'elle ferait, sa corvée une fois terminée. Elle ne se fatiguerait peut-être même pas à tricoter ; elle se voyait très bien restant assise, l'abat-jour en pâte de verre sur les genoux. Elle arracha la première feuille rose et la colla à côté de la sonnette, sur la plaque où on lisait : D & M KEETON PAS DE DÉMARCHAGE. Elle rangea son matériel dans une poche, prit la clef dans l'autre et la glissa dans la serrure. Juste avant de la tourner, elle examina brièvement le P-V qu'elle venait de coller.

Elle avait beau avoir froid et être fatiguée, elle ne put s'empêcher de sourire un peu. C'était vraiment une bonne blague, en particulier si l'on songeait à la manière de conduire de Buster. Un miracle qu'il n'eût encore tué personne. Elle n'aurait cependant pas aimé être dans la peau de celui qui avait signé les contraventions. Buster

pouvait se montrer particulièrement désagréable. Même
môme, il n'aimait déjà pas qu'on se paie sa tête.

La porte s'ouvrit sans difficulté. Nettie entra.

4

« Un peu plus de café ? proposa Keeton.

— Non, merci, pas pour moi. Je n'en peux plus, répondit-elle avec un sourire.

— Alors, rentrons. Je voudrais voir les Patriots à la
télé. (Il jeta un coup d'œil à sa montre.) En se pressant
un peu, on peut arriver à temps pour le coup d'envoi. »

Myrtle acquiesça, plus heureuse que jamais. La télé
était dans la salle de séjour, ce qui signifiait que Dan
n'avait pas l'intention de s'enfermer dans son cabinet
pour le reste de la journée. « Eh bien, partons vite. »

Keeton leva un doigt autoritaire. « Garçon ? La note,
s'il vous plaît. »

5

Nettie avait oublié son désir de retourner rapidement
chez elle ; elle avait plaisir à se trouver dans la maison de
Buster et de Myrtle.

Pour commencer, il y faisait bon. Ensuite, elle éprouvait un sentiment inattendu de puissance, comme si elle
venait de passer dans les coulisses de la vie privée de
deux personnes bien réelles. Elle monta d'abord au premier étage et examina toutes les pièces. Il y en avait
beaucoup, surtout si l'on songeait que le couple n'avait
pas d'enfants ; mais, comme sa mère l'avait toujours dit,
quand on a les moyens...

Elle ouvrit les tiroirs de la commode de Myrtle et examina ses sous-vêtements. Il y en avait en soie et toutes les
pièces étaient de qualité, mais aucune ne paraissait
neuve. Il en allait de même des robes accrochées dans la
penderie. Nettie continua par la salle de bains, où elle fit
l'inventaire des pilules de l'armoire à pharmacie, puis
par la lingerie, où elle admira les poupées. Une belle

maison. Une maison adorable. Quel dommage que l'homme qui l'habitait fût un vrai bâton merdeux.

Nettie regarda sa montre et songea qu'il était peut-être temps de se mettre à coller les petites feuilles roses.

Dès qu'elle aurait fini d'inspecter le rez-de-chaussée.

6

« Est-ce qu'on ne roule tout de même pas un peu trop vite, Danforth ? demanda Myrtle d'une voix étranglée, tandis que Keeton faisait une queue-de-poisson à un lourd camion de grumes ; la voiture qui arrivait en face klaxonna furieusement.

— Je veux voir le coup d'envoi », répondit-il. Il tourna à gauche sur Maple Sugar Road. Un panneau indiquait : CASTLE ROCK 12 KM.

7

Nettie brancha la télé — les Keeton possédaient un gros Mitsubishi — et regarda une partie du super-film du dimanche. Ava Gardner et Gregory Peck y jouaient. Gregory paraissait amoureux d'Ava, mais ce n'était pas très clair ; il en pinçait peut-être pour l'autre femme. Il y avait eu une guerre nucléaire. Gregory Peck était le capitaine d'un sous-marin. Tout cela n'intéressait guère Nettie, qui éteignit l'appareil et scotcha une feuille rose sur l'écran avant de se rendre dans la cuisine. Elle regarda ce qu'il y avait dans les placards (le service était du Corelle, très joli, mais la batterie de cuisine n'avait rien d'extraordinaire), puis dans le réfrigérateur. Elle fronça les narines. Beaucoup trop de restes. Signe incontestable de gaspillage. Buster n'en avait sans doute pas la moindre idée ; elle aurait parié ses bottes et son cheval là-dessus. Les hommes comme Buster Keeton sont incapables de se déplacer dans une cuisine, même avec un plan et un chien d'aveugle.

Elle consulta de nouveau sa montre et sursauta. C'était fou le temps qu'elle avait passé à se promener dans la maison. Elle était restée trop longtemps. Elle se mit à détacher rapidement les formulaires et à les coller un peu partout, sur le frigo, sur la gazinière, sur le téléphone mural, sur le vaisselier de la salle à manger. Plus elle se pressait, plus elle devenait nerveuse.

8

Nettie venait juste de se mettre sérieusement au travail lorsque la Cadillac rouge de Keeton franchit le pont (le Tin Bridge) et s'engagea dans Watermill Lane pour prendre la direction de Castle View.

« Danforth ? demanda soudain Myrtle. Pourrais-tu me déposer chez Amanda Williams ? Je sais bien que ce n'est pas tout à fait notre chemin, mais elle a mon matériel à fondue. Je me disais... (le sourire timide fit une brève apparition sur son visage)... je me disais que je pourrais te préparer — nous préparer — quelque chose de bon pour après le match de football. Tu n'as qu'à me laisser au passage. »

Il ouvrit la bouche pour lui dire que la maison des Williams n'était vraiment pas sur son chemin, que la partie allait commencer et qu'elle pourrait récupérer son foutu matériel à fondue demain. Et, de toute façon, il n'aimait pas le fromage quand il était chaud et dégoulinant. Cette cochonnerie devait être bourrée de microbes.

Puis il se ravisa. En dehors de lui-même, il y avait trois autres conseillers — deux imbéciles et une gourde. La gourde, c'était Mandy Williams, une vraie salope. Keeton avait éprouvé quelques difficultés à voir Bill Fullerton, le coiffeur, et Harry Samuels, l'unique entrepreneur de pompes funèbres de Castle Rock, vendredi dernier. Il avait eu aussi quelques difficultés à leur donner l'impression que sa visite était sans importance, car elle ne l'était pas. Le Bureau des Impôts avait très bien pu leur adresser un courrier, à eux aussi. Il avait cru comprendre que ce n'était pas le cas — pas encore —, mais impossible de mettre la main sur cette salope de Williams.

« Très bien, dit-il, ajoutant : Demande-lui donc si elle

n'a rien reçu concernant les affaires de la ville. Quelque chose qui nécessiterait que je prenne contact avec elle.

— Oh, chéri, tu sais bien que je n'arrive jamais à me rappeler comme il faut...

— Oui, je le sais. Mais tu peux au moins poser la question, non ? Tu n'es tout de même pas stupide à ce point-là !

— Non », répondit-elle précipitamment, d'une petite voix.

Il lui tapota la main. « Excuse-moi. »

Elle le regarda, frappée de stupéfaction. Il lui avait *présenté des excuses*. Ça lui était peut-être arrivé une ou deux fois depuis qu'ils étaient mariés, mais Myrtle n'aurait su dire quand.

« Demande-lui simplement si les types de l'Etat ne lui ont pas cassé les pieds, ces temps derniers. Des histoires de COS, d'égouts... ou de taxes. J'aurais bien été lui demander moi-même, mais j'ai vraiment envie d'assister au coup d'envoi.

— Très bien, Dan. »

La maison des Williams était à mi-chemin de Castle View. Keeton engagea la Cadillac dans l'allée et se gara derrière la voiture de cette bonne femme. Un modèle étranger, évidemment. Une Volvo. Keeton la soupçonnait d'être une communiste clandestine ou une lesbienne. Voire les deux.

Myrtle ouvrit la portière et descendit en lui adressant son sourire timide et légèrement nerveux.

« Je serai à la maison dans une demi-heure.

— Parfait. N'oublie pas de lui demander ce que je t'ai dit. » Et si jamais le rapport de Myrt — aussi confus qu'il n'allait pas manquer d'être — sur la réponse d'Amanda Williams laissait planer le moindre soupçon, il se chargerait lui-même d'interviewer la salope... demain. Pas cet après-midi. Cette demi-journée était toute à lui. Il se sentait vraiment de trop bonne humeur pour seulement *voir* Amanda Williams. Alors lui tenir le crachoir...

A peine Myrtle avait-elle refermé la porte qu'il passait en marche arrière et s'élançait dans la rue.

9

Nettie venait tout juste de scotcher la dernière feuille rose à la porte du placard, dans le bureau de Keeton, lorsqu'elle entendit une voiture s'engager dans l'allée. Elle laissa échapper un couinement étouffé et resta un instant pétrifiée sur place, incapable de bouger.

Je suis prise! hurlait-elle dans sa tête tandis qu'elle tendait l'oreille au ronronnement velouté du gros moteur de la Cadillac. *Je suis prise! Ô Jésus-Marie-Joseph! Il va me tuer!*

La voix de Mr Gaunt lui répondit. Elle n'avait plus son ton amical; elle était froide et autoritaire, et venait de tout au fond de son esprit. *Il est probable qu'il te tuera s'il t'attrape, Nettie. Et si tu paniques, ça ne ratera pas. Donc, pas de panique. Quitte la pièce. Tout de suite. Ne cours pas, mais marche vite. Et aussi silencieusement que possible.*

Elle traversa d'un pas rapide le tapis turc d'occasion, les jambes aussi raides que des bâtons, marmonnant à voix basse, comme une litanie : «Monsieur Gaunt sait ce qu'il dit», et passa dans le séjour. Les rectangles de papier rose semblaient la foudroyer de toutes les surfaces planes disponibles. L'un d'eux pendait même du lustre au bout d'un long ruban d'adhésif.

Le moteur de la Cadillac émettait maintenant un son creux doublé d'un écho; Keeton était entré dans le garage.

Vas-y, Nettie! Vas-y tout de suite! C'est le moment ou jamais!

Elle s'élança, trébucha sur un coussin et s'étala. Elle heurta le plancher avec sa tête et se serait assommée si le coup n'avait pas été un peu amorti par une mince carpette. Des globules lumineux se mirent à danser devant ses yeux. Elle se releva précipitamment, se rendant vaguement compte que son front saignait, et sa main se referma sur le bouton de la porte au moment où Keeton, dans le garage, coupait le moteur. Elle se tourna et jeta un regard terrifié en direction de la cuisine. Elle apercevait la porte du garage, celle par laquelle il allait entrer. L'un des formulaires roses était collé dessus.

Le bouton tourna bien dans sa main, mais la porte ne s'ouvrit pas. Le battant restait soudé au chambranle.

Du garage lui parvint le *woosh-tchonk* de la portière qui se refermait. Puis le ferraillement de la porte coulissante qui redescendait. Et enfin un bruit de chaussures crissant sur le ciment. Buster sifflait.

Le regard égaré de Nettie, partiellement aveuglé par le sang de sa coupure au front, tomba sur le poussoir central du bouton. Il était enfoncé. Voilà pourquoi la porte lui résistait. Elle devait l'avoir elle-même verrouillée en entrant, mais ne s'en souvenait pas. Elle le dégagea, ouvrit, sortit.

Moins d'une seconde plus tard, la porte qui, dans la cuisine, donnait sur le garage, s'ouvrait à son tour. Danforth Keeton entra, déboutonnant son pardessus. Il s'immobilisa. Le sifflement mourut à ses lèvres. Il resta là, la main pétrifiée dans le geste de défaire le dernier bouton, la bouche encore arrondie, et fit du regard le tour de la cuisine. Ses yeux s'agrandirent.

S'il s'était approché de la fenêtre du séjour, à ce moment-là, il aurait vu Nettie traverser sa pelouse au pas de course, affolée, les pans de son manteau tourbillonnant derrière elle comme des ailes de chauve-souris. Il ne l'aurait peut-être pas reconnue, mais aurait certainement identifié une femme, ce qui aurait pu faire considérablement changer la suite des événements. La vue de toutes ces feuilles roses le cloua sur place, néanmoins ; sous le choc, son esprit ne fut capable que de produire deux mots. Deux mots qui s'allumaient à la cadence folle d'un gyrophare géant, en lettres flamboyantes, carminées, hurlantes : *LES PERSÉCUTEURS! LES PERSÉCUTEURS! LES PERSÉCUTEURS!*

10

Nettie gagna le trottoir à toutes jambes et descendit des hauteurs de Castle View aussi vite qu'elle put. Les talons de ses chaussures claquaient de manière effrayante et elle était convaincue qu'il y avait une autre paire de pieds derrière elle, ceux de Buster qui la poursuivait, Buster qui allait la rattraper, Buster qui allait lui faire mal… mais ça ne faisait rien. Ça ne faisait rien parce qu'il pouvait faire bien pis que lui donner une raclée. Buster Keeton était quelqu'un d'important en ville, et s'il voulait la renvoyer à Juniper Hill, il en avait les moyens. Nettie courut donc. Un filet de sang lui coulait dans l'œil et elle vit pendant un certain temps le monde à travers une lentille d'un rouge pâle, comme si toutes les belles maisons de ce quartier chic s'étaient mises à saigner. Elle s'essuya de la manche de son manteau et continua à courir.

Les trottoirs étaient déserts et la plupart des yeux, dans les maisons occupées, en ce début de dimanche après-midi, étaient tournés vers la partie des Patriots contre les Jets. Une seule personne aperçut Nettie.

Tansy Williams, qui venait d'aller passer deux jours chez sa grand-mère à Portland avec papa et maman, regardait par la fenêtre, suçant un sucre d'orge, son nounours sous le bras, lorsque Nettie passa comme si elle avait eu des ailes aux pieds.

«Maman, y a une dame qui court», commenta Tansy.

Amanda Williams était assise dans la cuisine en compagnie de Myrtle Keeton, devant une tasse de café. La casserole à fondue attendait entre elles sur la table. Myrtle venait juste de lui demander s'il n'y avait rien, concernant les affaires de la ville, qu'elle aurait dû signaler à Danforth, et Amanda trouvait la question tout à fait étrange. Si Buster avait voulu savoir quelque chose, pourquoi ne pas être venu poser la question en personne? Et au fait, pourquoi choisir précisément le dimanche après-midi?

«Maman parle avec madame Keeton, ma chérie.

— Elle avait du sang sur la figure», précisa néanmoins Tansy.

Amanda sourit à Myrtle. «J'ai pourtant dit à Buddy que s'il voulait absolument louer des films du genre *Massacre à la tronçonneuse*, il devrait au moins attendre que Tansy soit couchée pour les regarder.»

Nettie, elle, continua de courir. Elle ne s'arrêta qu'une

318

fois à bout de souffle, lorsqu'elle arriva à hauteur du carrefour de Castle View et de Laurel Street. Elle était devant la bibliothèque municipale, dont la pelouse était entourée d'un mur de pierre incurvé. Elle s'appuya dessus, haletante, secouée de gros sanglots tandis qu'elle essayait de reprendre sa respiration et que le vent agitait toujours son manteau. Elle ressentait un violent point de côté, sur lequel elle appuyait la main.

Elle jeta un coup d'œil vers la rue qu'elle venait de dévaler et constata qu'elle était vide. Buster, en fin de compte, ne l'avait pas suivie ; encore un tour de son imagination. Au bout d'un moment, elle se sentit capable de partir à la recherche, au fond de ses poches, d'un Kleenex qui lui permettrait d'essuyer une partie du sang qui la barbouillait. Elle en trouva un mais se rendit compte aussi que la clef de la maison des Keeton avait disparu. Elle était peut-être tombée de sa poche pendant sa course échevelée ; ou bien, plus vraisemblablement, elle l'avait laissée dans la serrure. Mais quelle importance ? Du moment qu'elle était sortie avant d'être vue par Buster, le reste lui était égal. Elle remercia Dieu d'avoir permis à la voix de Mr Gaunt de lui parler au moment critique, oubliant que c'était justement à cause de Mr Gaunt qu'elle s'était trouvée chez les Keeton.

Elle examina le sang sur le Kleenex et conclut que la coupure ne devait pas être tellement grave ; l'écoulement paraissait ralentir. Son point de côté s'atténuait. D'une poussée, elle s'écarta du mur et repartit d'un pas lourd, tête basse pour dissimuler sa blessure.

Une fois chez elle, elle s'en occuperait. De ça et de son merveilleux abat-jour en pâte de verre. La maison, et le super-film du dimanche. La maison et Raider. Une fois chez elle, la porte fermée à double tour, les stores baissés, la télé allumée et Raider endormi à ses pieds, tout cela ne serait plus qu'un rêve affreux, du même genre que ceux qu'elle faisait à Juniper Hill, après avoir tué son mari.

Elle accéléra un peu le pas. Dans quelques minutes, elle serait arrivée.

11

Après la messe, Pete et Wilma Jerzyck déjeunèrent légèrement chez Jake et Frida Pulaski; après quoi les deux hommes s'installèrent en face de la télé pour regarder les Patriots botter un peu les fesses à ces New-Yorkais. Wilma se moquait du football comme d'une guigne, mais aussi du base-ball, du basket, du hockey ou de n'importe quel sport. Sauf la lutte. Pete n'en savait rien, mais elle l'aurait quitté en un clin d'œil pour le Chief Jay Strongbow.

Elle aida Frida à faire la vaisselle, puis déclara qu'elle rentrait chez elle regarder la fin du super-film du dimanche, *Le Dernier Rivage*, avec Gregory Peck. Elle ajouta à l'intention de Pete qu'elle prenait la voiture.

« Ça ne me gêne pas, répondit-il sans détacher les yeux de l'écran. Une petite marche me fera du bien.

— Ouais, c'est ça, ça te fera du bien », grommela-t-elle pour elle-même en sortant.

Wilma était en réalité de bonne humeur, et la raison essentielle de cet état d'esprit était liée à la Nuit-Casino; le père John restait fermement sur ses positions, comme Wilma s'était attendue à le voir faire, et elle avait bien aimé l'allure qu'il avait eue, ce matin, pendant son homélie, intitulée « Cultivons chacun notre propre jardin ». Il avait parlé avec sa douceur habituelle, mais il n'y avait eu trace de douceur ni dans ses yeux bleus, ni dans son menton lancé en avant. Et sa parabole potagère fantaisiste n'avait trompé ni Wilma ni personne d'autre sur ce qu'il avait voulu dire : si les baptistes tenaient à fourrer leur nez collectif dans le carré de choux catholique, ils allaient se faire botter leur derrière collectif. Non mais.

L'idée d'un bottage de fesses, surtout à une telle échelle, avait toujours le don de mettre Wilma de bonne humeur.

Une telle perspective n'était pas le seul plaisir dont cette journée dominicale était émaillée. Elle n'avait pas eu besoin de préparer un gros repas, pour une fois, et Pete était garé en lieu sûr chez les Pulaski. Avec un peu de chance, il passerait l'essentiel de l'après-midi à regarder des bonshommes essayer de se casser mutuellement les reins, et elle pourrait avoir la paix pendant le film. Elle pensait toutefois commencer par appeler sa vieille amie Nettie. La cinglée était déjà pas mal terrorisée ; pour un début, c'était parfait... mais seulement pour un début. Nettie devait encore payer pour les draps couverts de boue, qu'elle le voulût ou non. Le moment était venu de tirer quelques coups secs sur les ficelles de Miss Maladie Mentale 1991. Cette perspective remplissait Wilma d'impatience, et elle roula aussi vite que possible jusque chez elle.

12

Comme dans un rêve, Danforth Keeton s'approcha du réfrigérateur et décolla l'imprimé rose. Les mots

PROCÈS-VERBAL POUR INFRACTION AU CODE DE LA ROUTE

figuraient en haut, en grandes capitales d'imprimerie. Au-dessous, on lisait le message suivant :

> *Simple avertissement — mais lisez-le et méditez-le !*
> *Vous avez commis une ou plusieurs infractions au code de la route. Le représentant des forces de l'ordre qui les a relevées a choisi de ne vous adresser qu'un « avertissement » pour cette fois, mais il a relevé la marque, le modèle et le numéro minéralogique de votre véhicule. La prochaine infraction vous vaudra une amende. Veuillez ne pas oublier que tout le monde doit respecter le code de la route.*
> *Conduisez prudemment !*
> *Arrivez vivant !*
> *Le département de police de votre ville vous remercie !*

Au-dessous du sermon, il y avait une série de lignes à remplir : marque, modèle, numéro minéralogique. Sur les deux premières on lisait : Cadillac, Seville. Écrit avec soin dans la case en face du numéro, figurait ceci :

L'essentiel du document était occupé par une liste des infractions les plus courantes comme «oubli de signaler un changement de direction», «stop non marqué», «stationnement illicite». Aucune n'était pointée. Au bas de la liste figurait la mention : Autres infractions, suivie par deux lignes de pointillés. Rédigé en capitales impeccables on y lisait à la place :

LE SALOPARD LE PLUS NOTOIRE DE TOUT CASTLE ROCK

Tout en bas de la feuille rose, la dernière ligne était réservée au nom du policier qui avait relevé l'infraction. La signature (faite au tampon) était celle de Norris Ridgewick.

Lentement, très lentement, Keeton referma le poing sur l'imprimé rose. La feuille se replia en boule avec un petit bruissement et finit par disparaître entre les gros doigts du maire. Debout au milieu de la cuisine, il regardait les autres papiers roses. Une veine battait au milieu de son front.

«Je le tuerai, murmura-t-il. Je jure devant Dieu et tous les saints que je tuerai cette espèce de petit enfoiré maigrichon!»

13

Il n'était qu'une heure vingt lorsque Nettie arriva chez elle, mais elle avait l'impression d'être partie depuis des mois, sinon des années. Tandis qu'elle remontait l'allée de ciment qui conduisait à sa porte, ses terreurs se détachèrent de ses épaules comme seraient tombés des poids invisibles. Elle avait toujours mal au crâne, mais trouvait qu'un coup sur la tête n'était qu'un prix bien léger à payer pour se retrouver en sécurité chez elle, sans avoir été repérée.

Elle avait toujours sa clef, qu'elle prit et glissa dans la serrure. «Raider? lança-t-elle en la tournant. Je suis de retour, Raider!»

Elle ouvrit la porte.

« Où il est, le petit chien-chien à sa maman, hein, où il est ? Il a faim, le chien-chien ? » Le vestibule était sombre et elle ne vit pas tout de suite le petit tas qui gisait sur le sol. Elle récupéra sa clef et entra. « Est-ce qu'il a pas très très faim, le petit chien-chien à sa maman ? Est-ce qu'il... »

Son pied heurta quelque chose de raide, mais qui cédait toutefois à la poussée, et elle interrompit brusquement son caquet gnan-gnan. Elle baissa les yeux et vit.

Elle essaya tout d'abord de se dire qu'elle ne voyait pas ce que ses yeux lui disaient qu'elle voyait. Ce n'était pas possible, pas possible, pas possible. Ce n'était pas Raider, là, allongé sur le sol avec quelque chose qui lui sortait de la poitrine, ce n'était pas possible.

Elle ferma la porte et, d'une main frénétique, chercha l'interrupteur. La lumière jaillit, et tous les détails lui sautèrent à la figure. Raider gisait sur le dos, comme lorsqu'il voulait être gratté. Quelque chose de rouge dépassait de sa poitrine. Quelque chose qui ressemblait à... ressemblait à...

Nettie laissa échapper un cri aigu, un sanglot si haut perché qu'on aurait dit le bourdonnement d'un énorme moustique, puis tomba à genoux à côté du chien.

« Raider ! Ô Jésus-Marie-Joseph ! Ô mon Dieu, Raider ! Tu n'es pas mort, dis, tu n'es pas mort ? »

Sa main, froide, glacée, voletait autour de la chose rouge comme lorsqu'elle avait cherché l'interrupteur à tâtons. Finalement elle s'en saisit et l'arracha, faisant appel à des forces venant du plus profond de son chagrin et de son horreur. Le tire-bouchon produisit un ignoble bruit mat, entraînant avec lui des fragments de chair, des caillots de sang et des poils collés. Il laissa un trou noir irrégulier de la taille d'une pièce de monnaie. Nettie hurla. Elle lâcha le couteau et prit le petit corps raide dans ses bras.

« Raider ! gémit-elle. Ô mon petit chien ! Non, oh non ! » Elle se mit à le bercer contre sa poitrine, essayant de le ramener à la vie par sa chaleur, mais on aurait dit qu'elle n'avait plus de chaleur à donner. Qu'elle était froide, glacée.

Au bout d'un moment, elle reposa le cadavre sur le sol

du vestibule et, d'une main toujours incertaine, retrouva le couteau suisse, dont le tire-bouchon meurtrier dépassait. Elle le ramassa à contrecœur, mais une partie de sa répugnance s'évanouit lorsqu'elle constata qu'un message était empalé dessus. Elle le retira, les doigts gourds, et l'approcha de ses yeux. Le sang avait raidi le papier, mais les mots griffonnés étaient encore lisibles :

Y a personne qui peut jeter de la boue sur mes draps propres. Je vous le dis, je vous ferai la peau !

L'expression de chagrin et d'horreur disparut des yeux de Nettie, remplacée par une sorte de compréhension épouvantable qui leur donnait un éclat d'argent terni. Ses joues, devenues d'une pâleur mortelle lorsqu'elle avait compris ce qui s'était passé, retrouvèrent une rougeur malsaine, et elle découvrit les dents pour s'adresser au billet. C'est d'une voix brûlante et rauque qu'elle proféra ces trois mots d'insulte :

« Saloperie de pute ! »

Elle roula le papier en boule dans sa main et le jeta contre le mur. Il rebondit et vint atterrir près du cadavre de Raider. Elle se jeta dessus, le déplia, cracha sur le griffonnage. Puis elle le lança de nouveau. Elle se releva enfin et se rendit à pas lents dans la cuisine, les mains s'ouvrant et se refermant, comme animées par de puissants ressorts.

14

Wilma Jerzyck laissa la Yugo dans l'allée et se dirigea d'un pas vif vers l'entrée de sa maison, fouillant dans son sac à la recherche de son trousseau. Elle fredonnait « C'est l'amour qui fait tourner le monde ». Au moment où elle allait introduire la clef dans la serrure, elle arrêta son geste, ayant saisi un vague mouvement du coin de l'œil. Elle se tourna et resta bouche bée. Les rideaux de sa salle de séjour voletaient dans le vent assez vif de l'après-midi. Ils voletaient à *l'extérieur*. Et la raison pour laquelle ils voletaient à l'extérieur était que la grande baie vitrée, celle qui avait coûté quatre cents dollars aux Clooney lorsque leur crétin de fils l'avait cassée trois ans auparavant avec une balle de base-ball, la grande baie vitrée était une fois de plus démolie. Des flèches de verre effilées pointaient encore vers l'intérieur.

« Qu'est-ce que… ? » s'écria Wilma. Elle tourna si brutalement la clef dans la serrure qu'elle faillit la casser.

Elle se précipita chez elle, saisit la porte pour la claquer, mais resta pétrifiée sur place. Pour la première fois de sa vie d'adulte, Wilma Wadlowski Jerzyck se trouvait réduite à l'immobilité complète sous l'effet d'un choc.

La salle de séjour était dans un état indescriptible. La télé — leur belle télé couleurs grand écran pour laquelle il leur restait onze traites à payer — avait implosé. De la fumée montait de l'intérieur calciné. Le tube cathodique avait éclaté en myriades de fragments brillants, éparpillés sur le tapis. Un gros trou défigurait le mur du fond. Une sorte de paquet, ressemblant à un petit pain, se trouvait à côté. Et un autre sur le seuil de la porte donnant dans la cuisine.

Elle repoussa le battant et s'approcha du second objet. Dans son esprit où régnait la plus grande confusion, quelque chose lui dit de faire attention, qu'il s'agissait peut-être d'une bombe. En passant devant la télé, elle sentit des effluves âcres, mélange de plastique carbonisé et de bacon brûlé.

Elle s'accroupit à côté du paquet et vit que ce n'en était pas un ; du moins, pas au sens courant. Mais une sorte de galet avec une feuille de papier enroulée autour et retenue par un élastique. Elle le retira et lut :

JE VOUS AI DIT DE ME LAISSER TRANQUILLE.
C'EST LE DERNIER AVERTISSEMENT.

Elle le relut, puis alla examiner l'autre caillou. Le message était identique. Elle se releva, une feuille froissée dans chaque main, son regard ne cessant d'aller de l'une à l'autre. On aurait dit qu'elle suivait un échange de ping-pong particulièrement prolongé. Finalement, elle proféra trois mots :

« Nettie. Cette connasse. »

En entrant dans la cuisine, elle aspira l'air entre ses dents avec un hoquet violent. Elle se coupa sur un débris de verre lorsqu'elle ôta le caillou du micro-ondes, retira l'écharde sans même y penser et détacha le message. Encore identique.

Wilma parcourut rapidement les pièces du sous-sol et y constata d'autres dommages. Elle prit toutes les notes. Le message était toujours le même. Elle revint alors à la cuisine, incrédule devant les dégâts qu'elle voyait.

« Nettie Cobb. »

Finalement, l'iceberg qui l'avait enveloppée sous le choc se mit à fondre. Sa première émotion ne fut pas la colère, mais l'incrédulité. Bon sang, se dit-elle, cette femme est réellement cinglée. Il *faut* qu'elle soit cinglée pour qu'elle ait pu s'imaginer me faire ça, à moi, à *moi* ! et s'imaginer qu'elle verrait le soleil se coucher. Mais à qui donc croit-elle qu'elle a à faire ? A Rebecca, aux quatre filles du Dr March ?

La main de Wilma se referma spasmodiquement sur les feuilles. Elle se contorsionna et frotta vivement le papier froissé en œillet contre ses vastes fesses.

« Je me torche le cul de tes derniers avertissements ! » cria-t-elle en lançant les papiers.

Une fois de plus, elle parcourut la cuisine de l'œil rond, émerveillé et incrédule d'un enfant. La porte du micro-ondes en miettes. Le gros réfrigérateur Amana cabossé. Du verre brisé partout. Dans l'autre pièce, la télé, qui leur avait coûté presque mille six cents dollars, dégageait une immonde odeur de crotte de chien passée au four. Et qui avait accompli tout ça ? Qui ?

Tiens pardi, Nettie Cobb. Miss Maladie Mentale 1991.

Wilma esquissa un sourire.

Quelqu'un qui n'aurait pas connu la Polonaise aurait pu le croire amical ; le prendre pour un sourire plein de gentillesse, d'amour, de bonne volonté. Une émotion puissante faisait briller ses yeux ; un naïf aurait pu y lire de l'exaltation. Mais si Peter Jerzyck, à qui on ne la faisait plus, avait vu cette expression, il aurait aussitôt pris ses jambes à son cou.

«Non, dit Wilma d'une voix douce, presque caressante. Oh non, ma vieille. Tu n'as pas compris. Tu ne sais pas ce que c'est, de faire l'andouille avec Wilma. Tu n'as pas la moindre idée de ce que c'est, de faire l'andouille avec Wilma Wadlowski Jerzyck.»

Son sourire s'élargit.

«Mais tu vas le savoir.»

Deux bandes métalliques magnétiques couraient sur le mur, à côté du four à micro-ondes. La plupart des couteaux qui s'y trouvaient accrochés étaient tombés lorsque le caillou de Brian était venu démolir le Radar Range ; ils gisaient sur la paillasse comme un jeu de mikado. Wilma choisit le plus long, un couteau à découper Kingsford, à poignée en os, et fit glisser la lame sur sa paume blessée. Du sang macula le tranchant.

«Je vais t'apprendre tout ce que tu as besoin de savoir, ma vieille.»

Le couteau à la main, elle traversa le séjour à grands pas, écrasant les débris de verre de la baie vitrée sous les talons plats de ses chaussures noires pour-aller-à-l'église. Elle sortit sans refermer la porte et coupa par sa pelouse pour gagner Ford Street.

15

Au moment même où Wilma sélectionnait un couteau dans sa cuisine, Nettie Cobb prenait le hachoir à viande dans un tiroir de la sienne. Il était bien affûté : Bill Fullerton, le coiffeur, avait refait le fil moins d'un mois auparavant.

Elle se dirigea lentement vers le vestibule et s'agenouilla quelques instants à côté de Raider. Un pauvre petit chien qui n'avait jamais fait de mal à personne.

«Je l'ai avertie, dit-elle doucement en caressant la fourrure de Raider. Je l'ai avertie. J'ai été très patiente. Mon pauvre petit chien... Attends-moi. Ne t'en fais pas, je n'en aurai pas pour longtemps.»

Elle se releva, et sortit sans se soucier non plus de

refermer la porte. Les questions de sécurité avaient cessé de l'intéresser. Elle resta un moment en haut de son escalier, respirant profondément, puis coupa par sa pelouse en direction de Willow Street.

16

Danforth Keeton se précipita dans son cabinet; c'est tout juste s'il n'arracha pas la porte du placard. Il farfouilla jusqu'au fond. Pendant un instant effroyable, il crut que le jeu avait disparu, que le bon Dieu de salopard d'intrus de shérif adjoint le lui avait piqué, et avec lui, toute chance d'avenir. Puis ses mains tombèrent sur la boîte, dont il souleva le couvercle sans ménagement. Le champ de courses miniature était toujours là. Ainsi que l'enveloppe glissée dessous. Il la plia, écouta les billets qui craquaient à l'intérieur et la remit en place.

Il courut à la fenêtre, redoutant de voir arriver Myrtle. Il ne fallait pas qu'elle vît les formulaires roses. Il devait tous les faire disparaître avant son retour — mais combien y en avait-il? Cent? Il parcourut son cabinet des yeux. Il y en avait partout. Mille? Oui, peut-être. Peut-être mille. Deux mille ne paraissaient pas tellement exagéré. Bon, eh bien, si elle se ramenait avant qu'il eût fini de tout nettoyer, elle attendrait sur les marches, car il n'était pas question de la laisser entrer tant que la dernière de ces maudites feuilles n'aurait pas brûlé dans le poêle à bois de la cuisine. Oui... toutes.

Il arracha le P-V qui pendait du lustre. L'adhésif vint se coller à sa joue et il le détacha avec un petit cri étranglé de colère. Sur la ligne réservée aux AUTRES INFRACTIONS, trois mots le narguaient:

DÉTOURNEMENTS DE FONDS

Il courut au lampadaire, à côté de son fauteuil de lecture. Arracha la feuille scotchée à l'abat-jour.

AUTRES INFRACTIONS:
DÉTOURNEMENTS DU BUDGET DE LA VILLE

328

Sur la télé :

A JOUÉ AUX COURSES DE CHEVAUX

La coupe du Lions Club symbolisant sa récompense de *Bon Citoyen*, posée au-dessus de la cheminée :

A JOUÉ MALADIVEMENT AUX COURSES
À LEWISTON

La porte du garage :

MANIFESTATIONS DE DÉLIRES PARANOÏAQUES
DE CERVEAU FÊLÉ

Il les rassembla aussi vite qu'il put, l'œil exorbité au milieu des plis charnus de son visage, ce qui restait de sa chevelure hérissé en désordre sur son crâne. Il ne tarda pas à haleter et à tousser et une horrible rougeur violacée se répandit sur ses joues. On aurait dit un enfant obèse à tête d'adulte, lancé dans une course au trésor désespérée.

Sur le buffet :

A VOLÉ L'ARGENT DU FONDS DE PENSION DE LA VILLE
POUR JOUER SUR DES CANASSONS

Il courait partout, la liasse de feuilles roses grossissant dans sa main gauche, des rubans de Scotch voletant de son poing, et poursuivit la cueillette des formulaires. Dans son cabinet, ils ne lui adressaient qu'un seul reproche, mais d'une abominable justesse :

DÉTOURNEMENTS DE FONDS
VOL
BRIGANDAGE
FRAUDE
DÉTOURNEMENTS DE FONDS
DILAPIDATION
MAUVAISE GESTION
DÉTOURNEMENTS DE FONDS

Mais, de tous,

DÉTOURNEMENTS DE FONDS

étaient l'accusation la plus meurtrière.

Il crut entendre quelque chose dehors et se précipita de nouveau à la fenêtre. C'était peut-être Myrtle. Ou peut-être Norris Ridgewick venu se payer sa tête. Dans ce cas, Keeton prendrait son fusil et l'abattrait. Mais pas d'une balle dans la tête. Non. Dans la tête, ce serait trop bon, trop court, pour une ordure comme Ridgewick. Il lui trouerait la panse et le laisserait crever sur la pelouse.

Mais ce n'était que le véhicule des Garson, un Scout, qui descendait vers la ville. Scott Garson était le principal banquier de Castle Rock. Keeton et sa femme dînaient parfois avec les Garson, qui étaient des gens sympathiques ; Garson lui-même était un personnage politiquement important. Que penserait-il, *lui*, en voyant les P-V ? Que penserait-il de cette terrible formule, DÉTOURNEMENTS DE FONDS, hurlant sur les formulaires de procès-verbaux comme une femme violée en pleine nuit ?

Il revint en courant dans la salle à manger, hors d'haleine. N'en avait-il pas oublié ? Il ne croyait pas. Il les avait tous ramassés, ici…

Non ! Il en restait un ! Juste sur le poteau d'où partait la rampe de l'escalier ! Et s'il avait oublié celui-là ? Mon Dieu !

Il courut l'arracher.

MARQUE : MERDICOMOBILE
MODÈLE : BON POUR LA CASSE
NUMÉRO MINÉRALOGIQUE : VIEUX-CON I

AUTRES INFRACTIONS : TRIPATOUILLAGES FINANCIERS

D'autres ? Où pouvait-il y en avoir d'autres ? Keeton fonça à tombeau ouvert dans l'escalier conduisant au sous-sol. Un pan de sa chemise était sorti de son pantalon, et sa bedaine poilue tressautait au-dessus de sa ceinture. Il n'en vit aucun. En tout cas pas en bas.

Après avoir jeté un coup d'œil rapide et frénétique par

la fenêtre (Myrtle ? Non !), il chargea le premier étage, le
cœur cognant dans la poitrine.

17

Wilma et Nettie se rejoignirent au coin des rues
Willow et Ford. Là, elles s'immobilisèrent, se fixant mutuellement du regard comme deux tueurs dans un western spaghetti. Le vent agitait vivement leur manteau. Le
soleil apparaissait et disparaissait entre les nuages sur
un rythme presque aussi rapide et les ombres qu'elles
projetaient naissaient et s'évanouissaient comme de tur-
bulents visiteurs.

Pas la moindre circulation, ni de véhicules ni de piétons. Ce carrefour leur appartenait comme cet instant
d'un après-midi d'automne.

«Tu as tué mon chien, espèce de salope !

— Tu as démoli ma télé ! Tu as cassé mes vitres ! Tu as
massacré mon four, cinglée de connasse !

— Je t'avais avertie !

— Tu peux te le coller dans ton putain de troufignon
dégueulasse, ton avertissement !

— Je vais te tuer !

— Fais un pas de plus, et il va certainement y avoir un
cadavre, mais ça ne sera pas le mien ! »

Wilma lâcha ces mots avec une surprise et une inquiétude grandissantes ; le visage de Nettie lui faisait comprendre qu'elles étaient sur le point de se lancer dans
quelque chose d'autrement plus sérieux qu'un vulgaire
crêpage de chignons. Comment se faisait-il que Nettie fût
ici, pour commencer ? Qu'en était-il de l'élément de surprise ? Comment les choses avaient-elles pu en arriver
aussi rapidement à ce point de non-retour ?

Mais voilà : la nature de Wilma Jerzyck comportait un
aspect profondément cosaque et de telles questions
étaient sans intérêt pour elle. La bataille était imminente,
cela seul comptait.

Nettie courut vers elle, le hachoir brandi, les lèvres
retroussées sur un long hululement qui semblait lui
déchirer la gorge.

Wilma s'accroupit, tenant son couteau comme un cran d'arrêt géant. Au moment de la rencontre, Wilma piqua. La lame s'enfonça profondément dans les entrailles de Nettie, remonta et lui ouvrit l'estomac, d'où gicla un liquide nauséabond. Wilma ressentit une fugitive impression d'horreur à ce qu'elle venait de faire — s'agissait-il bien de Wilma Jerzyck, tenant le manche en os de ce couteau enfoncé dans la folle ? — et la tension de son bras se relâcha. La lame s'immobilisa avant d'avoir atteint le cœur, qui pompait frénétiquement.

« *OOOOOOOOOOOH, SALOPE !* » hurla Nettie, qui abattit le hachoir sur l'épaule de son adversaire ; l'ustensile s'y enfonça profondément, après avoir rompu la clavicule dans un craquement assourdi.

La douleur, une chose épaisse et lourde, fit s'évaporer toute pensée rationnelle de l'esprit de Wilma. Ne restait plus que la Cosaque en furie. Elle arracha le couteau de la plaie.

Nettie en fit autant avec le hachoir ; elle dut s'y prendre à deux mains et à l'instant où elle le dégageait, tout un magma d'intestins surgit hors du trou sanglant de sa robe et resta suspendu, cordage emmêlé et gluant.

Les deux femmes se mirent à tourner lentement l'une autour de l'autre ; leurs pieds laissaient une trace rougie de leur propre sang. Le trottoir ne tarda pas à ressembler à un bizarre schéma de chorégraphe. Nettie sentit le monde qui commençait à battre en puissantes pulsations, lents cercles concentriques qui décoloraient les choses et la laissaient dans un brouillard blanc de plus en plus opaque avant de se dissiper à nouveau. Son cœur cognait à grands coups pesants dans ses oreilles. Elle se dit que Wilma avait dû l'entailler un peu sur le côté ou par là.

La Polonaise savait qu'elle était gravement touchée ; impossible de lever son bras droit, et le dos de sa robe était imbibé de sang. Elle n'avait cependant aucune intention de fuir. Elle n'avait jamais fui de toute sa vie et ce n'était pas aujourd'hui qu'elle allait commencer.

« Hé, là-bas ! cria quelqu'un depuis l'autre côté de la rue. Hé, les bonnes femmes ! Qu'est-ce que vous fabriquez ? Arrêtez ça tout de suite, vous m'entendez ? Arrêtez ça ou j'appelle la police ! »

Wilma tourna la tête. Ce fut l'instant que Nettie choisit pour faire décrire à son arme un arc aplati; le hachoir vint entailler la hanche de la Polonaise et fracassa l'os pelvien. Du sang jaillit en éventail. Wilma poussa un hurlement et partit à reculons, trébuchant, tandis que son couteau fendait l'air de manière désordonnée. Elle s'emmêla les pieds et s'effondra lourdement sur le trottoir.

« Hé! Hé!» C'était une vieille femme qui, debout sur le perron de sa maison, serrait un châle couleur de souris autour de ses épaules. Ses lunettes faisaient apparaître plus gigantesques encore des yeux humides, agrandis par l'effroi. «*Au secours! Police! Au meurtre! AU MEUUUUURTRE!*»

Les deux femmes, au carrefour des rues Willow et Ford, n'y prêtèrent pas attention. L'une n'était plus qu'un tas sanglant gisant à côté du panneau stop; et lorsque l'autre vint en vacillant vers elle, Wilma se força à se remettre en position assise, adossée au poteau, tenant le couteau manche appuyé contre son ventre, pointé vers le haut.

«Viens donc me chercher, saloperie! gronda-t-elle. Viens donc me chercher, si tu l'oses!»

Nettie osa. Sa bouche articulait des mots silencieux. La pelote de ses intestins se balançait devant elle comme un fœtus avorté. Son pied droit heurta la jambe gauche tendue de Wilma et elle tomba en avant. Le couteau à découper s'enfonça juste en dessous du sternum. Elle émit un grognement épaissi par le sang qui lui emplissait la bouche, souleva le hachoir et l'abattit. Il s'enfonça avec un craquement unique et étouffé — *Tchonk!* — dans le crâne de Wilma Jerzyck. La Polonaise fut prise de convulsions; son corps se tordait et tressautait sous celui de Nettie. A chaque fois, le couteau à découper s'enfonçait plus profondément.

«T'as... tué... mon petit chien», hoqueta Nettie, crachant une pluie fine et sanglante, avec chaque mot, sur le visage tourné vers elle de Wilma. Puis un grand frisson la secoua et elle se détendit complètement. Sa tête cogna le poteau en retombant.

Le pied agité de soubresauts de Wilma glissa dans le caniveau. Sa bonne chaussure noire pour-aller-à-l'église alla valser sur un tas de feuilles mortes, le talon plat

tourné vers les nuages qui se précipitaient dans le ciel.
Son gros orteil fléchit une fois... deux fois... puis s'immobilisa.

Les deux femmes gisaient enroulées l'une sur l'autre
comme deux amants, tandis que leur sang venait teinter
d'écarlate les feuilles safranées de l'automne accumulées
dans le caniveau.

«*AU MEUUUUUURTRE!*» trompeta encore un coup la
vieille femme, de l'autre côté de la rue. Sur quoi elle
oscilla une fois sur place et s'écroula de tout son long,
évanouie.

Les voisins venaient aux fenêtres, des portes s'ouvraient, les gens se demandaient mutuellement ce qui se
passait, sortaient sur leur perron ou leur pelouse. Ils
s'approchèrent tout d'abord prudemment de la scène,
pour s'en éloigner précipitamment, main sur la bouche,
lorsqu'ils virent non seulement ce qui était arrivé, mais
l'étendue du massacre.

Finalement, quelqu'un appela le shérif.

18

Ses mains douloureuses enfouies au fond de ses
moufles les plus chaudes, Polly Chalmers remontait lentement Main Street en direction du Bazar des Rêves. Elle
entendit soudain la sirène de la police et s'arrêta pour
regarder la limousine Plymouth franchir à toute allure le
carrefour de Laurel Street, gyrophare en action. Elle roulait déjà à quatre-vingts et accélérait. Un véhicule identique ne tarda pas à la suivre.

Polly fronça les sourcils, tandis que les voitures dispa-
raissaient. A Castle Rock, ce genre de rodéo était une
rareté, de la part de la police. Elle se demanda ce qui
avait bien pu se passer ; il devait s'agir de quelque chose
de plus grave qu'un chat perché en haut d'un arbre. Alan
le lui dirait, ce soir.

Elle se tourna de nouveau vers le haut de la rue et
aperçut Leland Gaunt sur le pas de sa porte ; il affichait
une expression légèrement intriguée. Au moins cela
répondait-il à une question : il se trouvait bien dans sa

334

boutique. Nettie ne l'avait pas rappelée pour le lui dire, ce qui n'avait pas trop surpris Polly. Sa femme de ménage avait l'esprit un peu confus, et les choses se perdaient souvent dans le brouillard qui y régnait presque en permanence.

Mr Gaunt l'aperçut à ce moment-là et un sourire vint illuminer son visage

«Madame Chalmers! Quelle chance que vous ayez pu passer!»

Elle sourit faiblement. La douleur, qui s'était un moment atténuée pendant la matinée, faisait un retour insidieux, lançant son réseau cruel de filaments brûlants dans la chair de ses mains. «Je croyais que vous deviez m'appeler Polly.

— Eh bien, Polly, dans ce cas. Entrez. Je suis ravi de vous voir. Que signifie tout ce remue-ménage?

— Je l'ignore.» Il lui tint la porte ouverte et elle passa devant lui. «Je suppose que quelqu'un a dû se blesser et doit être hospitalisé. Les services d'urgence de Norway sont d'une lenteur désespérante, les week-ends. Cependant, de là à envoyer deux véhicules...»

Il referma la porte, et la clochette tinta. Le store était baissé et, comme le soleil avait tourné, le Bazar des Rêves était plongé dans la pénombre... une pénombre qui n'était cependant pas désagréable, admit Polly. Une petite lampe de table dessinait un cercle doré sur le comptoir, à côté de la caisse enregistreuse démodée. Un livre y était ouvert. *L'Ile au trésor*, de Robert Louis Stevenson.

Mr Gaunt l'examinait attentivement et son expression soucieuse força un nouveau sourire sur les lèvres de Polly.

«Mes mains m'en font voir de toutes les couleurs depuis deux ou trois jours. J'espère que je ne ressemble pas trop à la fiancée du vampire...

— Vous avez l'air fatigué de quelqu'un qui souffre beaucoup», répondit-il.

Le sourire de Polly vacilla. La voix de l'homme trahissait de la compréhension et une profonde compassion, et elle craignit un instant d'éclater en sanglots. C'est une étrange réflexion qui retint ses larmes: *Ses mains. Si je pleure, il va vouloir me réconforter. Il posera ses mains sur moi.*

Elle continua de sourire.

« Oh, je survivrai, comme toujours. Dites-moi… Nettie Cobb n'est-elle pas passée ?

— Aujourd'hui ? (Il fronça les sourcils.) Non. Sans quoi, je lui aurais montré un bel exemplaire de pâte de verre qui est arrivé hier. Il ne vaut pas celui que je lui ai vendu l'autre jour, mais il l'aurait peut-être intéressée. Pourquoi me posez-vous la question ?

— Oh, sans raison particulière… Elle m'avait dit qu'elle passerait peut-être, mais Nettie… Nettie oublie souvent les choses.

— Elle m'a fait l'impression de quelqu'un qui a connu des moments difficiles, observa-t-il gravement.

— Oui, c'est le cas. » Polly avait répondu avec lenteur, mécaniquement. Elle n'arrivait pas à détacher les yeux de lui, semblait-il. Mais l'une de ses mains effleura l'angle d'une vitrine, ce qui suffit à rompre le contact. Elle laissa échapper un petit soupir de douleur.

« Vous sentez-vous bien ?

— Oui, très bien. » Elle mentait ; elle n'allait ni très bien ni bien, mais très mal.

Manifestement, Mr Gaunt le comprit. « Non, vous n'allez pas bien. On fera donc l'économie des mondanités. L'objet dont je vous ai parlé dans ma lettre est arrivé. Je vais vous le donner et vous renvoyer chez vous.

— Me le donner ?

— Oh, il ne s'agit pas de vous faire un cadeau, dit-il en passant derrière sa caisse enregistreuse. Nous ne nous connaissons pas suffisamment pour cela, n'est-ce pas ? »

Elle sourit. C'était un homme indiscutablement bon, un homme qui, tout naturellement, voulait faire quelque chose de gentil pour la première personne de Castle Rock à avoir manifesté de la sympathie pour lui. Mais elle éprouvait des difficultés à réagir convenablement, même à suivre la conversation. Elle avait monstrueusement mal. Elle regrettait d'être venue et, gentillesse ou pas, n'avait plus qu'une envie : retourner chez elle prendre son analgésique.

« Il s'agit de quelque chose que l'on ne peut vendre sans que l'acheteur en ait fait l'essai, du moins si le commerçant a le moindre sens moral. » Il sortit un trousseau de clefs, en choisit une et ouvrit un tiroir derrière le comptoir. «Si vous l'essayez pendant deux jours et que vous vous rendiez compte qu'il ne vous fait aucun effet (et il est de mon devoir de vous avertir que ce sera probablement le cas), vous me le rendrez. Mais si vous constatez qu'il vous procure quelque soulagement, nous pourrons parler prix. (Il lui sourit.) Et pour vous, ce sera un prix plancher, je vous le garantis.»

Elle le regarda, intriguée. Soulagement? De quoi parlait-il donc?

Il posa une petite boîte blanche sur le comptoir, souleva le couvercle de ses doigts de longueur étrangement égale et en retira un petit objet en argent retenu par une chaîne délicate. On aurait dit une sorte de collier, mais l'objet lui-même faisait penser à une boule à thé ou à un dé à coudre géant.

«C'est un artefact égyptien, Polly. Très ancien. Pas autant que les Pyramides, bon sang, non! mais tout de même très vieux. Il y a quelque chose dedans. Un genre d'herbe, je crois, mais je n'en suis pas sûr.» Il plusieurs mouvements de bas en haut avec la main. La boule à thé en argent sautilla au bout de la chaîne. Le quelque chose bougea à l'intérieur, émettant une sorte de frottement crépitant que Polly trouva vaguement désagréable.

«On appelle ça un *azka* ou peut-être un *azakah*, expliqua Leland Gaunt. Bref, c'est une amulette qui est supposée supprimer la douleur.»

Polly voulut sourire. Elle souhaitait faire preuve de courtoisie, mais là... Avait-elle parcouru tout ce chemin pour ça? L'objet n'avait même pas de valeur esthétique. Pour dire les choses crûment, il était moche.

«Je ne peux croire...

— Moi non plus, la coupa-t-il, mais à situation désespérée, solution désespérée. Je puis vous assurer qu'il est parfaitement authentique... au moins en ce sens qu'il n'a pas été fabriqué à Taiwan. Il s'agit d'un authentique produit de l'artisanat égyptien; pas une relique, mais une pièce qui date réellement du bas-empire. Elle est d'ailleurs accompagnée d'un certificat d'origine qui l'identifie comme un instrument de *benka-litis*, autrement dit de magie blanche. Je veux que vous la preniez et que vous la portiez. Je suppose que ça paraît idiot. C'est probablement le cas. Mais il y a plus de choses étranges sur la terre et dans le ciel que ne peut en rêver toute ta philosophie, comme disait Shakespeare.

— Vous le croyez vraiment ?

— Oui. De mon temps, j'ai vu des choses à côté desquelles une médaille guérisseuse ou une amulette sont de la plus parfaite banalité (il y eut un fugitif éclat dans ses yeux noisette). Beaucoup de choses. On trouve de fabuleux débris dans les coins reculés de la planète, Polly. Mais peu importe. Le problème, pour le moment, c'est vous. Même l'autre jour, quand je ne pensais pas que la douleur pourrait être aussi terrible qu'elle l'est aujourd'hui, je me représentais déjà très bien le cruel inconfort de votre situation. J'ai donc pensé que ce petit... ce petit objet... méritait un essai. Après tout, qu'avez-vous à perdre ? De tout ce que vous avez essayé, rien n'a réussi, n'est-ce pas ?

— Je suis sensible à vos attentions, monsieur Gaunt. Cependant...

— Leland, s'il vous plaît.

— Oui, très bien, Leland. Mais je ne suis pas superstitieuse. »

Elle le regarda ; il la fixait de ses yeux noisette brillants.

« Que vous le soyez ou non n'a pas d'importance, Polly. La superstition est là. » Il agita les doigts, et l'*azka* oscilla doucement au bout de sa chaîne.

Elle ouvrit de nouveau la bouche, mais pas un son n'en sortit. Elle venait de se souvenir d'une journée du printemps dernier. Nettie avait oublié un exemplaire de *Inside View* en venant faire le ménage. Elle avait parcouru négligemment des histoires de bébés loups-garous à Cleveland et de formations lunaires ressemblant au visage de Kennedy ; puis elle était tombée sur une publicité pour un objet appelé le Cadran à Prières des Anciens. Il était supposé guérir les maux de tête et d'estomac, et l'arthrite.

Un dessin en noir et blanc dominait la publicité ; on y voyait un personnage à longue barbe et chapeau de sorcier (genre Nostradamus ou Merlin) qui tenait un objet en forme de petit moulin d'enfant au-dessus d'un homme installé dans un fauteuil roulant. Le gadget projetait un cône rayonnant sur l'invalide et si le texte ne le disait pas expressément, on comprenait très bien que le type allait danser le rock en boîte dans un ou deux jours. Ridicule, évidemment. Balivernes, superstitions pour esprits faibles ou affaiblis par trop de souffrance. Néanmoins...

Elle était restée longtemps en contemplation devant cette pub et, ridicule ou pas, avait bien failli appeler le numéro vert qui y figurait pour passer une commande. Car tôt ou tard...

«Tôt ou tard, quelqu'un qui souffre finit par explorer même les voies les plus douteuses, si celles-ci ont la moindre chance de se traduire par moins de douleur, dit Mr Gaunt. Vous ne croyez pas?

— Je... je ne...

— Thérapie par le froid... gants thermiques... même le traitement par radiation... rien n'a marché pour vous. Je me trompe?

— Comment savez-vous tout cela?

— Un bon commerçant se préoccupe toujours des besoins de sa clientèle», répondit-il de sa voix douce et hypnotique. Il s'avança vers elle, écartant la chaîne au bas de laquelle pendait l'*azka*. Elle eut un mouvement de recul devant les longs doigts de taille égale, dont les ongles avaient l'aspect du vieux cuir.

«N'ayez pas peur, chère Polly. Je ne toucherai pas un seul cheveu de votre tête... à condition que vous restiez calme... et que vous ne bougiez pas.»

Elle s'apaisa; elle conserva l'immobilité. Elle se tenait les mains toujours modestement croisées devant elle (et toujours enfouies dans leurs moufles) et laissa Mr Gaunt lui passer la chaîne autour du cou. Il le fit avec la délicatesse d'un père qui pose le voile de mariée sur la tête de sa fille. Elle se sentait très loin de Leland Gaunt, du Bazar des Rêves, de Castle Rock et même d'elle-même. Elle avait l'impression de planer haut au-dessus d'une plaine poussiéreuse, sous un ciel infini, à des centaines de kilomètres de tout autre être humain.

L'*azka* tomba avec un petit tintement contre la fermeture à glissière de son blouson de cuir.

«Passez-le sous votre blouson. Et quand vous serez chez vous, sous votre corsage. L'*azka* doit être porté contre la peau pour produire l'effet maximum.

— Je ne peux pas le mettre sous mon blouson, objecta Polly d'un ton de voix rêveur et ralenti. La fermeture... je ne peux pas l'abaisser.

— Non? Essayez.»

Polly enleva l'une de ses moufles et essaya donc. A sa grande surprise, elle se rendit compte qu'elle était capable de fléchir suffisamment le pouce et l'index de la main droite pour attraper la patte de la fermeture et la tirer vers le bas.

«Vous voyez?»

La petite boule argentée vint s'appuyer contre sa blouse. Elle lui parut lourde et produisait une impression un peu inconfortable. Elle se demanda vaguement ce qu'elle contenait et ce qui avait bien pu produire ce bruit de glissement râpeux. Une sorte d'herbe, avait-il déclaré; mais ce n'était pas cet effet qu'elle avait ressenti. On aurait plutôt dit que quelque chose, à l'intérieur, avait bougé de son propre chef.

Mr Gaunt parut comprendre son malaise. «Vous vous y habituerez, et bien plus vite que vous ne pourriez le croire. Vous verrez.»

A l'extérieur, à des milliers de kilomètres, elle entendit hululer d'autres sirènes, comme des esprits inquiets.

Leland Gaunt se détourna, et Polly sentit revenir sa concentration lorsque les yeux noisette se détachèrent d'elle. Elle se sentait aussi un peu éberluée, mais bien; comme si elle venait de faire une courte sieste. Elle n'éprouvait plus son impression d'inconfort et de malaise.

«J'ai toujours mal aux mains», remarqua-t-elle. C'était vrai: mais avait-elle toujours autant mal? Il lui semblait ressentir un certain soulagement. Il pouvait s'agir simplement d'autosuggestion, toutefois. Elle avait le sentiment que Mr Gaunt, dans sa conviction, l'avait plus ou moins hypnotisée pour lui faire accepter l'*azka*. Ou bien était-ce tout bêtement l'effet de la bonne chaleur du magasin, après le froid de l'extérieur?

«Je doute beaucoup que l'effet promis soit instantané, dit l'homme d'un ton sec. Laissez-lui le temps d'agir, cependant. Le ferez-vous, Polly?»

Elle haussa les épaules. «D'accord.»

Après tout, qu'avait-elle à perdre, en effet? La boule n'était pas très grosse et ne déformerait qu'à peine son corsage et son chandail. Elle n'aurait à répondre aux questions de personne si personne ne savait qu'elle la portait, ce qui lui convenait très bien; Rosalie Drake se montrerait curieuse et Alan, qui était aussi superstitieux qu'une souche, ne manquerait sans doute pas de se moquer d'elle. Quant à Nettie… elle serait probablement réduite au silence, stupéfaite à l'idée que Polly puisse porter un authentique charme magique comme ceux que l'on vendait dans sa revue préférée.

«Il ne faudra pas l'enlever, même sous la douche, reprit Mr Gaunt. C'est inutile. La boule est en argent véritable et ne rouillera pas.

— Et si je l'enlève?»

Il eut une petite toux, derrière sa main, comme s'il se sentait gêné. «Eh bien… les effets bénéfiques de l'*azka* sont cumulatifs. On est un peu mieux un jour, encore un peu mieux le lendemain et ainsi de suite. C'est du moins ce que l'on m'a dit.»

Qui était donc ce «on»? se demanda-t-elle.

«Si l'on enlève l'*azka*, on retrouve malheureusement ses souffrances, non pas progressivement, mais d'un seul coup et il faut ensuite des jours, voire même des semaines pour regagner le terrain perdu, une fois l'*azka* remis.»

Polly ne put s'empêcher de rire un peu, et fut soulagée de voir Leland Gaunt se joindre à elle.

«Je sais bien que ça paraît ridicule, mais je ne cherche qu'à vous aider si je le peux. Soyez au moins persuadée de cela.

— Je le suis, et je vous en remercie.»

Cependant, tandis qu'il la raccompagnait jusqu'à la porte, elle se posa également d'autres questions. A propos de l'état de demi-transe dans lequel elle s'était retrouvée lorsqu'il avait fait passer la chaîne par-dessus sa tête, par exemple. Ou de sa propre répugnance à la seule idée d'être touchée par lui. Des choses qui étaient en contradiction flagrante avec les sentiments d'amitié, de prévention et de compassion qu'il projetait autour de lui, comme une aura presque palpable.

Mais l'avait-il hypnotisée ? C'était une idée insensée, non ? Elle essaya de se rappeler exactement ce qu'elle avait ressenti pendant qu'ils discutaient de l'*azka*, mais en fut incapable. S'il l'avait hypnotisée, ce ne pouvait être qu'accidentellement et avec son aide. Plus vraisemblablement, elle était tombée dans l'état d'hébétude que provoquait souvent l'abus des Percodan. C'était ce qu'elle détestait le plus dans cet analgésique. Non ; en réalité, ce qui venait en premier dans sa haine était le fait qu'il ne produisait pas toujours l'effet désiré, depuis quelque temps.

« Je vous aurais bien ramenée chez vous, dit Mr Gaunt, mais je n'ai malheureusement jamais appris à conduire.

— C'est absolument parfait comme ça, protesta Polly. J'apprécie beaucoup votre gentillesse.

— Vous me remercierez si ça marche. Excellent après-midi, Polly. »

Nouveaux hululements de sirènes. Du côté est de la ville, cette fois, vers les rues Elm, Willow, Pond et Ford. Polly se tourna dans leur direction. Il y avait dans ce bruit, en particulier par une journée aussi tranquille, quelque chose qui évoquait l'idée vaguement menaçante — sans image précise — d'une catastrophe imminente. Le hurlement commença à mourir, dans l'éclatante lumière d'automne, comme se déroulerait un mouvement d'horlogerie invisible.

Elle se tourna pour faire partager son impression à Mr Gaunt, mais la porte était close. Et le panneau

FERMÉ

pendait entre le store baissé et la vitre, se balançant doucement au bout de son fil. Il avait refermé si silencieusement, pendant qu'elle avait le dos tourné, qu'elle n'avait rien entendu.

Elle repartit à pas lents. Elle n'avait pas encore atteint l'extrémité de Main Street qu'un autre véhicule de police, appartenant à l'Etat cette fois, la dépassait en trombe.

19

« Danforth ? »

Myrtle Keeton entra dans le séjour, la casserole à fondue se balançant à son bras gauche, tandis qu'elle s'efforçait de retirer la clef que son mari avait laissée dans la serrure.

« Je suis à la maison, Danforth ! »

Il n'y eut pas de réponse ; la télé n'était pas branchée. Bizarre, après avoir tellement insisté pour être à la maison au moment du coup d'envoi. Elle se demanda un instant s'il n'aurait pas été voir le match ailleurs, chez les Garson, peut-être, mais la porte du garage était baissée, ce qui signifiait que la voiture s'y trouvait. Et Danforth n'allait nulle part à pied, s'il pouvait faire autrement. En particulier s'il s'agissait d'escalader les derniers raidillons de Castle View.

« Danforth ? Tu es là ? »

Toujours pas de réponse. Il y avait une chaise renversée dans la salle à manger. Elle fronça les sourcils, posa le matériel à fondue sur la table et releva la chaise. Les premiers tentacules d'inquiétude, fins comme des fils d'araignée, commencèrent à s'allonger dans son esprit. Elle alla jusqu'au cabinet ; la porte était fermée, et elle appuya la tête contre le battant. Tendant l'oreille, elle eut la quasi-certitude d'entendre le léger grincement du fauteuil pivotant.

« Danforth ? Tu es là ? »

Rien… mais elle crut percevoir une toux retenue. La pointe d'inquiétude se mua en anxiété. Cela faisait un bon moment que Danforth subissait de fortes pressions — c'était le seul conseiller municipal à vraiment travailler dur — et il était trop gros. S'il avait eu une crise cardiaque ? S'il gisait sur le sol ? Si le bruit qu'elle avait cru entendre était la respiration étranglée de Dan, et non une toux ?

La délicieuse journée qu'ils avaient passée ensemble semblait rendre une telle idée horriblement plausible : tout d'abord l'euphorisant, puis la brutale réalité. Elle tendit la main vers le bouton de la porte... puis la retira pour la porter à sa gorge où elle pinça nerveusement les plis qu'y faisait la peau. Elle gardait le souvenir cuisant des fois où elle avait osé déranger Danforth et entrer sans frapper... jamais, au grand jamais, on ne pénétrait dans le saint des saints sans y être invité.

Oui, mais s'il a eu une attaque cardiaque... ou... ou...

Elle se souvint de la chaise renversée et une nouvelle bouffée d'angoisse la traversa.

Et s'il avait surpris un voleur en rentrant à la maison ? Et si le voleur en question l'avait assommé, puis tiré dans son cabinet ?

Elle frappa la porte de plusieurs coups secs et rapides. « Danforth ? Tout va bien, Danforth ? »

Encore une fois, pas de réponse. Pas le moindre bruit dans la maison, en dehors du tic-tac solennel de l'horloge comtoise du séjour, et... oui, elle en était sûre : le crissement du fauteuil de Dan, de l'autre côté du battant.

La main de Myrtle s'avança de nouveau en direction de la poignée.

« Danforth ? Est-ce que tu... ? »

Elle l'effleurait du bout des doigts lorsque monta le rugissement de son époux, un rugissement qui la fit sursauter et lâcher un petit cri.

« Fiche-moi la paix ! Tu ne peux pas me ficher un peu la paix, espèce de connasse ? »

Elle poussa un gémissement ; son cœur battait la chamade dans sa gorge. Ce n'était pas seulement du fait de la surprise, mais aussi à cause de la rage et de la haine débridée que trahissait cette voix. Après la paisible et agréable matinée qu'ils venaient de vivre, il n'aurait pu la blesser davantage s'il lui avait caressé la joue avec une poignée de lames de rasoir.

« Danforth... j'ai cru que tu étais blessé... » Sa voix se réduisait à un minuscule filet étranglé qu'elle avait elle-même peine à entendre.

« Fous-moi la paix ! » Il se tenait juste de l'autre côté de la porte, au son de sa voix.

Ô mon Dieu, on dirait qu'il est devenu complètement fou ! Mais est-ce possible ? Comment est-ce possible ?

Qu'est-ce qui s'est passé depuis qu'il m'a laissée chez Amanda ?

Il n'y avait cependant pas de réponses à ces questions. Seulement une souffrance. Et elle monta donc furtivement au premier étage, prit sa superbe nouvelle poupée dans le placard de la lingerie et gagna la chambre. Elle se débarrassa de ses chaussures et s'allongea de côté sur le lit, la poupée dans les bras.

Quelque part, au loin, elle entendit une cacophonie de sirènes. Elle n'y prêta pas la moindre attention.

Leur chambre était délicieuse à ce moment de la journée, tout illuminée des rayons du soleil d'octobre. Myrtle ne les vit pas. Elle ne ressentait que son malheur, un malheur profond, sinistre, que même la merveilleuse poupée n'arrivait pas à atténuer. Un malheur qui paraissait lui remplir la gorge et l'empêcher de respirer.

Et dire qu'elle avait été tellement heureuse, aujourd'hui ! Tellement heureuse... Elle en était sûre. Et voici que les choses devenaient encore pires qu'avant. Bien pires.

Que s'était-il passé ?

Myrtle étreignit la poupée, les yeux perdus au plafond. Au bout d'un moment, elle se mit à pleurer à gros sanglots étouffés qui faisaient trembler tout son corps.

11

1

A minuit moins le quart, à la fin de cet interminable dimanche d'octobre, le shérif Alan Pangborn quitta le sous-sol du pavillon d'Etat de l'hôpital Kennebec Valley. Il marchait lentement, la tête basse. Les protège-chaussures à élastique chuintaient sur le lino. Sur la porte qui venait de se refermer, on pouvait lire :

MORGUE
ENTRÉE INTERDITE SAUF AUX MEMBRES DU PERSONNEL

A l'autre bout du couloir, un employé en salopette grise faisait décrire de grands arcs paresseux à une cireuse. Alan se dirigea vers lui tout en se débarrassant du calot réglementaire qu'il glissa dans une poche de son jean, sous sa casaque. Il trouvait soporifique le ronronnement paisible de la cireuse. L'hôpital d'Augusta était bien le dernier endroit au monde où il avait envie de traîner.

L'homme leva la tête et coupa le moteur de l'appareil.

« Vous n'avez pas trop l'air dans votre assiette, dit-il en guise de salut.

— M'étonne pas. Vous n'auriez pas une cigarette ? »

L'employé sortit un paquet de Lucky Strike qu'il secoua pour en faire dépasser une. « Vous ne pouvez pas fumer ici (de la tête, il indiqua la porte de la morgue). Le toubib piquerait sa crise. »

Alan acquiesça. « Où, alors ? »

L'homme le pilota jusque dans un couloir transversal et lui indiqua une porte. « Elle donne dans l'allée qui longe le bâtiment. Gardez-la ouverte avec quelque chose, sans quoi il faudra faire tout le tour pour rentrer. Vous avez des allumettes ?

— J'ai un briquet, répondit Alan en s'éloignant. Merci pour la sèche.

— Il paraît qu'il y en a eu deux, ce soir, lança l'homme dans son dos.

— C'est exact. »

Alan avait répondu sans se retourner.

« Vraiment dégueulasses, les autopsies, hein ?

— Ouais. »

Le ronronnement paisible reprit derrière lui. Dégueulasses, ça, oui. L'autopsie de Nettie Cobb et celle de Wilma Jerzyck étaient les vingt-troisième et vingt-quatrième de sa carrière ; toutes avaient été dégueulasses, mais aucune autant que ces deux-là.

La porte comportait une barre de sécurité. Alan cherchá des yeux un objet pour la bloquer, sans en trouver. Il retira sa casaque, la roula en boule et ouvrit la porte. L'air de la nuit était froid, mais merveilleusement rafraîchissant après les odeurs rances de formol qui régnaient dans la morgue et la salle d'autopsie. Il sortit, coinça la porte avec la casaque et l'oublia. Appuyé contre le mur en parpaings, à côté du pinceau de lumière qui filtrait par la porte entrouverte, il alluma sa cigarette.

La première bouffée lui tourna la tête. Cela faisait à peu près deux années qu'il essayait d'arrêter ; il y parvenait presque, mais il se produisait toujours quelque chose. Telle était la malé-bénédiction du travail de policier : il se produisait toujours quelque chose.

Il leva les yeux vers les étoiles, spectacle qui avait d'ordinaire le don de le calmer ; mais il ne pouvait en voir beaucoup, à cause des puissants lampadaires qui éclairaient le périmètre de l'hôpital. Il distinguait seulement la Grande Ourse, Orion et un vague point rougeâtre qui pouvait être Mars.

Mars. C'est ça. Aucun doute. Les seigneurs de la guerre de Mars ont atterri à Castle Rock vers midi et les premières personnes qu'ils ont rencontrées ont été Nettie et cette salope de Jerzyck. Ils les ont mordues et leur ont filé la rage. C'est la seule explication possible.

Il joua avec l'idée d'aller dire à Henry Ryan, le médecin légiste en chef de l'Etat du Maine : *C'est un cas d'intervention extraterrestre, toubib. Affaire classée.* Peu de chances de le faire rire ; lui aussi avait eu une soirée interminable.

Alan tira longuement sur sa cigarette. Tournis ou pas, elle avait un goût fabuleux, et il comprenait très bien pourquoi fumer était interdit dans tous les hôpitaux américains. Jean Calvin avait eu foutrement raison : impossible qu'un truc qui vous fait cet effet puisse être bon pour vous. En attendant, file-m'en un bon coup, l'herbe à Nicot — c'est super !

Qu'est-ce que ce serait chouette d'acheter tout un carton de ces mêmes Lucky et d'y foutre le feu au chalumeau... Qu'est-ce que ce serait chouette de prendre une cuite... Mais voilà, le moment serait sans doute très mal choisi. Encore l'une des règles immuables de la vie : *On ne peut jamais se permettre de prendre une cuite au moment où on en a précisément le plus besoin.* Alan se demanda un instant si ce n'étaient pas les alcooliques qui, au fond, avaient raison dans le choix de leurs priorités.

Le pinceau de lumière s'élargit à ses pieds. Norris Ridgewick vint s'appuyer contre le mur à côté d'Alan.

L'adjoint portait toujours son calot vert, mais posé de travers, les attaches défaites. Son teint s'accordait à la couleur de sa casaque.

« Putain, Alan...

— C'étaient tes premières ?

— Non, j'ai déjà vu une autopsie. C'était à North Wyndham. Asphyxie par émanations toxiques. Mais celles-là... Putain !

— Ouais, putain, dit Alan en exhalant la fumée.

— T'aurais pas une cigarette ?

— Non, désolé. J'ai piqué celle-ci à l'employé (il regarda·son adjoint d'un air un peu intrigué). Je ne savais pas que tu fumais, Norris.

— Moi non plus... faut un commencement à tout. »

Alan eut un petit rire.

« Bon Dieu, qu'est-ce qu'il me tarde d'être à demain pour aller à la pêche. A moins que les congés soient suspendus tant qu'on n'aura pas éclairci ce merdier ? »

Alan réfléchit, puis secoua la tête. Non, pas besoin de faire appel aux seigneurs de la guerre de Mars ; l'affaire, en réalité, paraissait toute simple. En un sens, c'était ce qui la rendait tellement horrible. Il ne voyait aucune raison d'annuler le congé de Norris.

« Super ! s'exclama Norris qui ajouta : Mais je viendrai si tu veux, Alan. Pas de problème.

— Je ne devrais pas avoir besoin de toi. John et Clut sont déjà sur l'affaire ; Clut a accompagné les types de la police judiciaire chez Pete Jerzyck et John ceux qui se sont occupés de Nettie. Ils se sont vus. L'affaire est parfaitement claire. Moche, mais claire. »

Incontestablement... N'empêche, il était troublé. Et à un niveau plus profond, vraiment très troublé.

« En fait, demanda Norris, qu'est-ce qui s'est passé ? Bon, d'accord, cette garce de Jerzyck cherchait ça depuis longtemps, mais on pouvait se dire que le jour où elle trouverait à qui parler, l'affaire se terminerait avec un œil au beurre noir ou un bras cassé... mais ça, jamais de la vie ! Est-ce qu'on peut se contenter de dire qu'elle est tombée sur un os ?

— Je crois qu'on n'est pas loin du compte, observa

Alan. La dernière personne à laquelle Wilma aurait dû chercher noise était bien Nettie.

— Chercher noise ?

— Polly a donné un chiot à Nettie, au printemps. Au début, il a aboyé un peu. Wilma l'a pas mal emmerdée avec ça.

— Ah bon ? Pourtant, elle n'a pas déposé de plainte.

— Si, mais une fois, seulement. J'ai mis la plainte dans un tiroir. Polly me l'avait demandé. Elle se sentait en partie responsable, puisque c'est elle qui lui avait donné le chien. Nettie a dit qu'elle le laisserait le plus possible à l'intérieur, et pour moi l'affaire était classée.

« Le chien a bien arrêté d'aboyer, mais apparemment, Wilma a continué d'emmerder Nettie. D'après Polly, elle changeait de trottoir quand elle voyait Wilma, même si la Polonaise était à deux rues de là. A part lui jeter un sort, Nettie a tout fait pour s'en débarrasser. Mais, la semaine dernière, elle a franchi le pas. Elle est allée chez les Jerzyck pendant qu'ils étaient au travail ; elle a vu les draps qui séchaient et les a couverts de boue. »

Norris poussa un sifflement. « Et cette plainte aussi, on l'a mise dans un tiroir ? »

Alan secoua la tête. « A partir de ce jour-là tout s'est passé entre ces dames.

— Et Pete, dans cette histoire ?

— Tu le connais, non ?

— Eh bien… » Norris s'interrompit. Réfléchit. A Pete, puis à Wilma. Aux deux ensemble. Acquiesça lentement. « Il avait trop peur de se faire bouffer la rate par elle s'il essayait de jouer les arbitres… alors il ne s'en mêlait pas. C'est bien ça ?

— Plus ou moins. En fait, il a peut-être calmé le jeu, au moins pendant un certain temps. D'après Clut, Pete aurait déclaré aux gars de la police judiciaire que Wilma avait voulu foncer chez Nettie lorsqu'elle avait découvert ses draps maculés. Bien prête à lui faire sa fête. Elle aurait appelé Nettie au téléphone et lui aurait dit qu'elle allait lui arracher la tête et lui chier dessus. »

Norris acquiesça. Entre les deux autopsies, il avait appelé le central de Castle Rock et demandé la liste des plaintes et informations ouvertes concernant les deux femmes. Celle de Nettie était réduite au minimum : une affaire. Elle avait tué son mari. Point final. Pas d'algarades auparavant, aucune depuis, y compris ces derniers temps. Dans le cas de Wilma, il en allait tout autrement. Elle n'avait jamais tué personne, mais la liste des plaintes (celles qu'elle avait déposées, mais aussi celles déposées contre elle) n'en finissait pas et remontait jusqu'à l'époque où elle était au lycée de Castle Rock : elle avait donné un coup de poing à une surveillante pour trois heures de colle. A deux reprises, des femmes qui avaient eu l'imprudence ou la malchance de se mettre en travers de sa route, inquiètes, avaient demandé la protection de la police. Wilma avait aussi fait l'objet de trois plaintes pour agression. Plaintes qui avaient été en fin de compte retirées, mais il n'y avait pas besoin de sortir des grandes écoles pour comprendre que personne de sensé n'aurait été volontairement se frotter à Wilma Jerzyck.

« Elles étaient ce qu'il y avait de pire l'une pour l'autre, murmura Alan.

— L'eau et le feu.

— Pete aurait réussi à convaincre Wilma de ne pas y aller, la première fois ?

— Il est plus malin que ça. Il a dit à Clut qu'il lui avait filé deux Xanax dans une tasse de thé, ce qui avait fait baisser la pression. En fait, Jerzyck a dit qu'il pensait l'affaire classée.

— Tu le crois, Alan ?

— Ouais.. autant que je peux croire quelqu'un à qui je n'ai pas parlé moi-même.

— Ce truc qu'il a mis dans son thé... c'était quoi ? De la drogue ?

— Un tranquillisant. Jerzyck a raconté à la PJ qu'il avait déjà employé ce stratagème deux ou trois fois, quand elle commençait à s'énerver un peu trop, et que ça avait très bien marché. Il croyait que le coup des Xanax avait encore réussi.

— Mais il se trompait.

— Pas si sûr. Ça lui a fait de l'effet, au début. En tout cas, Wilma n'est pas allée se jeter sur Nettie pour lui trouer la peau. Mais je suis bien tranquille qu'elle a dû continuer à la harceler ; elle a procédé de cette manière lorsqu'elles se sont bagarrées à cause du chien. Elle a dû donner des coups de téléphone, passer sous ses fenêtres en voiture, ce genre de trucs. Nettie n'avait pas la couenne bien épaisse. Ça devait la mettre dans tous ses états. John LaPointe est allé voir Polly vers dix-neuf heures avec son équipe de la PJ. Elle leur a déclaré qu'elle était convaincue que quelque chose tracassait Nettie. Nettie était allée la voir le matin même, et avait laissé échapper quelque chose. Sur le coup, Polly n'a pas compris. (Il soupira.) Elle doit bougrement regretter de n'avoir pas mieux fait attention.

— Comment Polly prend-elle l'affaire, Alan ?

— Assez bien, je crois. » Il lui avait parlé deux fois, la première depuis une maison à proximité du lieu du crime, la seconde depuis l'hôpital, en arrivant. Elle lui avait répondu d'une voix calme et posée, mais il avait senti que les larmes et le désespoir n'étaient pas loin, sous cette apparence soigneusement maintenue. Il ne fut pas complètement surpris de constater, lors de son premier appel, qu'elle était déjà au courant de l'essentiel ; les nouvelles, et en particulier les mauvaises nouvelles, ont le don de circuler très vite dans les petites villes.

« Mais qu'est-ce qui a mis le feu aux poudres ? »

Alan regarda Norris, surpris, et comprit soudain que son adjoint l'ignorait encore. Lui avait eu droit au rapport plus ou moins circonstancié de John entre les deux autopsies, pendant que Norris, d'une autre cabine, appelait Sheila pour avoir la liste des plaintes concernant les deux femmes.

« L'une d'elles a décidé de passer à la vitesse supérieure. A mon avis, c'est sans doute Wilma, mais les détails restent encore flous. Elle s'est apparemment rendue chez Nettie pendant que celle-ci était chez Polly, le matin. Nettie avait sans doute laissé la porte ouverte ; ou elle l'avait mal fermée, et le vent a fait le reste. Il soufflait fort, aujourd'hui.

— Ouais.

— Il s'agissait peut-être simplement de faire un passage sous les fenêtres de Nettie pour maintenir la pression. Mais la Jerzyck a dû voir la porte ouverte, et ça lui

351

a donné des idées. Ça ne s'est peut-être pas du tout passé ainsi, mais c'est l'impression que ça me fait. »

Il se rendit compte que c'était faux avant même d'avoir fini sa phrase. Non, ce n'était pas son impression, et là était le problème. C'était celle qu'il aurait dû ressentir, celle qu'il aurait voulu ressentir — mais il n'y parvenait pas. Ce qui le rendait fou était que rien ne justifiait cette impression que ça clochait quelque part ; rien de palpable, en tout cas. Nettie pouvait-elle avoir oublié de verrouiller sa porte, si la Jerzyck l'avait rendue aussi parano qu'elle en avait l'air ? Mais ça ne suffisait pas pour révoquer son hypothèse en doute. Car Nettie avait tout de même une case en moins, et il était bien difficile de dire, dans ces conditions, ce qu'une telle personne pouvait faire ou non. Néanmoins…

« Et qu'est-ce qu'a fait Wilma ? Foutu le bordel ?

— Elle a tué le chien de Nettie.

— *Quoi ?*

— T'as bien entendu.

— Bordel ! Quelle salope !

— Oh, ne me dis pas que c'est une grande surprise, hein ?

— D'accord, mais tout de même… »

Et voilà. Même Norris Ridgewick, le type qui, après tant d'années, rédigeait des rapports sans queue ni tête : *d'accord, mais tout de même…*

« Elle a fait ça avec un couteau suisse. En se servant du tire-bouchon, sur lequel elle avait enfilé un bout de papier disant qu'elle rendait à Nettie la monnaie de sa pièce pour les draps pleins de boue. Alors Nettie est allée chez Wilma avec des cailloux, autour desquels elle a mis ses propres bouts de papier, en les retenant avec un élastique. Elle disait dessus que c'était son dernier avertissement, ou quelque chose comme ça. Elle les a balancés dans toutes les fenêtres du rez-de-chaussée.

— Bonté divine ! balbutia Norris, non sans une pointe d'admiration dans la voix.

— Les Jerzyck étaient à la messe de onze heures ; ensuite, ils ont déjeuné chez les Pulaski. Pete est resté chez eux pour regarder les Patriots et cette fois-ci, il n'était pas là pour faire baisser la pression.

— Se sont-elles rencontrées accidentellement au coin de la rue ?

— Je ne crois pas. A mon avis, Wilma est arrivée chez elle, a vu les dégâts et est allée la provoquer.

— Tu veux dire… comme dans un duel ?

— C'est bien ce que je veux dire. »

Norris siffla, puis garda le silence un moment, mains serrées dans le dos, les yeux perdus dans l'obscurité. « Au fait, Alan, pourquoi devons-nous assister à ces putains d'autopsies ? demanda-t-il enfin.

— C'est le règlement. » Mais il y avait autre chose, au moins pour Alan. Si certains aspects d'une affaire vous mettaient dans l'embarras (ou créaient une confusion, comme c'était aujourd'hui le cas), on avait une chance de voir quelque chose qui vous remettait l'esprit en route. Un truc auquel on se raccrochait.

« Eh bien, le comté devrait bien engager un officier du règlement », grommela Norris, ce qui fit rire Alan.

Mais en lui-même il ne riait pas, et pas seulement parce que cette histoire n'allait pas manquer de beaucoup affecter Polly au cours des semaines à venir. Dans cette affaire, quelque chose clochait. Tout avait l'air de se tenir, vu de l'extérieur, mais si on grattait un peu, si on atteignait les couches profondes où vit l'instinct (et où souvent il se cache), les seigneurs de la guerre de Mars paraissaient une explication plus logique. Au moins aux yeux d'Alan.

Allons, voyons ! Tu viens toi-même d'expliquer tout ça à Norris, de A à Z, le temps de fumer une cigarette.

Oui, d'accord. Ce qui ne faisait qu'augmenter la confusion. Est-ce que deux femmes, même si l'une est un peu cinglée et l'autre plus mauvaise qu'une teigne, peuvent en arriver à se massacrer au coin de la rue comme deux toxicos qui se battent pour un sachet de coke, tout ça pour des motifs aussi ridicules ?

Alan l'ignorait. Et comme il l'ignorait, il jeta le mégot au loin et entreprit de tout reprendre à zéro.

2

Pour Alan, tout avait commencé par un appel d'Andy Clutterbuck. Il venait de couper la retransmission du match des Patriots contre les Jets (les Patriots perdaient déjà) et enfilait son manteau lorsque le téléphone sonna. Il avait eu l'intention de se rendre jusqu'au Bazar des Rêves pour voir si Mr Gaunt n'y serait pas, par hasard. Avec un peu de chance, il y retrouverait même Polly. L'appel de Clut avait tout chamboulé.

Eddie Warburton venait de décrocher le téléphone, lui raconta Clut, au moment où lui-même revenait de déjeuner. Il y avait du tapage dans la partie «plantée d'arbres» de la ville. Une bagarre de femmes, ou quelque chose comme ça. Ce serait peut-être une bonne idée d'appeler le shérif, avait suggéré Eddie.

«Mais nom de Dieu, de quoi se mêle-t-il, celui-là? Ce n'est pas son boulot de répondre au téléphone, que je sache! dit Alan d'un ton irrité.

— Il a dû penser que comme il n'y avait personne au central, il…

— Il connaît parfaitement la procédure. Lorsqu'il n'y a personne au central, on laisse la machine retransmettre les appels.

— Je ne sais pas pourquoi il a répondu, objecta Clut avec une impatience mal dissimulée, mais on pourra voir ça plus tard. Parce qu'il y a eu un deuxième appel, pendant que je parlais avec Eddie. Une vieille dame. Je n'ai pas compris son nom, elle était trop énervée, ou elle n'a pas voulu le dire. Bref, elle a raconté qu'il y avait une sérieuse bagarre au coin des rues Ford et Willow. Deux femmes. Armées de couteau. La vieille disait qu'elles s'y trouvaient encore.

— La bagarre continue?

— Non. Elles sont par terre, toutes les deux. C'est terminé.

— D'accord.» Le cerveau d'Alan se mit à tourner à plein régime, comme un train qui prend de la vitesse. «Tu as consigné l'appel, Clut?

— Tu parles !

— Bien. C'est Seaton qui est de service, non ? Envoie-le là-bas tout de suite.

— C'est déjà fait.

— Bien vu. Appelle la Police d'Etat.

— Tu veux les enquêteurs de la Criminelle ?

— Non, pas encore. Contentons-nous de les mettre au courant, pour le moment. Je te retrouve là-bas, Clut. »

Lorsqu'il arriva sur les lieux et put mesurer l'étendue du massacre, Alan alerta la Police d'Etat, à Oxford, demandant l'envoi immédiat d'une commission d'enquête... deux, même, si c'était possible. Clut et Seaton Thomas, les bras écartés, se tenaient devant les deux cadavres, disant aux gens de retourner chez eux. Norris arriva, jeta un coup d'œil et alla sortir du coffre un rouleau de bande rayée jaune et rouge marquée : LIEU DU CRIME PASSAGE INTERDIT. Une épaisse couche de poussière recouvrait le rouleau, et Norris dit plus tard à Alan qu'il avait l'air tellement vieux qu'il s'était demandé s'il allait coller.

Il avait tenu. Norris l'enroula autour du tronc des chênes, dégageant un large périmètre autour des deux corps, étroitement embrassés sous le panneau stop. Les badauds n'étaient pas retournés chez eux, mais au moins avaient-ils battu en retraite sur leurs pelouses respectives. Il y avait une cinquantaine de personnes, mais leur nombre ne cessait de croître avec l'arrivée de nouveaux curieux, alertés par téléphone. Andy Clutterbuck et Seaton Thomas paraissaient nerveux au point d'être capables de sortir leur pétard et de se mettre à tirer en l'air. Alan les comprenait.

Dans le Maine, le Département des Enquêtes criminelles de la Police d'Etat, autrement dit la police judiciaire, est chargé des affaires de meurtre ; pour le menu fretin de la police (à savoir la majorité), le moment le plus dur se situe entre la découverte du crime et l'arrivée du DEC. Car le menu fretin sait tout de même très bien que c'est pendant cette période qu'est le plus souvent rompu l'« enchaînement des preuves ». Il sait aussi que son comportement (toujours pendant ladite période) fera l'objet d'une analyse minutieuse au moment de la pause-café des gros calibres de la PJ, pour qui le menu fretin, même les types du comté, ne sont qu'une bande de gros balourds aux mains comme des jambons et aux doigts maladroits.

Voilà aussi pourquoi tous ces types qui ne bougeaient pas de leur pelouse, de l'autre côté de la rue, leur donnaient des sueurs froides dans le dos. Ils faisaient penser à Alan aux zombies du *Retour des morts vivants*.

Il alla prendre le porte-voix et leur intima de rentrer sur-le-champ chez eux. Ils commencèrent à obtempérer. Puis il révisa mentalement la marche à suivre, et par radio, appela le central, où Sandra McMillan était maintenant de service. Elle n'avait pas l'efficacité de Sheila Brigham, mais à cheval donné... et Alan se disait que Sheila ne tarderait pas à se pointer, poussée par la curiosité, sinon par le devoir.

Alan demanda à Sandra de tâcher de trouver le Dr Ray Van Allen. Expert médical du comté, il faisait aussi office de coroner, et Alan tenait à ce qu'il fût là au moment où le DEC arriverait, si c'était possible.

« Bien compris, shérif », répondit Sandra d'un ton important.

Alan retourna auprès de ses adjoints. « Lequel d'entre vous a vérifié qu'elles étaient bien mortes ? »

Clut et Seaton s'entre-regardèrent, mal à l'aise, et Alan sentit sa gorge s'étrangler. Un bon point pour les analystes de la pause-café — ou peut-être pas. La première équipe du DEC n'était pas encore arrivée, même si on entendait déjà une sirène, au loin. Alan passa sous la bande rayée et s'approcha du panneau stop sur la pointe des pieds, comme un gamin qui rentre chez lui après le couvre-feu.

La flaque de sang s'était surtout étalée entre les victimes et le caniveau encombré de feuilles mortes, mais des gouttelettes s'étaient éparpillées tout autour d'elles en un cercle approximatif. Alan s'agenouilla juste à l'extérieur de ce cercle et se rendit compte qu'il arrivait à atteindre les cadavres (ça ne faisait plus aucun doute) en se penchant au maximum, bras tendu.

Ses trois adjoints s'étaient regroupés et le regardaient, l'œil rond.

« Prenez-moi en photo », dit-il.

Clut et Seaton continuèrent de le fixer comme s'il venait de parler en tagalog, mais Norris se précipita vers la voiture de patrouille de son patron, farfouilla dans le coffre et finit par en extirper l'un des deux vieux Polaroid avec lesquels la police de Castle Rock prenait les clichés, dans ce genre de circonstances. Alan avait eu l'intention de demander un nouvel appareil, lors de la prochaine réunion budgétaire ; mais en ce moment, cette réunion lui paraissait dénuée de toute importance.

Norris revint en quelques foulées, visa, appuya sur le déclencheur. L'appareil ronronna.

« Prends-en une deuxième, juste au cas où. Prends aussi les corps. Je te parie qu'ils vont encore nous dire qu'on a bousillé leurs indices. Peuvent toujours courir ! » Alan se rendait bien compte qu'il parlait d'un ton râleur, mais c'était plus fort que lui.

Norris prit donc un cliché montrant le shérif à l'extérieur du cercle d'indices et la position dans laquelle se trouvaient les corps, sous le panneau stop. Puis Alan se pencha de nouveau et, d'un geste prudent, vint poser un doigt contre le cou de la femme placée dessus. Il ne sentit bien entendu aucun pouls, mais la pression de son index suffit à faire basculer sur le côté la tête appuyée en équilibre contre le poteau. Le shérif reconnut Nettie sur-le-champ, et pensa aussitôt à Polly.

Oh, bordel de Dieu, se dit-il, lugubre. Puis il chercha le pouls de Wilma, alors même qu'elle avait un hachoir enfoncé dans le crâne. De petites gouttes de sang tachaient ses joues et son front, lui faisant un grimage de païenne.

Il se releva et retourna auprès de ses adjoints. Il ne pouvait s'empêcher de penser à Polly et savait qu'il n'aurait pas dû. Il fallait se sortir ça de la tête, sans quoi il risquait de faire des conneries. Il se demanda si les badauds avaient eu le temps de reconnaître Nettie. Dans ce cas, Polly allait en entendre parler avant qu'il ait eu le temps de l'appeler. Pourvu, se disait-il, pourvu qu'elle ne vienne pas voir elle-même !

Ce n'est pas le moment de se soucier de ça. Tu as un double meurtre sur les bras, selon toute vraisemblance.

« Va chercher ton carnet, Norris. C'est toi le secrétaire du club, ce soir.

— Bon Dieu, Alan, tu sais bien comment j'écris...

— T'occupe. »

Norris confia le Polaroïd à Clut et tira le calepin de sa poche revolver. Un carnet à souches de P-V, avec sa signature imprimée au bas de chaque feuille, en profita pour tomber. Norris se pencha, le ramassa et le remit dans sa poche sans faire attention.

« Note que la tête de la femme du dessus, qu'on appellera la victime n° 1, était appuyée contre le poteau du panneau stop. Je l'ai fait basculer involontairement en vérifiant l'absence de pouls. »

Comme le langage de la police est facile à adopter... les voitures deviennent des «véhicules», les crapules des «suspects» ou des «contrevenants», et les braves citoyens refroidis des «victimes». Le jargon flicard, la merveilleuse porte coulissante transparente.

Il se tourna vers Clut et lui demanda de photographier les corps dans leur nouvelle configuration, extrêmement soulagé à l'idée que Norris eût pris un témoignage de leur ancienne position.

« Ajoute, reprit-il à l'intention de Norris, que lorsque la tête de la victime n° 1 a bougé, j'ai pu l'identifier. Il s'agit de Nettie Cobb. »

Seaton siffla. « Tu veux dire... *Nettie* ?

— Oui. T'en connais d'autres ? »

Norris écrivit, puis demanda : « Qu'est-ce qu'on fait, maintenant ?

— On attend l'équipe du DEC et on essaie d'avoir l'air vivant à leur arrivée. »

Les gars du DEC débarquèrent moins de trois minutes plus tard, en deux voitures, suivis de Ray Van Allen dans sa vieille Subaru cabossée. Cinq minutes, encore, et ce fut au tour d'un break bleu du service de l'identité judiciaire de faire son entrée en scène. Chacun des membres de la Police d'Etat alluma son cigare. Alan s'y attendait. Les corps étaient encore frais et on était à l'extérieur, mais le rituel du cigare était immuable.

Le désagréable boulot connu en jargon flicard comme le «verrouillage de la scène du crime» commença. Il se poursuivit bien après la tombée de la nuit. Alan avait déjà travaillé avec Henry Payton, responsable de l'unité d'Oxford (et donc nominalement responsable de l'affaire). Jamais il n'avait décelé la moindre trace d'imagination chez Henry. L'homme était un laborieux, mais aussi un consciencieux, qui ne laissait rien au hasard. C'est grâce à la présence de Henry qu'Alan s'autorisa à aller téléphoner en douce à Polly.

A son retour, on avait placé les mains des victimes dans de grands sacs en plastique. Wilma Jerzyck avait perdu l'une de ses chaussures et on accorda le même traitement à son pied. Les membres de l'identité allaient et venaient, et prirent pas loin de trois cents photos. Des renforts de police arrivèrent entre-temps. Ils permirent de contenir la foule, qui cherchait de nouveau à s'approcher, et d'expédier une équipe de télé au bâtiment municipal. Un dessinateur de la police exécuta une esquisse de la scène du crime sur du papier millimétré.

Finalement, on en vint à s'occuper des corps eux-mêmes. Mais avant de les emporter, restait une dernière chose à faire. Payton donna à Alan une paire de gants chirurgicaux et un sac en plastique. «Le hachoir ou le couteau?

— Le hachoir», répondit-il. Ce serait le plus dégueulasse des deux, avec la cervelle de Wilma collée dessus, mais il ne voulait pas toucher Nettie. Il avait éprouvé de l'affection pour elle.

Une fois les armes du crime enlevées, étiquetées, ensachées et en route pour Augusta, les deux équipes du DEC commencèrent à explorer le secteur autour des corps, toujours pris dans leur ultime étreinte; le sang dont ils étaient imprégnés durcissait et devenait comme une sorte d'émail. Lorsque Ray Van Allen permit enfin qu'ils fussent chargés dans l'ambulance, sous les projecteurs disposés par la police, les infirmiers durent commencer par séparer de force les deux femmes.

Pendant ce temps, la crème de Castle Rock resta là, se sentant aussi déplacée qu'un furoncle sur le nez d'une cover-girl.

Henry Payton rejoignit Alan à la conclusion de cet étrange ballet connu sous le nom d'investigation du lieu du crime. «C'est vraiment une manière lamentable de passer son dimanche après-midi», remarqua-t-il.

Alan acquiesça.

«Désolé que vous ayez fait bouger la tête. C'est un coup de malchance.»

Alan acquiesça de nouveau.

«Je ne crois pas qu'on vous embêtera avec ça. Vous avez au moins une bonne vue de la position originale.» Il regarda Norris qui s'entretenait avec Clut et John LaPointe, lequel venait d'arriver. «Vous avez eu au moins la chance que votre bonhomme ne mette pas le doigt sur l'objectif.

— Norris n'est pas si bête.

— Comme disait l'autre. De toute façon, l'affaire n'a vraiment pas l'air compliquée.»

Alan fut obligé de l'admettre. C'était là le problème ; il l'avait compris bien avant d'avoir terminé sa journée de service dans une allée, derrière l'hôpital Kennebec Valley. L'affaire n'avait même pas l'air *assez* compliquée, peut-être.

«Vous avez l'intention d'assister à la séance de charcuterie ? demanda Payton.

— Oui. C'est Ryan qui va faire les autopsies ?

— C'est ce que j'ai cru comprendre.

— Je pense que je vais amener Norris avec moi. Les corps passeront tout d'abord par Oxford, non ?

— Oui. C'est là qu'on fera les constats.

— Si Norris et moi partons maintenant, nous pourrons arriver à Augusta avant.

— Pourquoi pas ? Ici, c'est bouclé, je crois.

— J'aimerais envoyer l'un de mes hommes avec chacune de vos deux équipes. En tant qu'observateurs. Est-ce que ça vous pose un problème ?»

Payton réfléchit. «Non... mais qui va rester en charge du maintien de l'ordre ? Ce bon vieux Seaton ?»

Alan éprouva une fugitive bouffée de quelque chose d'un peu trop virulent pour être considéré comme un simple agacement. La journée avait été longue, et il avait laissé Henry se gausser de ses adjoints autant qu'il l'avait voulu... il fallait cependant rester dans les petits papiers de Payton, s'il voulait deux strapontins dans ce qui était, techniquement, une affaire regardant la Police d'Etat, et il tint donc sa langue.

«Voyons, Henry. On est dimanche soir. Même le Mellow Tiger est fermé.

— Pourquoi tenez-vous autant à rester mêlé à cette histoire, Alan? Est-ce qu'il y a quelque chose qui vous chiffonne? Si j'ai bien compris, ces deux femmes ne pouvaient pas se sentir, et celle de dessus avait déjà zigouillé quelqu'un. Son mari, rien moins.»

Alan réfléchit. «Non, rien qui me chiffonne. Consciemment, en tout cas. C'est simplement que…

— Que vous n'arrivez pas à vous fourrer dans la tête que c'est vraiment arrivé?

— Quelque chose comme ça.

— D'accord. Tant que vos hommes comprennent qu'ils sont là pour écouter, pas plus.»

Alan eut un léger sourire. Il songea à dire à Payton que s'il demandait à Clut et à John de poser des questions, ils prendraient probablement la poudre d'escampette, puis il y renonça. «Ils la boucleront, vous pouvez compter là-dessus.»

3

Et voilà où ils en étaient, lui et Norris Ridgewick, après le plus long dimanche de mémoire d'homme. Mais la journée avait au moins quelque chose en commun avec Nettie et Wilma: elle était finie.

«Êtes-vous en train de penser à prendre une chambre de motel pour la nuit?» demanda Norris d'un ton hésitant. Alan n'avait pas besoin d'être extralucide pour deviner à quoi pensait son adjoint, lui: à la partie de pêche qu'il allait manquer demain.

«Bon sang, non. (Il se pencha et ramassa la casaque.) Mettons les voiles.

— Excellente idée.» Pour la première fois depuis que le shérif l'avait retrouvé sur le lieu du crime, Norris paraissait heureux. Cinq minutes plus tard, ils fonçaient en direction de Castle Rock par la route 43, et les phares de la grosse limousine creusaient deux trous parallèles dans l'obscurité où le vent soufflait encore. Le temps d'arriver, on était déjà lundi matin depuis presque trois heures.

4

Alan se gara derrière le bâtiment municipal et sortit de la berline. Son break attendait à côté de la Coccinelle délabrée de Norris, à l'autre bout du parking.

« Tu rentres directement chez toi ? » demanda-t-il à Norris.

Ce dernier eut un petit sourire gêné et baissa les yeux. « Dès que j'aurai remis mes fringues civiles.

— Combien de fois faudra-t-il que je te dise de ne pas te changer dans les toilettes ?

— Ecoute, Alan... je ne le fais pas tout le temps. » Tous les deux savaient que c'était précisément le cas.

Alan soupira. « Laisse tomber... tu as eu droit à une foutue longue journée. Je suis désolé. »

Norris haussa les épaules. « C'était un double meurtre. Ça n'arrive pas très souvent, dans le coin. Quand ça se produit, tout le monde doit y mettre du sien, non ?

— Fais-toi remplir un formulaire d'heures supplémentaires par Sandra ou Sheila, si l'une d'elles est encore ici.

— Pour que Buster se mette encore à m'emmerder ? (Il eut un petit rire amer.) Je crois que je vais laisser tomber. C'est ma tournée, Alan.

— Est-ce qu'il t'a encore cassé les pieds ? » Alan avait complètement oublié les lubies du maire, depuis deux jours.

— Non, mais faudrait que tu voies comment il me regarde, quand on se croise dans la rue. Si les yeux pouvaient tuer, je serais aussi mort que Nettie et Wilma.

— Je remplirai moi-même le formulaire demain matin.

— Si ton nom est dessus, ça va, répondit Norris en prenant la direction de la porte marquée : RÉSERVÉE AU PERSONNEL. Bonne nuit, Alan.

— Bonne chance à la pêche ! »

Le visage de Norris s'éclaira aussitôt. « Merci. Tu devrais voir la canne que j'ai trouvée dans cette nouvelle boutique. Elle est fantastique. »

Alan sourit. «Tiens, tu parles! J'ai toujours l'intention d'aller voir ce type. On dirait qu'il a quelque chose pour tout le monde; pourquoi pas pour moi?

— Oui, pourquoi pas? Il a des tas de trucs. Tu n'en reviendras pas.

— Bonne nuit, Norris. Et merci encore.

— N'en parlons plus.» Mais l'adjoint était manifestement heureux.

Une fois au volant, Alan se mit à examiner machinalement les bâtiments dans les rues qu'il empruntait; il ne s'en rendait même pas compte... mais les informations n'en étaient pas moins enregistrées. Comme par exemple le fait qu'il y avait une lumière dans l'appartement, au-dessus du Bazar des Rêves. Il était vraiment très, très tard, pour une petite ville. Il se demanda si Mr Leland Gaunt ne serait pas insomniaque et se rappela qu'il devait lui rendre visite — mais cela attendrait que cette triste histoire de double assassinat ait été définitivement réglée.

Il arriva au carrefour de Main Street et de Laurel, mit le clignotant à gauche, puis s'arrêta au milieu du carrefour et tourna finalement à droite. Du diable s'il allait rentrer chez lui. Cette baraque était un vrai désert, alors que son seul fils vivant se trouvait au cap Cod, chez un ami. Trop de portes fermées, trop de souvenirs qui rôdaient partout. A l'autre bout de la ville, vivait une femme qui avait peut-être terriblement besoin de quelqu'un en ce moment même. Presque aussi terriblement, peut-être, que cet homme vivant avait besoin d'elle.

Cinq minutes plus tard, Alan coupait les phares et s'engageait au ralenti dans l'allée de Polly. La porte serait fermée, mais il savait sous quelle marche du porche regarder.

5

«Qu'est-ce que tu fabriques encore ici, Sandra?» demanda Norris lorsqu'il entra en défaisant sa cravate.

Sandra McMillan, une blonde sur le retour qui occupait depuis vingt ans le poste de standardiste à temps partiel au central, enfilait son manteau, l'air très fatigué.

«Sheila avait des billets pour aller voir Bill Cosby à Portland. Elle voulait rester, mais je l'ai obligée à partir. C'est tout juste s'il n'a pas fallu la mettre à la porte. Ce n'est pas tous les jours que Bill Cosby passe dans le Maine!»

Ce n'est pas tous les jours non plus que deux femmes décident de se larder de coups de couteau ou de hachoir à cause d'un clébard qui vient probablement de la SPA de Castle Rock..., pensa Norris. «Pas tous les jours, en effet.

— Jamais, oui! (Sandra soupira.) Je vais te confier un secret, pourtant, maintenant que c'est terminé: je regrette un peu de ne pas avoir accepté que Sandra reste. C'était complètement dingue! Toutes les stations de télé ont bien dû appeler dix fois chacune; jusque sur le coup de onze heures, au bas mot, on se serait cru dans un grand magasin la veille de Noël, ici!

— Retourne vite chez toi. Tu as mon autorisation. As-tu branché le Gros-salaud?»

Le Gros-salaud était la machine qui renvoyait les appels au domicile d'Alan quand aucune standardiste ne se trouvait de service. Si Alan n'avait pas décroché au bout de quatre sonneries, le Gros-salaud intervenait et conseillait d'appeler la Police d'Etat, à Oxford. Ce bricolage n'aurait pas convenu dans une grande ville, mais dans le comté de Castle, le moins peuplé des seize comtés du Maine, il suffisait largement.

«Oui, il est branché.

— Bien. Quelque chose me dit qu'Alan n'est pas allé directement chez lui.»

Sandra prit un air entendu.

«Des nouvelles du lieutenant Payton? demanda Norris.

— Non, rien. (Elle marqua une pause.) Ça devait être affreux, Norris, ces deux femmes...

— Horrible.» Ses vêtements civils étaient impeccablement suspendus sur un cintre accroché à la poignée d'un classeur. Cela faisait environ trois ans qu'il avait pris l'habitude de se changer ainsi dans les toilettes des hommes — mais rarement à des heures aussi indues. «Tu peux t'en aller, Sandra, je fermerai la boutique.

— Norris ?

— Tu sais, il n'y a que moi, ici ! répondit-il depuis les toilettes.

— J'ai failli oublier. Quelqu'un a apporté un cadeau pour toi. C'est sur ton bureau. »

Norris, qui débouclait sa ceinture, interrompit son geste. « Un cadeau ? Et de qui ?

— Je ne sais pas. On se serait cru dans un asile de fous, à ce moment-là. Mais il y a une carte jointe. Et un ruban avec un beau nœud. Ta petite amie secrète, sans doute.

— Tellement secrète que même moi je ne la connais pas », répliqua-t-il avec une note sincère de regret dans la voix. Il enleva son pantalon d'uniforme et enfila son jean.

Dans le bureau, Sandra esquissa un sourire malicieux. « Monsieur Keeton est passé, hier au soir. C'est peut-être lui qui l'a laissé. Histoire de se rabibocher avec toi. »

Cette idée le fit rire. « Il a choisi son moment.

— En tout cas, n'oublie pas de me le dire, demain. Je meurs d'envie de savoir ce que c'est. L'emballage est ravissant. Bonne nuit, Norris.

— Bonne nuit. »

Qui a bien pu penser à me faire un cadeau ? se demanda-t-il en remontant la fermeture de sa braguette.

6

Sandy s'enfonça dans la nuit, remontant son col, car le froid était vif ; l'hiver approchait. Parmi les gens qu'elle avait vus au cours de la soirée, il y avait eu Cyndi Rose Martin, la femme de l'avocat. Cyndi était passée tôt, et il n'était pas venu à l'esprit de Sandra d'en parler à Norris, lequel ne fréquentait pas le milieu social et professionnel huppé des Martin. Cyndi Rose avait déclaré qu'elle cherchait son mari, ce qui n'avait pas paru étrange à la standardiste, étant donné qu'Albert Martin s'occupait des problèmes juridiques de la ville ; mais Cyndi Rose aurait-elle dit qu'elle cherchait Tom Cruise que Sandra n'y aurait même pas fait attention, dans le pandémonium qui régnait.

Elle avait cependant pris le temps de lui répondre qu'elle n'avait pas vu Mr Martin, mais qu'en tant qu'épouse elle était libre d'aller vérifier s'il ne se trouvait pas au premier, avec Mr Keeton. Cyndi Rose avait dit que puisqu'elle était là, autant aller voir... Le standard avait alors commencé à clignoter comme un arbre de Noël, et Sandra n'avait pas vu Mme Martin sortir de son sac le paquet rectangulaire, dans son emballage de papier brillant retenu par un large ruban, et le poser sur le bureau de Norris Ridgewick. Un sourire avait alors illuminé son joli visage, mais le sourire lui-même, loin d'être joli, trahissait plutôt de la cruauté.

7

Norris entendit la porte se refermer, puis, assourdi, un bruit de démarreur. Il finit de s'habiller et disposa avec soin l'uniforme sur le cintre après avoir reniflé les manches de sa chemise et décidé qu'elle pouvait attendre encore un peu. Un sou économisé était un sou gagné.

En sortant des toilettes, il accrocha le cintre à la même poignée afin d'être sûr de le voir en sortant. Il valait mieux, car la vue de vêtements traînant dans le poste de police avait le don de rendre Alan furieux ; on n'est pas chez le teinturier, ici ! protestait-il.

Quelqu'un avait bien laissé un paquet sur le bureau de Norris. Il était enveloppé d'un papier métallisé bleu retenu par un ruban en velours de la même couleur, attaché en une débauche de boucles sur le dessus. On avait glissé une enveloppe carrée sous le ruban. Sa curiosité en éveil, Norris la prit et l'ouvrit. A l'intérieur, sur un bristol, se lisait ce message énigmatique :

!!!!!!! SIMPLE RAPPEL !!!!!

Il fronça les sourcils. Les deux seules personnes qui n'arrêtaient pas de le rappeler à l'ordre, autant qu'il le sût, étaient sa mère et Alan... et sa mère était morte

366

depuis cinq ans. Il prit le paquet, défit le ruban et l'emballage, révélant une simple boîte de carton blanc. Elle mesurait environ trente centimètres de long sur quinze de large et quinze de haut. Du ruban adhésif fermait le couvercle.

Il déchira l'adhésif, ouvrit. Une couche de papier pelure recouvrait l'objet; il était assez fin pour laisser deviner une surface plate coupée d'un certain nombre de petites crêtes, mais pas assez pour permettre de deviner ce que c'était.

Il voulut retirer le papier et son index heurta quelque chose de dur: une languette de métal. Une lourde mâchoire d'acier se referma sur le papier et sur les trois premiers doigts de Norris Ridgewick. Un élancement de douleur lui parcourut tout le bras. Il poussa un cri, trébucha et attrapa son poignet droit de la main gauche. La boîte blanche tomba au sol. Le papier pelure se froissa.

Oh! fils de pute, qu'est-ce que ça faisait mal! Il déchira le papier pelure et découvrit un gros piège à rats Victory. Quelqu'un l'avait armé, placé dans la boîte, recouvert de papier pour le dissimuler avant d'emballer le tout dans ce joli papier bleu. Et le piège s'était refermé sur trois des doigts de l'adjoint; il avait complètement arraché l'ongle de l'index, à la place duquel on ne voyait qu'un croissant ensanglanté de chair à vif.

«Oh! le fils de pute!» cria Norris. Sous le coup de la douleur et de la surprise, au lieu de relever la barre métallique, il heurta le piège contre le bureau de John LaPointe avec pour résultat de s'envoyer un nouvel élancement douloureux dans le bras. Il poussa un autre cri mais, cette fois, libéra ses doigts et jeta le piège au sol. La barre métallique claqua contre le socle de bois en tombant.

Norris resta quelques instants tout tremblant puis bondit dans les toilettes et plaça sa main sous le robinet d'eau froide. Ça l'élançait comme une dent de sagesse qui fait des siennes. Il grimaçait en regardant les filets de sang qui tourbillonnaient avant de s'évacuer par le siphon. Il pensa alors à ce que Sandra avait dit: *Monsieur Keeton est passé, hier au soir. C'est peut-être lui qui l'a laissé. Histoire de se rabibocher avec toi.*

Et la carte: SIMPLE RAPPEL.

Oui, ça ne pouvait être que Buster. Pas le moindre doute. C'était bien dans son style.

«Espèce de fils de pute», gronda Norris.

L'eau froide engourdissait ses doigts et atténuait les élancements, mais il ne se faisait pas d'illusions : il aurait de nouveau mal en arrivant chez lui. L'aspirine le soulagerait peut-être un peu, mais autant renoncer à dormir. Ou à aller pêcher.

Eh bien, si, j'irai! J'irai pêcher même avec mes putains de mains coupées! C'est ce que j'avais prévu, j'attends ça depuis longtemps, et ce n'est pas cet enfoiré de Danforth Buster Keeton de mes deux qui va m'en empêcher!

Il coupa l'eau et se sécha délicatement avec une serviette en papier. Aucun des trois doigts n'était cassé (il ne lui semblait pas, en tout cas) mais ils avaient commencé à enfler, eau froide ou pas. La barre du piège avait laissé une profonde marque d'un rouge violacé entre les première et deuxième articulations. De petites perles de sang suintaient de son index, à l'emplacement de son ongle, et les élancements recommencèrent bientôt.

Il retourna dans le poste désert et examina un instant le piège détendu avant de le ramasser et de le poser sur son bureau. Il prit trois aspirines dans le tiroir du haut, les avala, rassembla le papier d'emballage, le papier pelure, le ruban, et fourra le tout dans la corbeille à papier, dissimulé par du papier froissé en boule.

Il n'avait pas l'intention de raconter à Alan ou à qui que ce soit le méchant tour que lui avait joué Buster. Ils ne riraient pas, mais Norris se doutait de ce qu'ils allaient penser (du moins le croyait-il) : *Il n'y a que Norris Ridgewick pour se faire avoir avec un truc pareil... foutre la main dans un piège à rats! Faut pas être très malin!*

Ta petite amie secrète... Monsieur Keeton est passé, hier au soir. C'est peut-être lui qui l'a laissé. Histoire de se rabibocher avec toi.

«Je réglerai ça tout seul, dit-il à voix basse, d'un ton sinistre, tenant sa main blessée contre lui. A ma façon, et au moment que je choisirai.»

Soudain, une idée le traversa, inquiétante : et si Buster ne s'était pas contenté du coup du piège à rats? (Après tout, il aurait pu ne pas marcher.) S'il s'était rendu chez

Norris ? La canne à pêche s'y trouvait ! La Bazun ! Même pas enfermée dans un placard ; il l'avait simplement appuyée contre le mur de son petit hangar, juste à côté de son panier à pêche.

Et si Buster en avait entendu parler et avait décidé de la casser ?

« S'il a fait ça, c'est lui que je casse en deux », marmonna-t-il. Il avait parlé avec une colère contenue dans la voix que ni Alan, ni aucun de ses collègues n'auraient reconnue. Il oublia complètement de fermer à clef en quittant le bureau. Il avait même oublié la douleur, pour le moment ; une seule chose comptait : rentrer chez lui, et s'assurer que la Bazun était indemne.

8

La forme sous les draps ne bougea pas lorsque Alan se glissa dans la chambre, et il pensa que Polly dormait, probablement avec l'aide d'un Percodan. Il se déshabilla rapidement et se coula à côté d'elle sous les draps. Il vit alors qu'elle avait les yeux ouverts et le regardait. Il eut un léger sursaut de surprise.

« Quel est l'étranger qui entre dans le lit de cette jouvencelle ? demanda-t-elle doucement.

— Ce n'est que moi, dit-il, esquissant un sourire. Je présente mes excuses à la jouvencelle pour l'avoir réveillée.

— Je l'étais déjà. » Elle passa un bras autour du cou d'Alan, et lui posa le sien sur sa taille. Sa peau dégageait la bonne chaleur du lit, comme un fourneau où rougeoie encore une poignée de braises. Il sentit quelque chose de dur à hauteur de sa poitrine, un instant, et il faillit remarquer qu'elle portait quelque chose sous sa chemise de nuit. Puis l'objet tomba entre le sein gauche et le creux du bras de Polly, au bout de sa chaîne d'argent.

« Tu vas bien ? » demanda-t-il.

Elle pressa sa joue contre celle d'Alan, sans lui lâcher le cou. « Non », répondit-elle dans un soupir, la voix tremblante. Puis elle se mit à sangloter.

Il la tint pendant qu'elle pleurait, lui caressant les cheveux.

«Pourquoi ne m'a-t-elle pas dit ce que lui faisait cette femme, Alan?» demanda Polly au bout d'un moment. Elle s'écarta un peu de lui. Maintenant que ses yeux s'étaient adaptés à l'obscurité, le policier distinguait son visage, ses yeux et ses cheveux sombres, sa peau claire.

«Je l'ignore.

— Si elle me l'avait dit, je m'en serais occupée! J'aurais été voir Wilma Jerzyck moi-même, et… et…»

L'heure était mal choisie pour lui dire qu'apparemment Nettie avait joué à ce petit jeu avec autant de détermination et de méchanceté que Wilma elle-même. Ni qu'il arrivait un moment où l'on ne pouvait plus rien faire pour toutes les Nettie Cobb du monde — ni, d'ailleurs, pour les Wilma Jerzyck. Qu'il arrivait un moment où plus rien ni personne n'avait de prise sur elles.

«Il est trois heures et demie du matin. Il vaudrait mieux attendre une heure plus décente pour parler de ce qu'il aurait fallu faire ou dire… (Il hésita un instant avant de poursuivre.) D'après John LaPointe, Nettie t'aurait dit quelque chose, ce matin, à propos de Wilma — en fait, hier matin. De quoi s'agissait-il?»

Polly réfléchit. «En réalité, je ne savais pas qu'il était question de Wilma, pas encore. Nettie m'avait apporté des lasagnes. Et mes mains… mes mains allaient vraiment très mal. Elle s'en est rendu compte tout de suite. Nettie était assez approximative — et encore, il faudrait parler au conditionnel — à propos de certaines choses, mais je ne pouvais rien lui cacher.

— Elle t'aimait beaucoup», observa Alan d'un ton grave, ce qui déclencha une nouvelle série de sanglots. Il s'y était attendu; il savait que dans certaines circonstances, les larmes sont un passage obligé, quelle que soit l'heure; que, tant qu'elles n'ont pas été versées, elles continuent leurs ravages, à l'intérieur.

Au bout d'un moment, Polly put continuer. Sa main retourna sous le cou d'Alan.

«Elle a sorti ces idiots de gants thermiques, mais cette fois ils m'ont vraiment fait du bien. Il faut dire que le gros de la crise semblait passé. Puis elle est allée préparer du café. Je lui ai demandé si elle n'avait rien à faire chez elle, et elle m'a répondu que non. Que Raider mon-

tait la garde ; elle a ensuite ajouté quelque chose comme :
"Je crois qu'elle me laissera tranquille, de toute façon. Je
ne l'ai pas vue, et je crois qu'elle a compris le message."
Ce ne sont pas ses termes exacts, mais pas loin.

— A quelle heure est-elle arrivée ?

— Vers dix heures et quart, à quelques minutes près.
Pourquoi ? C'est important ? »

Lorsque Alan s'était glissé entre les draps, il avait eu
l'impression qu'il s'endormirait dès qu'il aurait posé la
tête sur l'oreiller, mais il était de nouveau parfaitement
réveillé et réfléchissait avec intensité.

« Non, répondit-il au bout de quelques instants, je ne
crois pas que ce soit très important, sauf en ce sens que
Wilma préoccupait Nettie.

— Je n'arrive pas à y croire. Elle paraissait aller tellement mieux. Vraiment. Tu te rappelles ce que je t'ai
raconté ? Comment elle avait trouvé le courage de se
rendre toute seule au Bazar des Rêves, jeudi dernier ?

— Oui. »

Elle le lâcha et roula sur le dos, contrariée. Alan entendit un petit *clinc!* métallique mais, cette fois encore, n'y
prêta pas attention. Il songeait toujours à ce que Polly
venait de lui dire, le tournant et le retournant dans tous
les sens, comme un joaillier devant une pierre suspecte.

« Il va falloir que je m'occupe de l'enterrement, reprit-
elle. Nettie a de la famille à Yarmouth, quelques personnes ; mais elles ne voulaient rien savoir d'elle tant qu'elle
était vivante et je suppose que morte, elle les intéressera
encore moins. Je vais devoir tout de même les appeler
demain matin. Serai-je autorisée à entrer dans sa maison ? Elle doit bien avoir un carnet d'adresses, quelque
part.

— Je t'accompagnerai. Tu ne pourras rien emporter,
du moins pas tant que le Dr Ryan n'aura pas publié son
rapport d'autopsie, mais il n'y a aucun mal à ce que tu
recopies quelques numéros de téléphone.

— Merci. »

Une question lui vint soudain à l'esprit. « Au fait, à
quelle heure Nettie est-elle repartie de chez toi ?

— Vers onze heures moins le quart, il me semble, ou

371

même onze heures, peut-être. Elle a dû rester moins d'une heure. Pourquoi ?

— Pour rien. » Il avait eu une brève illumination : si Nettie s'était attardée davantage chez Polly, elle n'aurait pas eu le temps de retourner chez elle, de trouver le cadavre du chien, de ramasser les cailloux, d'écrire les notes et de les attacher, puis d'aller chez les Jerzyck pour tout casser. Mais si elle était partie à onze heures moins le quart, elle avait eu deux bonnes heures devant elle. Largement le temps.

Hé, Alan ! fit la voix au ton joyeux factice qui, d'ordinaire, réservait ses interventions au seul thème d'Annie et de Todd. *Qu'est-ce qui te prend de te mettre à finasser comme ça, mon pote ?*

Alan n'en savait rien. Mais quelque chose d'autre le frappait : comment Nettie avait-elle trimbalé son chargement de gros cailloux jusqu'à la maison des Jerzyck ? Elle n'avait ni permis ni voiture.

Arrête de déconner, mon pote. Elle les a écrites chez elle, tout bêtement, dans le vestibule, à côté de son clébard trucidé ; les élastiques, elle les a trouvés dans le tiroir de sa cuisine. Et les cailloux, pourquoi les transporter ? Il y en avait plein dans la cour de derrière, chez les Jerzyck. Tu crois pas ?

Si. Il ne pouvait pas s'empêcher, cependant, d'avoir l'impression que les cailloux étaient arrivés enroulés dans leur feuille de papier. Rien de précis ne lui permettait de l'affirmer, mais ça lui semblait mieux coller... le genre de chose que pourrait faire un gamin ou quelqu'un qui fonctionne comme un gamin.

Quelqu'un comme Nettie Cobb.

Laisse un peu tomber, veux-tu ?

Mais il n'y arrivait pas.

Polly vint effleurer sa joue. « Tu ne peux pas savoir combien je suis contente que tu sois là, Alan. Tu as dû avoir une journée épouvantable, toi aussi.

— J'en ai eu de meilleures, mais c'est terminé, maintenant. Toi aussi, tu devrais te reposer un peu. Tu auras des tas de choses à faire demain. Tu veux que j'aille te chercher une pilule ?

— Non, mes mains vont un peu mieux. C'est toujours

ça. Il faut…» Elle s'interrompit, mais s'agita nerveusement sous les couvertures.

«Quoi donc?

— Non, rien. C'est sans importance. Je crois que je vais pouvoir dormir, maintenant que tu es là.

— Bonne nuit, ma chérie.»

Elle roula loin de lui, remonta les couvertures et ne bougea plus. Il pensa un instant à la manière dont elle s'était serrée contre lui, au contact de sa main sous sa nuque. Il fallait qu'elle aille vraiment mieux pour avoir été capable de plier ainsi ses doigts. Une bonne chose, peut-être la meilleure de toutes depuis le moment où Clut l'avait appelé pendant la partie de football. Si seulement cette amélioration pouvait se maintenir!

Polly avait une cloison nasale déviée et elle commença à ronfler légèrement, ce qu'Alan ne trouvait nullement désagréable. C'était bon de partager son lit avec une autre personne, une personne bien réelle qui produisait des sons réels… et parfois même tirait les couvertures à soi. Il sourit dans l'obscurité.

Puis son esprit retourna au double meurtre et son sourire s'évanouit.

Je crois qu'elle me laissera tranquille, de toute façon. Je ne l'ai pas vue et je n'ai pas entendu parler d'elle, et je crois qu'elle a compris le message.

Je ne l'ai pas vue, je n'ai pas entendu parler d'elle.

Je crois qu'elle a compris le message.

Une affaire de ce genre n'avait pas besoin d'être résolue; même un Seaton Thomas aurait pu dire exactement ce qui s'était passé après un seul regard (à travers ses culs de bouteille) sur le lieu du crime. Les ustensiles de cuisine avaient remplacé les armes à feu, mais le résultat était identique: deux cadavres à la morgue de l'hôpital, découpés dans les règles de l'art par le médecin légiste. La raison de ce duel, telle était la seule question qui restait. Il s'en était bien posé d'autres, vagues et imprécises, mais elles se seraient certainement évanouies avant que Wilma et Nettie aient été enterrées.

Restaient toutefois des choses qui le tracassaient un peu plus, maintenant qu'il pouvait leur donner un nom.

Je crois qu'elle a compris le message.

Pour Alan, une affaire criminelle était comme un jardin entouré d'une haute muraille. Il fallait chercher une porte d'entrée. Il en existait parfois plusieurs ; mais toujours au moins une, d'après son expérience. Forcément : sinon, comment le jardinier serait-il entré pour y semer ses graines ? Elle pouvait être plus ou moins grande, plus ou moins évidente, surmontée d'un néon clignotant (ENTREZ ICI!), ou bien elle pouvait être petite et tellement dissimulée par le lierre qu'il fallait faire des recherches approfondies pour la découvrir. Mais elle existait toujours ; et si l'on ne craignait pas de s'écorcher les mains aux broussailles, on finissait immanquablement par la mettre au jour.

Il s'agissait parfois d'un objet venant du lieu du crime ; parfois d'un témoin ; parfois d'une hypothèse fondée sur les événements et la logique des choses. Celles qu'il avait faites dans le cas présent étaient au nombre de trois. Un, Wilma avait suivi une méthode de harcèlement et de guérilla mise au point depuis longtemps ; deux, elle était tombée sur un os en choisissant Nettie comme adversaire à ce petit jeu ; trois, Nettie avait flanché comme le jour où elle avait tué son mari. Mais...

Je ne l'ai pas vue, je n'ai pas entendu parler d'elle.

Qu'elle ait ou non vraiment prononcé ces paroles, quelle différence ? De combien d'hypothèses cette seule remarque était-elle grosse ? Alan l'ignorait.

Il fixait l'obscurité et se demandait si, en fin de compte, il n'aurait pas trouvé la porte.

Mais Polly n'avait peut-être pas bien entendu ce qu'avait dit Nettie.

Hypothèse techniquement possible à laquelle Alan ne croyait cependant pas. Les actes de Nettie, au moins jusqu'à un certain point, concordaient avec ce que Polly disait avoir compris. La femme de ménage, malade, n'était pas venue travailler le vendredi. Avait-elle été réellement malade ? N'avait-elle pas plutôt eu peur de Wilma ? Ça paraissait logique ; par Pete Jerzyck il savait que Wilma, après avoir découvert ses draps souillés, avait adressé au moins un coup de téléphone de menaces à Nettie. Elle avait pu en faire d'autres, le lendemain, sans que Pete le sache. Néanmoins, Nettie était venue voir Polly le dimanche matin en lui apportant un plat qu'elle avait elle-même préparé. Se serait-elle comportée ainsi si Wilma avait continué de jeter de l'huile sur le feu ? Il ne le croyait pas.

Puis il y avait l'histoire des gros cailloux lancés dans les fenêtres des Jerzyck. Portant chacun une note avec ces mots : JE VOUS AI DIT DE ME LAISSER TRANQUILLE. C'EST LE DERNIER AVERTISSEMENT. D'ordinaire, un avertissement signifie qu'on laisse à la personne le temps de changer d'attitude, mais ce temps, dans le cas de Nettie et de Wilma, avait été apparemment plus que bref. Elles s'étaient retrouvées au coin de la rue deux heures après l'épisode des cailloux.

Il lui semblait pouvoir expliquer cela, s'il le fallait absolument. Nettie avait dû se mettre dans une rage folle en trouvant son chien mort. De même Wilma, lorsqu'elle avait constaté les dégâts en arrivant chez elle. Un seul et dernier coup de téléphone avait suffi pour mettre le feu aux poudres. L'une d'elles avait décroché... et les deux avaient disjoncté.

Alan se tourna sur le côté, regrettant de ne pas être au bon vieux temps où l'on pouvait encore obtenir la liste des numéros appelés. Il se serait senti beaucoup mieux s'il avait pu confirmer l'existence d'un tel coup de fil. Admettons néanmoins qu'il ait eu lieu. Restaient les messages sur les cailloux.

Voilà comment les choses ont dû se passer. Nettie s'en va de chez Polly, arrive chez elle et trouve le chien mort dans son entrée. Elle lit le billet accroché au tire-bouchon. Puis elle écrit un message identique sur quinze ou seize feuilles différentes et les met dans la poche de son manteau. Elle a aussi dû prendre un paquet d'élastiques. En arrivant chez Wilma, elle est passée dans la cour de derrière. Elle a empilé ses cailloux et a fixé les notes dessus avec les élastiques. Elle l'a forcément fait avant le début des réjouissances : elle aurait perdu trop de temps si elle avait dû s'arrêter de lancer ses cailloux pour attacher une feuille à chaque fois. Le massacre terminé, elle est rentrée chez elle pour déplorer tout à son aise la mort du petit chien.

Ça clochait.

En vérité, ça ne tenait même pas debout.

Cette hypothèse supposait un enchaînement de réflexions et d'actes qui ne collaient pas du tout avec ce qu'il savait de Nettie Cobb. Le meurtre de son mari n'avait été que l'aboutissement d'un long cycle de sévices, mais le geste lui-même avait été commis impulsivement, par une femme qui n'avait plus toute sa tête. Si l'on en croyait les dossiers laissés par George Bannerman, jamais Nettie n'avait envoyé d'avertissement, auparavant, à Albion Cobb.

Ce qui lui paraissait tenir debout, en revanche, était beaucoup plus simple : Nettie revient de chez Polly, trouve son chien massacré, prend un hachoir et fonce se trancher un bon morceau de croupe polonaise.

Mais dans ce cas, qui avait cassé les fenêtres des Jerzyck ?

« Sans parler des trous d'emplois du temps que cela suppose », marmonna-t-il, roulant, agité, de l'autre côté.

John LaPointe avait accompagné l'équipe du Département d'Enquêtes criminelles qui avait passé tout son temps, le dimanche après-midi, à reconstituer les déplacements de Nettie. Elle va chez Polly avec ses lasagnes. Bon. Elle dit à Polly qu'elle envisage de passer à la nouvelle boutique, le Bazar des Rêves, en rentrant chez elle, et qu'elle a l'intention de parler avec le propriétaire, Leland Gaunt, s'il s'y trouve. Polly dit que l'homme l'a invitée à venir voir un objet dans l'après-midi, et Nettie est chargée de lui signaler que Polly passera probablement, en dépit de ses mains qui lui font très mal.

Si Nettie s'était rendue au Bazar des Rêves, si elle y avait passé un certain temps — à flâner ou à parler avec le nouveau propriétaire (cet homme que tout le monde avait l'air de trouver si fascinant et qu'Alan n'avait pas encore réussi à rencontrer) —, ça bousillait la version officielle et obligeait à envisager l'hypothèse d'un mystérieux lanceur de pierres. Mais voilà : elle ne s'était pas arrêtée au Bazar des Rêves. Le magasin avait été fermé. Gaunt avait dit à Polly, laquelle était effectivement passée dans l'après-midi, comme aux enquêteurs, qu'il ne l'avait pas revue une seule fois depuis le jour où elle avait acheté son abat-jour. Il avait passé la matinée dans son arrière-boutique, à écouter de la musique classique tout en répertoriant des objets ; si quelqu'un avait frappé, il ne l'aurait probablement pas entendu. Nettie avait donc dû rentrer directement chez elle, ce qui lui avait laissé le temps de faire toutes ces choses qui, de l'avis d'Alan, ne tenaient pas debout.

L'emploi du temps de Wilma Jerzyck était encore plus serré. Son mari avait passé le début de la matinée de dimanche à bricoler dans son sous-sol (de la menuiserie). En voyant approcher dix heures, avait-il déclaré, il avait arrêté sa machine et était monté s'habiller pour la messe de onze heures. Wilma était sous la douche quand il était entré dans la chambre, et Alan n'avait aucune raison de mettre en doute le témoignage du jeune veuf.

Les choses avaient dû se dérouler selon ce scénario : Wilma quitte sa maison, histoire de faire un passage sous les fenêtres de Nettie, entre neuf heures trente-cinq et neuf heures quarante. Pete se trouve au sous-sol, occupé à fabriquer des cabanes à oiseaux ou autre chose et ne sait même pas qu'elle est partie. Wilma arrive cinq minutes plus tard devant la maison de Nettie (qui vient elle-même de partir chez Polly quelques minutes auparavant) et voit la porte laissée ouverte. Pour elle, c'est une invitation irrésistible. Elle se gare, entre, tue le chien, écrit impulsivement le mot et repart. Aucun des voisins ne se souvient d'avoir vu la petite Yugo d'un jaune criard ; c'est embêtant, mais ça ne prouve rien. La plupart étaient partis, soit à la messe, soit en visite chez des parents, soit en balade.

Wilma revient chez elle, monte au premier pendant que Pete arrête sa ponceuse ou sa scie sauteuse, et se déshabille. Lorsque Pete entre dans la chambre, avec l'intention de commencer par se laver les mains avant d'enfiler costume et cravate, Wilma vient tout juste de passer sous la douche ; elle est même probablement encore sèche au moins d'un côté.

Dans tout ce bazar, le fait que Pete ait trouvé sa femme sous la douche est le seul qui tienne debout. Le tire-bouchon est peut-être une arme mortelle contre un petit chien ; mortelle, mais courte. Elle a dû vouloir laver les traces de sang qu'elle pouvait avoir sur les mains et les bras.

Wilma manque Nettie de peu au début, et son mari la

manque de peu à la fin. Etait-ce possible ? Oui. Il s'en fallait d'un cheveu, mais c'était possible.

Alors laisse tomber, vieux. Et dors.

Mais il n'y arrivait pas. Ça le tracassait. Ça le tracassait même beaucoup.

Il se remit sur le dos. Il entendit l'horloge, au rez-de-chaussée, égrener doucement quatre coups. Cela ne le menait nulle part, mais il ne parvenait pas à penser à autre chose.

Il essaya d'imaginer Nettie écrivant patiemment, sur sa table de cuisine : C'EST LE DERNIER AVERTISSEMENT. Quinze ou seize fois, à quelques mètres du cadavre de son chien-chien adoré. Impossible, en dépit de tous ses efforts. Ce qu'il avait tout d'abord pris pour une porte dans le mur du jardin lui paraissait n'être maintenant qu'une habile peinture en *trompe-l'œil**. Le mur restait intact.

Nettie s'était-elle rendue chez les Jerzyck, sur Willow Street, pour y briser les vitres ? Il l'ignorait, mais il savait que Nettie Cobb bénéficiait d'un certain intérêt à Castle Rock... elle était la cinglée qui avait tué son mari et passé toutes ces années à Juniper Hill. Les rares fois où elle s'écartait de ses habitudes, on le remarquait. Quelqu'un l'aurait vue, partant à grands pas ce dimanche matin, marmonnant peut-être pour elle-même, et très certainement en larmes. Alan se promit d'aller dès le lendemain frapper aux portes des maisons situées sur l'itinéraire et de poser la question.

Le sommeil commença enfin à le gagner. L'image qu'il emporta avec lui était celle d'un tas de cailloux enrobés d'une feuille de papier. Et il songea de nouveau : *Mais si Nettie ne les a pas lancés, qui l'a fait ?*

9

Alors que les petites heures du matin n'avaient pas encore laissé la place à l'aube et que commençait une nouvelle et passionnante semaine, un jeune homme du nom de Ricky Bissonette émergea de la haie qui entourait le presbytère baptiste. A l'intérieur de cet édifice

378

aussi impeccable qu'une bonbonnière, le révérend William Rose dormait du sommeil du juste et du vertueux.

Ricky avait dix-neuf ans, toutes ses dents, mais quelques cases en moins. Il travaillait à la station-service Sunoco dont il avait assuré la fermeture plusieurs heures auparavant et avait traîné assez tard (ou assez tôt) au bureau pour choisir le moment opportun de faire sa petite blague au révérend Rose. Vendredi dernier, Ricky était passé devant la nouvelle boutique ; il avait engagé la conversation avec le propriétaire, un vieux marrant. De fil en aiguille, Ricky s'était retrouvé en train de confier à Mr Gaunt son désir le plus profond et le plus secret. Il avait mentionné le nom d'une jeune actrice — d'une très jeune actrice — et déclaré qu'il donnerait à peu près n'importe quoi pour des photos d'elle en petite tenue, en très petite tenue.

« Je crois que j'ai quelque chose qui pourrait vous intéresser », lui avait répondu Leland Gaunt, qui jeta un coup d'œil dans le magasin pour vérifier qu'ils y étaient bien seuls et alla retourner le panneau FERMÉ côté rue. Il revint derrière sa caisse enregistreuse, fouilla sous le comptoir et en sortit une enveloppe anonyme de papier bulle. « Regardez donc celles-ci, monsieur Bissonette, dit-il avec un clin d'œil plutôt salace. Je crois qu'elles vont vous surprendre. Peut-être même vous émerveiller. »

Il aurait pu dire « vous foudroyer sur place ». Il s'agissait de l'actrice qui avait le don d'éveiller la concupiscence de Ricky ; ça ne pouvait être qu'elle ! Et elle était beaucoup mieux que nue. Sur certaines photos, on la voyait avec un acteur connu. Sur d'autres, elle était avec *deux* acteurs connus, dont l'un avait l'âge d'être son grand-père. Et sur d'autres encore…

Cependant, avant qu'il ait pu les voir (et il y en avait bien encore une cinquantaine, rien que des clichés 24 × 30 en couleurs sur papier glacé), Mr Gaunt les avait fait disparaître.

« Mais c'est..! » dit Ricky en avalant sa salive ; et il mentionna un nom bien connu des lecteurs de journaux à potins et des spectateurs d'émissions à potins.

« Oh ! non, protesta Leland Gaunt, tandis que son œil de jade proclamait exactement le contraire. Je suis sûr que ça ne peut pas être elle... mais la ressemblance est extraordinaire, non ? La vente de ce genre de photos est évidemment illégale ; en dehors du contenu sexuel, la fille n'a certainement pas plus de dix-sept ans, qui qu'elle soit... mais je peux tout de même me laisser convaincre de les vendre. La fièvre que j'ai dans le sang n'est pas la malaria mais celle du commerce. Alors, on marchande ? »

Ils marchandèrent. Pour trente-six dollars, Ricky acheta les soixante-douze photos pornographiques. Pour trente-six dollars... et cette petite blague.

Il traversa la pelouse du presbytère au pas de course, courbé en deux, et fit halte un instant dans l'ombre du porche pour s'assurer qu'on ne l'avait pas vu, avant d'escalader les marches. Il sortit de sa poche un bristol blanc et le glissa dans la boîte aux lettres, prenant la précaution de retenir le rabat pour l'empêcher de claquer. Puis il bondit par-dessus la balustrade et retraversa la pelouse. Il avait de grands projets pour les deux ou trois heures suivantes de ce lundi matin ; y étaient inclus soixante-douze photos et un gros tube de vaseline.

Le bristol tomba en voletant comme un papillon sur le tapis élimé du vestibule ; le message disait :

Alors, comment ça va, espèce de vieux rat crevé de baptiste ?

On t'écrit pour te dire que t'as intérêt à arrêter de dire des conneries sur notre Nuit-Casino. On veut juste s'amuser un peu et on ne voit pas en quoi ça te porte tort. Nous sommes un groupe de catholiques loyaux qui en a marre de tes conneries baptistes. On sait bien que vous n'êtes qu'une bande de lécheurs de cons, de toute façon. Maintenant, fais bien attention à ça, révérend Willy-la-Moutarde-au-Nez : si tu ne sors pas très vite ton pif de tête de nœud de nos affaires, on va tellement te couvrir de merde, toi et tes trous du cul de paroissiens, que tu vas puer pour le reste de ta vie !

Laisse-nous tranquilles, espèce de crétin de rat crevé de baptiste, *sinon tu le regretteras, vieux salopard* ! Simple avertissement de la part des

BONS CATHOLIQUES DE CASTLE ROCK

380

Le révérend Rose découvrit le mot lorsqu'il descendit, en robe de chambre, pour ramasser son courrier. Inutile de décrire sa réaction : on n'a aucune peine à l'imaginer.

10

Leland Gaunt, debout les mains derrière le dos, regardait Castle Rock depuis la fenêtre de l'appartement situé au-dessus du Bazar des Rêves.

Cet appartement aurait fait hausser plus d'un sourcil, en ville, car il ne contenait rien. Absolument rien. Pas de lit. Pas le moindre appareil. Pas même une chaise. Les placards, ouverts, étaient vides. Quelques moutons de poussière glissaient sur un parquet veuf de tout tapis dans le léger courant d'air qui parcourait les pièces à hauteur des chevilles. Le seul et unique élément d'ameublement était constitué par les rideaux bonne femme à carreaux qui pendaient aux fenêtres. Le seul qui importait, car on pouvait le voir de la rue.

La ville dormait. Les boutiques étaient plongées dans l'obscurité, les maisons aussi. L'unique signe de vie était le feu orange qui, à l'intersection de Main Street et de Watermill, clignotait paresseusement. Leland Gaunt jetait sur la ville un œil plein d'une tendresse gourmande. Elle n'était pas encore à lui, mais il n'y en avait plus pour longtemps. Il avait déjà une patte posée dessus. Ils ne le savaient pas, mais n'allaient pas tarder à l'apprendre.

La grande inauguration s'était très bien déroulée ; à la perfection, même.

Leland Gaunt se voyait en électricien de l'âme humaine. Dans une petite ville comme Castle Rock, tous les fusibles étaient sagement alignés dans leurs boîtes. Ne restait qu'à ouvrir celles-ci... et à entrecroiser les branchements. On couplait une Wilma Jerzyck à une Nettie Cobb par le biais de deux autres fusibles, ceux d'un gamin du nom de Brian Rusk et d'un ivrogne comme Hugh Priest, disons. On interconnectait sur ce principe un Buster Keeton à un Norris Ridgewick, un

Frank Jewett à un George Nelson, une Sally Ratcliffe à un Lester Pratt.

A un moment donné, on testait ce fabuleux nouveau réseau pour être sûr qu'il fonctionnait parfaitement, comme Gaunt l'avait fait aujourd'hui, après quoi on envoyait une décharge, de temps en temps, pour maintenir la tension... et l'intérêt. Mais surtout on le laissait en l'état jusqu'à ce que tout soit en place. Alors, on envoyait la sauce.

Toute la sauce.

En un seul coup.

Cela n'exigeait qu'une chose : une bonne compréhension de la nature humaine, et...

« C'est évidemment une question d'offre et de demande », dit Leland Gaunt à voix haute, songeur, tout en contemplant la ville endormie.

Mais pourquoi, au fait ? Eh bien... parce que. Comme ça.

Les gens pensaient toujours en termes d'âme ; certes, il avait prévu d'en emporter le plus possible avant de fermer boutique ; pour Leland Gaunt, elles étaient comme des trophées de chasse ou de pêche, fauves empaillés, poissons naturalisés. Elles ne valaient pas grand-chose pour lui, à toutes fins pratiques ; et il pouvait bien dire le contraire, il en piégeait autant qu'arrivait à en contenir sa carnassière ; sinon, il n'aurait pas joué le jeu.

Mais c'était le plaisir de jouer, et non le fait de gagner, qui le faisait continuer. Ça l'amusait. Au bout d'un temps, c'était la seule raison qui comptait, car avec l'accumulation des années, on se divertissait comme on pouvait.

Leland Gaunt changea de position et croisa les mains — ces mains qui révulsaient ceux qui avaient le malheur de sentir leur contact crépitant — devant lui, serrant tour à tour la droite dans la gauche et la gauche dans la droite. Il avait des ongles longs, épais et jaunâtres. Effilés, aussi. Au bout d'un moment, ils entaillèrent la chair de ses paumes. Il en coula un sang épais, d'un rouge tirant sur le noir.

Dans son sommeil, Brian Rusk cria.

Myra Evans porta la main entre ses cuisses et se mit à

se masturber furieusement; dans son rêve, le King lui faisait l'amour.

Danforth Keeton rêva qu'il gisait au milieu de la dernière longueur du champ de courses de Lewiston et se cacha le visage lorsqu'il vit les chevaux foncer sur lui.

Sally Ratcliffe rêva qu'elle ouvrait la portière de la Mustang de Lester Pratt et découvrait qu'elle était pleine de serpents.

Hugh Priest se réveilla à ses propres hurlements, tandis qu'il rêvait que Henry Beaufort, le barman du Mellow Tiger, versait de l'essence à briquet sur sa queue de renard avant d'y mettre le feu.

Everett Frankel, l'assistant du Dr Van Allen, rêva qu'il portait à ses lèvres sa nouvelle pipe et s'apercevait alors que l'embout, transformé en lame de rasoir, lui avait coupé la langue.

Polly Chalmers gémit doucement, et quelque chose, à l'intérieur de l'amulette d'argent, se mit à bouger avec un bruit râpeux d'ailettes poussiéreuses. Un parfum subtil, poudreux, s'en dégagea, chargé d'un faible arôme de violette.

Les mains de Leland Gaunt se détendirent lentement. Un sourire joyeux et d'une insurpassable laideur découvrit ses grandes dents de guingois. Les cauchemars s'évanouirent et les dormeurs retrouvèrent un sommeil paisible.

Pour le moment.

Le soleil allait bientôt se lever. Une nouvelle journée allait commencer, avec ses surprises et ses miracles. Le moment était venu, croyait-il, de se trouver un assistant... un assistant qui ne serait d'ailleurs pas immunisé contre le processus qu'il avait enclenché. Seigneur, non! Ça lui aurait gâché tout le plaisir.

Leland Gaunt, de sa fenêtre, contemplait la ville qui s'étendait à ses pieds, sans défense, dans ses délicieuses ténèbres.

3817

Composition Interligne B-Liège
Achevé d'imprimer en Europe (France)
par Maury-Eurolivres - 45300 Manchecourt
le 2 novembre 2003.
Dépôt légal novembre 2003. ISBN 2-290-32114-1
1er dépôt légal dans la collection : septembre 1994

Éditions J'ai lu
84, rue de Grenelle, 75007 Paris
Diffusion France et étranger : Flammarion